책벌레의 하극상

사서가 되기 위해서라면 뭐든지 할 수 있어

제 2 부 **신전의 견습무녀 II**

카즈키 미야
miya kazuki

길찾기

길베르타 상회

벤노
길베르타 상회 주인이며 마인의 사업
상 보호자.

코린나
벤노의 여동생. 상회 후계자. 자기 공
방을 운영하는 솜씨 좋은 재봉사.

마르크
길베르타 상회의 다프라. 벤노의
유능한 오른팔.

루츠
길베르타 상회의 수습생(다루아). 마인의 파트너이
자 컨디션 관리 담당자.

신전 관계자

신전장
신전의 최고 권력자. 평민인 마인
에게 위압당한 일로 미움을 품고
있다.

프랑
마인을 보좌하는 회색 신관. 원래
는 신관장의 유능한 측근이었다.

길
마인을 보좌하는 회색 신관 견습
생. 마인을 곤란하게 만드는 문제
아다.

델리아
마인을 보좌하는 회색 무녀 견습
생. 신전장이 마인의 정보를 캐내
려는 목적으로 파견했다.

신관장
신전에서 마인을 보호하는
입장. 마인의 마력량과 계산
능력을 사들였다.

책을 무엇보다도 사랑하는 대학생 모토스 우라노는 신식이라는 병에 시달리는 병사의 딸 마인으로 전생했다. 문맹률은 높고 책이 매우 비싼 귀중품인 이 세상에서 책을 읽지 못해 괴로워하던 마인은 깨달음을 하나 얻었으니, 책을 구할 수 없다면 직접 만들면 되겠다였다. 식물로 된 종이 만들기부터 시작해 여러모로 분투하지만, 신식 환자는 마력을 흡수하는 마술 도구 없이는 오래 살 수 없다. 이 세계에서 비로소 한 사람 몫으로 인정받는 행사인 세례식 날, 마인은 신전에서 무엇보다도 멋진 장소인 도서관을 발견하고, 신전장과 직접 담판한 끝에 마력을 제공하는 조건으로 청색 견습무녀가 된다.

마인

주인공. 신식을 앓고 있어 허약한 병사의 딸. 신식을 앓을 때 끓어 오르는 열의 정체가 마력임이 밝혀져 원래는 귀족만 받아들이는 청색 견습무녀가 되었다. 책을 읽기 위해서라면 수단방법을 가리지 않는다.

귄터

마인의 아빠. 남문 경비반장. 가족 사랑이 지나쳐 주위 사람들이 기막혀하곤 한다.

에파

마인의 엄마. 염색공. 자주 폭주하는 남편과 딸 때문에 쓴웃음이 떠나지 않는다.

투리

마인의 언니. 견습 재봉사. 상냥하고 남을 잘 돌본다. 마인 왈 '정말 천사'

제2부 **신 전 의 견 습 무 녀 II**

일러스트 시이나 유우　**지도제작** 후지시로 요　**번역** 김 봄　**디자인** 백진화 윤아빈
편집 정성학 김일철　**마케팅** 정다움 김서희　**주간** 박관형

제 2 부

신전의 견습무녀 II

프롤로그

첨벙첨벙 소리 내어 식기를 씻으면서 에파는 줄곧 칼라의 얘기에 귀를 기울였다. 얼마 전까지 가출했던 루츠가 돌아와 칼라가 얼마나 안심했는지는 말수나 다시 통통해진 볼을 보면 알 수 있었다. 가출 중에는 마치 다른 사람처럼 말수가 적어졌다.

"그리고 그런 얘기를 하는 그이를 처음 봤지 뭐야. 깜짝 놀랐어."

신전에 불려갔던 상황을 털어놓으며 칼라는 말주변이 없고, 과묵한 디도가 얼마나 아들을 끔찍이 생각했는지를 들려주었다. 그리고 상업 길드에서 루츠의 행동을 보고 아들이 얼마나 노력하는지를 싫을 정도로 이해한 모양이었다.

"마인과 함께 글자 공부를 한다는 말은 들었지만, 설마 그렇게 까다로운 표현이 많은 서류를 읽을 줄이야 꿈이나 꿔 봤겠어?"

칼라는 농담처럼 말하며 웃었지만, 자식의 성장을 직접 보게 되어 기쁜 듯했다. 이야기가 완전히 루츠의 자랑이 되어 버렸다. 마인에게 "신관장님이 루츠의 부모님을 호출해서 얘기를 듣게 됐어."라는 보고를 받았을 때 우리 가족이 신전에 불려갔을 때가 떠올라 핏기가 싹 가셨다. 칼라에게도 상담을 받아 이것저것 조언했지만, 원만히 해결된 것 같아 다행이다.

"그런데 에파, 너희 쪽은 어때? 요 며칠 내내 혈색이 안 좋더니, 지금은 조금 진정되어 갈 때 아냐?"

"슬슬 아이들한테도 알릴까 생각 중이야."

에파가 살짝 웃으면서 자신의 배를 쓰다듬었다. 심했던 입덧도 조금은 진정되어 유산이 가장 걱정되는 시기는 어떻게든 넘겼다. 기쁜 마음에 에파는 재빨리 다 씻은 그릇을 정리해갔다.

"아아, 에파. 이번에 마인한테 신세 져서 고마웠다고 전해줘."

칼라의 말에 고개를 끄덕이고 에파는 집에 돌아왔다. 발소리를 들었는지 문 바로 앞에서 마인이 기다리고 있었다. 그리고 "접시 정리할게." 하며 의자에 올라가 씻은 식기를 하나하나 선반에 진열하며 도와주었다. 우물물을 긷지 못 하는 마인은 설거지도 못 한다. 그만큼 열심히 도우려는 마음은 알겠지만, 지나치게 의욕적으로 움직이면 쓰러지므로 적당히 애쓰길 바랐다.

"엄마, 아직 몸이 안 좋아? 괜찮아?"

에파는 마인이 모든 식기를 잘 정리했는지 확인하고 입을 열었다.

"마인. 엄마 배 속에 아기가 있어. 너에게 동생이 생긴단다."

"뭐, 뭐어어!?"

깜짝 놀라 의자에서 떨어질 뻔한 마인을 껴안으며 에파는 작게 웃었다. 식기 정리가 끝난 후에 전하길 잘했다. 마인은 의자에서 내려와 이상하다는 표정으로 배를 쳐다봤다. 아직 눈에 띄게 부풀지 않아서 믿기지 않나 싶었는데 갑자기 머리를 감싸 쥐며 의미를 알 수 없는 말을 중얼거렸다.

"NO! 나랑은 전혀 관계가 없을 줄 알고 '임신' 관련 책은 거의 안 읽어봤어. 어휴! 일단, '입덧'을 할 땐 되도록 안정과 충분한 영양을 취하고, 적당한 운동을 하도록 신경을 쓰면 됐었나!? 어땠지!?"

또 뭔가 이상한 말을 늘어놓기 시작했다.

마인은 머리를 싸쥐며 곤란해 했다. 어쩌면 형제가 생겨서 불안한

지도 모른다. 에파가 마인에게 뭐라 말해야 할지 고민하는 사이 출근 준비를 하던 투리가 희색에 띤 환성을 지르며 주방으로 들어왔다.

"정말!? 우와! 난 태어날 아기가 입을 옷이랑 기저귀를 만들어야지!"

"나, 나도…… 음, 어……."

당장에 아기를 위해 할 일을 찾는 투리를 미소로 바라보자, 마인도 대항하듯 고민하기 시작했다. 마인이 할 수 있는 일을 기대할 순 없으니, 그저 동생을 환영해주기만 하면 그걸로 충분했다. 하지만 마인은 만족스럽지 않은지 잠시 고민하더니 뭔가 떠오른 듯 번쩍 고개를 들었다.

"나, 태어날 아기를 위해 '**그림책**'을 만들래!"

"……그림책? 그게 뭐니?"

에파는 투리와 서로 얼굴을 마주 본 후 고개를 갸우뚱했다.

"그림이 그려진 책! 아기가 읽을 책을 만드는 거야!"

"아하하하하, 마인답네."

마인의 설명에 눈을 한 번 크게 뜨던 투리가 갑자기 웃기 시작했다. 머릿속에 책밖에 없는 마인다운 아이디어였다. 하지만 동생이 생긴다는 사실을 싫어하지 않는 모습에 에파는 안도했다.

"아기를 위해 뭔가 열심히 해 주겠다는 걸 보니 마인도 좋은 누나나 언니가 되겠구나."

"엄청 귀여워해 줘야지. 투리가 직장에서 기른 바느질 기술로 옷을 만들어준다면 난 앞으로 태어날 아기를 위해 '**교육 완구**'에 힘을 쏟겠어. 아기를 위해 힘낼 테야. 반드시 좋은 누나나 언니가 될 거야!"

큰일이다, 너무 흥분했다.

마인은 이미 흐뭇한 미소로 보고 있을 정신상태가 아니었다. 이래서는 분명 어마어마한 폭주를 시작할 것이다. 에파는 지금까지의 경험으로 그렇게 예측했다. 그건 투리도 마찬가지였다.

"마인은 의욕이 솟으면 열나니까 좀 진정해야지."

"맞아. 엄마가 힘들 때일수록 마인은 스스로 자기 몸 관리를 해줘야 해."

"알고 있어. 노력할게."

그렇게 말하면서도 표정은 전혀 변하지 않았다. 분명 이미 머릿속은 그림책 생각에 가득하겠지.

빌마를 주세요

"음흠흠, 흠흠~. 안녕, 루츠. 오늘은 상점에 들렀다가 신전에 갈게."

나는 마중 온 루츠를 콧노래로 맞았다. 루츠가 기분 나쁜 것을 보듯이 슬금슬금 뒷걸음칠 치더니 설명을 구하는 눈빛을 엄마에게 보냈다.

"마인, 루츠한테는 엄마가 설명할 테니까 어서 짐을 들고 와."

관자놀이를 누르는 엄마의 말에 나는 침실로 향했다. 아기가 읽는 책은 어떤 것이 있었더라. 분명 오랫동안 사랑받은 그림책 중에 얼굴을 감췄다가 페이지를 넘기면 감춘 얼굴을 보여주는 까꿍 놀이 그림책이 있었다.

그런데 까꿍을 여기서는 뭐라고 하지?

아마 이곳에서도 아기를 달랠 때 얼굴을 감췄다가 보여주는 동작이 있을 텐데, 아기에게 어떤 말로 해야 할지를 모르겠다. 그리고 그 말도 누구에게 뭐라 질문해야 한단 말인가.

역시 엄마가 들려준 옛날이야기 중 하나를 그림책으로 만들자. 응, 그러자.

"루츠, 미안하구나. 동생이 생기는 게 그렇게 기쁜지 좀 들떠 있으니까 오늘은 밖에 안 내보내는 편이 좋겠어……."

"어차피 태어날 때까지 이 상태일 거예요. ……마인은 귄터 아저씨랑 닮았으니까."

"하긴. 들뜬 모습이 똑같지."

엄마는 곤란한 표정으로 눈꼬리가 축 처져 있었지만, 그래도 행복하게 웃었다.

"기다렸지, 루츠. 자, 엄마. 다녀오겠습니다. 속이 울렁거릴 땐 무리하면 안 돼. 엄마가 조금이라도 편해지도록 열심히 벌어 올게."

"마인, 그거 오늘 아침에 아빠가 한 대사야."

나는 엄마를 한껏 웃게 한 후 출발했다. 우선은 길베르타 상회로 향했다. 동생이 생긴다는 보고 겸 고아원에서 쓸 카루타를 주문하기 위해서다.

도중에 나는 루츠에게 끝없이 그림책 계획을 재잘댔다.

"투리가 옷이랑 기저귀를 만든다니까 나는 '**그림책**'을 만들기로 했어."

"그게 뭔데?"

"아이들이 읽기 쉽게 그림이 그려진 책이야."

당당하게 설명하자 루츠는 한숨을 푹 쉬고 가볍게 고개를 저었다.

"……갓난아기가 어떻게 글자를 읽냐?"

"읽고 들려주는 게 중요해! 난 엄청 많이 읽어 줄 거야. 그림책을 만들려면 우선 두꺼운 종이가 필요하겠지? 아니면 아기는 닥치는 대로 입에 넣는다니까 종이보다는 얇은 합판이 좋을까? 아니면 천으로 만들어? 아, 그런데 이 주변에서 '**펠트**'는 못 봤는데. 그리고 천으로 그림책을 만들면 분명 내 역할은 없겠지? 루츠, 어떡할까?"

내가 올려다보자 루츠는 당황했는지 시선이 이리저리 방황했다.

"어떡하냐니…… 음."

"그림책을 만드는데 내가 할 일이 없으면 슬프잖아? 그런데 종이 그림책은 아기가 찢을지도 모르고, 입에 잉크가 들어갈지도 몰라. 아 아아아아! 너무 위험해!"

책을 야금야금 씹어서 입 주위가 잉크 범벅이 된 아기를 상상하고 머리를 싸쥐자 루츠가 어이없다는 듯이 한숨을 내쉬며 내 어깨를 가볍게 두드렸다.

"마인, 진정해. 태어나는 건 다음 봄이잖아? 아직 한참 멀었어."

"하지만 시제품을 만들고 개선에 개선을 더해서 완벽한 선물을 주고 싶은걸!"

"네가 독주하면 제대로 된 결과도 안 나올 뿐더러 쓰러진다니까. 진정하고 주변 의견을 들어."

그런 식으로 루츠가 나를 타이르는 사이 길베르타 상회에 도착했다. 상점 안에는 평소처럼 마르크가 빠릿빠릿하게 일하고 있었다.

"마르크 씨, 벤노 씨 계세요? 예전에 주문 맡긴 지크네 목공방에 카루타용 합판을 재주문하고 싶어서요."

"제가 주문하겠습니다. 그나저나 굉장히 기분이 좋아 보이네요."

주문용 목패를 꺼내 들면서 마르크가 그렇게 말한 순간, 갑자기 스스로도 흥분해가는 느낌을 받았다.

"우후후~ 마르크 씨, 제 말 들어 주세요. 저한테 동생이 생긴답니다. 그래서 아기에게 줄 책을 만들고, 카루타를 만들고, 장난감 블록도 만들어야 하니까 이제 엄청 바빠질 거예요."

"호오. 아기를 위한 책 말입니까? 이왕이면 주인님께도 그 계획을 들려주십시오."

싱긋 웃은 마르크의 안내로 안쪽 방으로 들어간 나는 벤노에게 뛰어갔다.

"벤노 씨, 안녕하세요. 저 봄이 되면 동생이 생겨요. 그래서 지금부터 아기에게 줄 '그림책'을 만들 거예요!"

"뭐? 뭐냐, 그게?"

"아기용 책이요!"

"아기한테 책이라고? 못 읽잖아?"

벤노도 루츠와 똑같은 감상을 말했다. 그림책은 부모와 자식 간에 유대감을 쌓기에 최적이며 그림을 보기만 해도 즐길 수 있고, 글자와 친해질 수 있는데 아무도 이 훌륭함을 알아 주지 않는다.

"읽고 들려주는 것이 중요해요. 어릴 때부터 글자와 친해질 수 있고요."

"흠. ……코린나의 출산 선물에 좋을지도 모르겠군. 그런데 그 그림은 누가 그리지?"

"물론 사랑을 담아 제가 그려야죠?"

처음 생긴 나의 남동생, 혹은 여동생에게 줄 선물이다. 당연히 내가 그려야지.

"안 돼. 아기의 미적 감각이 망가진다. 전에 부탁했던 화가를 써."

"너무해!"

"너무하기는. 도움이 되는 충고지."

반드시 빌마에게 그리게 할 것을 억지로 약속하고, 동생 사랑을 부정당한 기분에 사로잡힌 나는 조금 삐진 상태로 신전으로 향했다.

"어이, 마인. 앞으로도 계속 그림책을 만들 거면 화가를 확보해 두는 편이 좋지 않아? 한 권만 만들지는 않을 거 아냐?"

"당연히 한 권으로는 부족하지."

그림책을 만들 때마다 빌마에게 몇 번이고 협력을 부탁하게 된다면 정식으로 빌마를 나의 시종으로 두는 편이 좋을지도 모른다.

"안녕하세요, 프랑. 있지, 나, 동생이……."

"마인, 말투. 그리고 내가 먼저 보고할 테니까 마인은 나중에 해."

루츠가 흐트러진 내 말투를 지적하며 말을 썩둑 잘랐다. 그러곤 프랑에게 내가 들뜬 원인과 언제 쓰러져도 이상하지 않은 흥분 상태임을 주의하기 시작했다.

"한 번 열이 나지 않으면 흥분이 가라앉지 않을 거야. 그냥 놔두면서 주의 깊게 관찰하면 돼."

"……알겠습니다. 주의해서 지켜보겠습니다. 하지만, 마인 님. 동생 얘기는 되도록 델리아에게 말하지 않도록 주의해 주십시오. 지금은 신전장님 측에서 손을 쓰지 않고 있지만, 정보만큼은 확실히 모으고 계십니다. 마인 님께서 그만큼 기대한다는 것을 안다면 임산부나 갓난아기를 약점으로 삼을 것입니다."

프랑의 주의에 핏기가 싹 가셨다. 지금 엄마와 태어날 아기에게 무슨 일이 생긴다면 마력이 자제될 것 같지가 않았다.

"마인 공방에도 새로운 상품 얘기라면 딱히 문제없겠지만, 동생 얘기는 삼가십시오. 신전에서는 출산을 그다지 환영하지 않습니다."

꽃을 바치는 무녀나 아이가 생긴 회색 무녀의 앞날이 떠오르자 들떴던 기분이 시들해졌다. 그런 내 기분을 밝게 하려는 배려인지 프랑이 화제를 바꾸었다.

"마인 님께서 새롭게 만드시려는 책은 그림이 많지요? 역시 빌마에게 부탁하실 생각입니까?"

"그래요. 그래서 빌마를 시종으로 둘까 하는데……."

프랑은 조금 고민한 뒤, "먼저 신관장님께 보고하고 허락을 구합시다." 하고 말했다.

부탁이 있다는 내용을 편지로 써서 신관장에게 면담 시간을 잡아오도록 프랑에게 부탁했다. 네 점 종이 울린 집무가 끝난 시간, 프랑이 전한 편지를 읽은 신관장이 나를 보았다.

"마인, 부탁이 뭔가? 짧게 끝날 용무라면 지금 들으마."

"신관장님, 빌마를 제게 주세요!"

내가 되도록 짧게 부탁했더니 어째서인지 신관장이 관자놀이를 지그시 눌렀다.

"……무슨 말인지 통 알 수가 없군. 자세히 설명하여라."

"그림 솜씨가 뛰어나고 잘 돌봐주고, 성녀처럼 미소가 귀여운 빌마를 주세요."

내가 열심히 빌마를 설명했지만, 더욱 의아한 표정으로 변한 신관장의 시선이 프랑에게 향했다. 시선만으로 신관장의 생각을 눈치챘는지 프랑이 바로 설명을 시작했다.

"빌마를 시종으로 두도록 허락해 주셨으면 합니다. 빌마는 원래 크리스티네 님의 시종으로 그림이 특기인 회색 무녀입니다."

"그 예술을 좋아하는 견습무녀 말이군……. 그럼 그림보다 음악을 익힌 수습생 쪽이 마인의 교양에 도움이 될 터. 음악을 잘하는 자가 있었지? 그자를 시종으로 삼거라."

"음악을 잘하는 사람이라면 로지나 말씀이시군요."

잠자코 듣고 있었더니 어느새 시종이 빌마가 아니라 로지나로 바뀌어 있었다. 당황한 나는 프랑과 신관장의 대화에 끼어들었다.

"신관장님, 제가 필요한 사람은 로지나가 아니라 빌마입니다. 음악으로 '**그림책**'을 만들 수는 없잖아요."

"그림책이 무엇인가?"

오늘만 대체 몇 번째 질문인가. 책이 존재하는 귀족 주변이라면 아기용 그림책 정도는 있을 줄 알았건만, 신관장은 미간에 깊은 주름을 새기며 복잡한 표정을 지었다.

"아이들이 좋아하는 그림이 잔뜩 그려진 책입니다. 귀족 저택에는 있죠?"

"책 자체가 고가인데, 어떻게 다룰지도 모를 아기용 책이 있을 턱이 없지. 공부에 쓸 책이라면 지식 계통 책이면 되지 않느냐."

아무래도 아기가 읽는 책 자체가 존재하지 않는 모양이다. 종이가 비싸고 베껴서 책을 만드는 만큼 대부분의 책이 글자가 빽빽했다. 공부에 필요한 도형이나 지도라면 몰라도 그림이 중심인 책은 없는 듯하다. 그림책이 존재하지 않는 이유를 내가 납득하자, 신관장도 뭔가 납득한 듯 끄덕였다.

"그대가 그림이 그려진 책을 만들 요량으로 화가가 필요하다는 의도는 이해했다. 다만, 그대에게 필요한 건 교양이다. 빌마와 함께 로지나도 시종으로 들여라."

"네? 둘이나 시종으로 받을 낭비는 필요 없어요. 혹여 로지나를 시종으로 받아도 악기도 없을 뿐더러 연주를 선보일 기회도 없습니다. 무엇보다 전 비싼 악기를 준비할 돈도 없고, 치러야 할 제사도 없는데 교양이 필요할까요."

"그렇군. 확실히 악기가 없으면 연습도 못 하겠군."

일단 납득한 듯 끄덕이는 신관장을 따라 함께 끄덕여됐지만, 사실

나는 음악에 크게 관심이 없었다. 듣는 건 좋아한다. 하지만 스스로 연주하고 싶지는 않았다. 연주를 할 수 있다면 멋있기는 하겠으나, 연습 시간에 쓸 시간을 차라리 독서에 쓰고 싶었다.

화가가 필요하다 주장하고, 빌마를 시종으로 삼는 허락을 받았기에 이걸로 상담은 끝이다. 나는 만족하며 신관장의 방을 나섰다.

"그럼, 프랑. 오후부터는 고아원에 가서 빌마의 의사를 확인합시다."

"빌마의 의사? 시종으로 삼는다고 하지 않으셨습니까?"

내 말에 프랑은 의아스럽게 눈을 깜빡였다.

"……평민인 나를 섬기고 싶지 않을지도 모르잖아요?"

내 시종은 프랑도, 길도, 델리아도 타인의 명령으로 정해진 자들로 누구 한 사람 나의 시종이 되고 싶어 한 사람은 없었다. 평민을 섬기기 싫다며 길이 대놓고 불평했던 날이 얼마 전이다.

이제야 겨우 잘 지내게 됐는데, 한 명이 불만에 차서 일하게 되면 이상한 분위기가 주변에도 전염된다. 만약 빌마가 내 시종이 되기 싫다면 언제 다른 사람이 데려갈까 노심초사하겠지만, 그렇더라도 지금까지 해 왔듯이 그림을 의뢰하기만 하면 되었다.

"마인 님, 무슨 말씀이 있으신지요?"

평소에는 온화한 미소로 고아들의 요즘 상태나 고아원에 부족한 물품 등을 보고해 주는 빌마가 나와 프랑을 보더니 표정이 불안해졌다.

"빌마, 내 시종이 되어 주겠어요? 이건 명령이 아니라 의사를 확인하는 절차이니 거절해도 괜찮습니다."

빌마는 내 말에 불안스럽게 주위를 둘러본 후, 한숨을 내쉬며 눈을 내리깔았다.

"……대단히 감사한 말씀이지만, 저보다 로지나를 삼아 주십시오."

빌마는 힐끗 프랑을 쳐다보더니 난처한 듯 시선을 피했다. 매우 말하기 힘든 것처럼 미간을 찌푸리며 무거운 입을 열었다.

"……저는 청색 신관에게 속아 꽃을 바치는 무녀로 끌려간 적이 있습니다. 주인이셨던 크리스티네 님께서 제 부재를 눈치채고 도와주신 덕에 무사했지만, 그 이후로 남성이 무섭습니다. 명령이시라면 따르겠지만, 의견을 들어 주신다면 저는 이대로 고아원의 여자동에서 지내고 싶습니다. 이곳에 있으면 아이들도 여자뿐이니까요."

귀족 구역에서는 남성 시종의 방만 주인의 방에서 완전히 떨어져 있다. 하지만 고아원 원장실은 1층과 2층으로 남녀가 나누어져 있을 뿐, 밖에 나오면 모두가 1층을 지나가야 한다. 그리고 루츠나 벤노 같은 손님도 프랑을 포함한 회색 신관도 당연하게 2층에 출입한다. 남자가 없는 환경이 될 수 없었다. 빌마의 주장은 이해했지만, 도무지 납득이 가지 않는 점이 있었다.

"고아원에서 지내면 오히려 꽃을 바치는 대상이 되지 않나요?"

"저 같은 수수한 사람을 주목할 청색 신관은 없습니다."

머리를 바짝 묶어서 최대한 눈에 띄지 않게 지낼 요량이었겠으나 오렌지에 가까운 금발은 매우 눈에 띄었으며 아이들에게 보여주는 부드럽고 편안한 웃음은 수수한 외모만큼이나 더욱 청초한 느낌이 들었다. 주목하지 않는 청색 신관만 있지는 않을 터였다.

"그럼, 빌마. 신관장님께 부탁해서 고아원에서 지내면서 신분만 시종이 될 수 있다면 내 시종이 되어 주실 건가요? 앞으로 그림을 가득 넣은 어린이용 책을 만들 계획이라 그림 실력이 뛰어난 빌마가 저에겐 필요합니다."

"그럼 그렇게 명령하시면 간단하셨을 텐데……."

"빌마가 싫어하는 일을 강요하고 싶지 않아요."

나는 누군가에게 명령하길 싫어하고, 시종은 주인의 방에서 함께 생활하며 일해야 하므로 모든 생활이 곧 업무다. 계속 불만을 가진 채라면 분명 어딘가에서 틀어질 것이다.

"고아원을 나올 필요가 없다면 기쁘게 마인 님의 도움이 되고 싶습니다."

수줍어하듯 웃으면서 빌마가 그렇게 말해주었다. 그 미소를 지키기 위해 반드시 신관장을 설득하리라 벼르는데, 신관장보다도 먼저 프랑이 엄격한 의견을 냈다.

"마인 님, 시종은 반드시 주인의 방으로 거주를 옮겨야 합니다. 고아원에 계속 지내게 할 수는 없습니다. 어떻게 신관장님을 설득할 생각이십니까?"

나는 빌마와 고아원과 조금 떨어진 곳에서 불안하게 바라보는 아이들을 번갈아 보았다.

"지금은 어린아이들을 돌봐 줄 회색 무녀가 없어요. 한밤중에 갑자기 열이 나는 아이도 있을 테니 원장인 저의 시종이 고아원을 돌보도록 하겠다고 설득하면 어떨까요?"

"……전혀 생각이 없으셨던 것도 아니었군요. 조금 안심했습니다."

은근히 실례되는 말투였지만, 프랑도 완전히 반대하지는 않는가 보다.

"빌마를 고아원에 둔 채 시종으로 삼을 수 있을까?"

"관례를 벗어나게 되겠지만, 고아들과 빌마의 상황을 신관장님께 잘 말씀드리면 불가능하진 않을 겁니다."

프랑의 찬성 의견을 받아 신관장에게 면담을 의뢰하는 편지를 보냈더니 '빌마의 대우에 관해서는 프랑의 의견도 듣고 싶으니 그대의 방에서 얘기하는 편이 좋겠다'는 답장이 왔다.

닷새 후의 다섯 점 종으로 지정된 면담 날까지 나는 정력적으로 일했다. 그림책 만들기에 필요한 두꺼운 종이를 길을 시켜 마인 공방에서 뜨게 하고, 루츠를 통해 사기로 약속했다. 동시에 엄마가 들려줬던 이야기를 고아들에게 낭독하여 어떤 이야기가 그림책으로 만들기 쉽고, 아이들이 좋아하는지 반응을 보았다. 하지만, 아이들은 등장하는 단어마다 "그게 뭐야?" 하고 의문을 연발하여 이야기를 즐기지 못했고, 빌마는 마을의 생활을 이해하기 어려워서 못 그리겠다고 했다. 상식과 생활의 차이가 생각보다 제법 큰 모양이다.

게다가 신전에는 동물의 의인화라는 개념이 없는지, 「늑대와 일곱 마리의 어린 염소」나 「복숭아동자」 이야기를 들려줘도 아이들은 어떻게 동물과 얘기할 수 있냐는 질문을 했다. 이래서는 내가 아는 동화를 그림책으로 만들기도 어려웠다. 벤노에게는 수많은 충고를 들었지만, 역시 내 동생에게 줄 첫 그림책은 내가 그리는 편이 좋을 듯싶다.

그리고 푸고와 엘라가 레시피를 거의 외웠기에 새로운 요리사가 들어왔다. 푸고와 나이가 비슷한 남성이 "네?" 나 "잠깐만요!?" 라며 당황한 듯한 이상한 소리를 지르면서 고군분투했다. 조수인 엘라가 "괜찮아. 금방 익숙해질 거야." 하고 자신이 온 길을 되새기는 듯한 표정으로 말했다.

 그리고 면담 당일. 오후 약속이기에 도서실에 가지도 못하고 나는
방에서 프랑과 함께 신관장을 맞이할 예법과 신관장이 좋아하는 차를
복습했다. 그러자 약속 시각보다도 훨씬 일찍 문밖에서 방문자를 알
리는 종이 울렸다.

 "신관장님의 심부름꾼이군요."

 프랑은 그렇게 말하며 일어나 1층으로 향했다. 나는 잘 분간이 안
가지만, 소리나 울리는 방법에 차이가 있다고 한다. 매우 바쁜 신관장
이기에 면담 시간을 변경이라도 하려는 건가.

 "신관장님께서 보내신 선물입니다. 어디로 옮길까요?"

 "2층으로. 주인님의 방에 부탁드려요."

 아르노와 델리아의 목소리가 아래층에서 들리자 나는 서둘러 귀족
아가씨다운 도도한 미소를 지었다.

 "실례합니다, 마인 님."

 아르노를 선두로 회색 신관들이 델리아와 프랑의 지시에 따르며 커
다란 짐들을 차례차례 옮겨왔다. 그동안 아르노는 어딘지 그리운 듯
눈을 가늘게 뜨며 내 방을 빙글 돌아본다.

 "……이 방을 그대로 쓰고 계시는군요."

 "응?"

 "아닙니다, 신경 쓰지 마십시오. 커다란 상자가 세 개, 작은 상자가
두 개. 확실히 옮겨 드렸습니다."

 "고맙게 생각한다고 신관장님께 전해 주세요."

 아르노의 말에 나는 미소로 대답했다. 아르노를 선두로 신관장의

심부름꾼들이 줄지어 돌아갔다. 배웅한 프랑이 문을 닫자마자 재빨리 2층으로 올라왔다.

"이제 곧 신관장님께서 오실 시간이니 바로 열어 봅시다. 델리아, 공방에 가서 길을 불러와 주세요."

"알겠습니다. 정말이지! 선물이라면 방문 시간 직전이 아니어도 될 텐데!"

델리아가 달려가자 허둥대듯 프랑이 상자를 열기 시작했다. 금방 델리아와 길이 돌아와 프랑을 도왔다. 나무 상자 속에는 침구 세트와 어른용과 어린이용 악기 두 개, 그리고 악기 손질용 도구들이 천으로 싸여 있었다. 신관장은 무슨 일이 있어도 내게 악기를 배우게 하고 싶은 모양이다.

'와오. 악기가 없다고 거절했더니 악기가 왔네.'

"저기, 프랑. 신관장님께서 이 선물들을 보내겠다는 언질을 주셨 나요?"

어마어마한 양에 고마움보다도 먼저 곤란스러웠다. 특히 침구는 다른 사람에게 선물을 받아본 적이 없어서 더욱 그러했다. 프랑도 많이 당황했는지 어려운 얼굴을 지었다.

"이곳에서 생활은 하지 않더라도 병약하고 자주 쓰러지는데 침구도 제대로 준비되어있지 않다니 무슨 일이냐며 반성실에서 쓰러지셨을 때 분개하셨는데, 설마 침구를 보내실 줄은……."

몇 번이나 신전에서 쓰러진 탓에 이불은 필요하다고 생각했지만, 설마 신관장에게 선물을 받을 줄은 몰랐다. 길과 델리아가 정리해 준 침대로 다가가 쓰다듬어 보았다. 신관장이 고른 침구는 우리 집에서 쓰는 짚을 채운 이불이 아닌, 프리다네 저택의 객실에 준비되어 있을 법한 고급 이불이었다. 촉감이 부드러운 시트와 자수가 잔뜩 들어간 훌륭한 물건이었다. 천과 자수만으로도 상당한 금액이다. 침구 세트에 들어갔을 금액을 생각하니 머리가 어지러웠다.

"프랑, 귀족들은 이런 물건들을 당연하게 선물하나요? 아니면 대신 사줬다가 나중에 청구하나요? 청구해도 돈을 내지 못할 땐 어떡해야……."

"아마 마인 님을 반성실에 보내고 쓰러지게 해 버린 일을 사과하는 선물이니 감사하다 인사드리면 될 겁니다."

"감사…… 이번에는 어떤 신에게 감사하면 되나요?"

감사의 인사로 또 새로운 신의 이름을 외어야 되나 싶어 진절머리를 내며 묻자, 프랑이 큽, 하고 웃음을 참는 표정으로 입가를 틀어막았다.

"이번에는 신이 아니라 신관장님께 감사하십시오."

침대에 침구를 넣고 악기나 도구를 놓을 자리를 정하고, 대충 짐 정리를 끝낸 후 관례대로 나무상자나 천을 시종에게 하사했다. 끝났다고 생각했을 때쯤에 다섯 점 종이 울렸다.

바로 아르노를 거느린 신관장이 방문했다. 나는 프랑에게 배운 대로 신관장을 맞이하며 인사했다. "아직 불안한 느낌은 드나 일단 외우긴 했군." 하고 합격점에 가까운 말을 들었다. 나도 조금은 귀족 아가씨답게 성장했나?

"신관장님, 잠이 잘 올 것 같은 이불을 주셔서 감사하게 생각합니다."

2층에 올라와 침대가 눈에 들어온 내가 인사를 하자마자 어째서인지 신관장이 머리를 감쌌다.

"저기, 뭔가 실수했나요? 전 인사를 했을 뿐인데요?"

"확실히 그대는 인사를 했을 뿐이지만, 선물의 내용까지 말할 필요는 없었다. 앞으로 감사의 뜻을 표할 땐 훌륭한 선물, 이라든지 제 소망을 이루어 주셔서, 같이 에둘러 표현하도록."

'선물 내용까지는 말하지 말기' 하고 마음속으로 되새겼다. 그때 신관장이 벌레라도 씹은 표정을 지으며 작은 목소리로 덧붙였다.

"그리고 내가 그대에게 침구를 선물한 일은 절대 언급하지 말도록. 본래 침구라는 건 가족이나 혼약자…… 애인에게 보내는 물건이므로 주변에 쓸데없는 오해를 불러일으킬 수 있다."

"엑!? 왜, 왜 그런 오해를 불러일으킬 선물을 보내셨나요!?"

나도 아니고 신관장 같은 사람이 깜빡하지는 않았을 터. 오해를 부를 걸 알면서 굳이 침구를 선물한 이유를 모르겠다.

"이번에는 다 그대 잘못이다. 약한 몸으로 몇 번이고 신전 내에서 쓰러졌으면서 뼈대밖에 없는 침대라니. 프랑이 의식이 없는 그대를 시트도 안 깔린 판자 위에 눕혔을 땐 내 눈을 의심했다."

놔뒀다가는 평생 안 갖췄을 것 아니냐며 신관장이 나를 노려봤다. 뒤만 돌아서면 까맣게 잊고 이불을 주문하는 것조차 머리에 없었던 나는 살짝 시선을 피했다.

"……우, 죄송합니다."

부자연스러운 헛기침을 하고 신관장이 테이블 쪽을 힐끗 쳐다보았다. 그제야 아직 자리를 권하지 않았다는 걸 깨달은 나는 신관장을 자리로 안내했다.

오늘은 상대가 신관장인 만큼 델리아가 아닌 프랑이 차를 달였다.

같은 물, 같은 잎을 쓰는데도 프랑이 달이는 차 맛은 확연히 달랐다. 군더더기 없이 물 흐르는 듯 움직이는 프랑의 아름다운 일 처리 동작을 델리아가 뚫어지게 쳐다본다.

"아아, 오랜만에 프랑이 달인 차를 마시는군. ……흠. 여전히 훌륭한 향이구나."

훗 하고 만족스럽게 표정을 누그러뜨리며 차를 마시는 신관장의 모습에 프랑도 살짝 웃음 지었다. 길이 가져온 접시를 델리아가 받아 조심스럽게 테이블 위에 놓았다.

"신관장님. 디저트로 쿠키는 어떠십니까? 남성의 입맛에 맞춘 달지 않은 과자입니다."

쿠키를 한 입 베어 먹은 신관장의 눈이 살짝 크게 뜨였다. 과자 하나를 먹고 바로 다음 쿠키로 손을 뻗는 모습을 보니 그리 나쁜 반응은 아니었다.

"……마인, 이건 대체 어디에서?"

"지금은 제 주방에서 만든 것뿐이지만, 이탈리안 레스토랑에서 후식으로 차와 함께 내거나, 선물용으로 조그맣게 포장해서 판매할 예정입니다."

그 순간, 내 말을 이해하려는 듯이 신관장이 자신의 관자놀이를 눌렀다.

"그대는 종이나 린샴뿐만 아니라 요리에까지 손을 뻗고 있었단 말이냐."

"네. 개점 전에 시식회를 열 예정이니 괜찮으시면 신관장님도 와주세요. 귀족이 먹는 요리를 내는 가게로 만들 계획입니다. 프랑이 맛을 보증해 주고 있지만, 꼭 한 번 진짜 귀족의 식사도 경험해 보고 싶네요."

날 초대해, 초대해, 하고 열심히 눈빛으로 사인을 보냈다. 눈치가 빠른 신관장이 나의 끈기에 밀려 눈을 감으며 조만간 점심식사에 초대하기로 약속해주었다. 나는 '좋아!' 하고 테이블 밑에서 주먹을 불끈 쥐었다. 이걸로 벤노가 낸 과제 하나를 해결했다. 신관장의 초대 자리에서 요리와 맛, 서비스를 체크해 두고 싶었다.

차와 쿠키를 어느 정도 맛본 뒤, 신관장이 얘기를 꺼냈다.

"그래서 빌마의 일로 상담이 있다고 들었는데?"

"빌마를 시종으로 둔 뒤에도 고아원에서 생활하게 하고 싶은데 허락해 주실 수 있으신지요?"

신관장이 이해할 수 없다는 듯이 "이유는?" 하고 인상을 찡그렸다. 시종은 이름 그대로 주인의 곁에서 종사하는 존재이다. 고아원을 벗어나길 원하는 사람은 있어도 머물기를 원하는 사람은 없다.

"현재 세례 전 아이들을 돌봐 줄 사람이 한 사람도 없으므로 원장의 권한으로 빌마를 고아원에 두고 생활하게 하고자 합니다. 어린아이는 자주 아프고, 한밤중에 열이 나기도 합니다. 빌마도 마인 님도 아이들을 매우 걱정하고 있습니다."

옆에서 거드는 프랑의 말에 신관장이 흠, 하고 턱을 쓰다듬는다.

"……빌마가 고아원에서 지낸다면 더더욱 로지나를 시종으로 삼거라. 악기도 준비했으니 이제 문제없겠지?"

신관장이 날카롭게 노려봤지만, 역시나 도무지 납득이 안 갔다.

"왜 음악이 필요하죠? 신전 의식에서 연주하지는 않을 거 아녜요?"

"신전에서는 전혀 필요 없다. 청색 신관 중에 실력이 없는 자도 있겠지."

그렇게 말하며 신관장은 테이블 위에 작은 마술구를 탁 꺼냈다. 도청 방지용 마술구다. 낯익은 그것을 나와 신관장이 손에 쥐었다.

"그대는 장래에 틀림없이 귀족과 관련하게 될 것이다."

"……전 가족과 떨어질 생각이 없는데요?"

그래서 신전에 들어와서도 통근하고 있다. 하지만 신전장을 상대로 폭주한 마력을 계기로 나와 가족의 유대감을 어느 정도 파악했을 신관장이 '틀림없이'라고 단정한 탓에 불안감이 스멀스멀 엄습해 왔다.

"그대는 잘 모르겠지만, 서로 균형 잡힌 마력이어야만 아이를 가질 수 있다. 그대의 마력은 소마석 열 개 정도를 봉납해도 태연하고, 내 비밀의 방에도 들어올 정도다. 즉, 귀족 외에 아이를 가질 수 없으니 평민과는 결혼할 수 없겠지."

그러고 보니, 델리아에게 마력의 균형에 관해 들은 적이 있었다. 청색 신관의 극악무도함에 분노하느라 전혀 의식하지 못했지만, 그 법칙은 당연히 내게도 적용된다. 하지만 내 마음은 "그래서 어쩌라고?"였다.

"처음부터 결혼은 기대도 안 했으니까 못 해도 딱히 문제없는데요?"

"잠깐. 왜지?"

"신관장님께서도 아시듯이 전 허약하니까요. 매일 열나고 일도 만족스럽게 못 하는 여자를 어떤 남자가 아내로 맞고 싶겠어요. 전 그냥 짐이라고요."

내가 사는 빈민 마을에서 좋은 아내란 건강과 튼실함이 가장 우선 조건이다. 그리고 착한 마음씨와 부지런함이 그 뒤를 잇는다. 미인의 조건으로 바느질과 살림 실력 등을 보지만, 나는 첫 조건에서부터 아내 후보에서 제외된다. 애초에 우라노 시절도 연애와 결혼과는 인연이 없는 인생이었기에 크게 비관하지는 않았다. 책을 만들어 읽을 수 있다면 그걸로 좋다.

"평민과 귀족은 다르다. 자식의 마력은 어머니의 영향을 강하게 받지. 그대는 갑자기 태어난 신식치고는 상상할 수 없을 만큼 방대한 마력을 소유하고 있다. 귀족이 적은 지금 상황에서 그대가 적령기가 되면 마력의 짝을 찾는 귀족이 떼 지어 모이겠지. 지금은 단지 거두어 기르기엔 돈이 들고, 허약해서 언제 죽을지 모르니 방치하고 있을 뿐이다. 그런 그대가 모든 청색 신관의 가문에서 도망칠 수는 없어."

주변이 나를 그런 눈으로 보고 있을 줄은 몰랐다. 청색 신관은 대략 열 명. 그 아버지와 어머니 쪽 친가에서는 또 대체 얼마나 많은 귀족이 나올까. 나는 그 모든 청혼을 거절할 수 없을 것이다. 오싹거리며 몸이 떨렸다. 그런 먼 미래의 일까지는 생각해 보지 않았다. 5년 정도 뒤에 귀족이 또다시 늘면 버려질 것이라고 벤노에게 들었기에 그때는 신전에서 벗어나면 그만이라고 생각했다. 도망쳐서 타우 열매로 목숨을 연명해 갈 계획이었는데 설마 애 낳는 모체로 귀족들의 표적이 되다니 상상외였다.

"하급 귀족으로는 짝이 맞지 않는다. 아마 상급 귀족과 연결고리를 가지기 위한 도구로 쓰이게 되겠지. 그때 아이를 낳는 도구로 취급될지, 아니면 귀족다운 거동을 익힌 자로서 위치를 보장받을지 큰 차이가 나겠지. 네 몸을 지키라고 교양이 필요하다는 것이다."

"……알겠습니다. 로지나도 시종으로 들여서 최대한 교양을 익히겠습니다."

신관장이 "좋아." 하고 마술구를 테이블 위에 탁 놓았다. 이야기는 끝인 모양이다. 나도 마술구를 놓고 조심스레 돌려주면서 싱긋 웃으며 신관장을 바라보았다.

"그럼 본보기를 보여주세요. 귀족이 어느 정도 실력을 원하는지 알고 싶어요."

연주해 달라는 뜻으로 악기를 가리키자 신관장은 마술구를 회수하고 한숨 쉬며 프랑을 불렀다.

"페슈필을 가져오거라."

방구석에 놓인 크고 작은 악기를 페슈필이라 부르는 모양이다. 커다란 쪽이 어른용이고 작은 쪽은 아이용이란다. 류트와 거문고를 합친 것처럼 보이는 악기로 반두리아와 형태가 비슷하다. 몸통은 서양 배를 반으로 자른 듯한 모양이고, 위쪽은 조금 완만한 곡선이다. 표면판에 기타의 사운드 홀처럼 구멍이 뚫려 있는데, 어른용은 기하학적인 모양으로, 아이용은 덩굴진 식물 모양으로 매우 장식적이었다. 언뜻 보기에도 50~60가닥 정도의 현이 있다. 현을 감은 핀에는 마치 상아 같은 소재가 사용되어 나무 악기에 정취를 곁들였다. 머리 부분에는 말 모양의 조각이 새겨져 순간 '마두금(몽골의 활현악기)이냐!' 하고 딴지를 걸고 싶었지만, 이곳에서 통할 리가 없기에 자중했다.

신관장은 의자의 위치를 조금 바꾼 뒤, 두 발을 나란히 하고 의자에 앉아 페슈필을 넓적다리 사이에 살짝 끼우듯 올렸다. 왼손으로 목 부분을 지탱하면서 중지로 현을 튕겼다. 둥, 하고 공기가 흔들리며 기타 같은 소리가 울렸다. 오른손으로 하프를 치듯 손톱으로 현을 튕기자 띠링, 하고 울리는 맑고 높은 소리가 공기에 녹아 간다.

이미 조율이 되어 있는지 페슈필을 잡은 신관장이 가볍게 눈을 감앗다. 오른손이 주선율을 연주하고 왼손이 베이스 같은 깊이감 있는 낮은 소리를 냈다. 마디마디가 돋보이는 기다란 손가락이 자유자재로 움직이며 처음 들어 보는 곡을 연주하기 시작했다. 처음 보는 악기와 처음 듣는 곡이지만, 신관장의 연주 실력이 능숙하다는 것만큼은 금방 알 수 있었다.

'잘한다. 동문 주변을 어슬렁거리는 음유시인은 비교도 안 될 정도야.'

참고로 나는 음유시인을 좋아하지 않는다. 낯선 노래라서인지 도통 무슨 노래인지 잘 들리지 않았다. 마치 처음으로 비파를 타는 승려의 군담가를 들었을 때와 똑같은 기분이 들었다.

"푸르고 높은 하늘……."

신관장이 곡에 맞춰 노래를 부르기 시작했다. 빛나는 여름의 정경이 눈에 보이는 듯한 가사로 자라나는 초목과 태양의 은혜에 감사하는 노래다. 예전부터 낮고 울림이 있는 목소리라 생각했지만, 노래를 부르니 또 다른 울림이 있었고, 무서울 만치 아름다운 목소리였다. 낯선 곡인데도 귀에 쏙쏙 들어와 넋을 잃고 빠져들었다. 띠링… 하고 마지막 한 음의 여운을 남기며 감탄의 한숨을 내뱉자, 신관장이 페슈필을 프랑에게 넘겼다.

"흠, 이 정도다. 마인, 어땠나?"

"신관장님이 사랑 노래를 부르시면 여자들이 줄을 서겠네요."

"무슨 말을 하느냐?"

신관장의 날카로운 눈초리에 그제야 속마음을 뱉어 버렸다는 걸 알았다. 쓸데없는 소리를 뱉은 입을 서둘러 막고 나는 속마음을 완곡하게 에둘러 표현했다.

"아름다운 소리에 넋을 잃었어요. ……하지만 제게는 너무 어려워요."

"교양을 어찌 하루아침에 익히겠느냐. 평소의 끊임없는 연습이 필요하지. 조금 해 보아라."

열혈 교사인 신관장에게 붙잡혀 뜬금없이 음악 수업이 시작되었다.

페슈필과 로지나

프랑이 건넨 건 처음 연습하는 작은 어린이용 페슈필이었다. 그래도 내 체격에 비하면 크기가 꽤 컸다. 어린이용은 어른용 페슈필에 비해 현의 수가 절반 정도로 상당히 적었고, 음역이 멜로디카 두 개 치정도다.

나는 신관장처럼 넓적다리 사이에 끼우고 왼쪽 어깨와 위팔로 지탱하듯 페슈필을 들었다. 기본적으로 무겁지 않은 나무 재질이라 지탱만 한다면 나라도 자세를 잡을 수 있었다.

"비스듬히 들면 점점 무겁게 느껴지니, 가능한 곧게 들도록 연습하여라."

연습용 악기라서인지 딱 한 줄에만 색이 칠해져 있었다. "이것이 기본음이다." 라며 그 현을 신관장이 띵하고 튕겼다. 도의 소리다. 한 줄 뛰면 레, 또 한 줄을 뛰면 미. 쭉 늘어선 가느다란 현은 반음씩 이루어져 있어 마치 피아노를 직접 치는 듯한 느낌이다. 피아노와 달리 검은 건반이 없으므로 음을 찾기가 상당히 어렵긴 하지만.

"이것이 음계다. 높게 혹은 낮게 소리가 계속 이어진다."

숫자를 외울 때처럼 기본 음계가 뇌 속에서 7음계로 바뀌었다. 억지로 하긴 했지만, 우라노 시절에 3년간 피아노를 쳐 본 적이 있었다. 적응하기 전까지 페슈필을 능숙하게 켤 수는 없겠지만, 내가 아는 간단한 곡 정도는 연주할 수 있을 것 같았다.

"나리나리…… 개나리……."

이쪽 언어에 맞추어 내가 더듬거리며 '개나리'를 연주하며 만족스러워하는데 신관장이 "뭔가, 그 곡은?" 하고 이상하다는 듯이 중얼거렸다.

"가사대로 꽃 노래예요."

이곳에는 개나리가 존재하지 않지만, 신관장이 세상 모든 꽃에 정통할 리 없기에 문제없으리라. 그런데 신관장이 턱을 손가락으로 쓰다듬으며 잠시 생각에 잠겼다.

"……그대에게 음악적 재능이 있는 것 같은데?"

"아뇨, 없어요! 손톱만큼도!"

큰일이다. 스스로 기대치를 높여 버렸다!

처음 접한 악기로 갑자기 자작곡을 연주하다니, 누가 들으면 꼭 모차르트 이야기이지 않은가. 그런 천재를 보는 듯한 눈으로 쳐다봐도 곤란하다. 내가 외우는 곡은 기껏해야 학생 시절에 억지로 외운 교가와 피아노 발표회에서 연주한 몇 곡 정도. 음악적 재능 따위 전혀 없다.

"그렇게 단정할 건 아니다. 솔직히 평민이 얼마나 할 수 있을까 불안했는데 이 정도면 금방 뛰어난 연주가가 되겠군."

나의 필사적인 부정에도 불구하고 신관장은 씨익 웃으며 연습 계획을 짜기 시작했다. 주로 나의 소중한 독서 시간을 깎는 방향으로.

"저기, 신관장님. 전 이 이상 독서 시간을 할애할 생각은 없는데요?"

"그러나 악기를 익히려면 빠짐없이 연습해야 한다."

"네. 그건 알겠습니다. 그래도 독서 시간만큼은 양보 못 해요."

사실 신전에 있어도 고아원이나 마인 공방의 상태를 보러 가거나,

신관장의 업무를 돕거나, 프랑이 바쁘거나 해서 도서실에 박혀 있을 시간은 그리 길지 않다. 밥시간은 완벽하게 관리되고 있고, 책은 쇠사슬에 묶여 빌릴 수도 없는 탓에 독서 시간은 신전에 들어오기 전 예상했던 시간보다 훨씬 적었다.

"내가 신전에 들어올 때 신관장님께서는 마력 제공과 도서실 정리만 지시하셨죠. 신관장님의 일은 어디까지나 선의로 돕고 있잖아요? 신관장님을 돕는 시간을 페슈필 연습 시간으로 바꾸는 한이 있어도 독서 시간은 절대 못 빼요."

잠시 서로를 노려본 결과, 집무와 음악을 재어 본 신관장은 음악 쪽이 중요하다고 판단한 듯하다. 신전에 와서 세 점 종이 울릴 때까지 페슈필 연습을 하라고 말했다.

"그럼 빌마와 로지나에게 전해 두도록. 그리고 가끔 확인하러 올 테니 그런 줄 알고 페슈필 연습에 힘쓰거라. 게으름 피워도 내 눈은 못 속인다."

신관장이 거대한 못을 내 가슴에 푹 박아 버렸다. 감시하지 않으면 그다지 흥미도 없는 악기 연습 따위 내가 진지하게 할 리가 없다. 그런 의미에서 신관장의 발언은 실로 옳았다.

신관장을 배웅한 뒤 나는 프랑과 함께 고아원에 가기로 했다.

"길, 델리아. 지금부터 고아원에 갈 테니 로지나가 쓸 방을 준비해 주세요."

"맡겨 둬. 돌아올 때까지는 깨끗하게 해둘게."

프랑과 고아원의 식당으로 향한 나는 빌마와 로지나를 불러오도록 했다. 호출의 의미를 아는지 고아들이 불안스럽게 나를 바라보았다.

"빌마를 시종으로 두시나요? 빌마, 고아원을 떠나나요?"

"그럴 생각이지만, 난 원장으로서 빌마를 고아원에서 두고 모두를 돌보는 업무를 맡길 생각입니다."

"와! 정말? 빌마는 데려가지 않으실 거죠?"

환성을 지른 아이들이 식당에 모습을 드러낸 빌마 곁으로 앞다투어 뛰어갔다.

"빌마가 시종이 되면 고아원에서 일한대!"

옷을 당기고, 팔을 끌어당기며 아이들이 빌마에게 엉겨 붙었다. 그런 아이들을 끌면서 빌마가 기쁜 미소를 지으며 이쪽으로 다가왔다. 아이들이 빌마를 상당히 잘 따르는 모양이다. 빌마를 고아원에 남기길 잘했다고 새삼스레 생각했다.

나는 아이들에게 얘기가 끝날 때까지 떨어져서 조용히 있도록 지시했다. 파도가 빠지듯 아이들이 벽 쪽으로 나란히 서면서도 기쁜 표정으로 이쪽을 가만히 바라본다.

"신관장님의 허가를 받았으니 빌마를 내 시종으로 두겠습니다. 빌마의 업무는 고아원 관리와 그림 그리기입니다. 어린아이들을 돌봐야 하니 고아원에서 생활하게 하겠습니다."

이걸로 빌마는 고아원 여자동에 지내면서 생활하게 되었다. 다른 청색 신관에게 끌려가 꽃을 바치지 않아도 된다. 빌마의 온화한 갈색 눈동자가 기쁨에 차 글썽거렸다.

"감사하게 생각합니다. 힘껏 마인 님을 모시겠습니다."

빌마와 얘기를 끝냈을 때 로지나가 식당에 나타났다. 투리와 똑같은 곱슬기 있는 풍만한 밤색 머리를 반으로 묶은 로지나의 선명한 파란 눈동자가 희망과 기대로 빛났다.

"마인 님, 하실 말씀이 있다고 들었습니다."

로지나는 어른스럽고 예쁜 용모다. 곱슬기 있는 머리가 화려하고, 행동이 조신하여 청순한 귀족 아가씨로 보인다. 빌마와 로지나의 행동을 보면 예술을 좋아했다는 전 주인의 모습이 눈에 보이는 듯하다.

아마 신관장은 로지나 같은 행동을 내게 원하는 것이리라.

알고는 있지만, 사람의 적성은 제각각이다. 미인이며 동작 하나하나가 세련되고, 교양까지 갖춘 시종과 앞으로 비교당할 생각에 깊은 한숨이 나왔다.

"로지나를 제 시종으로 삼겠습니다."

믿을 수 없다는 듯이 로지나는 입가를 막으며 볼을 장밋빛으로 물들었다. 내가 똑같이 행동했다면 주위의 반응이 크게 다를 몸짓에 나는 조용히 눈을 내리떴다.

"신관장님께서 로지나를 시종으로 두고 교양을 배우도록 권하셨습니다. 로지나의 업무는 제가 신전에 도착하고 세 점 종이 울릴 때까지 페슈필을 가르치는 것. 그 외의 시간에는 다른 시종들과 똑같이 일하면 됩니다. 괜찮을까요?"

"네. 무슨 불만이 있겠습니까. 페슈필은 제가 가장 자신 있는 악기입니다."

이야기를 마친 나는 시종으로 들어와 기뻐하는 로지나를 거느리고 빌마와 아이들의 배웅을 받으며 고아원을 뒤로 했다. 고아원에는 개인 물품이 없다. 몸만 옮기고 시종의 생활에 필요한 물건은 주인이 준비해야 한다.

방으로 돌아가자 1층에 집합한 시종들이 프랑의 지시에 따라 각자 소개하는 시간을 가졌다. 아무래도 주인은 시종 간의 이러한 연계를 봐서는 안 되는 모양인지, 나는 2층에서 대기했다. 궁금해도 들여다보지 말라는 말을 들었다.

방치되어 심심해진 나는 신관장이 남긴 이 세계의 악보를 바라보았다. 첫 과제 곡이었다. 그렇게 길지는 않지만, 익숙지 않은 곡을 외우기란 어렵다.

돌연히 "나 공방 정리랑 문 잠그고 올게." 하고 말한 길의 목소리에 이어 방을 나가는 소리가 들렸다. 소개와 1층 안내가 끝났는지 프랑이여 시종의 방을 안내하기 위해 로지나와 델리아를 데리고 2층으로 올라왔다.

"어머! 페슈필이…… 마인 님, 바로 켜 봐도 되겠습니까?"

크고 작은 두 개의 페슈필을 본 로지나가 감격에 겨운 소리를 질렀다.

"정말이지! 로지나! 악기는 도망 안 가요. 먼저 방을 정리하고 와요."

"원하던 물건을 만나 감격스럽겠지만, 델리아의 말대로 먼저 방을 정리해 주세요. 짐이 적으니 오래 걸리진 않을 겁니다."

악기를 발견한 로지나를 도서관을 발견한 나라고 생각하면 허락해 주고 싶었지만, 방 정리를 돕기로 한 델리아를 놔두고 본인이 악기를 연주할 수는 없었다. 아쉬운 듯 페슈필을 바라보면서 로지나는 방으로 들어갔다.

"마인 님, 페슈필을 연주해도 괜찮겠습니까?"

재빨리 방을 정리한 로지나에게 이번에야말로 내가 끄덕이자 로지나가 파란 눈동자를 기쁜 듯 빛내며 페슈필을 손에 들었다. 가느다란 손가락 끝으로 페슈필을 살짝 쓰다듬고 줄을 튕긴다. 높은음이 울리자 로지나는 가볍게 눈을 감고 황홀한 표정으로 공기 중에 퍼져 가는 소리를 맛보았다.

로지나는 의자에 앉아 페슈필을 들었다. 허드렛일로 조금 거칠어지긴 했지만, 가느다란 손가락이 부드럽게 현을 쓰다듬듯 가볍게 움직였다. 매우 섬세하고 투명한 음이다. 같은 악기로 연주하는데 연주자의 개성인지 아니면 선곡의 차이인지 신관장의 음과 조금 다르게 들렸다. 얇은 고음으로 연주하는 곡은 역시나 모르는 곡이었지만, 로지나의 촉촉한 눈동자도, 살짝 올라간 입꼬리도 악기를 연주하게 된 기쁨으로 가득 차 있었다.

"매우 훌륭한 연주였어요, 로지나."

"영광입니다. 또 연주하게 되다니, 감격스러워서…… 마음을 담아 마인 님을 모시겠습니다."

이리하여 내게 두 명의 시종이 늘었고, 일과에 페슈필 연습이 추가되었다.

다음 날, 나는 아빠와 함께 문에 갔다. 루츠가 고아원에 가서 고아들을 데리고 와 주면 문에서 합류해서 숲에 가기로 했다.

"남자애일까? 여자애일까? 아빠는 어느 쪽이 좋아?"

요즘 아빠와의 대화는 온통 아기 이야기였다. 비슷한 얘기만 이어져서인지 투리는 최근 "마인은 아빠랑 얘기해." 하며 상대해주지 않게 되었다.

"……어렵구나. 남자아이면 우리 집에 겨우 내 편이 생기고, 여자애면 귀여우니까."

"나도 어느 쪽이라도 귀여워해 줄 거야! 그림책을 만들어서 매일매일 읽어 줘야지."

"그래, 그래."

문에 도착하고 조금 있으니 고아들이 루츠를 따라 왔다.

"루츠, 마인을 부탁하마."

"알아. 오늘은 저 녀석이 업을 거니까 괜찮아."

루츠가 수습생 중에서도 체격이 좋은 남자아이를 가리켰다. 내가 걸으면 모두를 곤란하게 하므로 등을 돌려 엎드린 그에게 업히고 출발이다.

"마인 님과 숲에 가는 건 처음이네."

들뜬 듯한 길의 말에 끄덕였다. 신전에 가게 되고부터 전혀 숲에 가질 못했다. 고아들을 인솔해야 하는 루츠의 부담이 커지기 때문이다. 이번에는 나를 업어 줄 담당을 대동했고, 모두가 숲에 익숙해진 덕분에 갈 수 있게 되었다.

"타우 열매를 주워서 또 나무를 자르자. 겨울 장작이나 식료품도 사들여야 해."

가족 네 사람치 겨울 준비도 힘든데 고아원의 겨울 준비는 얼마나 돈이 들지 모르겠다. 신의 은총이 있으니 부족한 양만 채우면 되지만, 얼마나 부족할지 모른다. 숲에서 장작을 줍기 시작한 것도 최근인데 잔가지면 몰라도 굵은 나무는 1~3년 정도는 말려야만 장작으로 쓸 수 있다. 올해 겨울 장작은 기본적으로 사야 하는 셈이다.

"겨울에 따뜻한 방에서 굶지 않고 지내면 정말 좋겠다. 그런데 겨울에는 강물이 얼어서 종이를 못 만드니까 숲에도 못 가잖아? 뭘 할 거야?"

고아들은 기본적으로 고아원에 갇혀서 생활한다. 숲에 갈 수 있게 되어 종이를 만들기 위해 숲과 고아원을 왕복하게 되었지만, 숲에 가지 못하는 겨울에는 또 갇힌 생활이다. 길은 지겹다는 듯이 입술을 삐죽거렸다.

"고아원에서 할 만한 겨울 수작업을 생각해 봐야지."

투리와 엄마는 머리 장식을 만드는 수작업을 코린나에게 주문받는 계약을 맺었지만, 고아들과는 그런 계약을 맺지 않았다. 뭔가 새로운 수작업을 생각하는 편이 좋을 것 같다.

숲에 도착하면 나는 기본적으로 집합 장소에서 대기한다. 주변 나무토막을 줍거나 과일을 따서 입에 넣는 동안 모두가 채집을 끝내고 돌아왔다. 주운 타우 열매는 네 개. 별 축제 때 대량으로 주워 갔고, 물컹물컹하게 부푼 물풍선 같은 타우 열매를 짐승들이 밟아 터트려서 많이 남아 있지 않았나 보다.

나는 넘겨받은 타우 열매를 손에 들고 마력을 흘러 넣었다. 순식간에 변화하는 열매의 모습에도 조금 익숙해졌다. 아이들은 다들 나이프나 날붙이를 들고 임전 태세를 취했다.

"좋아, 와라! 쑥쑥이 나무!"

내가 "이얍!"하고 타우 열매를 던지자, 씨가 사방으로 튀며 땅에서 싹이 쑥쑥 나오기 시작했다. 그다음 내가 할 일은 없다. 제일 구석에 물러서서 또다시 대기다. 커다란 바위에 앉아 아이들의 익숙해진 칼질에 감탄하면서 고아원에서 할 겨울 수작업을 고민하기로 했다. 우선 작년에는 무엇을 했는지를 생각해 보았다. 분명 머리 장식 만들기와 루츠의 공부로 바빴다.

아! 공부도 좋겠는데?

모처럼 시간이 있으니 아이들에게 글자를 가르치면 어떨까. 석판과 교과서를 준비해서 겨우내 시범삼아 신전 교실을 열어 읽고 쓰기와 계산을 가르치는 거다. 어차피 시종이 되면 배워야 하는 건데 어릴 적부터 미리 배워도 문제없을 테고 시종이 아니어도 배워 두면 손해는 없다. 언젠가 책을 만드는 공방이 될 마인 공방의 문맹률을 퇴치하자.

'그럼 빌마가 그려주기로 한 그림책으로 어린이용 성경을 만들어야겠어.'

성경의 내용을 아이들이 이해하기 쉬운 말로 고치면 고아들에게는 평범한 이야기보다 친숙할 게 분명하다. 그리고 교과서용으로 그림책을 만든다면 꼭 양산 체제를 취하고 싶었다. 교과서에 일일이 그림을 그려 넣을 수 없기 때문이다.

'그런데 인쇄기가 없잖아. 볼록판은 힘이 없으면 어려우니까 아이들이 찍게 한다면 등사기이려나?'

등사기 인쇄에 쓸 철필은 대장간의 요한에게 부탁하면 되겠지만, 원지(등사판의 원판에 쓰는) (이는 얇은 기름종이)를 어떻게 할지 고민해야 한다. 기름종이를 만들려 해도 밀랍 공방은 겨울 준비 기간인 지금이 1년 중 가장 바쁜 계절이다. 새로운 상품 개발에 도움을 줄 것 같지가 않았다. 볼록판이든 등사기든 도구를 처음부터 만들 걸 고려하면 분명 겨울까지는 힘들다.

'그럼 이번에는 판화가 어떨까?'

빌마에게 부탁해서 판에 그림을 그린 후 목공방에라도 부탁해서 칼로 파내면 분명 비교적 간단하게 그림책을 많이 만들 수 있다. 첫 교과서는 가장 간단한 판화로 만들자. 동시에 등사기도 진행하기로 한다. 그러려면 우선은 원지를 만들어야 한다. 종이 만들기는 마인 공방의 일이다.

"좋아, 해 보자!"

책 만들기에 의욕에 불타 주먹을 쥐며 벌떡 일어나자 토론베를 바구니에 전부 담던 루츠가 타우 열매를 들고 나를 수상한 눈으로 내려다보았다.

"마인, 행동하기 전에 보고, 연락, 상담. 잊지 마."

'그런 눈으로 보지 않아도 내일은 벤노 씨한테 상담하러 갈 생각이었어. 정말이야.'

시종이라는 일

목판화로 그림책을 만들려면 판자가 필요하다. 벤노에게 보고해서 판화를 만들 판자를 열 장 주문하고 싶다. 의기양양하게 만나러 온 나를 벤노가 굉장히 수상쩍은 것을 보는 듯한 눈으로 쳐다보았다.

"마인, 이번엔 무슨 짓을 벌일 생각이냐?"

하지만 책 만들기에 불타오른 나는 그 눈빛을 무시하고 손을 척 들어 올렸다.

"네! '판화'로 그림책을 만들 겁니다. 나무를 파면 울퉁불퉁해지잖아요? 그 위에 잉크를 삭 발라서 그 위에서 종이를 누르면 튀어나온 부분만 잉크가 묻어서 종이에 그림이나 글자를 찍을 수가 있어요."

얼른 석판을 꺼내 나무 단면도에 굴곡을 그리고 그 위에 잉크의 선을 그은 후 또 그 위에 종이 선을 그렸다. 석판을 노려보던 벤노가 어이없다는 표정을 지었다.

"……하고자 하는 말은 알겠다만, 잉크는 비싸다. 얼마나 필요하지?"

벤노의 말에 핏기가 싹 가셨다. 작은 병 하나에 소은화 네 닢이 날아가고, 식물지도 양피지보다 싼 가격에 살 수 있다고는 하나 비싸다. 책을 만든다는 고양감에 빠져 달려왔지만, 원가를 고려하면 그림책을 몇 개나 만들 수는 없다.

"워, 원가 계산을 안 했어요."

"멍청아! 원가도 계산 안 하는 상인이 어디에 있냐!?"

"저, 전 상인이 아니라 견습무녀인걸요. ……악, 아파, 아파~!"

조그맣게 반론하는 내 뺨을 벤노가 아무 말 없이 쭉쭉 잡아 찢었다. 어린 소녀를 상대로 봐 주는 게 없다. 벤노는 가끔씩 어른스럽지 않을 때가 있다. 겨우 놓아 준 볼을 쓰다듬으며 나는 벤노를 올려보았다.

"양과 가격을 생각해 볼 테니까 잉크 공방을 소개해 주세요. 최악엔 잉크부터 만들기 시작해야겠네요. 인쇄에 맞는 잉크가 있을지 없을지도 모르고……."

책을 만들려면 아직 한참 멀었나 보다. 고양감이 한숨과 함께 피유우우우, 하고 빠져나간다.

"넌 잉크도 만들 수 있나?"

"종이 때처럼 만드는 방법은 알아요. 전에는 재료도 갖추지 못했지만, 슬슬 제 힘으로 어떻게든 재료를 갖출 수 있을 것 같고, 일단 도와줄 사람도 늘었고……. 배분이나 실제 어떻게 완성될지 시행착오를 거쳐야겠지만, 뭐, 시간을 투자하면 만들 수는 있을 거예요."

"호오……."

상점을 나갈 때 마르크에게 고아원용 카루타 판을 루츠에게 전달했다는 보고를 받았다. 수취인 사인을 하고 빌마에게 그림을 그리게 할 판자를 들고 신전으로 향했다. 부탁하러 가는 김에 성녀와 같은 미소로 위안을 받고 싶다.

신전에 도착하자 문에는 프랑이 아닌 길이 대기하고 있었다. 내 모습을 발견한 길의 표정이 안심한 듯 풀어졌다.

"길은 공방에서 일하니까 문에서 만나는 건 오랜만이네. 무슨 일

있었어?"

"……델리아가 무시무시한 얼굴을 하고 마인 님을 기다리고 있어. 지금은 프랑이 말리고 있는데 언제 폭발할지 몰라. 쑥쑥이 나무처럼 불평을 터트리더라니까."

어깨를 들썩이는 길의 말에 나는 주변의 모든 존재가 정지해버린 느낌이 들었다.

"……무슨 일이야?"

"새로 들어온 시종…… 로지나였나? 걔가 좀."

하아, 하고 길이 피곤한 듯 터덜터덜 걷기 시작했다. 어제 내가 숲에 가 있는 동안 델리아와 로지나 사이에 무슨 일이 있었던 걸까. 새로운 펫을 들일 때는 예전부터 키우던 펫을 배려해야 하듯 시종끼리 질투 싸움이라도 한 걸까.

펫을 키워 본 적이 없고 책에서 읽은 지식밖에 없는데 잘 처리할 수 있을까?

주제에서 벗어난 생각을 심각하게 고민하며 발을 움직이는 사이 방에 도착했고, 길이 문을 열어 주었다. 평소와 다르게 방 안에서 평온한 페슈필 소리가 울렸다.

나는 약간 우아한 기분을 느끼며 계단을 올라갔다. 길에게 주의를 받는데도 델리아는 내려올 기척이 없었고, 뭔가 언쟁이 있었던 분위기도 없기에 완전히 방심했다.

"정마아아아아알!"

"꺅!?"

얼굴을 보자마자 특대급 "정말~!"을 먹은 내가 깜짝 놀라 방 안을 돌아보니 꼼짝 않고 의자에 앉아 페슈필을 연주하는 로지나가 있었다.

"마인 님, 로지나가 일을 전혀 안 해요!"

척하고 왼손으로 로지나를 가리키면서 델리아가 또다시 "정말!" 하고 화낸다. 내가 로지나를 바라보아도 로지나의 시선은 여전히 페슈필을 향한 채다.

"로지나, 안녕하신가요."

"마인 님, 안녕하세요. 오늘도 날씨가 좋아서 기분이 상쾌하네요."

내가 말을 걸자 겨우 로지나는 손을 멈추고 이쪽을 보았다. 델리아는 눈에 들어오지도 않는 듯한 로지나의 태도가 서로를 향한 불만스러운 심리를 말해주었다.

"로지나, 일을 안 한다고 델리아가 화가 난 것 같은데 어떻게 된 일이죠?"

"일을 안 하다니요, 누가 들으면 오해하겠어요."

느긋한 동작으로 고개를 갸웃거리면서 로지나가 그렇게 말하자, 델리아는 옷장에서 파란 의복을 꺼내면서 달려들듯 말했다.

"악기 켜는 것 외에 아무것도 하질 않잖아요! 로지나는 프랑이 말해도 듣질 않아요! 마인 님, 어떻게 좀 해 주세요!"

평소보다 조금 난폭한 동작으로 델리아가 내 의복을 다듬었다. 로지나는 나의 페슈필을 준비하면서 델리아의 불만 따위 모른 체하며 우아하게 웃었다.

"전 시종으로서 페슈필 연습을 하고 있지 않습니까. 마인 님, 이렇게 무녀의 일도 모르는 자는 무시하십시오. 자, 연습 시간입니다."

"정말! 악기 연습 따위 하고 있을 때가 아니라고요!"

델리아의 분노는 충분히 전해져 왔지만, 세 점 종까지는 연습 시간이다. 이대로 두 사람의 주장을 들었다간 연습 시간이 완전히 없어질 터였다.

"델리아, 세 점 종까지는 연습 시간이니까 페슈필을 가르치는 로지나의 일이에요. 그 외에는 나중에 제대로 얘기해 봐요. 델리아의 의견은 그때 들을게요."

"……알겠습니다."

뾰로통한 표정으로 델리아는 자기 일을 하러 걸음을 옮겼다. 계단을 내려가기 직전에 빙글 몸을 돌려 "나중에 꼭 얘기 들어 주셔야 해요!" 하고 못을 박았다.

"마인 님, 저런 실없는 소리는 들을 필요가 없습니다."

"아뇨. 의견이 엇갈릴 땐 모두의 주장을 자세하게 들어 봐야 해요. 신관장님께 그렇게 배웠답니다."

"……그러시군요."

불만스럽게 살짝 표정이 어두워진 로지나였지만, 페슈필 연습을 시작하자마자 미소가 돌아왔다. 세 점 종이 울릴 때까지 로지나의 가르침대로 페슈필 연습을 했다.

세 점 종이 울리면 나는 신관장의 집무를 도우러 가야 한다. 로지나에게 페슈필을 정리하게 하고, 테이블 위에 있는 종을 울려 프랑을 불렀다. 신관장에게 갈 때 필요한 도구를 전부 갖춘 상태로 프랑이 2층으로 올라왔다.

"그럼 전 신관장님을 도우러 가겠습니다. 로지나는 델리아와 물을 옮겨 주세요."

"어머, 마인 님. 무슨 말씀을? 그건 회색 신관의 일이잖아요."

로지나는 믿을 수 없다며 눈을 크게 떴지만, 나도 놀랐다. 내 시종의 회색 신관은 프랑과 길뿐이다. 프랑은 실무 전반을 맡고 있고, 길은 공방 관계 업무를 맡고 있다. 두 사람 다 바깥 일로 바쁘다. 로지나는 곧 성인이므로 상태를 보면서 프랑의 업무를 조금씩 넘길 예정이지만, 아직 어떤 일을 맡길지 정하지 않았다. 그래서 일단은 델리아와 함께 일을 하도록 부탁했다.

　　"길과 프랑에게는 각각 담당하는 일이 있습니다. 로지나에게는 당분간 델리아와 함께 일을 하라고 프랑과 델리아가 전달했을 텐데요?"

　　내 말에 델리아가 손으로 주황색 머리카락을 찰랑 넘기며 득의양양한 미소를 지었다.

　　"그러니까 2층에서 쓸 물을 옮기는 일도 우리가 할 일이라고 말했잖아요."

　　"그런 육체노동은 남자 분들이 할 일이잖아요?"

　　멍한 눈빛으로 로지나는 뺨을 괴었다. 시종이 되어도 수습생일 동안은 방 안의 허드렛일을 하면서 일을 익혀야 한다고 델리아에게 들었다. 그 말을 바탕으로 업무를 분담했는데, 로지나의 태도를 보니 왠지 불안이 밀려왔다.

　　"육체노동이나 잡다한 일은 남자의 일이고, 여자들은 예술을 갈고 닦는 것이 일이지 않습니까. 고아원에 있을 때면 몰라도 청색 견습무녀의 시종이 됐는데도 허드렛일을 해야 하다니, 이유를 모르겠어요. 허드렛일을 하면 손이 망가지잖아요."

　　"손이 망가지다니, 자기가 청색 무녀도 아닌데 무슨 말이에요!"

　　"그런 일들은 저기 있는 신관들에게 시키면 됩니다. 회색 견습무녀면서 예술을 모르는 자가 여기에 있었네요."

방울을 울리는 듯한 맑은 목소리로 웃고 있지만, 전혀 웃을 수 있는 내용이 아니었다. 델리아가 분개하는 것도 납득이 갔다. 그 사고방식은 내 시종으로서 적합하지 않았다.

"로지나, 세 점 종까지는 음악 시간이지만, 그 뒤에는 다른 시종과 똑같이 일하라고 말했을 텐데요. 델리아와 함께 일해 주세요."

"마인 님!? 무슨 말씀이신가요!?"

회색 무녀의 일이 아니라고 호소하는 로지나의 의견을 나는 강경하게 퇴짜 놓았다.

"나는 아직 신전의 일을 자세히 모릅니다. 점심시간 후 모두의 의견을 듣고 판단하겠어요."

개인적인 의견을 말하자면 '로마에 왔으면 로마법을 따라라'지만, 로지나의 의견이 맞는지, 델리아의 의견이 맞는지, 아니면 다른 의견이 있는지 모른다. 프랑이나 신관장의 의견을 들어 보지 않고 멋대로 말할 수 없었던 나는 신관장의 의견을 듣기 위해 일단 철수하기로 했다.

신관장의 방으로 향하면서 나는 프랑을 올려다보았다. 방에서는 버럭버럭 화를 내는 델리아 외에 다른 의견을 전혀 듣지 못했다.

"프랑은 로지나의 의견을 어떻게 생각하는지 물어도 될까요?"

"빌마와 로지나의 전 주인이셨던 크리스티네 님은 예술을 끔찍이 좋아하시는 조금 독특한 청색 견습무녀셨습니다. 매일 시 창작에 열중하셨고, 그림을 사랑하셨고, 음악에 골몰하셨다고 합니다. 곁에서 시중드는 회색 무녀는 그 수습생까지 귀족 영애와 같은 우아함을 갖추고 있었습니다. 크리스티네 님은 예술에 뛰어난 자를 우대하셨으니 페슈필 실력이 뛰어난 로지나는 마치 청색 무녀 같은 생활을 보냈지 않았겠습니까?"

"시와 그림과 음악에 빠져 살았다니. 그래서 로지나가 귀족 아가씨 같았군요."

회색 무녀의 목표는 첩이라던 델리아와 길의 말을 듣고, 그것이 회색 무녀의 상식인 줄로만 알았다. 하지만 로지나는 예술가로서 청색 견습무녀에게 우대받고, 예술에만 몰두하며 잔일은 하지 않는 회색 견습무녀였던 모양이다. 솔직히 놀랐다.

"무슨 일인가, 마인? 늦었군."

신관장의 방에 들어가자 신관장이 날카롭게 나를 쳐다보았다.

"······신관장님, 무례한 질문이지만, 시종의 일이란 무엇입니까?"

신관장은 내 질문에 대답하기 전에 프랑을 쳐다보았다. 아무 말 없이 시선만 받은 프랑은 간결하게 로지나와 델리아의 주장을 설명하기 시작했다. 예술적 업무 외의 일은 하지 않겠다는 부분에선 신관장 역시 할 말을 잃어버렸다.

"······그렇군. 시종이 된 회색 무녀나 견습생들이 상당히 품위가 있고, 교양이 넘치는 자들이라 감탄했었다만, 하급 귀족의 영애보다 우아한 생활을 보냈던 거로군."

"저기, 신관장님. 크리스티네 님은 어떤 분입니까?"

신관장이 자리에서 일어나 여닫이 책장에서 책 한 권을 빼냈다. 아무래도 청색 신관과 무녀에 대해 기록된 책인 듯하다. 팔락팔락 책장을 넘기던 긴 손가락이 해당 사항을 찾으며 종이 위를 쓸었다.

"이거군. 크리스티네는 애첩의 딸이지만 마력이 높아 그녀의 아버지가 정식 딸로 거두려고 했다. 정처가 단호하게 반대한 탓에 몸을 사리고, 교육을 받기 위해 신전에 보내졌다는군."

탁, 하고 서류를 묶은 파일을 덮고 아르노에게 넘겼다.

"그녀의 아버지가 언제든지 자신의 곁에 둘 수 있도록 가정교사나 예술 관련 교사도 자주 신전에 출입시켰다. 재력이 없는 귀족이나 마력이 낮아 신전에 버려진 청색 신관과는 사정이나 생활 환경이 달랐던 기억이 나는군."

특수한 청색 무녀 밑에 특수한 회색 무녀가 자란 모양이다. 로지나의 의견은 일반적인 회색 견습무녀의 의견이 아니라고 생각해도 좋을 듯하다.

"예술밖에 할 줄 모르는 시종을 둘 만큼 저의 정신과 지갑 사정에도 여유가 없는데, 로지나에게 델리아와 똑같은 일을 하도록 명령해도 문제없습니까?"

온종일 페슈필만 연주하며 나보다 우아한 생활을 보내는 시종은 필요 없다. 나 역시 하루 내내 도서실에 틀어박히고 싶은 걸 참고 있는데 말이다.

"당연히 어떤 주인이냐에 따라 시종에게 원하는 일이 다르겠지. 프랑은 아무 말도 안 했느냐?"

신관장의 질문에 프랑은 쓸쓸한 표정을 지으며 천천히 고개를 저었다.

"전혀 들어 주질 않았습니다. 로지나는 수습생이라는 입장도 모르게 제게도 명령투입니다. 그녀는 회색 신관을 꽤 자신의 아래로 생각하는 듯합니다."

"아아, 그건 안 되겠네."

내 방은 전체적으로 프랑의 지휘로 돌아간다. 프랑의 명령에 따르지 않는 시종 따위 전혀 쓸모가 없다. 당장 고아원에 돌려보내고 싶을 정도다.

"가장 곤란한 건 늦은 시간까지 악기를 연주하는 겁니다. 첫날뿐이었다면 오랜만에 본 악기로 들떴겠지 하고 참겠지만, 다음 날까지 이어지면 아무래도⋯⋯. 1층의 제가 그렇게 생각할 정도이니 옆방에 지내는 델리아는 참기 힘들었겠지요."

로지나는 일반적인 시종의 일을 하지 않으면서 소음까지 일으킨다고 한다.

"신관장님, 로지나를 고아원에 돌려보내도 괜찮습니까? 안 된다면 신관장님께서 받아 주세요. 수업료를 낼 테니 음악 시간에만 제게 보내주시면 좋겠습니다."

"주인 말을 듣지 않는 시종 따위 나 역시 받을 생각이 없다."

신관장의 말에 나와 프랑은 눈을 마주치고 가볍게 끄덕였다.

"점심시간 후에 모든 시종을 모아 대화하기로 했습니다. 그 전까지 빌마의 얘기를 들을까 합니다. 정말 죄송하지만, 오늘은 이만 실례해도 괜찮겠습니까?"

"그래. 모두의 의견을 듣는 건 중요하지. 가거라."

신관장의 "조금은 성장했나? 아니, 더 지켜봐야겠지." 라는 중얼거림과 함께 퇴실 허락을 받은 나는 고아원에 향했다. 같은 주인을 모셨던 빌마라면 로지나에게 유리한 의견이나 사정을 들려줄지도 모른다.

식당에서 빌마를 불러 얘기하는 동안 프랑에게는 방에서 카루타용 판을 가져오도록 했다. 그렇게 하면 성인 남성인 프랑이 있는 것보다 빌마가 얘기하기 편하겠지.

"그래서 오후부터 시종들의 의견을 듣기로 했어요. 빌마는 방에 올 수 없으니 미리 의견을 듣고 싶었어요. 빌마도 로지나처럼 크리스티네 님을 모셨을 텐데, 손이 망가진다는 이유로 허드렛일을 하지 않나요?"

더러워진 아이들을 씻길 때 가장 먼저 달려간 사람이 빌마였다. 빌마가 허드렛일을 꺼릴 사람으로는 보이지 않았지만, 크리스티네의 시종으로서 어떤 생각을 하고 있을까?

"마인 님, 제 일은 아이들을 돌보는 것입니다. 허드렛일을 하기 싫어서는 감당할 수 있는 일이 아니지요."

빌마는 가만히 나를 바라보면서 그렇게 말했다. 온화하면서도 심지 강한 눈동자에 안도의 한숨을 내쉬면서 나는 로지나에 대해 물었다.

"그럼 역시 허드렛일을 하기 싫어하는 사람은 로지나뿐인가요?"

"로지나는 그 생각이 다른 회색 무녀에 비해서 강할 겁니다. 전 열 살 때 시종 수습생으로 뽑혔지만, 로지나는 고아원을 나가자마자 뽑혔기 때문에 고아원에 돌아오기 전까지 거의 일을 해 본 적이 없습니다. 크리스티네 님의 방에 있을 때는 로지나의 말대로 잡일이나 힘쓰는 일은 전부 회색 신관의 일이었습니다."

로지나가 어렸을 땐 세례 전 아이들을 돌보는 회색 무녀도 있었을 시기다. 그럼 엄마들의 돌봄을 받으며 자랐고, 세례식이 끝나자마자 시종의 수습생이 된 로지나는 정말 손에 물 한 번 묻히지 않고 자랐음이 틀림없다. 평민 출신인 나보다도 훨씬 곱게 자란 셈이다.

"크리스티네 님은 오로지 예술만 아시는 분이셨습니다. 원래라면 연공서열로 시종의 순위를 정하는데, 그분은 예술에 능통한 순으로 우대하셨습니다. 그때는 그것이 정말 당연했습니다."

그래서 주인님의 환심을 사기 위해 항상 예술에 몰두했다고 빌마가 말했다.

"크리스티네 님이 귀족 사회로 돌아가시고 고아원에 돌아온 로지
나는 생활 환경의 차이에 경악했습니다. 저도 고아원에 돌아와서 다
른 사람의 얘기를 듣고서야 지금까지 우리의 생활이 특별했다고 깨달
았습니다."

그래도 열 살까지 허드렛일을 한 경험이 있었던 빌마는 지금까지가
특별했다는 현실을 받아들였지만, 로지나는 혹독한 현실에 눈을 돌렸
다고 한다.

"로지나는 음악이 있는 생활로 돌아가고 싶어 참을 수 없어 했습니
다. 청색 신관의 시종이 되면 예전과 같은 시종 생활을 보낼 수 없으
리라는 각오도 했을 겁니다. 하지만 청색 견습무녀인 마인 님이시기
에 예전과 똑같은 생활로 돌아왔다고 믿어 버렸겠죠."

"귀중한 의견을 들려줘서 고마워요, 빌마. 이건 고아원용 카루타예
요. 그림을 부탁해요."

돌아온 프랑을 발견한 나는 빌마에게 카루타 그림을 의뢰한 후 자
리에서 일어났다. 빌마는 양손을 가슴 앞에서 교차하고 가볍게 허리
를 굽혔다.

"마인 님, 가능하면 로지나에게 자신을 다시 돌아볼 수 있는 시간
을 주십시오."

"……다른 사람도 아닌 빌마의 부탁이니까 최대한 고려할게요."

고려는 하겠지만, 일하지 않는 사람은 필요 없다는 기본자세를 바
꿀 생각은 없다. 길과 고아들에게도 말했듯이 '일하지 않는 자, 먹지
도 말라'다.

아무리 생각해도 환경이 특수한 로지나를 모두가 둘러싸고 규탄하는 분위기로 대화가 진행될 터였다. 우울해지는 기분으로 점심을 먹고 나는 기도의 말을 외며 시종들이 식사를 끝내기를 기다렸다.

"그럼, 마인 님. 제 얘기를 들어 주세요. 시끄럽습니다, 페슈필이요! 그리고 로지나는 일을 하지 않아요. 대체 무엇을 위한 시종입니까?"

줄곧 하고 싶은 말을 참았기 때문이리라. 하늘색 눈동자에 분노의 불꽃을 불태우며 델리아가 감정을 터트리듯 말하기 시작했다. '델리아의 불평은 쑥쑥이 나무 같다'던 길의 말처럼 계속해서 불평이 터져 나왔다. 어떻게 저렇게도 불평이 우수수 쏟아져 나올까, 쓴웃음을 지어 버릴 정도다.

델리아는 비슷비슷한 불평을 반복했지만, 그 내용을 정리하자면, 밤늦게까지 악기를 연주하는 탓에 시끄러워서 잠을 잘 수가 없다, 로지나는 아침에 일어나지 않을 뿐더러 허드렛일도 안 한다, 이 방의 우두머리 시종인 프랑의 말을 안 듣는다는 것이었다.

"델리아의 의견은 잘 알겠습니다. 길은 어떻게 생각하나요?"

"악기는 시끄럽고, 사람 말은 안 듣고, 일을 안 해. 대체 뭘 했다고 밥을 먹냐고 묻고 싶어."

길에게 '일하지 않는 자, 먹지도 말라'가 완전히 정착한 모양이다. 시종으로서 성실히 일하지 않으면서 시종으로 대접받는 로지나가 괘씸한 모양이다.

"프랑도 마찬가지인가요?"

"그렇습니다. 늦은 시간의 소음도 괴롭지만, 기상 시간에 일어나지 않는 것도 곤란합니다. 지시를 내려도 움직이지 않고, 오직 악기만 연주하니까요."

나는 로지나를 바라보았다. 로지나는 모두의 의견을 들어도 시원스러운 미소를 지으며 바른 자세로 앉아 있다. 모두가 일제히 몰아세워서 울어 버리면 어떡하나 싶었는데 그렇지 않아서 다행이었다.

"로지나, 모두의 의견이 맞나요?"

내가 묻자 로지나는 우아한 미소를 지은 채 여유롭게 고개를 갸웃거렸다.

"마인 님께 페슈필을 가르치는 제가 예술에 힘쓰는 건 당연하지요. 허드렛일을 하면 제 손이 망가져 버립니다. 제 입장에는 견습무녀가 있는데 예술을 전혀 알아 주지 않아 한탄스럽네요."

역시 로지나의 주장은 크리스티네를 모시던 때가 기준이 되어 있다.

"예술에 조예가 깊은 건 좋지만, 밤늦게까지 악기를 연주하면 모두에게 민폐입니다. 일곱 점 종이 울리면 끝내고, 아침에는 모두와 똑같은 시간에 일어나세요."

"……알겠습니다. 하지만 전 마인 님께서 좀 더 예술의 조예를 키우셨으면 합니다. 예술에 대해 잘 아시면 제 말도 이해하시겠지요."

슬픈 듯 가만히 한숨을 내쉬면서 로지나는 자신의 의견이 통하지 않음에 불만을 토로했다. 안타깝게도 난 최저한의 필요한 교양만 원할 뿐, 예술에 흠뻑 빠질 생각은 없다. 책이야말로 나의 예술. 독서야말로 나의 소망이다.

"로지나, 예전과 똑같은 생활을 원해도 난 이뤄 줄 수 없습니다."

로지나를 바라보며 나는 되도록 주인다운 위엄이 풍기도록 허리를 꼿꼿이 폈다. 내가 청색 견습무녀답지 않은 건 사실이지만, 로지나도 시종답지 않다. 그 점을 자각하지 않으면, 로지나는 다음번에도 주인과 충돌하리라.

　"난 크리스티네 님과 달라서 시종에게 음악만 시킬 여유도 없습니다. 빌마도 고아원과 그림 업무를 하고 있으니, 로지나도 음악과 다른 일을 해 주세요. 악기를 다루는 데에 손이 소중한 건 알겠으니, 허드렛일이 싫다면 사무 업무를 부탁할게요."

　지금은 델리아와 길이 방 청소 등을 맡아서 해 주고 있다. 내 딴에는 로지나가 문서의 대필, 그리고 방과 고아원의 장부 계산 등, 프랑의 일부 업무를 맡아 줬으면 했다.

　"로지나는 이제 곧 성인이니까 글도 쓸 수 있죠? 서류 업무를 해 줬으면 해요."

　서류 업무는 해 본 적이 없다며 로지나는 살짝 볼을 괴고 고개를 갸웃거렸다. 내 의견을 들어줄 마음이 없다는 듯 파란 눈동자가 내 눈을 슬며시 피했다.

　"모르고, 할 수 없는 것은 앞으로 익히면 돼요. 나 역시 모르는 것 투성이니까. ……하지만, 처음부터 할 수 없다고 단정하는 시종은 필요 없습니다."

　로지나가 나를 보고 몇 번인가 천천히 눈을 깜빡였다. 나는 짙은 파란 눈동자를 똑바로 응시하면서 마지막 경고를 했다.

　"로지나, 내일까지 생각해 주세요. 고아원에 돌아갈지, 아니면 크리스티네 님 때와 다른 환경을 받아들일지. 나로서는 당신이 원하는 크리스티네 님처럼 될 수 없습니다."

　다음 날, 눈이 조금 부은 로지나가 "마인 님의 시종으로서 노력하겠습니다." 라고 의사를 전했다. 그리고 싫어하는 계산이나 서류 업무를 맡기로 했다. 혼자 2층 일을 도맡은 델리아는 약간 불만스럽게 입술을 삐죽 내밀었지만, 곧 성인이라 읽고 쓰기가 가능한 로지나에게 프랑의 부담을 덜어 주게 된 것 자체에는 불평하지 않았다. 페슈필을 켜는 시간도 제대로 지키는 듯했다. 또 델리아는 남몰래 연주를 기대하고, 흥미롭게 페슈필을 바라보게 되었다. "가르쳐 달라고 부탁하든가?"라고 하니 "필요 없어요! 정말!" 라며 화냈지만, 아마 시간문제이리라.

그리고 나는 로지나를 보면서 자신의 품위에 실망하는 매일을 보냈다. 일거수일투족이 달랐다. 로지나는 걸음걸이조차 마치 춤동작을 보듯이 가볍고 우아했고, 동작 하나하나가 느긋하며 물 흐르는 듯했고, 빠르지 않지만, 결코 느리지 않았다. 독특한 리듬이 있었다. 갸웃거리는 고개의 각도, 펜을 잡거나 쓰는 동작, 사푼거리는 걸음걸이, 이 모든 것을 세세하게 신경을 쓰는 듯 고상하면서도 전혀 어색함이 없이 자연스러웠다.

"정말 로지나처럼 우아하게 행동할 수 있을까?"

"행동거지보다 계산이 어렵죠. 마인 님께서 그 나이에 어떤 식으로 계산 능력을 익히셨는지 궁금해요."

로지나와 얼굴을 마주 보며 조그맣게 웃었다. 서투름은 연습만이 극복할 수 있다. 로지나에게 세세한 주의를 받으며 나는 델리아와 언행에 신경을 썼다. 첩이 되고 싶다는 목적을 가진 델리아가 나보다 훨씬 숙달이 빨랐다.

그러는 중에 신관장에게 점심을 초대하는 초대장이 도착했다. 지정된 날짜는 열흘 후다. '연습 성과를 볼 테니 악기를 들고 오도록' 이라고 초대장에 쓰여 있었다. 경악한 로지나와 맹훈련한 덕분에 신관장이 내준 첫 과제를 사흘 만에 문제없이 연주할 수 있게 되었다.

목표와 마감이 사람을 성장시키는구나.

페슈필을 가르쳐준 로지나에게는 첫 포상으로 외출용 옷을 선물했고, 카루타를 완성해 준 빌마에게는 스케치에 쓸 종이 뭉치를 선물했다.

이탈리안 레스토랑 인테리어

"벤노 씨, 잉크 공방엔 언제쯤 데려가 주실 건데요?"

겨울이 되기 전에 잉크를 만들어 보고 싶었던 나는 사전에 잉크 공방을 견학하고 싶었다. 신전에 가기 전에 상점에 들러서 묻자 벤노는 가볍게 고개를 저었다.

"잉크는 나중이다. 슬슬 레스토랑의 공사가 끝나 가니 실내 장식에 대해 조금 얘기하고 싶군."

잉크 공방에 데려가 달랬더니 어째서인지 레스토랑에 끌려가게 되었다.

"식당의 외관은 완성했어. 다음은 내부인데 신전의 귀족 구역을 참고로 태피스트리나 미술품 장식에 관한 의견이 필요하니까 프랑은 꼭 데려와."

벤노의 말투에서 프랑의 의견을 원하면서 마치 나는 덤 취급하는 느낌이 들었다. 확실히 난 귀족의 인테리어에 정통하지 않으니까 어쩔 수 없다. 그렇게 생각하는 사이 정신이 번쩍 들었다. 내 시종 중에 또 한 사람, 미술품과 실내 장식에 환한 인재가 있다.

"벤노 씨, 미술품의 의견이 필요하면 로지나도 데려갈까요? 새로 들어온 시종인데, 예술을 좋아하는 귀족에게 특별히 귀염받던 아이라 하급 귀족보다 귀족다운 회색 무녀예요. 아마 귀족 여성의 시점에서 의견을 내 줄 거예요."

프랑은 신관장의 교육을 받아서 정해진 귀족의 규정은 잘 알지만, 고지식해서 유연성이 조금 부족하다. 사실 신관장 쪽이 군더더기를 싫어하여 '단순함'을 최고로 보는 경향이 있었다. 그 반면 예술성이 뛰어난 무녀의 영향을 듬뿍 받은 로지나는 뭐든지 미적 감성을 추구했고, 물건의 배치나 보여주는 방식의 센스가 있다. 로지나가 온 후로 방 안에 꽃이 늘었고, 숨기는 수납 방식에서 보여주기식 수납으로 바뀌기도 했다.

"좋은 생각이다. 그럼 내일 오후, 신전에 마차를 보낼 테니 레스토랑을 보러 가자. 그리고 푸고도 레스토랑에 보내야 하니까 내일은 남은 사람들끼리 어떻게든 식사를 해결하게 해."

잉크 공방의 견학 얘기가 깨끗하게 밀려나서 유감이지만, 레스토랑이 완성됐다니 기쁜 일이다. 루츠와 함께 기대된다는 얘기를 나누면서 신전에 도착한 후 모두에게 내일 예정을 전달했다.

"내일은 벤노 님께서 마차를 보낼 테니 오후부터 레스토랑에 와 달라고 하셨어요. 프랑과 로지나가 동행해 주겠어요?"

"알겠습니다."

"그리고 푸고에게도 주방 견학을 시키고 싶다 하십니다. 내일은 푸고를 쉬게 하고, 길베르타 상회로 오도록 전해 주세요. 새로 들어온 요리사 토드는 괜찮을까요?"

"엘라가 있으면 문제없이 진행할 수 있을 겁니다."

프랑을 통해 요리사들에게도 전달하게 했다. 토드는 불안해 보이지만, 애초에 푸고도 엘라와 계속 함께 요리를 해 왔으니 어떻게든 되겠지.

다음 날, 점심을 먹은 뒤 프랑과 로지나에게 외출복으로 갈아입게 하고, 나도 델리아의 도움을 받으며 파란 의복을 벗어 소매가 긴 귀족스러운 블라우스로 갈아입었다. 현장에 가면 푸고가 있으니 귀족 같은 옷차림과 행동이 필요했다.

"나도 가고 싶었는데. 정말! 맨날 저만 방에 남겨두고 가시네요."

"미안해, 델리아. 이번엔 로지나의 의견이 필요하거든."

원망스러운 눈빛으로 나를 바라보며 준비를 도와준 델리아에게 그렇게 말해 두었다. 신전장에게 얼마나 정보를 넘기는지 모르니 이번엔 델리아를 데려가지 않기로 했다. 게다가 항상 방에 남게 되는 건 자기가 고아원에 가기 싫어하고, 숲에 가는 것보다 자기 꾸미기를 하고 싶다고 말해서인데 그런 건 자기 편한 대로 까맣게 잊었나 보다.

"항상 방에 남아 청소하고 정리해 주는 델리아에게는 포상이 필요하겠지?"

델리아에겐 그렇게 말해 두고, 나와 프랑과 로지나는 벤노가 보내준 마차에 올라탔다. 프랑은 평소 입는 갈색 옷이고 로지나는 모스그린 원피스에 기하학적인 무늬의 자수가 들어간 진한 녹색 조끼를 걸쳤다. 볼륨감 있는 밤색 머리와도 잘 어울려 어디를 보아도 곱게 자란 아가씨였다. 내가 로지나를 칭찬하자 "과찬의 말씀입니다, 마인 님." 하고 부끄러운 듯 치맛자락을 가볍게 끌어당겼다.

저 부끄러워하는 모습이 품위가 있어 상당히 귀여운데, 저도 따라할 수 있을 것 같습니까? 아뇨, 전혀요.

나는 마차 안에서 로지나에게 이탈리안 레스토랑과 오늘 업무 내용을 설명했다.

"이탈리안 레스토랑은 귀족 식당의 분위기를 지향하고 있어요. 큰 상점의 주인 같은 부자들을 손님으로 생각하고 있으니 장식에도 공들일 생각입니다. 귀족이 쓰는 식당이라 가정하고 프랑과 로지나의 의견을 들려주세요."

"크리스티네 님의 방을 꾸민다고 생각하면 되나요?"

로지나의 말에 나는 고개를 끄덕였다. 프랑도 신관장과 신전장의 방을 상상하며 의견을 말해 주도록 부탁했다.

"그럼 저희가 의견을 낼 테니 마인 님께서는 너무 말씀하지 않도록 조심해 주십시오. 푸고도 있으니 반드시 저희를 통해 의견을 말씀하시길 부탁드립니다."

나는 벤노와 사업 얘기만 시작되면 항상 흥분해서 말이 많아진다. 오늘은 생각난 것을 서자판에 써 둘 수밖에 없을 듯하다.

정말 귀족 아가씨만큼은 안 되고 싶다. 얘기할 자유도 없다니…….

덜컹덜컹 흔들리는 마차가 외관 공사가 끝난 레스토랑에 도착하자 입구에서 기다리는 루츠가 보였다. 오늘은 나도 귀족 차림새지만 루츠도 귀족을 대하는 상인 수습생다웠고, 자세가 꼿꼿했다. 서로의 새침뗀 표정에 웃음이 터지지 않은 것만으로도 훌륭하다.

"잘 오셨습니다, 마인 님."

나와 루츠는 가식적인 인사를 끝내고 장식적인 커다란 목재 문 너머로 발을 들었다. 그곳은 내 방 1층과 비슷한 느낌의 조그마한 홀이 펼쳐졌다.

"이곳이 접수와 계산을 하는 대기실, 왼쪽이 주방, 오른쪽이 식당으로 되어 있습니다."

루츠가 그렇게 말하며 가리킨 오른쪽은 이제부터 문이 들어올 예정인지 네모난 구멍이 뚫린 하얀 벽이 있었다. 그 안쪽에 있던 벤노가 우리를 눈치채고 나와 주었다.

"마인 님, 잘 오셨습니다. 이쪽이 레스토랑의 식당입니다."

벤노도 귀족용 말투로 맞아주었다. 이곳 실내는 벤노에게 가장 친숙한 귀족의 방인 고아원 원장실을 모델로 삼은 듯했지만, 지나치게 새하얘서 살풍경했다.

"전체적으로 가벽(腰壁)을 칠 예정이지만, 조각에 공들인 가벽이 아직 도착하질 않았습니다."

말이 제한된 나는 서자판에 '가벽'이라고 작게 기록했다.

"어떤 가벽이나 장식 선반으로 할지는 정해졌지만, 아직 선반을 장식할 미술품을 정하지 못했습니다. 태피스트리나 그림, 조각, 식물 등을 정하고 어디에 어떻게 배치할지 부디 마인 님의 의견을 들려주십시오."

내 의견을 듣고 싶다면서 벤노의 시선은 프랑과 로지나를 향했다.

"이쪽에는 어떤 장식 선반으로 놓을 예정인가요?"

"크기나 폭, 색에 따라 놓을 장식도 다르지 않을까요?"

둘의 질문에 벤노가 대답한다. 상인으로서 귀족 저택에 출입하는 벤노는 귀족들의 유행을 잘 안다. 하지만 미술품이나 장식의 센스는 예상대로 로지나의 독무대였다. 그리고 로지나의 의견에 프랑이 비교적 금액이 싼 대안을 제안하거나, 지나치게 화려하니 거기까지는 필요 없다며 제재하거나 했다. 제삼자가 본다면 누가 시종인지 헷갈리겠다.

"마인 님은 실내에 필요하다 싶은 가구나 장식이 있습니까?"

"……그렇군요. 구석 쪽에 책장을 놓으면 매우 멋있겠네요."

눈을 희번덕거리며 벤노가 "멍청아! 기각한다! 얼마나 돈을 들일 생각이냐!?" 하고 뱉고 싶은 걸 간신히 삼키는 표정으로 나를 노보았다.

"마인 님, 장식으로 책을 진열하는 것은 금액 면에서 좀 무리지 않겠습니까?"

"식당에 두면 책에 음식 냄새도 밸 겁니다."

두 시종에게도 퇴짜를 맞고 나는 가볍게 끄덕였다. 무리인 건 안다. 질문하니까 갖고 싶었던 물건을 의견으로 냈을 뿐이다. 나는 그냥 입을 꾹 닫고 얌전히 두 시종이 하는 얘기를 듣기로 했다.

"개점이 봄 이후라면 태피스트리보다 카펫을 중시하는 쪽이 좋지 않을까요? 귀족의 방에는 반드시 카펫이 깔려 있어서 발소리나 웨건 소리를 흡수해 준답니다."

"웨건을 움직이는 것이 편해집니다. 두꺼운 카펫을 찾기는 힘들지만 그만큼 가치는 있습니다."

귀족의 입장뿐만 아니라, 종사하는 시종의 시점으로도 의견이 줄줄이 나왔다. 나와 벤노는 서자판에 둘의 의견을 메모해 갔다. 테이블 개수, 의자 개수, 예비를 놓아 둘 공간에 대해 계속해서 이야기가 이어졌다.

"귀족스러운 식사 분위기를 내고 싶다면, 식탁보보다 냅킨을 쓰는 건 어떻습니까? 각자가 손을 닦기 위해 식탁보를 작게 자른 것인데, 최근에 귀족들 사이에서 이 냅킨을 씁니다."

프랑의 말에 나의 표정이 확 펴졌다. 이곳에서 식탁보는 우라노 시절처럼 외관을 위한 것이 아닌, 식사하며 더러워진 손과 입가를 닦거나, 심지어 코를 푸는 데에 쓰인다. 새것이면 몰라도 몇 번 쓰면 음식

물의 얼룩도 지워지지 않으며 이곳의 위생 상태로는 전염병의 원인이 되기도 하는 셈이다.

"프랑, 훌륭하네요. 얼룩덜룩한 식탁보를 쓰면 고급스러워 보이지 않는걸요. 각자가 쓸 크기라면 더러워져도 새것으로 갈면 그만이죠. 음식점은 청결함이 제일입니다. 식탁보가 있으면 그렇게 쓰는 손님도 계실 테니, 차라리 냅킨을 준비하도록 합시다."

흠, 하고 벤노는 무언가를 생각하는 듯 턱을 쓸었고, 로지나는 내 어깨를 살짝 두드리며 입을 닫도록 했다.

'너무 흥분했나? 하지만 정말 더러운 식탁보는 싫었는걸.'

식당에서 회의가 끝나면 다음은 주방이다. 고아원 원장실과 거의 비슷하지만, 훨씬 넓은 주방을 둘러보니 푸고와 마르크가 대화를 나누고 있었다. 조리 도구나 식재료, 장작에 관해 어떻게 얘기가 정리되었는지 프랑에게 물어보게 했다.

"마인 님의 주방에서 쓰면서 손에 익은 도구와 똑같은 도구를 준비하기로 했습니다."

내 귀에도 다 들린 푸고의 대답을 프랑이 복창하고, 내 의견을 구했다.

"조리 도구는 손에 익은 물건을 준비하는 게 좋겠지요. 단, 크기나 개수는 잘 생각하고 주문해 주세요. 바빠서 금방 씻을 수 없을 때를 위해 여분을 챙겨 둬야 하는 도구도 있습니다."

프랑에게 속삭이듯 의견을 말하자 푸고가 이해하는 표정을 지었다. 마르크는 대체 언제 만들었는지 서자판에 메모했다.

"신선하고 맛좋은 재료를 제공해 주는 가게를 세 곳 정도 확보해 두는 편이 좋아요. 그리고 오븐을 쓰면 장작이 대량으로 필요하게 되니 다른 마을에서 구입하는 상황도 시야에 넣고 이른 시일 안에 확보해 두도록 하세요."

답답했던 주방의 의견 교환을 끝낸 후 마르크와 푸고를 남긴 나머지 사람들끼리 마차에 타고 길베르타 상회로 향했다. 상점 안에서 허심탄회하게 의견을 교환하기 위해서다.

상점 안방에 들어가자마자 나는 귀족 아가씨의 가면을 거침없이 벗어던졌다. 로지나는 얼굴을 찡그렸지만, 벤노와 상담하는 데 아가씨다운 태도로는 의견이 통하는지 안 통하는지 몰라 답답하다. 나는 서자판을 열며 손을 번쩍 들었다.

"자, 벤노 씨. 제가 신경 쓰였던 부분부터 질문할게요. 가벽의 완성이 늦어진다고 했는데 언제쯤 받을 수 있나요? 가벽이 없으면 그림 장식도 선반도 못 넣으니까 가장 중요한 부분인데요."

"공방에서도 서두르고 있지만, 확실히 겨울은 넘길 거다. 가벽뿐만 아니라, 문이나 창틀도 있으니 시간이 걸려도 어쩔 수 없어."

나는 벤노의 말에 심각한 의구심을 느끼고 미간을 찌푸렸다.

"어, 혹시 한 공방에 전부 주문했어요?"

"……전속 공방에 맡기는 게 당연하지 않나?"

가벽뿐만 아니라 복잡한 조각이 들어간 문과 창틀까지 한 곳에 주문하다니 공방 입장에선 과한 중노동이 아닐까?

"몇몇 목공방으로 나눠서 주문하면 되잖아요. 한 공방에 부탁하면 대체 언제까지 완성하길 기다리라고요. 가벽은 여기, 문 장식과 창틀 장식은 저기, 장식 선반과 가구는 저기, 이런 식으로 분담하지 않으면 언제까지고 완성 못 할 것 같은데요?"

하지만 벤노는 보통 한 가게를 차릴 때 전속 계약을 맺은 공방이 상당한 시간을 들여 만든다고 했다. 지금까지는 이미 공방에서 만든 것을 샀을 뿐이라 그리 많은 시간이 걸리지 않았을 뿐, 이 방법이 일반적이라고 했다.

"한 공방에 맡기는 방법이 일반적이라면 상인 업계의 일은 벤노 씨에게 맡길게요. ……그래도, 어느 장인이든 목재와 디자인을 세밀하게 지시하면 완성해 줄 테니 여러 공방과 연결고리를 만드는 것도 나쁘지는 않을 거예요."

"……고려해두지."

벤노가 목패에 기록하는 동안 나는 다음 항목으로 시선을 옮겼다.

"식기는 어떻게 하나요? 귀족은 나무 식기를 잘 쓰지 않는데?"

"……일단 주석 접시로 설정하고 주문했는데 이것도 시간이 걸릴 거다. 똑같은 물건을 대량 갖추기란 힘이 들어. 귀족은 재사용하지 않거든."

싼 식당이라면 당연하듯 손으로 들고 먹거나 딱딱한 빵을 접시 대용으로 쓴다. 최근에는 조금씩 줄어들었지만, 재사용이 당연하다. 하지만 귀족은 다르다. 귀족의 방식에 맞춰 모든 식기를 준비하려면 기본적으로 수작업인 관계상 당연히 시간이 걸린다. 그러니까 여러 공방에 의뢰하면 좋을 텐데 말이다.

"테이블마다 공방을 나누거나 요리 가격에 따라 나누면…… 어떨까요?"

"넌 너무 급해."

한 가지 물품을 여러 공방에 나눠서 의뢰하는 건 썩 환영받지 못하는 일인 모양이다. 벤노의 씁쓸한 표정에 나도 동업이 아닌 공방을 쓰자고 제안해 보았다.

"그럼 주석 접시만 만들지 말고, 은 식기나 도자기도 손을 대 보면 어떨까요?"

"너무 비싸." 하고 벤노가 싫은 표정을 하며 인상을 찡그렸다.

"귀빈에게만 써서 특별함을 주는 거죠. 평소엔 장식해 두면 되잖아요."

"……그렇군. 둘은 어떻게 생각하나?"

벤노가 프랑과 로지나에게 시선을 돌리자 프랑이 입을 열었다.

"마인 님의 의견은 비교적 효과가 있을 겁니다. 귀족 중에도 초대한 주빈과 그 외의 손님으로 접시 종류가 다르기도 합니다. 단지……"

프랑과 로지나의 말로는 귀족은 식사하러 갈 때 자신의 수저와 컵을 지참한단다. 그 품질을 서로 자랑하기도 하고, 대대손손 물려받은 식기까지 있다고 했다. 식기가 즉 재산인 셈이다. 무엇보다 독살을 두려워하는 사람이면 당연히 자기 접시를 준비한다고 했다.

"평민은 그런 습관이 없군."

"귀족의 습관을 넓히면 되죠. 가게 내에도 준비해 두고, 첫 시식회의 초대장에 귀족의 습관처럼 수저와 컵을 지참하라는 글을 써 두면 어떨까요? 부자라면 자랑하고 싶은 식기를 들고 올 테고 일부러 새로 만드는 사람도 있을지도 모르잖아요. 벤노 씨는 자랑하고 싶은 식기 없어요?"

내 말에 벤노가 조그맣게 신음했다.

"……있어. 자랑이 시작되면 수습이 안 될 것 같지만, 들고 오라는 말이 있다면 신나게 들고 가고 싶은 식기는 가지고 있다."

"그렇게 지참하도록 하면 가게에서 준비할 수저나 식기는 그리 많이 필요 없겠네요. 비싼 식기를 훔쳐갈 걱정도 줄고요."

귀족의 저택처럼 꾸미면 가장 큰 걱정거리가 손님에 의한 도난과 약탈, 파손이라고 벤노가 말했다. 가게 물건을 훔친다는 상황이 이해하기 힘들었지만, 흔한 일이란다.

"아아, 그러고 보니…… 전에 '먹튀'와 도난 방지 대책이 떠올랐다고 했었지? 설명해봐."

나는 가슴을 펴며 대답했다.

"그건 말이죠. '뜨내기 손님 거절하기'입니다."

레스토랑의 시스템 구축

'뜨내기 손님 거절하기'에 관해 간단히 설명하자 "……손님이 소개로 오는 건 당연하잖아?" 하고 벤노가 어깨를 들썩였다. 이 마을에서는 복장이 좋지 못하거나 소개가 없으면 입점을 거부당하는 일이 종종 있다.

"소개를 받은 손님이라도 씀씀이와 행동거지는 다른 문제다. 씀씀이가 좋다고 품격 있는 손님이라는 장담은 못 해. 반대로 씀씀이가 좋은 탓에 오만하고 거만해져서 곤란해질 수도 있지."

성가신 손님도 많은지 벤노가 한숨을 내쉬며 머리카락을 쓸어 올렸다. 나는 이 마을의 소개 시스템과 뜨내기 손님을 거절하는 방법의 차이점을 자세히 설명했다.

"평범한 소개와는 달라요. 만약 소개받고 손님이 된 사람이 장식품을 훔치거나 소동이나 문제를 일으켰을 때, 소개한 사람에게 배상과 책임을 묻는 거예요."

"소개자한테 배상금을 받으라고!?"

벤노가 눈을 크게 뜨고 책상을 두드리며 벌떡 일어났다. 상당히 예상치 못한 발언이었는지 멍한 표정으로 나를 내려다보았다.

"네. 만약 귀찮은 일을 일으키면 가게와 그 손님만의 문제가 아니게 되니까 억제 효과가 높겠죠. 뭔가 문제를 일으키면 결국 책임이 자신에게 돌아오니까 당연히 소개하는 쪽도 그런 사람을 함부로 소개하지 않겠죠. 그러면 자연스럽게 신용하는 사람만 소개하게 될 거예요."

"……하지만, 그러면 소개하는 손님의 부담이 너무 커지지 않겠나?"

다시 자리에 앉은 벤노가 관자놀이를 빙빙 돌리며 눌렀다. 상당히 충격을 받은 듯하다. 가게를 소개받기는 해도 그 후의 책임을 진 적이 없을 테니까.

"가게의 분위기를 중시하고, 귀찮은 일이 일어나지 않는 편안한 시간과 맛있는 요리를 제공하니까 결과적으로는 단골손님을 위한 일이 되지 않을까요? ……뭐, 도입할지 어떨지는 벤노 씨의 판단에 맡길게요."

의견의 수용 여부는 벤노의 몫이다. 나는 질문을 받고 생각난 해결책을 제안했을 뿐이다. 수습생도 되지 못하고 끝난 상인 수습생 미만이 그 시스템이 이 마을에 맞을지 어떨지 어찌 알겠는가.

"다만, 귀족의 요리를 먹을 수 있는 고급 레스토랑이란 가게 자체가 첫 시행이니까 낯선 규칙일지라도 처음부터 정해 두면 큰 문제로는 번지지 않을 것 같은데요. 도중부터 도입하는 건 무리지만요."

벤노가 미간에 깊은 주름을 새기며 허공을 노려보았다.

"도입한다면 상당히 세밀하게 정해 둬야 할 텐데?"

"음…… 절대 바뀌지 않을 뼈대 부분만 정해 두고, 나머진 가게랑 주변 상황을 보고 조금씩 개편해가면 되지 않나요? 첫 도입이니까 지나치게 세밀하게 정하지 말고 다소 여유를 두는 편이 좋아요. 아마도."

"흠……."

벤노가 고민하는 모습을 본 후, 나는 내 서자판에 시선을 떨어뜨렸다.

"'뜨내기 손님 거절하기'는 이쯤하고, 이제 개점까지 준비해 둬야 할 물건을 생각하죠."

"준비해 둘 물건이라니? 실내는 다 정해졌잖아?"

의아하다는 듯이 벤노가 나를 보았다. 나는 서자판에 쭉 나열된 '체크해야 할 항목'을 보며 나는 벤노를 노려보았다.

"실내 장식밖에 못 정했는데 무슨 말씀을? 각 테이블에 올릴 메뉴판과 종도 필요하잖아요. 귀족스러움을 중시하는 품질 좋은 물건을 준비해 두지 않으면 안 돼요."

"메뉴판? 메뉴는 종업원이 설명하잖아?"

이 세계에서의 메뉴는 각 테이블에 붙은 종업원이 말로 설명한다고 한다. 어디를 가든 소시지를 구울지 삶을지의 차이밖에 없는 평민의 가게나 '오늘의 메뉴는 이것'이라며 정해진 메뉴만 먹으면 되는 귀족의 식사는 시종이나 종업원의 설명으로 문제가 없을지도 모른다. 하지만 어떤 요리인지 잘 모르는 여러 메뉴 중에서 여러 사람이 자기가 먹고 싶은 요리를 고르는데 메뉴판이 없으면 종업원만 힘들 뿐이다.

"메뉴판에 가게에서 내는 요리나 준비된 주류 브랜드를 적어서 각 테이블에 올려 두면 일일이 종업원에게 묻지 않아도 대략 알 수 있고, 천천히 고를 수 있어요. 얼마나 많은 종업원을 붙일지 모르겠지만, 조금이라도 수고가 덜 드는 편이 좋죠."

"메뉴판을 만든다 치고, 글자를 못 읽는 사람은 어떡하지?"

벤노의 쓸쓸한 표정에 이 마을의 높은 문맹률을 떠올렸지만 큰 문제는 없다.

"레스토랑에 처음 오실 손님은 대형 상점의 주인이잖아요? 루츠도 상인 수습생이 되려고 글을 배웠는데, 대형 상점의 주인들이 못 읽을 리가 있겠어요?"

그리고 대형 상점의 주인들이 모인 회식에는 업무 이야기가 중심이므로 반드시 자료와 필기구를 든 시종이 곁에서 대기한다. 주인도 시종도 글을 못 읽는다는 건 말도 안 된다. 계약서에 뭐라 쓰였는지도 몰라서는 절대 일을 할 수 없기 때문이다.

"아, 그리고 말이죠, 좀 두꺼운 종이를 떠서 전에 만든 것처럼 식물을 넣어 보지 않겠어요? 그 종이로 기본 요리와 계절 요리표를 준비하는 거예요. 식물지의 선전이 되지 않을까요?"

조금 멋스러운 느낌으로 만들어 보고 싶었다. 귀여움보다는 아름다운 분위기로. 지금 계절이라면 어떤 식물이 어울릴까. 아니면 차라리 색종이를 만들어 보면 어떨까.

"일부러 종이를 쓴다고? 메뉴판이 그렇게까지 필요한가?"

"레스토랑에 메뉴판은 필수에요! 아, 마인 공방에서 준비할까요? 우리 시종들은 넋을 잃을 정도로 글씨가 예쁘답니다. 굉장하죠? 후훗."

"……필요성도 어떤 물건인지도 이해가 안 가는군. 너에게 맡기마."

피곤한 듯이 벤노가 머리를 싸맸다. 새로운 일거리를 획득한 나는 머릿속에 메뉴판 디자인을 생각하며 히죽 웃었다.

"예이, 잘 받을게요. 그리고 종업원은 어쩔까요? 귀족다움을 추구한다면 이 주변에서 평민을 고용해서는 시중을 들지 못할 걸요?"

평민이 가는 가게의 종업원과 귀족의 종업원은 하늘과 땅만큼 차이가 크다. 그것은 프랑을 비롯한 시종들의 시중을 받아 온 내가 가장 잘 안다. 대량의 음식을 나르느라 난폭하든 질질 흘리든 신경 쓰지 않는 평민촌 종업원과 내 시종들을 똑같이 봐서는 곤란하다. 벤노도 그 점을 잘 아는지 조금 곤란한 표정으로 나를 보았다.

"……네 쪽에서 어떻게 안 되나?"

"그 말은 종업원도 내 방에서 연습시키라는 뜻인가요? 음…… 요리사면 몰라도 종업원을 방에 들이는 허가는 못 받을 것 같은데요."

"반대로 신관을 바깥에 일하러 내보내는 건 어떠냐?"

"내일 점심에 초대받았으니까 신관장님께 물어볼게요. 기대는 하지 마세요."

예전에 '소개해 주거나, 돌봐 줄 사람이 없으니 고아는 신관이나 무녀가 될 수밖에 없다'고 신관장이 말했었다. 그때는 '후견인이 있다면 밖에 나갈 수 있다'는 의미로 받아들였지만, 고아원과 신전의 현실을 안 이상 곧이곧대로 받아들일 수 없다. 지금은 신관이 넘쳐나므로 바깥에서 돈을 벌어다 준다면 좋다고 할지도 모르고, 아니면 신전의 구조가 무너질 가능성이 있다고 판단할지도 모른다. 애매한 부분이다.

"그리고…… 첫 시식회에 신관장님을 초대할까 하는데 벤노 씨 생각은 어때요?"

"잠깐만. 신관장님이라고? 진짜 귀족이 부른다고 정말 올까?"

귀족이 평민 가게에 찾아오는 상황은 있을 수 없는 일이다. 기본적으로 귀족 마을에 있는 자기 집에 초대한다. 신전은 귀족 마을과 평민촌의 경계에 있어서 양쪽으로 통하는 문이 있다. 하지만 청색 신관은 의식 외에 평민 마을에 나올 일은 없다.

"제가 고안한 요리와 과자에 흥미가 있어 보였어요. 공략법이 중요하겠지만, 못 데려올 분위기는 아니었어요."

흥미진진하게 벤노가 턱을 쓰다듬으며 "호오." 하고 생각에 빠졌다.

"그러니까 벤노 씨가 정말 신용하는 사람만 첫 시식회에 초대하면 어떨까요? 귀족과 함께 식사라니 뭔가 특별하게 대우받는다는 느낌이 들지 않을까요?"

"……틀림없이 들겠지."

"진짜 귀족이 출입하는 가게가 되면 이탈리안 레스토랑의 평가도 높아지겠죠?"

벤노의 적갈색 눈이 이익을 바라본 맹수처럼 번쩍였다.

"카트르 카르의 시식회처럼 많은 사람을 한 번에 초대하지 말고 신용할 수 있는 소수만 나눠서 초대합시다. 요리사 수를 고려해도 한 번에 많은 사람은 무리예요. 요리가 비싸니까 잠재 고객은 그리 많지 않아요. 선별된 사람만이 들어가는 가게로 최대한 고급스러움을 내는 방향으로 가면 어때요?"

"신관장님의 협력을 얻는다면 가능해. 절대 실패하지 마라, 마인."

척, 하고 악수하며 웃는 우리 두 사람을 보고 로지나가 얌전한 몸짓으로 고개를 갸웃거린다.

"저기, 마인 님. 음악은 어떻습니까? 귀족들은 회식 때 많은 연주자를 불러서 교대로 연주하게 하는데, 레스토랑에서는 음악이 필요하지 않나요?"

음악에 대해서는 전혀 생각하지 않았다.

"안타깝게도 연주할 연주자를 구할 인맥은 없어."

"……로지나는 어때요? 레스토랑에서 연주해 보고 싶어요?"

"악기를 다룰 시간이 늘어나면 그보다 더 좋을 일이 없죠."

딱 잘라 말하는 로지나를 보아하니 오히려 자신이 페슈필을 켜고 싶어서 일부러 음악 주제를 꺼낸 것 같았다.

"레스토랑은 점심이 메인이죠? 그럼 예약 때 따로 요구하고 추가 요금을 낸다면…… 로지나를 빌려줄게요."

점심식사 때 추가 요금을 내서라도 음악을 원하는 손님이 있다면 로지나를 그 시간에만 빌려줄 수는 있다. 세 점 종에 음악 연습시간이 끝나고 레스토랑에 가면 시간은 충분하다. 다만, 서류 업무도 익혀야 하고, 매일 나가게 되면 반드시 신관장의 허락이 필요하다.

"……이봐, 저녁엔 어떡하고?"

"네? 당연히 안 되죠. 저녁엔 술을 마실지도 모르잖아요? 로지나 같은 귀여운 아이를 술주정뱅이 앞에 내놓을 생각은 없어요. 저녁에 음악을 쓰고 싶다면 벤노 씨가 알아서 연주자를 구하세요."

보통 술을 파는 곳에서 일하는 여종업원은 매춘부를 겸하고 있다. 여느 술집과 다르다 말해도 손님이 들어 주지 않을 가능성이 있다. 그래서 나는 저녁에 로지나를 내보낼 생각은 추호도 없다.

세세한 부분을 의논하는 사이 여섯 점 종이 울렸다. 일이 끝나는 시간이다. 오늘 의논한 여러 항목을 벤노가 정리하면서 나를 응시했다.

"너 내일은 점심 자리에서 이것저것 보고 와."

"맡겨주세요!"

"……크, 불안불안하군."

위 부근을 꾹 누르는 벤노를 본 나는 뾰로통한 표정을 지었다.

"전 레스토랑이 언제 완성될지 불안불안하다고요."

다음 날은 신관장의 점심식사 자리에 초대받았다. 세 점 종이 울릴 때까지는 기합이 들어간 로지나의 무시무시한 눈빛을 받으며 있는 힘을 다해 연습했다. 페슈필만이라면 실수 없이 연주했지만, 노래에 정신이 뺏기면 현의 위치를 깜빡하곤 했다. 그것만 주의하면 문제없다.

연습시간 뒤는 신관장의 업무를 돕는 시간이다. 프랑은 점심 준비가 있다며 집무실까지 길에게 동행을 맡겼다. 상대가 신관장이라 다소 실패해도 문제가 없는 편한 호출로 생각한 나와 반대로 프랑과 로지나는 신경이 날카로워져 있었다.

저 두 사람은 귀족을 상대할 때만 되면 호흡이 척척 맞는다니까.

네 점 종이 울린 뒤 사무 업무를 끝낸 나는 길과 함께 일단 방으로 돌아왔다. 델리아의 손으로 간단히 매무새를 가다듬고 커다란 페슈필을 안은 로지나와 식기와 작은 페슈필을 담은 상자를 든 프랑을 데리고 출전이다. 일단 과제 곡은 연주할 수 있게 됐지만, 긴장하면 금방 손을 바들바들 떠는 나와 달리 신관장의 방에서 식사 시간 동안 페슈필 연주를 명령받은 로지나는 아무렇지 않은 표정이다.

"……로지나는 긴장 안 되나요?"

"하고 있습니다. 가슴이 쿵쾅거려서 도저히 진정이 안 되네요."

싱긋 부드러운 미소를 보이면서 말해도 전혀 신용이 가지 않는다. 하지만 귀족 영애와 마찬가지로 로지나의 미소는 그야말로 무기다. 자신의 몸을 지키고, 상대에게 허점을 보이지 않기 위한.

"전혀 그렇게 안 보이는데요. 긴장을 들키지 않아야 하죠?"

"네. 미소로 여유롭게 보여야 합니다."

신관장에 방에 도착하자 몇몇 회색 신관이 가구의 배치를 바꾸며 점심 준비가 한창이었다. 군더더기 없는 움직임으로 빠릿빠릿하게 일하는 신관장의 시종을 시야 끝으로 보면서, 나는 초대해 준 신관에게 귀족식 인사를 했다. 프랑에게 철저하게 주입당한 인사문과 로지나에게 철저하게 주입당한 인사 자세였다. 프랑과 로지나가 힘을 합쳐 생각한 인사는 신들의 이름부터 시작해 초대를 받아 얼마나 영광스러운지 시적으로 표현한 것으로 상당히 길다. 이 인사를 한쪽 무릎을 꿇고 양손을 가슴 앞에 교차한 자세를 유지하며 끝까지 말해야 한다. 거기에 우아함까지 내라 하니 근력이 없는 내게는 고행에 불과했다.

인사문 암기를 함께 했던 루츠도 진절머리를 냈다. "엄청 귀찮네. 그냥 '오늘 초대해 주셔서 감사하게 생각합니다'라고 하면 되잖아!" 하고 말했을 정도다. 루츠도 앞으로 길베르타 상회의 다프라로 귀족을 담당하게 되므로 함께 외웠지만, 어려운 표현이나 많고 긴 신의 이름에 질색했다. 이럴 때만은 일신교(一神教)가 부러웠다.

하지만 연습의 성과는 있었는지 신관장을 앞에 두고도 머릿속이 새하얘지는 일 없이 평소보다 두 배는 더 우아하게 인사를 해냈다. 마지막에 옷자락을 밟는 바람에 바로 일어나지 못했지만, 넘어지지는 않았다. 난 성장했다.

"뭐, 됐다. 잘한 축에 들겠지. 두 사람 다 수고했다. ……그리고 페슈필 연습은 완벽한가?"

인사 지도 담당인 두 사람을 칭찬하고, 프랑의 손에 든 페슈필을 본 신관장의 입꼬리가 살며시 올라갔다. 나는 웃으며 로지나를 보았다.

"선생님이 훌륭한 덕분에 실력이 향상되었다고 봅니다."

"어머, 그렇지 않습니다. 마인 님은 음악적 재능이 많으십니다. 음계도 금세 외우시고, 귀도 좋으신지 음을 찾는 능력도 있으십니다. 아직 손가락 움직임은 둔하지만, 그건 연습 여하에 달렸습니다."

'그만해! 재능 따위 손톱만큼도 없어! 우라노 시절에 배운 피아노 경험과 음악 수업의 산재라고!'

제발 봐주세요, 하고 엎드려 절하고 싶은 기분이지만, 당황스러운 모습을 보여서는 안 된다. 조금 전 로지나가 말한 대로 일단은 웃어 보였지만, 입술에 경련이 일어나는 것 같다.

"호오. 그거 기대되는군. 식사 준비가 다 되기 전까지 그대의 연습 성과를 보도록 하지."

신관장의 말에 회색 신관이 의자를 재빨리 준비하여 나를 앉혀 주었다. 프랑이 내게 페슈필을 건네면서 조그맣게 "괜찮습니다." 하고 격려해 주었다.

연습대로만 하면 된다. 첫 과제라 그렇게 어려운 곡은 아니다. 진정하고 연주하면 괜찮다. 천천히 심호흡한 후 고개를 들자 로지나의 긴장한 듯 굳은 표정이 눈에 들어왔다. 마치 첫 수업 참관을 지켜보는 엄마 같다.

페슈필의 줄을 띠링, 하고 튕겼다. 처음 외운 짧은 연습곡은 「가을의 결실」이다. 음식 이름이 쭉 이어지며 맛있다는 가사에 따라 손가락만 움직이면 어렵지는 않다.

"숲의 은총, 가을의 결실~……."

일단 실수 없이 연주하고 안도의 한숨을 쉬었다.

"……잘하는군."

"네. 마인 님은 매우 암기가 빠르십니다. 이 기회에 얼마 전에 직접 작곡하신 곡도 신관장님께 선보이심이 어떠십니까?"

"네? ……만든 노래?"

뭐지? 전혀 기억이 없는데⋯⋯?

"분명⋯⋯ 이런 멜로디로⋯⋯."

어려서인지, 아니면 이 몸이 우수한 건지, 마인의 귀는 우라노 때보다도 음을 잘 찾아냈다. 절대음감까지는 아니지만, 음감이 있는 편이리라. 우라노 시절보다 기억하는 곡을 음계로 쉽게 바꾸어 냈다. 기억 속의 곡을 페슈필로 몰래 연주해 봤는데, 로지나가 그걸 외워 버린 모양이다.

"아직 가사가 없어서⋯⋯ 지금은 보류하겠습니다⋯⋯."

아무리 그래도 영어로 된 영화 주제곡을 즉흥적으로 번역하여 부르기에는 무리가 따른다. 내가 천천히 고개를 저으며 그렇게 말하니 신관장은 흥미진진하게 눈을 반짝이면서 살짝 웃었다.

"그럼 이 다음번을 기대하도록 하지. 다음 과제 곡은 이거다."

NO! 또 스스로 난이도를 높여버렸다.

새 악보를 건네받으면서 나는 속으로 눈물을 흘렸다. 다음은 과제곡 플러스 자작곡까지 선보이게 되어 버렸다.

"자, 이쪽으로."

신관장의 앞에는 은색으로 빛나는 식기가 나열되어 있다. 내 앞에는 프랑이 지참한 식기가 하나씩 놓였다. 보통 깨지거나 훔쳐갈 위험이 있는 식기는 자신의 시종이 다루며, 다른 사람은 손댈 수 없다고 한다.

내가 방에서 쓰는 건 전 고아원 원장이 남긴 식기인데 품질이 좋은 듯했다. 프랑은 바꾸는 편이 좋다고 했지만, 방에 어울리는 식기는 비싸다고 거절했다. "전 원장이 어떤 사람인지 모르겠지만, 물건에는 죄가 없어요." 라고 주장하며 내 멋대로 물려받았다.

귀족의 식사는 길드장의 저택에서 먹은 적 있는 코스 요리의 순서와 아주 비슷했다. 음료를 따르고, 전채 다음에 수프, 메인 요리가 이어지고 과일과 디저트, 후식으로는 따뜻한 차로 마무리했다. 단, 양과 종류가 어마어마했다. 남은 양을 시종에게 돌리기 때문이겠지만, 전채만 해도 여덟 종류나 되는 접시가 줄을 이었다. 시종이 조금씩 주인의 접시에 덜어 주지만, 전채만으로 배가 빵빵해질 듯하다.

내 위의 한계를 파악하는 프랑이 내가 좋아할 것 같은 음식을 세 종류만 덜어 주었다. 우물우물 먹으며 나는 레스토랑에 낼 요리의 개선점을 찾았다.

'맛은 괜찮은 편이지만, 장식이나 접시에 예쁘게 담는 방법을 좀 더 고민해야겠어. 귀족 요리가 꽤 레벨이 높네.'

수프는 이곳에서도 싱거웠다. 수프만이라면 나의 승리다. 메인 요리도 여러 종류 중에서 먹을 수 있는 만큼만 잘라서 담는 듯했다. 이곳도 메인은 고기 요리였고, 생선 요리는 전혀 보이지 않았다. 아무래도 귀족들도 생선은 거의 먹지 않나 보다.

식사하며 페슈필의 연습, 서류 업무에 관한 작은 의문점, 현재 고아원의 상태, 마인 공방의 상황 등의 대화를 나누었다. 신관장은 기본적으로 맞장구를 칠 뿐이었다. 가끔 빙빙 돌려 말하면 내가 의미를 파악하지 못했다. 내가 고개를 갸웃거리면 신관장이 포기하는 한숨을 내쉴 때까지가 한 세트였다.

'식사 시중은 프랑의 행동대로만 하면 문제없겠어. 음악은 되도록 있는 편이 좋겠는걸.'

로지나의 페슈필 연주를 들으며 식사를 하니 그렇게 느끼지 않을 수 없었다. 우라노 시절에는 가게에 들어가면 당연하듯 음악이 흘렀지만, 이곳에서 음악을 듣는 건 그리 쉬운 일이 아니다. 그래서인지 매우 마음이 풍요로워졌다.

"……뭔가 생각에 잠긴 듯한데, 이 식사가 참고되었나?"

식후의 차를 마시며 신관장이 물어왔다.

"네, 굉장히요. ……신관장님, 저 질문이 있는데요."

"잠깐. 그대의 상담은 저쪽에서 듣겠다."

신관장에게 말을 싹둑 잘린 나는 향기가 나는 차를 천천히 마시며 비웠다. 비밀의 방으로 안내하는 신관장을 따라 안으로 들어갔다. 신관장이 의자를 준비하는 동안 스스로 긴 의자를 정리하며 내가 앉을 자리를 확보하는 일도 익숙해졌다.

"자, 들어 보지. 이번엔 대체 뭔가?"

밖을 나간다는 것

"남아돈다는 회색 신관을 밖에서 일하게 해 주실 수 없나요? 귀족식 요리를 내는 레스토랑에서 종업원을 시키고 싶은데요."

예전에 내 방에서 한 대화를 떠올렸는지 아아, 하고 신관장이 작게 중얼거렸다.

"종업원이라면 회색 신관 중에서도 시종 경험이 있는 자여야 한다는 말이군?"

"시종 경험이 있는 회색 신관은 말투가 부드럽고 인상과 자세도 좋아서 가장 적합하겠지만, 막 시종이 된 길도 어느 정도 익숙해졌으니 교육만 하면 금방 할 수 있을 거예요."

경험자가 한 사람이라도 있으면 좋으나 시종 경험이 있는 회색 신관이 아니라도 딱히 문제는 없다. 고아들은 시종과 청색 신관을 보며 자랐고, 폭력 방지 교육을 받아서인지, 태어날 때부터 갇혀서 복종하는 교육을 받아서인지 기본적으로 얌전하고 온순했다. 스승이 바로 가까이에 있으니 교육하기 그리 힘들지 않을 터였다.

"……금방 할 수 있는 일이라면 평민을 교육하면 되지 않은가?"

"주변에 귀족이 있느냐 없느냐에 따라 큰 차이가 있어요."

교육이 간단하면 벤노도 고민하지 않는다. 평민 식당의 시중은 대체로 매춘도 겸하는 여종업원의 몫이다. 그리고 바쁠 땐 요리사 수습생도 투입될 정도로 기본적으로 수준 낮은 일로 인식되었다. 종업원으로 고용해야 하는데, 모집해도 틀림없이 빈민에 가까운 여성들만 모이리라. 그러면 고급스러움을 추구하는 가게 분위기가 망가져 버린다. 루츠가 힘들게 고생하는 것처럼 자세나 전체적인 말투를 바꾸는 교육은 쉽지 않다.

"벤노의 상점이라면 그다지 질이 나쁘지 않을 텐데? 그때 그 시종이라면 할 수 있다고 본다만?"

신관장이 아는 벤노의 시종은 마르크다. 마르크는 길베르타 상회 안에서도 특출나게 우수하다. 마르크가 교육하는 종업원은 모두 언행이 좋지만, 그들에게 식사 시중을 시킬 수는 없다. 벤노의 상점에서 계약한 다루아는 보통 길베르타 상회와 연결고리를 가지려는 상인 출신 자제들이다. 의료 관계나 서류 업무라면 몰라도 식사 시중은 업무 내용에 포함되어 있지 않다. 또, 시키면 굉장한 반발을 일으킬 터이다.

"시종이었던 회색 신관이라면 당연히 가능한 일이긴 하나, 후견인도 없이 일하게 할 수 있는가? 대체 누가 후견인이 되는가? 그리고 그 사람들만 밖에서 급여를 받으면 고아원 내에서도 격차가 생기게 되는데, 그에 관해 그대의 견해는 어떤가?"

한 명 정도면 벤노가 후견인이 될지도 모른다. 하지만 몇 명이나 필요한 종업원 모두의 후견인이 될 수 있는지는 알 수 없었다. 그리고 고아원에서 일어날 급료 격차에 관해서는 전혀 생각이 미치지 못했다.

"……지금 당장은 대답하기 힘듭니다."

"그야 그렇지. 그리 간단한 문제가 아니니."

신관장은 당연한 표정으로 그렇게 말했다. 간단한 문제는 아니지만, 해답이 없는 한, 당연히 허가는 꿈도 못 꾼다.

"오늘 바로 허가를 받을 생각은 없습니다. 다만, 신관장님의 생각을 여쭙고 싶었어요. ……회색 신관을 밖에 내보내겠다는 제안에 신관장님의 생각은 어떠십니까?"

내 질문을 진지하게 받아들인 신관장은 관자놀이를 손끝으로 톡톡 두드리며 가볍게 눈을 감고 생각에 잠겼다.

"흠. 그렇군. 어려울 거다. 그대를 보고 느꼈듯이 바깥과 신전은 매우 다르다. 신전밖에 모르는 회색 신관들이 갑자기 바깥세상에 적응할 것 같은가?"

프랑과 길을 데리고 처음으로 밖을 걸었을 때를 떠올리고 천천히 고개를 저었다.

"레스토랑 안에서라면 어떻게든 될 거예요. 그 외에는……."

귀족의 방을 본뜬 레스토랑 안에서 손님을 귀족이라 가정하고 접하는 시중 업무라면 회색 신관들의 행동은 기본적으로 올바른 셈이다. 장사에 관련된 소통이 필요하겠지만, 마인 공방에서 일하는 그들의 언행을 보면 괜찮을 것 같았다. 하지만 레스토랑 밖으로 한 발짝 나가면 그곳은 완전히 신전의 상식이 통하지 않는 세계가 된다.

"그리고 일하러 신전을 나간 신관들이 바깥세상을 알고, 그곳 생활을 소망하면 어찌할 셈인가? 그대가 그들의 바깥생활을 보증할 수 있는가?

"그건…… 어려워요. 전 어려서 후견인이 될 수 없고, 벤노 씨에게 부탁해도 더부살이 수습생과 똑같은 취급을 받도록 할 수밖에 없겠죠. 뭐든지 신의 은총으로 받는 데에 익숙한 신관이 밖에서, 그것도 혼자서 생활하기는 어려워요."

신전에서 허드렛일을 하고 고아원으로 돌아오면 밥이 있다. 특히 지금은 모두가 어느 정도 만족할 만큼은 밥을 먹을 수 있었다. 하지만 신전 밖에서 생활하게 되면 일이 끝난 뒤 스스로 만들거나 밖에서 먹어야 한다. 귀족의 맛에 익숙한 신관들이 바깥의 맛을 참고 먹을 것 같지 않았다. 그리고 돈의 개념이나 쓰는 방법을 이해하지 못한 신관을 밖에 내보내기가 조금 무서웠다. 나쁜 사람에게 속아 순식간에 탈탈 털리지 않을까.

"그리고 이것이 내게 가장 중요한 질문인데, 고용된 사람들이 고아라고 하면 그들을 바라보는 세상 사람들의 시선은 어떤가? 호의적으로 받아 주는가? 그렇지 않지?"

"……냉랭하겠지요."

내가 신전에 들어가려 했을 때 가족들의 반응을 생각해도 고아들을 향한 비난이나 신전의 인상은 좋지 않았다. 그들의 일하는 모습을 보면 평가받겠지만, 그때까지는 상당히 엄격한 편견의 시선이 있으리라 예상되었다.

"더욱이 밖에 나가는 자와 신전 내에서 일하는 자 사이에서 생기는 격차로 고아원에 지내기 힘들어질 가능성은 없는가? 분명 루츠라는 소년의 가족들도 일의 업종이 바뀌면서 마찰하게 되지 않았나?"

일의 종류가 다르면 급료도 다르다. 평등을 외치는 신전과 고아원 안에서 격차가 생기면 그것은 지금까지의 상식이 통하지 않게 된다는 말이다. 루츠의 가족에게서 일어난 마찰보다도 더욱 심각할지도 모른다. 그리고 고아원 원장이라는 직함을 받은 나는 그 혼란을 수습해야만 한다.

'무섭네.'

급격한 변화가 일으킨 혼란은 앞길을 전혀 예측할 수 없다. 그 모든 책임을 지겠냐고 묻는다면 도망치고 싶어진다. 내 속의 두려움을 감지한 듯 신관장의 날카로웠던 시선이 조금 부드러워졌다.

"마인 공방에서 일하는 정도는 문제없다. 그대가 말한 대로 수익도 나오고 있고, 고아원의 환경도 좋아졌다. 벤노의 상점 상인들이 드나들고, 숲을 왕복할 뿐이지만, 바깥과 접촉하면서 아이들도 건강해졌다고 들었다. 다만, 신전 내에서 신전의 규칙에 따라 바깥과 접촉하며 약간의 일을 하는 것과 밖을 나가 바깥 규칙에 따라 일하는 것은 전혀 다른 문제다."

끄덕이며 납득하는 나를 보고 신관장은 조금 안심하는 표정을 보였다.

"무엇보다 벤노가 후견인이 되겠다고 한들, 나는 아직 벤노라는 사람을 잘 모른다. 시종으로 회색 신관을 사 가는 하급 귀족보다 신용할 수 있는 대상인지 그 판단 기준조차 없다. 그리고 레스토랑이라는 곳이 신관들이 일할 수 있는 환경인지도 모른다."

"그럼 신관장님께서 시식회에 와 주시면 환경이 어떤지 직접 보고 판단하실 수 있지 않나요?"

내가 신관장에게 웃으며 제안하자, 신관장이 어이없다는 듯이 어깨를 으쓱이며 고개를 저었다.

"무슨 계획인지 모르겠으나, 좋지 않은 생각임이 얼굴에 다 나오는군. 감정을 숨길 수 있도록 하라. ……어쨌든 마인 공방에 한해서 상인의 출입과 업무 내용을 늘리는 점은 허가하나, 신관이 바깥에 일하러 나가는 것은 기각한다."

이미 거절당하리라 예상했기에 크게 실망하지는 않았다. 오히려 조금씩 변화해 가면서 조만간 신관장에게 인정받으면 그만이다.

"……알겠습니다. 레스토랑이 완성되기 전까지 천천히 신관장님께서 벤노 씨라는 사람을 잘 판단할 수 있도록 노력하겠습니다. 벤노 씨가 말이죠."

"그대는 노력하지 않을 건가?"

"약간은 하겠지만, 전 그 외에 노력해야 할 일들이 산더미거든요."

큭 하고 신관장이 작게 웃었다. "하긴 귀족다운 언행을 익히는 쪽이 우선이지." 라고.

미안하지만, 앞으로 태어날 아기를 위한 그림책 만들기가 우선이에요.

"그런 이유로 신관을 밖에 일하러 내보내는 건 퇴짜를 맞았어요."

신관장과 회식이 있었던 다음 날, 나는 벤노의 상점에서 평소대로 보고했다. 귀족의 식사에서 눈에 띈 점을 열거한 뒤, 신관을 밖에 내보내는 허락을 받지 못했다고 보고했다. 벤노도 이미 예상했는지, "역시." 하고 중얼거렸다.

"그럼 공방의 상인 출입은 허가받았으니 공방의 업무 내용에 시중 교육을 넣지 않겠어?"

"음, 종이를 못 만드는 겨울 동안 돈 벌기엔 딱 좋겠네요. 하지만 수작업을 시킬 계획이었는데."

겨울은 장작과 식재료가 대량으로 필요한 계절이다. 숲에서도 웬만해서 찾기 힘드니 어쩔 수 없이 사들여야 한다. 그리고 눈 속에 파묻혀 지낼 동안 심심풀이 겸 돈벌이가 되는 수작업이 중요했다.

"고아원에서 뭘 시키려고?"

"다양한 장난감을 만들 예정이에요. 목공방에서 판자를 대량으로 구입하고 싶은데, 벤노 씨가 잘 아는 공방은 레스토랑 준비로 바쁘죠? 다른 공방을 소개해 주지 않겠어요?"

레스토랑의 납기일이 이보다 더 늦어지는 건 싫었다. 아무리 이곳에서 일반적이라도 나는 계획만으로 끝날 것 같아 참을 수 없었다. "다른 공방을 소개하라고?" 라며 벤노는 떨떠름해 했다. 하지만 앞으로 부탁할 일을 뒷전으로 미뤄서는 곤란했다. 납품일을 지켜 줄 공방에 부탁하고 싶었다.

"고아원의 겨울 준비 작업이니까 납품일이 중요해요. 사업상 벤노 씨가 소개하기 그렇게 어렵다면 다른 사람한테 소개받을래요."

"네가 말하는 다른 사람은 프리다잖아? 안 돼."

프리다라면 벤노가 모르는 공방을 알지 않을까 했는데, 이름을 꺼내기도 전에 거절당해 버렸다.

"……하아, 어쩔 수 없지. 공방 주인장에게 사정을 전달하고, 다른 공방을 소개받도록 하지."

"그럼 먼저 잉크 공방을 부탁해요. 잉크도 필요해요. 오히려 판자만 있고 잉크가 없으면 의미가 없거든요."

내가 잉크, 잉크, 하고 종알대니 벤노는 귀찮은 듯 머리를 여러 번 긁더니 자리에서 일어났다. 나를 휙 안아 올리고 성큼성큼 방을 나간다.

"마르크, 마인을 데리고 잉크 공방과 목공방을 돌고 오겠다. 루츠, 가자."

"네, 주인님."

나는 벤노에게 안긴 채 잉크를 파는 상점으로 향했다. 그곳 선반에 진열된 어마어마한 잉크의 가격을 확인하고 눈앞이 핑 돌았다.

"다른 잉크는 없나요?"

"여기서는 안 팔아. 그렇게 신경 쓰이면 직접 공방에 가 보거라."

고개를 푹 떨군 내 옆에서 벤노가 잉크를 만드는 공방의 주소를 물어 주었다. 이번에는 장인 거리로 향했다. 장인 거리의 잉크 공방에 도착하니 이런저런 냄새로 코가 시큼해졌다. 벤노에게서 내려와 스스로 걸어 공방으로 들어갔다.

"……손님이 직접 이쪽에 오다니 드문 일이네. 이런 곳에 무슨 용무냐?"

보통 글을 읽고 쓸 수 있는 부자만 잉크가 필요한데, 그들은 공방이 아니라 전문 상점에서 주문하는 모양이다. 약품으로 심한 냄새가 나는 공방에 찾아올 사람은 없는 듯하다. 얼굴과 옷 여기저기에 검은 얼룩을 묻힌 공방 주인장이 의심스러운 표정으로 우리를 빤히 쳐다보았다. 색소를 추출하거나, 잉크를 배합하는 일이 꼼꼼한 작업인지 상당히 깐깐해 보이는 남자다.

"저기, 여기서 만드는 잉크 종류를 알고 싶어요. 어떤 식으로 만든 잉크가 있나요?"

주인장은 평소에도 새겨진 미간의 주름을 더욱 깊이 새기며 나를 내려다보았다.

"아가씨, 제조법은 함부로 가르쳐 주는 게 아니야."

무슨 쓸데없는 소리냐며 콧방귀를 끼는 주인장이 당장에라도 말을 끊을까 싶어 나는 허둥대며 말을 덧붙였다.

"제조법을 알고 싶은 게 아니라 잉크의 종류를 알고 싶어요. '몰식자' 잉크인지, 아니면 점도가 강한 '램프 블랙'인지를 알고 싶은 거예요."

"……뭐? 뭐라고?"

이 세계에서 유통되는 잉크 이름을 모르는 탓에 내 말이 주인장에게 전혀 통하질 않았다. 내가 아는 단어로 잉크의 종류를 특정할 수 없을지 필사적으로 생각했다.

"음, 여기에는 잉크를 몇 종류 취급하나요?"

"잉크는 잉크야. 하나밖에 없어."

당연한 소릴 묻지 마라며 주인장이 어깨를 으쓱거렸다.

"그럼 제가 제조법을 대략 말할 테니 어떤 잉크를 만드는지 가르쳐 주세요."

귀찮은 듯 눈을 감은 주인장이 천천히 고개를 끄덕였다. 몰식자 잉크를 만들 것이라고 가정한 나는 그 제조법을 최대한 이해하기 쉽게 간단히 설명했다.

"식물 옹두리에서 염료를 추출하고 발효시켜서 '철 이온'…… 철염을 섞어 나무껍질의……."

"그거야! 그걸 어떻게 알지!?"

깜짝 놀란 주인장이 조금 전까지의 귀찮아하던 표정을 싹 지우고 몸을 들이밀었다. 거침없는 기세에 나는 벤노의 뒤에 숨으면서 대답했다.

"그냥 흥미가 있어서 외웠어요. 다른 종류는 없죠?"

"……다른 종류가 있나?"

눈에 힘을 준 주인장의 반응을 보아하니 아무래도 이곳에는 정말 몰식자 잉크밖에 취급하지 않는 듯하다. 실망한 기색을 감추지 못하고 나는 어깨를 떨구며 고개를 저었다.

"안 만든다면 됐어요. 구매는 이곳에서 주문하는 것보다 상점에서 사는 편이 좋죠?"

주인장은 팔짱을 끼고 뭔가 잠시 고민하더니 떨떠름한 표정으로 끄덕였다.

"그래. 구매만 한다면 상점 쪽이 낫지. ……아가씨, 이름은?"

"길베르타 상회의 벤노가 후견인이다. 할 말이 있다면 이쪽을 통해라. 실례했다."

벤노가 이름을 말하려던 내 입을 막고는 나를 안아 들고 발걸음을 돌렸다. 벤노의 등, 정확히는 들쳐 업힌 내게 주인장이 시선을 던졌다.

"……길베르타 상회라. 알겠다."

잉크 공방을 나온 순간 벤노가 호통쳤다.

"넌 갑자기 무슨 소리를 꺼내는 거냐!?"

"네? 잉크의 종류를 확인했을 뿐인데요?"

"좀 더 이렇게…… 아, 너한텐 힘들겠군."

싸움을 건 것도 아니고, 원만하게 대화만 했다고 생각하는데, 벤노의 눈에는 그렇지 않았던 모양이다. 하지만 이곳에 잉크의 종류가 없는 한 달리 어떻게 질문했어야 한다는 말인가. 먹이나 인쇄용 잉크라고 해도 절대 통하지 않을 텐데.

"잉크가 한 종류라고 들었을 때부터 예상은 했지만, 역시나 '몰식자' 잉크만 만드는군요. 안타깝네요."

몰식자 잉크는 유럽에서 일반적으로 쓰이는 잉크다. 제조법이 간단하고 내구성과 내수성이 높아 널리 쓰였다. 먹과 달리 양피지에도 밀착해서 비비거나 물에 씻어도 잘 지워지지 않는 점도 장점이다. 하지만 철분이 섞여 산화되므로 마른 잉크가 섬유 사이사이에 달라붙어 필기 부분이 부식된다. 양피지보다 부식 속도가 빠른 식물지는 수십 년이나 몇 년 만에 글자 부분에 구멍이 뚫려버리기도 한다.

앞으로 태어날 아기를 위해서나 보존해 두고 싶은 책에 쓰기엔 좀 문제가 있다고도 할 수 있다. 잘 타지 않는 토론베지라면 철분의 산화 정도야 아무렇지 않겠지만, 이번엔 상당한 비용이 드니 포기다.

"역시 잉크도 스스로 제조하는 편이 좋나?"

몰식자 잉크의 산성을 중성에 가깝도록 약하게 하면 좋을지도 모른다. 하지만 그러면 기득권자에게 싸움을 거는 상황이 될 수도 있다. 몰식자 잉크 외에 다른 잉크를 개발해야 할듯하다.

"뭐라고? 잉크 협회에도 정면으로 싸움을 걸자고?"

"왜 벤노 씨가 기대에 찬 얼굴을 하는데요? 딱히 싸움을 걸 생각은 없어요. 잉크의 종류가 많았으면 비교해서 사면 끝인데, 만들어야 하니 귀찮아지겠다는 생각은 했지만, 기본적으로 분쟁하기 싫어요."

나의 반발에 벤노는 재미없다는 듯이 콧방귀를 끼고 걷기 시작했다. 벤노의 걸음걸이에 흔들리면서 나는 혼자 잉크 생각을 했다.

"식물지에는 '먹'이 좋겠어. 그런데 판화로 하려면 어느 정도 점도가 강한 잉크가 좋겠는데. 아, 잠깐만. '박물관'에 보면 '고대 중국' 판화가 있었잖아. 그럼 '먹'으로 해결되려나? 차라리 '유성 그림물감'을 만들어 볼까? 아니면 '분채물감'? '크레용'은 문지르면 더러워지니까 판화나 그림책에는 좀 안 맞겠는데."

우라노 시절에 내게 흥미를 갖게 하려는 엄마와 함께 몰식자 잉크, 유성 물감, 크레용까지 만들어 봤는데, 모두 재료는 가게에서 사면 됐다. 이곳에서는 기자재와 재료를 갖추기가 여간 힘든 게 아니다.

‘크레용은 립스틱이나 립밤 케이스에 넣어서 굳혔지. 물감을 넣을 밀폐용기도 그렇고, 이곳에서는 뭘 써야 좋을까?’

“어이, 루츠. 마인이 지금 무슨 말을 하고 있냐?”

“생각이 제멋대로 입 밖으로 새어 나오는 것뿐이니 흘려들으시면 됩니다. 스스로 대답이 나올 때까지 이대로 둬야 합니다.”

무엇을 만들든 안료는 갖추기 어렵다. 검댕 연필을 만들 때처럼 또 검댕을 끌어모아야 하나. 하지만 옛날과 다르게 지금은 아교도 밀랍도 마음만 먹으면 손에 넣을 수 있다. 못 하나 살 돈이 없었던 시절에 비하면 지금은 그나마 재료를 구하기 쉬워졌다. 그때보다 난이도는 확실히 떨어졌을 터다.

“저기, 루츠. 종이를 만들 때처럼, 일단 시제품을 만들지 않으면 이런 물건이 필요하다 해도 다들 이해 못 하겠지?”

내가 벤노의 어깨에서 몸을 내밀어 루츠에게 묻자, 루츠는 포기했다는 듯 어깨를 들썩였다.

“……정했냐? 어떤 잉크를 만들 건데?”

“판화 잉크가 될 만한 걸 처음부터 만들어 볼래. 가장 잘 만들어진 걸로 그림책을 만들까 해.”

“아직 그림책을 포기 못 했어?” 하고 루츠가 내 말에 어이없는 표정을 지었다.

“아기에게 줄 선물이잖아? 왜 포기해?”

“……하긴. 겨우 마인 공방이 진정됐나 했더니 또 바빠지겠네.”

그렇게 말하며 루츠는 곤란한 듯, 하지만 의욕을 되찾은 듯이 웃었다.

잉크 제작의 사전 준비

잉크 제작을 결심했다고 곧바로 잉크가 만들어지지 않는다. 우선은 지크의 목공방에 가서 주인장에게 다른 목공방을 소개받아야 한다. 목공방에 도착하자 전에 있던 보좌가 카운터에서 세밀한 작업을 하는 중이었다. 고개를 들고 깜짝 놀라며 붙임성 있는 웃음을 보내왔다.

"여, 벤노 씨, 지크 동생."

"주인장을 불러 주게."

벤노의 말에 보좌는 바로 몸을 돌려 공방 안쪽으로 들어갔다. "주인어른!" 하고 외치는 소리가 조그맣게 들린 후, 굵직한 이두근에 턱수염이 덥수룩한 주인장이 옷에 묻은 톱밥을 털면서 느릿하게 나왔다.

"여어, 벤노 씨. 미안하지만, 가벽은 완성되려면 아직 멀었어."

"그래. 오늘은 다른 목공방을 소개해 줬으면 해."

"……무슨 의미지?"

발끈한 듯이 주인장의 눈이 험악해졌다. 벤노는 그 모습을 보면서 가볍게 어깨를 들썩였다.

"딱히 계약을 끊겠다는 말이 아니야. 이 녀석이 주문하려는데 연결 고리가 있고 소개해 줄 만한 목공방은 없나? 지금 상태에서 다른 주문까지는 어렵잖아?"

벤노가 그렇게 말하며 나를 앞으로 꾹 밀어내자 주인장은 안심한 듯 표정을 풀었다. 그리고 나를 위에서 아래까지 지긋이 쳐다보면서 덥수룩한 턱수염을 쓰다듬었다.

"흠. 그럼 인고의 공방을 소개해 주지. 가자."

주인장이 그렇게 말하며 인고라는 사람의 공방으로 우리를 데려가 주게 되었다. 인고는 최근에 독립한 젊은 주인장이라고 했다. 젊다고 해도 벤노보다 조금 연상인 듯했다. 주인장이라 불리는 사람이 대개 마흔을 넘긴 풍모를 가진 사람이 많은 점을 고려하면 삼십 대는 상당히 젊은 축에 속한다. 이렇게 일부러 주인장이 같이 가는 건 직접 소개해 줌으로써 본래 자신의 손님임을 확실히 각인시키기 위해서란다. 공방 간의 힘겨루기에도 사정이 많은 모양이다.

"이번엔 우리 쪽에서 맡을 수 없거든. 인고, 어때?"

"그러고 보니 엄청 큰 주문이 들어왔다 했지? 우리 쪽에도 한 몫 받게 해 주는 건가?"

"당연히 다른 계약이지. 네 손님은 이 조그만 아가씨다. 나머진 잘 부탁해."

그렇게 말하고 지크네 주인장은 돌아갔다. 인고라 불린 주인장은 나를 내려다보며 노골적으로 실망한 표정을 지었다. 조금은 발끈했지만, 나는 세례식도 끝나지 않은 아이의 모습이니 어쩔 수 없다.

"겨울 수작업에 쓸 판자를 준비하고 싶어요. 그러니까 납품일만큼은 꼭 지켜 주세요."

나는 판자 크기를 지정해서 주문했다. 올해 고아원의 겨울 수작업은 오셀로와 트럼프 만들기다. 오셀로 판은 두꺼운 판자 위에 잉크로 선을 그어서 칸을 그리면 된다. 돌은 판자를 조그맣게 잘라 한쪽 면에만 잉크를 바르면 된다. 칸에 들어가는 크기라면 딱히 동그랗지 않아도 게임에 지장이 없어서 좋다.

그리고 체스 말까지 만들면 같은 판으로 놀 수 있다. 다만, 체스 말은 조형이 복잡해서 탈락이다. 고아원에서 열 예정인 '첫 목공 교실'에서 만들기에는 너무 어려운 작업이니 장기말로 대용하자. 말에 이름을 쓰면 되니까 만들기 간단해서 좋다.

'장기와 체스가 다른가? 아는 사람이 없으니까 말의 움직임이나 이름은 적당히 정하면 되지. 그래, 내가 바로 룰이다!'

트럼프는 종이로 만들까 생각했지만, 종이보다 판자 쪽이 비용이 싸다. 그리고 마인 공방에서 만드는 건 와시(和紙)이므로 좀 더 개조하거나 가공하지 않으면 트럼프에는 맞지 않는다. 얇은 판자로 만들면 아이들이 조금 난폭하게 다뤄도 괜찮으리라. 색이나 마크는 그대로 써도 괜찮겠지만, J, Q, K를 어떻게 만들어야 할지 생각하는 편이 좋을지도. 그림을 그려 넣기는 너무 어렵다.

"그나저나 이렇게나 많은 판자를 대체 어디에 쓰는데?"

길드 카드를 맞춰 인고에게 선금을 냈다. 내가 공방장의 길드 카드를 가지고 냉큼 돈을 내자 신용도가 올랐는지 인고가 조금 친근하게 굴었다.

"겨울 수작업인데요, 자세한 내용은 비밀이에요. 잘 팔리면 내년에도 부탁할게요."

"……내년이라니, 저쪽이 전속 아니냐?"

인고는 주인장이 나간 문을 손가락으로 척 가리켰다.

"벤노 씨의 전속은 저쪽 공방이지만, 전 아직 딱 정하지 않았거든요. 품질이나 납품 신용을 보고 판단할게요. 납품은 길베르타 상회에 부탁해요."

"그렇군. 이쪽이야말로 잘 부탁해."

판자 주문을 끝낸 나는 벤노에게 안긴 채 상점으로 돌아갔다. 도착하자마자 벤노가 안방의 테이블 의자에 나를 앉혔다. 그리고 정면에 앉은 벤노와 루츠에게 바로 다음 예정에 대한 질문 공세를 받게 되었다. 쿵 하고 테이블을 두드리며 "자, 다 불어." 하고 나를 노려보는 벤노를 보니 마치 형사 드라마에서 심문을 당하는 처지가 된 것 같았다.

"뭘 말인가요? 저 나쁜 짓 한 거 없어요. 억울해요. 무죄예요."

"무슨 말이냐, 이 멍청이. 지금부터 네가 벌이려는 일을 불라는 말이다. 그 판자는 무엇에 쓰지? 잉크로 뭘 할 거지? 어떻게 만들지? 뭐가 필요하지? 전부 뱉어."

벤노의 기세를 달래듯 루츠가 옆에서 몸을 내밀었다. 곤란한 듯 눈썹을 끌어내리고 대화에 끼어들었다.

"마인 공방의 종이 제작 균형 문제도 있거든. 예정을 미리 세우지 않으면 곤란해. 지금 만들 물건에는 숲에서 채집해야 하는 재료도 있어?"

"음…… 잠깐만. 머릿속 좀 정리할게."

서자판을 꺼내서 앞으로 만들 물건과 거기에 필요한 물건을 써 갔다. 장난감 제작에는 판자와 잉크. 잉크를 만들려면……, 하고 적으면서 머릿속을 정리해 간다. 내가 머리를 정리하는 동안 벤노와 루츠도 메모할 준비를 했는지 이미 목패와 잉크가 준비되어 있었다.

"겨울 수작업은 '오셀로', '장기말', '트럼프'를 만들까 하고 고민하고 있어요. 이것을 만들려면 판자와 잉크가 필요해요."

내 말에 벤노가 의아한 표정을 지으며 고개를 갸웃거렸다.

"……지금 말한 것들은 대체 뭐냐?"

"카루타와 비슷한 장난감이에요. 아, 하지만 글자 공부가 목적인 카루타와 달라서 어른도 가지고 놀 수 있어요. 겨울의 심심풀이용으로 딱 좋아요."

눈보라 때문에 집에 갇혀 지내는 동안 수작업만 해서는 금방 질릴 때를 대비한 심심풀이용 장난감이 될 터이다. 그런데 빈민이 수작업으로 소소한 벌이를 하는 한편, 부자들은 대체 뭘 하며 지낼까.

"뭘 만들든 잉크가 필수라서 최대한 빨리 잉크를 만들고 싶어요."

"넌 잉크 공방에서 다른 잉크를 만들겠다고 했었지?"

"네. 공방에서 만드는 잉크와 제조법이 전혀 다른 잉크라면 딱히 허가가 없어도 제 마음대로 만들 수 있고, 불평도 없겠죠?"

비밀에 싸인 제조법으로 협회에서 허가를 받은 공방에서 만드는 물건은 잘못 건들면 계약 마술에 걸리거나 제멋대로 만들다 어떠한 위반 사항에 의해 처벌을 받게 되는 일도 있다.

"뭐, 확실히 제조법이 알려지지 않은 새로운 물건이라면 남의 허가는 필요하지는 않겠지. 불평은 듣겠지만, 그딴 건 콧방귀 뀌어 주면 그만이다. 단, 네가 잉크 공방의 주인장에게 쓸데없는 말을 늘어놓은 탓에 탐색이나 정보를 수집하려는 녀석들이 이쪽으로 몰리겠지만⋯⋯."

"어라? 제가 쓸데없는 소리를 했었나요? 최소한의 필요한 말만 했는데요?"

인식의 차가 크다고 생각하자 벤노의 눈초리가 날카롭게 올라갔다.

"현재 만드는 잉크의 제조법도 알고, 그 외에도 잉크가 존재하며, 그 제조법을 안다고 떠벌린 게 쓸데없는 말이 아니고 뭐지!?"

"네? 하지만 그땐 잉크 종류를 특정하고 싶어서 제조법을 말한 거고, 새 잉크의 정보도 마음의 준비를 위해서였다고요. 그리고 전 시제품이 완성되면 잉크 협회에 제조법을 팔아서 양산해 줬으면 하니까 그렇게 쓸데없는 말도 아니란 말이죠."

그렇게 말한 순간, 벤노는 눈을 꽉 감고 관자놀이를 눌렀다. 이해할 수 없다는 듯이 재차 머리를 흔든 뒤, 나를 찌릿 노려보았다.

"잠깐 기다려. 잉크 협회에 제조법을 판다고?"

"네. 식물지 협회를 세울 때 벤노 씨도 기득권자들과 부딪혀서 힘들었잖아요. 지금도 오토 씨가 억지로 도와주고 있지만, 병사 일이랑 겸업하느라 고생하고 있죠? 너무 손을 벌려 놓은 탓에 종업원도 모자라는데, 잉크까지 제조법을 나눠서 새로운 협회를 만들다니, 무리예요. 하고 싶은 사람이 있다면 전부 맡겨 버립시다."

식물지 협회는 내가 모르는 사이에 세워 버린 데다 아직 일손은 충분해서 돌아가는 모양이니 체념이 간다. 하지만 다른 마을에까지 식물지 협회를 세우고 공방을 세우겠다며 벤노 씨가 여기저기 친척들을 만나러 다니느라 고생한다는 얘기를 루츠에게 들었다. 또 일제에게 대항하겠다고 전문업이 아닌 음식점 사업에까지 깊이 관여한 탓에 꽤 고생하고 있다고 마르크가 푸념했다. 그런 상황에 새로운 잉크 협회는 무모하다.

"……네 의견을 듣고 있으면 가끔 두통이 일어. 이익을 대체 뭐라고 생각하나?"

"어차피 전 상인이 아니니까요. 마인 공방에서 조금 만드는 정도로 트집 잡힐 거면, 제조법 따위 널리 알리고 다양한 곳에서 만들게 해서 단가를 낮추는 방법이 좋다고요."

나와 벤노의 대화를 듣고 있던 루츠가 어이없는 표정을 지으며 서자판을 꺼냈다. 그리고 벗어난 주제를 본론으로 돌렸다.

"마인도, 주인님도 잉크의 판매 얘기는 잉크가 완성한 후에 해도 되지 않습니까? 잉크를 만들려면 뭘 준비해야 해?"

"아, 그렇지. 음, 잉크가 될 만한 물건으로 딱 생각나는 게 '먹', '유성 물감', '구텐베르크 잉크', '크레용'이려나? 그런데 그중에서도 '크레용'은 판화 잉크에 알맞지 않으니까 일단은 뒤로 미뤄야겠지?"

"여전히 네 설명은 전혀 알 수가 없네. 그래서 나는 뭘 준비하면 돼?"

나는 서자판에 시선을 떨구었다.

"색을 만드는 재료를 '안료'라고 하는데, 검은색을 만들 때 가장 쉽게 손에 넣을 수 있는 안료는 검댕이야. 검댕을 원료로 쓰면 어떤 잉크라도 검은색이 되거든. 우선은 검댕 모으기네."

먹은 검댕과 아교와 향료를 섞어 반죽해서 만든다. 유성 물감은 검댕과 건성유를 골고루 섞는다. 내가 편의상 '구텐베르크 잉크'라고 부른 점도가 높은 초기 인쇄 잉크라면 바짝 조린 아마씨유와 검댕으로 만들어질 터다.

"내가 아는 '먹'은 채종유와 참기름의 그을음이나 송진 그을음에서 채취한 검댕으로 만들지만, 시제품 제작에 이것저것 가릴 수 없잖아? 일단, 각자 집의 가마나 굴뚝을 청소해서 모으면 되지 않을까? …… 아, 작년에도 했었지? 이거."

검댕 연필을 만들기 위해 엄마가 내게 걸레 옷을 입히고 청소를 시켰던 기억이 스쳤다. 결국, 많은 검댕을 모으려고 루츠도 자기 집을 청소해주었다.

"아아, 했었어. 어차피 엄마들도 좋아하고, 재료도 모을 수 있으니까 일석이조 아냐?"

"그럼 우리 집 검댕도 줄 테니 와라. 손쉽게 검댕을 가득 모을 수 있게 해 주지."

무슨 생각인지 벤노가 시익 웃었다. 무엇을 꾸미는지 모르겠지만, 어차피 굴뚝과 가마는 겨울이 되기 반드시 청소해야 하는 일이다. 재료가 모이기만 하면 괜찮겠지.

"그런데 검댕을 모으면 어쩔 거야? 그 외에 뭐가 필요해?"

루츠가 자신의 서자판에 '검댕 모으기'라고 쓰고 나를 보았다. 나는 내 서자판을 내려다보고, 먹에 필요한 물건이 검댕과 아교임을 확인했다.

"다음은 '아교'겠지? 소나 돼지 같은 동물 껍데기와 뼈에서 채취한 강력한 접착제야. '먹' 제조에 검댕을 반죽할 때도 쓰이고, 책을 만들 때 뒤표지를 고정할 때도 써."

"헤에, 동물 껍데기랑 뼈라……. 이제 곧 겨울 준비하는 계절이고, 고아원에서도 돼지고기를 가공하면 모을 수 있지 않을까?"

농가에서 돼지를 푹 찔러 매달던 장면을 떠올리고 순간 덜컥 겁이 났다. 지금은 꽤 익숙해져서 기절하거나 울지 않고 참을 수 있겠지만, 힘이 없어서 고기의 해체 작업에 맞지 않는 나는 좀체 내성이 생기지 않았다.

"고아원에서 돼지고기를 가공한다고? 지금까지 한 적은 있나?"

벤노의 질문에 나도 생각해봤다. 하지만 음식이라곤 항상 신의 은총이고, 카르페조차 본 적이 없었던 고아들에게 돼지고기를 가공한 경험이 있을 턱이 없다.

"절대 없을 거예요."

"그럼 우리 집에서도 겨울 준비는 하니까 고아원 몫까지 합쳐서 주문해 줄까?"

"고맙습니다! 잘 부탁합니다!"

매년 몸 상태가 좋지 않아서 이웃집의 가공 작업에도 참여한 적이 없는 내게는 정육점에도 연줄이 없고, 훈제장 확보는 더욱 하지 못한다. 벤노의 말에 나는 손에 깍지를 끼며 부탁했다.

"그 껍데기와 뼈가 있으면 아교를 완성할 수 있어?"

"만드는 방법은 대강 아는데 실제로 '아교'를 만들어 본 적은 없어. 하지만 사용할 데가 많으니까 무슨 일이 있어도 꼭 성공하고 싶어."

아교는 동물 껍데기나 뼈 등을 석회수에 끓여 털 같은 불필요한 부분을 제거하고, 조려서 농축시킨 후 딱딱하게 말린 것이다. 뼈보다도 껍데기에서 추출한 쪽이 내수성이 뛰어나다고 한다. 가능하다면 뼈에서 뽑고 싶지만, 가장 중요한 건 완성이다. 아교의 주성분은 콜라겐, 단백질의 일종이라 아마추어가 직접 만든 먹은 오랜 시간 방치하면 썩는다. 여름철에 온도와 습기가 높은 곳에서는 썩기 쉽고, 온도가 너무 낮으면 딱딱해져서 의외로 다루기가 어렵다.

"그래서 '아교'를 만들려면 '석회'가 필요해. 집을 지을 때 쓰는, 흰 벽의……."

"아아, 석회."

루츠의 입에서 이곳에서의 석회 발음이 나왔다. 석회는 모르타르에도 쓰이므로 건축 관계에 종사하는 디도라면 구입처를 알 것이다.

"그러니까 루츠, 디도 아저씨한테 구입처를 물어봐 줄래?"

"알았어. ……석회라. 이건 종이 제작에 쓰인 재처럼 약간만 사면 되지?"

처음 종이를 만들었을 때와 다르게 루츠는 글을 쓸 수 있게 되었다. 부모에게 상인의 꿈을 일단 인정받았고, 돈으로 재료를 살 수 있게 되었다. 자유롭게 쓸 돈도 없고, 부모의 허락을 받아서 쓸 소재도 거의 없어서 허탕을 치던 때와 비교하면 일 년 반 남짓한 사이에 우리를 둘러싼 환경이 상당히 바뀌었다. 그런 생각을 곰곰이 하자 긁적긁적 기록하던 루츠가 고개를 들어 나를 보았다.

"그 외에 필요한 건 없어?"

"음, '먹'뿐이라면 검댕이랑 '아교'만 있으면 돼. '유성 물감'에는 '아마씨유'도 필요한데, 이건 벤노 씨가 알지도?"

벤노에게 향하는 내 시선을 따라 루츠도 함께 시선을 돌렸다. 벤노는 머리를 긁적이며 고민하다가 천천히 고개를 저었다.

"……들어본 적이 없다만? 어떤 거지?"

"상점에서 취급하는 천 중에 리넨도 있고, 아마실도 팔고 있잖아요? 그러니까 아마의 씨를 짜서 만든 '아마씨유'도 어딘가에서 팔고 있을 거예요."

"아아, 아마씨유. 그거라면 알지…… 하지만 기름은 그렇게 싸지 않아."

벤노의 말에 나는 애매한 웃음을 보이며 대답했다. 싸지 않아도 사야 한다.

"아마씨를 채집하려고 재배부터 시작할 수도 없고, 씨를 사도 압축기가 없잖아요. 기계까지 사서 스스로 압축할 바에 차라리 사는 편이 좋아요. 씨 가격과 압축기 가격을 비교해서 내년엔 어떻게 할지 검토가 필요하네요."

그 외에도 생각나는 건성유는 있지만, 홍화유나 해바라기유보다는 천의 재료로 만들어지는 아마씨유 쪽이 입수가 편해 보인다. 홍화도 해바라기도 이 주변에서 본 적이 없으니까.

"이 정도 안료가 모이면 가장 단순하고 간단한 잉크를 만들 수 있죠. 나머진 기자재네요. 대리석처럼 단단한 받침대 위에서 유봉(일바닥이 편평한 봉)으로 반죽하는 방법이 제일 좋아요."

"종이를 만들 때처럼 이상한 도구가 필요한가?"

벤노의 질문에 나는 고개를 저었다.

"아뇨, 필요한 도구는 그렇게 많지 않아요. 반죽 받침대, 유봉, 보관용 밀폐 용기, 주걱이 있으면 시작해도 돼요. 도구는 아마 화방에 물어보면 알지 않으려나? 엄마도 염색 공방에서 일하니까, 물어볼까?"

"……알았다. 그럼 각자 재료를 준비해서 마인 공방에 옮기도록."

벤노가 그렇게 마무리를 짓고 우리는 해산했다.

검댕 모으기는 엄마와 칼라 아줌마도 기뻐해서 일석이조지만, 항상 그렇듯 열심히 한 후 열이 나 쓰러지는 흐름으로 이어졌다. 내가 집안의 검댕을 모으고 열로 드러누운 사이 루츠가 마인 공방과 벤노의 집을 청소하며 검댕을 긁어 모아주었다.

"주인님의 말씀대로 금방 검댕이 두 배가 됐어."

문병 온 루츠가 그렇게 보고해 주었다. 놀랍게도 벤노가 코린나에게 루츠가 검댕을 모으려고 가마와 굴뚝을 청소한다는 말을 가득 부풀려 얘기했더니, 오토를 시켜 자기 집 검댕을 모아주었다고 한다.

"오토 씨는 정말 사랑의 노예네. 코린나 씨 말은 절대 거절 못 할 것 같아."

"나머진 회색 신관들이 엄청 열심히 해 줬어."

검댕을 끌어모은다는 루츠의 얘기를 들은 회색 신관들이 어차피 겨울 전에 청소해야 한다며 청색 신관의 난로나 각 주방의 가마와 굴뚝을 청소해서 검댕을 끌어모아 주었다고 했다. 내 방의 가마와 난로 청소는 길이 해 주었다고 했다.

"덕분에 마인 공방에 검댕이 엄청 대량으로 모였어. 그리고 주인님이 아마씨유를 사셨고, 나도 아빠한테 부탁해서 석회를 사 뒀어. 도구도, 화방에 물어서 취급하는 공방에 주문해 뒀으니까 곧 도착할 거야. 지금은 공방에서 검댕을 아주 잘게 문질러 부수는 중이야."

내가 열을 내고 앓아누운 동안 재료와 도구들이 계속해서 공방에 모였다고 한다.

인해전술은 참 대단하다.

"그러면 겨울 준비까지 아직 남았으니까 아교는 뒤로 미루고, 기름으로 만들 수 있는 잉크를 만들어 보자. 그걸로 판화를 만들어 인쇄해야지. 아, 아, 판화용 판자도 주문해야지. 하지만 잉크도 시제품인데 도장을 만드는 편이 나으려나? 루츠, 어떻게 생각해?"

"너무 흥분하지 마. 우선은 열이 내려야 뭘 하든가 하지?"

"으……."

열이 내리면 유성 물감부터 만들어 보자. 좋아.

검은색 유성 물감

"아빠, 제발. 잉크를 확인하는 데 쓰고 싶어."

열이 좀처럼 내리지 않아 침대에서 뒹굴뒹굴하던 나는 물을 가져와 준 아빠의 손을 꼭 잡고 부탁했다. 손에 쥘 만한 크기의 나무에 검댕 연필로 경문자(鏡文字)를 그려서 도장처럼 파 줬으면 했다.

"……하아, 열이 안 내리면 완성해도 안 보여줄 거다."

아빠에게 부탁한 지 이틀이 지났다. 열은 겨우 내렸지만, 공방에 보냈다간 반드시 흥분할 테니 좀 더 상태를 지켜보는 편이 좋은지, 어차피 흥분해서 열을 낼 터이니 보내주는 편이 좋은지를 루츠와 가족들이 의논했다.

"저기, 나는……."

"마인은 어차피 가고 싶다는 말밖에 안 할 거니까, 조용히 있어!"

투리의 말에 모두가 찬성했고, 당사자라는 이유로 나를 그 자리에 끼워주지 않았다. 심심한 나는 창고를 바스락거리며 뒤져 얇은 판자를 찾았다. 의논이 펼쳐지는 주방 구석에서 판자에 누더기를 둘둘 싸고 종이가 손상되지 않게 그 위에 대나무 껍질을 한 번 더 감았다.

'우후후, 바렌(잉크가 잘 부착되도록 종이 뒷면에서 압력을 가하는 도구) 같은 걸 만들었다. 판화를 만들 때 필요할 거야.'

바렌이 완성됐을 때쯤에는 결론이 나왔다. 오늘 상태를 보고 내일부터 신전에 갈 수 있게 되었다.

나의 의욕은 넘쳐흐르고 있다. 아빠가 만들어준 도장과 비누와 더러워져도 버리면 되는 헌 옷을 준비하고, 자, 출동이다.

"너무 기대되지, 루츠."

"그렇지, 뭐. 그래서 어떻게 만드는데? 너는 손대면 안 되니까 설명해 줄래?"

루츠도 새로운 물건을 만들어서 기대되는지, 그래서인가 들떠 보인다. 청색 견습무녀는 공방에서 직접 지시하거나 일해서는 안 된다는 규칙이 있다. 나는 루츠에게 순서를 설명하기 시작했다.

"물감은 만들 땐 조금씩이야. 그래야 잘 섞이거든. 먼저 검댕을 대리석 받침대 위에 올리지? 그럼 손끝으로 정중앙에 구덩이를 만들고, 거기에 아마씨유를 약간 넣고 주걱으로 섞어. 기름은 아주 적은 양으로도 부족하면 한 방울씩 섞는다는 느낌으로 떨어뜨려. 주걱으로 전체적으로 섞었다면 유봉으로 계속 문질러 섞어."

손으로 검댕의 양과 기름의 양을 보이며 설명하자 루츠가 음, 하고 고민에 잠겼다.

"……계속이 어느 정돈데?"

"안료에 따라 다르니까 딱 잘라 말할 수 없어. 전에 내가 만들었을 땐 20분…… 음, 냄비 속의 수프가 부글부글 끓게 되는 시간 정도면 되는데, 안료의 종류와 만드는 사람에 따라 완성 시간에 차이가 있거든."

윤기가 나올 때까지 계속 반죽해야 한다. 기합과 근성이 있어도 피곤한 작업이다. 요리에 걸리는 시간을 예로 들며 알려주자 루츠가 놀란 듯이 눈을 크게 떴다.

"……그런 걸 만들었다고? 마인이?"

"전에는 튼튼해서 건강이 장점이었는걸. 책만 읽고 있으면 건강한 아이라는 말을 종종 들었어. '학교' 도서실에서는 '개근상'이었지."

"지금은 튼튼함과 거리가 멀지."

루츠의 말에 크게 끄덕인다. 이런 몸이 아니었다면 할 수 있는 일이 훨씬 많았을 텐데, 하고 생각하지 않을 수 없었다.

"자, 난 공방에 갈 테니까 마인은 천천히 와."

신전 입구에서 나를 프랑에게 맡기고, 루츠는 총총걸음으로 공방을 향해 갔다. 며칠간 앓아누웠던 나는 먼저 방에 가서 시종들에게 인사를 마쳐야 공방행이다.

"이렇게 건강해졌으니, 난 오늘 공방에…….."

"공방보다 페슈필 연습이 먼저입니다, 마인 님."

바로 잉크를 만들러 가려던 나를 로지나가 미소로 막아섰다. 겨우 열이 내려서 외출 허가를 받고 잉크를 만들 수 있겠다 싶었는데, 생각지 못한 복병이다.

"악기는 빠짐없는 연습이 중요합니다. 그런데 마인 님은 닷새나 쉬셨어요. 감을 찾으려면 평소보다 두 배 이상의 연습이 필요할 정도입니다. 닷새이니 다섯 배인가요?"

다섯 배의 연습이라는 부분에서 로지나의 파란 눈이 즐거운 듯 반짝였다. 진심이다. 로지나는 진심으로 다섯 배의 연습을 시킬 생각이다. 내가 하루 내내 책을 읽어도 전혀 힘들지 않고, 오히려 즐거운 것처럼 로지나는 음악만 있으면 살아갈 사람이다. 다섯 배의 연습이라도 기쁘게 하리라. 나는 바로 고개를 절레절레 흔들었다.

"아뇨! 평소만큼 부탁합니다. 진지하게 열심히 할게요!"

로지나는 싱긋 웃으며, "여기 있습니다." 하고 조그마한 페슈필을 건넸다. 나는 그것을 받고 자세를 취했다. 복습으로 첫 과제 곡을 연주해 보았다. 역시 로지나의 말대로 드러누운 동안 그다지 뛰어나지 않던 실력이 더 떨어졌다. 이래서는 두 번째 과제 곡으로 넘어갈 수 없다. 나는 흐르는 식은땀을 느끼며 세 점 종이 울릴 때까지 진지하게 연습했다.

"집중해서 잘하셨습니다."

세 점 종이 울리자 로지나가 웃으며 칭찬해 주었다. 미인에게 칭찬받으면 왠지 모르게 기쁘다. 자, 이번에야말로 공방에 가자! 고 생각했더니 이번엔 프랑이 막아섰다.

"마인 님께서 며칠 아프신 탓에 신관장님의 서류 업무도 밀려 있습니다. 걱정도 하고 계십니다. 함께 갑시다."

프랑은 한 발짝도 물러설 생각이 없는 듯하다. 며칠 쉬어서 걱정을 끼친 건 사실이겠지. 하지만 공방에 가고 싶다. 신관장의 업무 따위 휙휙 집어던지고 잉크를 만들고 싶다고.

"힝…… 프랑……."

"오후부터는 아무 말 않고 공방까지 함께 하겠습니다."

"마인 님, 이럴 때에도 감정을 숨기고 여유롭게 웃으실 수 있게 되셔야 합니다. 그리고 아무리 서툰 일이나 싫은 일이라도 꼭 해야 할 일들이 있잖아요?"

테이블 위에 목패를 수북이 올리며 점심까지 처리하라는 프랑의 지시를 묵묵히 수행 중인, 계산을 싫어하는 로지나의 의견에 반론도 못하고 고개를 푹 떨구었다. 이런 상황에서 여유롭게 웃으라니 절대 무리다. 그렇게 생각하면서 울고 싶은 기분으로 경직된 웃음을 지어 보였다.

"로지나가 바른말을 했군요. 알겠어요. 신관장님께 가겠습니다……."

어깨를 축 늘어뜨리며 나는 신관장의 방에 갔다. 딱히 서류 업무가 싫은 건 아니다. 하지만 눈앞의 즐거움을 두고 있으니 귀찮게 느껴졌다.

"아아, 드디어 회복한 모양이군. 이쪽에 오너라, 마인."

얼굴을 보자마자 나는 신관장에게 도청 방지 마술구를 건네받았다. 그것을 쥐자 신관장의 목소리가 들려왔다.

"올해는 상당히 빠른 시기에 고아원의 회색 신관들이 총출동하여 난로와 굴뚝 청소를 했다는데, 대체 무슨 계략을 꾸미고 있는가?"

"계략이라니 누가 들으면 오해할 말은 마세요. 식물지에 맞는 잉크를 만들려는 것뿐입니다. 회색 신관들은 그 원료로 쓸 검댕을 모아 주었습니다."

내가 이유를 설명하자, 신관장이 지그시 머리를 눌렀다.

"그렇군. 공방에 필요한 것이라는 점은 이해했다. 다만, 지나치게 눈에 띄는 일을 벌여서 신전장님의 노여움을 사지 않도록 주의를 기울이거라."

최근 얼굴도 보지 않아서 완전히 잊고 있었다. 그러고 보니 신전장이라는 귀찮은 인물이 있었다. 하지만 내가 무엇을 하든 신전장의 노여움을 살 것 같다고 생각하는 건 나뿐일까.

서류 업무와 점심을 끝낸 후, 겨우 공방에 갈 수 있었다. 루츠는 내가 오전 내내 잡힐 줄 이미 예상했었는지 오전 중에는 종이 제작을 지휘하고 있었던 모양이다.

"닷새나 쉬면 할 일이 태산 같을 게 뻔하잖아? 잉크 제조에 들뜬 머리를 식히려면 일상 업무는 너한테 꼭 필요했어."

"……머리는 이제 완벽히 식었어."

공방에는 모두가 모아 준 검댕과 벤노가 사준 아마씨유, 루츠가 사준 석회, 세 조씩 맞춘 도구들이 정확히 나열되어 있었다.

"여러분이 협력하여 검댕을 모아줬다고 들었습니다. 정말 기쁘게 생각합니다. 오늘은 잉크 만들기를 해 볼까 합니다. 이것은 매우 힘이 필요한 일이니 성인이 된 회색 신관 외에는 평소대로 종이 제작에 전념해 주세요."

모두에게 감사의 말과 업무 분담을 했다. 자, 잉크 제작 개시다.

"그럼, 루츠. 부탁해."

첫 순서는 루츠다. 내 설명을 완벽히 외운 루츠는 대리석 받침대 위에 검댕을 올리고 가운데를 손가락으로 꾹 눌러 기름을 약간 떨어뜨렸다. 그리고는 주걱으로 골고루 반죽하게 시작했다. 유성 물감은 만든 기억이 있어서 일단 실패하지는 않을 것 같았다. 다만, 검댕과 기름의 질을 따지지 않았기 때문에 완성작의 품질까지는 기대할 수 없다.

"잘 섞인 것 같네요. 슬슬 유봉을 써 볼까요."

물감은 소량씩 만들어야 반죽이 잘 되어 완성도가 높아진다. 루츠에게도 소량부터 시작하도록 했는데 잘 진행되어 가는 모양이다. 전체적으로 섞었다면 유봉으로 바꿔 들고 문지르고, 문지르고, 문지른다. 무조건 문지른다. 이마에 땀이 맺히며 새빨개진 얼굴로 루츠가 힘을 힘껏 실어 잉크를 문질렀다. 청색 견습무녀인 나는 손을 댈 수도 없고, 잘못 손댔다간 방해될 뿐이다. 물감의 반죽 작업은 꽤 힘이 필요하므로 지금의 나는 도움이 되지 않는다. 아무래도 어린아이의 체력으로 힘들겠다 싶어 교대 요원으로 회색 신관을 준비해 뒀는데, 루츠는 약한 소리를 내지 않고 끝까지 해냈다.

"이 정도 광택과 점도가 나오면 괜찮습니다."

나는 바로 아빠가 제작한 도장을 꺼내고 완성된 물감을 톡톡 찍어 발라 실패한 포린지에 꾹 눌러보았다. 마인이라는 글자가 나타나자 주변에서 "오오." 하고 술렁임이 일었다.

"······정말 잉크가 만들어졌어."

"검댕과 기름으로 만들 수 있다니······."

새로운 상품이 완성되는 장면을 처음으로 본 회색 신관들은 눈을 동그랗게 뜨고 유성 물감을 바라보았다. 보아하니 정말 검댕과 기름으로 만들 수 있는지 반신반의했던 모양이다. 아마 그림 공방에서도 비슷한 방법으로 만들겠지만, 신관들은 볼 기회가 없었겠지. 어쩌면 물감 제조법은 비밀에 부쳐 둬야 할지도 모르겠다.

"자, 다른 분들도 조금씩 만들어 봐 주세요. 완성된 잉크는 이쪽에 넣어 주고요."

유성 물감을 넣을 도자기 그릇을 프랑에게 가져오게 하고, 루츠에게 물감을 넣게 했다.

"루츠는 이쪽 비누로 손과 얼굴을 깨끗이 씻고 쉬세요."

루츠 대신 회색 신관 한 사람이 잉크를 만들기 시작했다. 다른 두 사람은 따로 도구를 가져와서 함께 만들기 시작했다. 검댕에 약간의 기름을 넣고 계속해서 반죽했다. 회색 신관이 열심히 만드는 동안 나는 완성된 잉크를 써서 나무를 깎은 펜 끝으로 종이에 글을 써 보기도

하고, 판자에 선을 그려보기도 하며 상태를 확인해 보았다. 일반적인 잉크 대용으로는 점도가 지나치게 강해서 쓰기가 힘들었다. 하지만 판화 잉크로 쓰기에는 전혀 문제가 없을 듯하다. 굳이 말하자면, 우라노 시절에 공작 수업 때 썼던 롤러가 없으면 균일하게 잉크가 묻지 않아 잉크 두께에 차이가 생겨서 깨끗하게 찍어내기 어려울 것 같았다. 롤러나 적어도 솔 같은 도구가 필요하다.

"잉크 완성도는 어때?"

손과 얼굴을 씻은 루츠가 돌아왔다. 그래도 손끝에는 여전히 검은색이 묻어 있었다. 강력한 비누도 필요할 듯하다.

"일단 성공이야. 이 상태로 다른 색도 갖고 싶은데⋯⋯."

"다른 색? 색을 만들 수 있어?"

루츠의 눈이 휘둥그레졌다. 나는 "안료가 있으면 만드는 방법은 똑같아."라고 대답했다. 다른 색을 못 만드는 게 아니다. 그 안료를 어디에서 어떻게 손에 넣을지가 문제다.

"안료로 검댕 외에 뭐가 있어?"

"내가 알기론 주로 광물을 분쇄한 가루거든? 쉽게 말하면 색깔이 있는 돌을 가루가 될 때까지 잘게 부숴서 검은색과 똑같이 기름과 섞어서 만들어."

황토나 산화철은 선사시대부터 염료로 쓰여 왔다. 청금석(靑金石) 혹은 남동석(藍銅石)으로 만드는 파랑, 철단(鐵丹)이나 진사(辰砂)로 만드는 빨강은 비교적 유명하다. 다만 이곳에서 내가 원석 상태인 광물을 봐도 알아볼지 어떨지는 다른 문제다.

"어이, 마인. 돌을 가루가 될 때까지 부순다니, 그걸 누가 해?"

설마 내가 해? 하고 조심스레 묻는 루츠에게 나는 고개를 저었다.

아무리 그래도 루츠에게 돌을 가루가 되도록 으깨는 일을 시킬 생각은 없다. 어린아이의 몸으로는 무리다.

"그런 일을 하는 사람 어디 없을까? 엄마한테 염색 공방에서 파는 안료를 물었는데, 원하는 사람이 늘면 염료 가격이 오르니까 싫어한대."

엄마에게 안료를 상담하니 "옛날에 그림 공방이 많아졌을 때도 염료를 만드는 원료를 두고 분쟁이 있었단다. 마인은 분쟁을 조장하지 않도록 해 줘. 엄마가 직장을 잃는 게 싫으면." 하고 못을 박았다. 엄마를 실업자로 만드는 짓은 할 수 없다.

스스로 돌부터 채집한다면 몰라도 마인 공방이 안료를 매입하기는 어려울 듯하다. 그리고 문제는 안료가 될 광물을 어디에서 채집해야 할지도 모른다는 것이다. 마을과 요 근처 숲에밖에 간 적이 없으니 당연하다.

"어디에 있는지만 알면 황토가 가장 쉽게 채집할 수 있으려나? 안료로 만들려면 가루로 만들어야 하지만, 이미 꽤 크기가 작아져 있을 거잖아?"

"그러니까 누가 가루로 만드냐고."

루츠의 표정은 '난 죽어도 하기 싫어' 하고 주장했다. 돌을 부술 기자재도 없고, 완력도 없으니 지금은 포기하는 편이 좋을 듯싶다.

"……목재상처럼 석재상에 가보면 돌 파편은 있을 텐데, 가루로 만들기가 어렵겠어. 물감 재료를 어떻게 조달하는지 그림 공방에 가서 물어볼까?"

"도구도 그렇고, 물감에 대해서는 거절당했다고 주인님이 말했었어."

"아, 역시 비밀이래?"

루츠와 그런 대화를 하는 동안 세 회색 신관이 유성 물감을 완성했다. 성인이라 힘이 있어서인지 루츠보다 완성 시간이 빨랐다. 도자기 속을 채워가는 유성 물감을 보고 있으니 기뻐서 제멋대로 입꼬리가 올라갔다.

"도장도 성공했고, 색 만들기는 뒤로 미뤘으니까 다음은 목판화로 그림책을 만들어야지."

"잉크 만들기는 상당히 힘이 드니까, 오늘은 이만하자. 팔도 아프고."

"응. 그럼 그림책용으로 쓸 두꺼운 종이를 좀 많이 떠 줄래?"

"알았어. 마인은 방에서 그림책 생각하면서 쉬어. 알았지?"

일단 유성 물감은 완성했으니 이걸로 그림책 만들기로 넘어가고 싶다. 나는 공방에서 종이를 뜨는 아이들을 격려하며 방으로 돌아갔다.

집무 책상에 앉은 나는 곧바로 벤노에게 받은 종이에 성경 내용을 아이들 수준에 맞게 수정해 갔다. 그림책으로 할 것이라 그렇게 자세한 내용은 필요 없고, 되도록 쉬운 단어가 좋다. 대강 써 보고 쭉 읽어 보았다. 딱히 문제는 없을 것 같다. 이걸로 그림책으로 해도 좋은지 신관장의 허락을 받자.

"아, 그렇지. 그림책을 만드니까 빌마한테도 그림 상담을 해야지……. 로지나, 고아원에 따라와 주겠어요? 빌마와 할 얘기가 있어요."

남자를 싫어하는 빌마를 만나러 가려면 프랑보다 로지나를 데려가는 편이 좋다. 테이블에서 프랑에게 사무 지도를 받던 로지나에게 말을 걸었다. 목패와 눈싸움을 하던 로지나가 순간 미소를 보였다. 꽤나 계산하기 괴로웠나 보다.

"프랑, 마인 님의 호출이니 다녀오겠습니다."

서둘러 정리하기 시작한 로지나에게 프랑이 끄덕이고 몇 가지 목패를 가져왔다.

"그럼, 이쪽을 빌마에게 넘겨주세요. 빌마도 계산을 잘 하진 않겠지만, 여자동을 맡는 이상 하지 못하면 곤란합니다."

프랑에게 계산 도중인 목패에다 여자동에 관한 목패까지 건네받은 로지나는 가볍게 눈을 깜빡인 후, 싱긋 웃어 보였다.

역시 로지나. 동요가 전혀 안 보인다.

잉크와 종이, 판자 등을 로지나가 들고 고아원으로 향했다. 고아들이 공방에서 일하는 동안, 빌마는 청소와 수프를 만든다 했다. 완전 고아원의 어머니다.

"어머, 마인 님. 로지나도 함께였군요. 어서 앉으세요."

빌마가 부드러운 미소로 맞아 주었다. 나도 저절로 미소가 지어졌다. 나의 미인 시종들 덕분에 안구 정화가 된다. 식당에서 내가 자리에 앉자, 내 뒤에 붙은 로지나가 빌마에게 오늘의 용건을 전달하기 시작했다.

"미리 전달했듯이 아이들이 읽을 성경 그림책에 그림을 그려 줬으면 합니다. 그리고 이쪽은 프랑이 맡긴 서류예요. 빌마가 여자동을 담당하니 이제부터 대신 처리해 줬으면 한답니다."

기분 탓인지 척척 쌓아 올린 목패를 본 빌마의 얼굴이 새파래진 것 같았다. 계속 시종을 하고 싶다면 서툰 일도 극복하라며 빌마에게 설득당했다던 로지나가 싱긋 웃었다.

"괜찮아요, 빌마. 시종으로서 필요한 업무이고, 하다 보면 자연스레 할 수 있게 된답니다. 계산도 예술과 똑같아요. 연습과 숙달이 중요합니다. 그쵸, 마인 님."

"그럼요. 익숙해지면 실수도 줄고, 속도도 빨라지죠. 빌마도 계산을 극복해 보아요."

반론도 못 하고 고개를 푹 숙인 빌마에게 목패를 건넨 후, 나는 어린이용으로 정리한 문장을 빌마와 로지나에게 읽게 하고, 이상한 부분이나 삭제할 부분을 지적받았다. 글자를 외우기 쉽게 카루타에 쓴 단어를 전부 넣을 수 없느냐는 빌마의 제안에 나는 고뇌에 고뇌를 걸쳐 문장을 고쳐 갔다. 그동안 빌마에게 크기가 대략 A5쯤 되는 판자의 절반에 그림을 그리게 했다. 판화의 밑그림이다.

"빌마, 고맙게 생각해요. 이걸 파서 그림책을 만들어 볼게요. 다음은 완성도를 보고 그리도록 해요."

"네. 기대하고 있겠습니다."

밑그림을 그린 판자를 안고 들뜬 마음으로 방에 돌아가자, 루츠가 도깨비 같은 얼굴을 하고 기다리고 있었다.

"마인, 내가 방에서 쉬라고 했지?"

"어머? 그림책 내용을 생각하라고 하지 않았어? ……아니었나?"

아무래도 잘못 들은 모양이다. 방에서 얌전히 쉬지 않은 나는 루츠에게 단단히 혼이 났다.

목판화로 그림책 제작

빌마가 그려 준 판목에 나는 경문자로 그림책의 본문을 써 넣었다. 그리고 완성된 판목을 루츠를 시켜 파 오도록 했다. 꽤 세밀한 그림이라 괜찮을지 걱정됐지만, 루츠는 "마인의 주문이라고 돈을 주면, 랄프나 지크가 솔선해서 해 줄 거야." 하고 가볍게 어깨를 들썩이며 말했다.

루츠와 형들이 판목을 파는 동안 신관장에게 면담을 신청하고, 어린이용으로 고친 문장을 보여서 성경 그림책의 허가를 받기로 했다. 쉬운 어린이용이라도 성경을 개편한 그림책인 셈이므로 허가를 받는 편이 좋겠다고 생각해서였다.

신관장은 내가 새로운 일을 시작하면 자세한 얘기를 듣고 싶은지 또다시 비밀의 방으로 나를 안내했다. 도청 방지 마술구만 있으면 괜찮을 것 같지만, 실제로 내가 지참하는 물건을 다른 사람에게 보여도 좋을지 나쁜지 얘기를 들어 보지 않으면 판단이 서지 않는 모양이었다.

"어린이용 성경이라. 글자나 문장을 외우는 데에도 도움이 될 것 같군."

"그림책으로 만들 예정인데, 이걸로 고아들에게 글자를 가르칠까 합니다."

"고아들에게? 대체 뭘 위해서지?"

뭘 위해서냐고 물어도 그렇게 훌륭한 이유는 없다. 가까운 곳부터 문맹을 퇴치해 가자고 생각했을 뿐이다.

"언젠가 시종이 되면 익혀야 하고, 앞으로 책을 만들게 될 마인 공방의 직원들이 상품인 책을 못 읽으면 곤란하니까요."

"흠. 상인의 발상인가?"

어린이용으로 고친 문장을 읽은 신관장은 "음, 괜찮군." 하고 중얼거렸다. 그리고 연한 금색 눈을 가늘게 뜨며 나를 조용히, 그리고 가만히, 또한 날카롭게 응시했다.

"마인, 그대는 대체 어디서 어떤 교육을 받았나?"

신관장의 말이 너무 갑작스러워서 미소가 싹 사라지고 얼굴이 뻣뻣하게 굳었다. 심장이 쿵쿵 이상한 소리를 냈고, 몸속을 피가 빠르게 흘렀다.

"무슨 말씀인지, 잘 모르겠습니다."

정말 모르겠다. 대체 어디에서 이런 질문이 나온 걸까. 신관장은 내 반응을 살피는 시선을 유지하며 손에 든 어린이용으로 수정한 문장을 엮은 종이를 탁탁 손가락으로 튕겼다.

"……놀랄 만큼 깔끔한 문장이다. 오래되고 길며 어려운 표현이 많은 성경을 읽고 요점만 파악한 후, 어린이라도 이해할 수 있는 간소한 말로 바꾸는 건 결코 간단하지 않지. 적어도 처음 내가 성경을 읽어 줬을 때는 단어조차 제대로 모르던 자가 할 수 있는 일이라 보기 어렵군."

가슴 안쪽이 술렁였다. 잘 생각해 보면 내가 생각한 문장을 신관장에게 보이는 건 이번에 처음이었다. 신관장을 돕는 업무는 오로지 계산이고, 제출하는 서류나 편지는 전부 프랑의 지도로 만들어진 것들이다. 상인 수습생이 되기 위해 글을 배웠지만, 일상 단어에 자신이

없어서 편지 하나 보낼 때도 프랑의 교정이 필요한 내가 쓴 문장치고
는 지나치게 부자연스럽다는 말이리라.

"……잘 썼다는 말씀인가요?"

"그래. 훌륭하군. 마치 다른 언어로 확실하게 교육받았으나 이곳에
서 사용하는 글자를 몰랐을 뿐인 다른 나라 사람처럼 말이다."

스파이라도 보는 듯한 경계하는 눈빛에 나는 입술을 꽉 깨물었다.
문장 하나로 여기까지 추측한 신관장이 대단한 걸까, 아니면 자신의
비정상적인 문장력을 전혀 눈치채지 못한 내가 어리석은 걸까.

'양쪽 다겠지만.'

천천히 숨을 내쉬면서 필사적으로 머리를 굴렸다. 루츠와 달리 전
부 털어놓을 정도로 아직 신관장을 신용하지는 않았다. 신관장은 이
곳 청색 신관과 사고방식이 조금 다른 것 같지만, 그것은 신관장이 신
관의 시점이 아닌, 귀족의 시점에서 생각하고 행동하기 때문이다. 거
대한 권력을 쥔 사람이 나라는 돌연변이를 어떻게 취급할지 전혀 예
상이 가지 않았다.

"신관장님, 제가 태어나고 자란 곳이 이 마을입니다. 숲에 채집하
러 갈 때 말고는 문밖으로 나간 적도 없습니다. 다른 나라가 존재한다
는 사실도 지금 처음 알았습니다."

마인은 정말 이 마을에서 나간 적이 없다. 어렸을 때는 집밖에도
거의 나가지 않았다. 교육을 받을 기회가 없었던 사실이 명백하다. 내
설명에도 의혹을 떨쳐내지 못했는지, 신관장은 나를 응시한 채 눈 한
번 깜빡하지 않았다.

"내 쪽에서 조사한 결과에도 이상한 점은 없었다. ……하지만 이해
하기 힘들군."

지금까지 어느 정도 양호한 관계를 유지해 오던 신관장이 의심을 해버리면 신전 내에 내 편이 되어줄 청색 신관이 없어져 버린다. 다른 청색 신관과 마주치지 않고 활동해올 수 있었던 것도 신관장이 중간에서 잘 조절해주었기 때문이다. 지금 신관장에게까지 의심을 받으면 아직 좌우도 모르는 신전 생활의 아슬아슬한 줄타기에 안전망이 사라지는 셈이다.

　그러면 안 된다. 절대 안 돼.

　뭐든 신관장에게 대답해야 한다. 하지만 거짓말은 의미가 없다. 신관장의 좋은 기억력과 달리 나는 내가 뱉은 거짓말을 평생 기억할 만큼 머리가 좋지 않다. 반드시 언젠가는 들통날 것이 뻔하다. 거짓이 아닌 범위 내에서 최대한 둘러댈 수밖에.

　"……레시피 때도 똑같은 질문을 받은 적이 있습니다. 어떻게 그런 레시피를 아느냐, 어디에서 알았느냐고 말이죠."

　"그 질문에 그대는 뭐라 대답했지?"

　신관장의 날카로운 시선을 되받아치며 나는 입을 열었다.

　"꿈속, 이라고. 그렇게 대답했습니다. 이곳이 아닌, 두 번 다시 갈 수 없는 꿈같은 곳에서 알았습니다. ……제가 이렇게 말하면 신관장님께서는 믿어 주시겠습니까?"

　신관장이 어떤 반응을 보일지 모른다. 하지만 난 그렇게밖에 대답할 수 없었다. 신관장을 바라보면서 나는 어금니를 꽉 깨물고 주먹 쥔 손에 힘을 주었다.

　난 대답은 했고, 거짓말도 하지 않았다.

　등에 식은땀이 맺혔고, 몸속은 뜨거운데 표면은 차갑게 식은 불편한 상태로 서로를 노려본 채 시간만 흘러갔다. 얼마나 시간이 흘렀는지 모르겠다.

"……무슨 말을 해야 할지 모르겠군."

잠시 뒤 신관장이 한숨과 함께 그렇게 뱉었다. 미간에 주름을 새긴 채, 하지만 날카롭던 시선이 조금은 풀려 있었다. 더욱 시선이 날카로워지며 "웃기지 마라!" 라든지 "성의껏 대답해라." 라며 혼날 줄 알았다. 그랬다면 "전 거짓말하지 않았어요."하고 되받아칠 생각이었는데 예상외의 반응에 오히려 당황해 버렸다.

"황당무계한 얘기지만, 전혀 앞뒤가 맞지 않는 얘기도 아니고, 다른 곳에서 교육을 받았을 것이라는 나의 예측도 틀리지 않은 셈이다. 게다가 비밀이나 거짓말이 전부 얼굴에 드러나는 그대에게 속거나 생각을 못 읽는 귀족은 없다."

"윽……."

더는 생각을 읽히지 않게 내가 무심코 볼을 꾹 누르자 신관장이 관자놀이를 손끝으로 가볍게 톡톡 두드렸다.

"그래서 더 혼란스럽다. 내게도 생각할 시간이 필요하구나. 오늘은 이만 돌아가도 좋다."

어린이용 성경을 엮은 종이를 건네받고 나는 혼자서 비밀의 방을 나왔다. 등에 꽂히는 신관장의 시선이 따가웠다.

다음 날, 신전을 쉬고 목판화에 필요한 도구를 사기 위해 벤노들과 물건을 사러 가기로 했다. 신관장과 얼굴을 마주치기 무서워서 땡땡이친 건 아니다. 절대 아니다.

"대체 뭘 사러 가는 건데?"

"판화를 만들 때 필요한 '롤러'랑 솔이 필요해."

"롤러? 뭐야, 그게?"

루츠와 벤노가 고개를 갸웃거렸다. 나는 되도록 이해하기 쉽게 롤러를 설명해 보았다.

"음, 이런 속이 빈 원형에 이런 재질이 물렁거리는 손잡이가 달려 있고, 이렇게 데굴데굴 굴릴 수 있는 거야."

"……전혀 모르겠군."

내가 열심히 벤노와 루츠에게 롤러를 설명해도 전혀 이해가 안 가는 모양인지, 둘이서 깊은 한숨을 내쉰다. 건축 관계에 쓰이는 도구라면 루츠가 알 텐데, 어쩌면 이 주변에 없을지도 모르겠다.

"일단 상점에 가 볼까."

벤노가 그림 공방에 갔을 때 소개받은 화방에 데려가 주었다. 반죽 받침대와 유봉도 여기서 샀다고 했다. 그곳에서 나는 롤러와 솔을 찾았다. 주인에게도 똑같이 롤러를 설명해도 모르는 듯하다. 폭넓은 솔은 있었지만, 안타깝게도 롤러는 팔지 않는다.

"어이, 마인. 롤러라는 건 없는 것 같은데 어떡할 거야?"

"일단 솔로 한번 해 볼게. 그래도 안 되면 대장간에서 주문할래."

"네 설명으로 정말 이해할 수 있으면 다행이다만."

루츠는 코웃음 쳤지만, 도면을 그리고 크기를 세밀하게 지정하면 대장간의 요한은 분명 이해해 줄 거다. 나는 요한을 믿는다.

쇼핑을 끝낸 나는 루츠와 함께 집에 돌아갔다. 둘이서 손을 잡고 걷자 가을이 느껴지는 선선한 바람이 지나갔다. 느긋한 기분으로 집을 향해 걷는데, 루츠가 "내일이 기대된다." 고 말했다.

"외출하기 전부터 흥분하면 나중에 귀찮아질 것 같아서 지금까지 말 안 했는데. 형들한테 부탁한 판자, 완성됐어. 돌아가면 너희 집에 가져다줄게."

"신난다!"

집에서 안절부절못하며 기다리자 완성한 판목을 들고 루츠가 집에 찾아왔다. 건네받은 판목엔 여기저기 실수한 흔적이 있다.

"마인, 형들이 전해 달래. 이 작업은 너무 세밀해서 어려워, 라고."

"……응, 판목을 보니까 그런 것 같네."

루츠가 말하기 곤란해하며 전언을 남겼다. 힘을 실어 팠는지 선이 조금 튀어나오거나, 구멍이 푹 파인 곳도 있었다. 판화 제작에 익숙지 않아서겠지만, 빌마의 그림이 세밀하여 어려웠기 때문이다. 목공방에서 일하는 랄프나 지크가 어려워한다는 말은 그림책의 페이지 수만큼 판화를 만들기가 쉽지 않다는 뜻이다.

"이 판목으로 잘 찍히면 인고 씨네 공방에다 파는 작업을 부탁하는 방법도 생각해 볼까?"

"……그러네. 제대로 공방에 맡기는 편이 좋아. 약간의 용돈 벌이로는 작업이 너무 어려웠나 봐."

루츠의 말에 끄덕였지만, 그림책의 원가가 더욱 비싸지는 느낌에 마음이 무거워졌다.

"그런데 솔은 어떻게 쓰는데?"

루츠는 이미 인쇄 쪽으로 생각을 바꾼 모양이다. 사온 솔을 가방에서 꺼내 털끝을 만지작거리기 시작했다. 나는 자작 바렌과 실패한 종이를 내 전용 상자에서 꺼내 와서 목판화를 만드는 방법을 설명했다.

"우선은 이렇게 아래에 실패한 종이를 깔아. 그 위에 판목을 올리고 잉크를 듬뿍 묻혀. 이렇게 솔 끝으로 문지르듯이 잉크가 균등하게 발리도록 주의하면서."

깨끗한 솔을 판자에 문질러 바르는 행동을 루츠에게 보여주었다. 루츠는 서자판에 메모하면서 방법을 지켜보았다.

"이때 롤러가 필요해. 데굴데굴 굴려서 잉크를 펴 바르고 싶은데 이번엔 없으니까 포기해야지. 잉크를 발랐으면 위에서부터 이렇게 살짝 종이를 올리고, 구김 방지 종이를 덧댄 후에 이 '바렌'으로 빙글빙글 돌리듯이 문질러서 잉크를 확실히 묻히는 거야. 구석구석 균등한 힘으로 문질러."

내가 자작 바렌으로 종이 위에서 원을 드리듯 문지르자 루츠는 "또 이상한 거 만든 줄 알았더니 필요한 물건이었구나."하고 중얼거렸다.

"그리고 천천히 벗겨서 말리면 완성이야."

"……방법은 알겠어. 내일 바로 할 거지?"

다음 날, 나는 벌벌 떨면서 신전에 가서 신관장과 마주했지만, 신관장은 아무 말도 하지 않았다. 전혀 아무 일 없었다는 듯이 무표정으로 담담히 집무를 지시했다. 마지막까지 아무 말도 듣지 않고, 무사히 업무가 끝나 나는 가슴을 쓸어내렸다.

'좋아. 최대 난문은 넘겼어. 이제는 판화다.'

"그럼 오늘은 이만 실례하겠습니다."

나는 앞으로 만들 목판화 생각에 콧노래라도 부를 것 같은 기분으로 신관장의 방을 나왔다. 신관장의 찌르는 듯한 시선은 못 느낀 걸로 해뒀다.

"마인 님. 상당히 기분이 좋으신가 봅니다."

"신관장님의 업무도 끝났고, 이제 공방에서 그림책을 만들 거니까요."

프랑에게 그렇게 대답할 땐 가벼운 콧노래 기분으로, 점심을 먹고 마인 공방에 도착했을 때쯤엔 기분이 아주 좋아 조금 흥분 상태에 있었다.

"기다렸죠? 바로 인쇄를 시작해 봅시다. 자, 루츠. 어서 하세요."

마인 공방에 가니 루츠는 이미 목판화 준비를 거의 끝낸 상태였다. 실패한 종이를 받침대 위에 올리고 그 위에 판목이 올려져 있는 것이 보였다. 받침대 주위를 아이들이 흥미진진한 표정을 하고 둘러쌌다.

"마인 님, 이것이 어떻게 되는데요?"

"우후후, 기대하고 보세요."

내가 받침대 쪽으로 향하자 잘 보이는 특등석을 비워주었다. 나는 나를 위해 비워준 자리에서 루츠의 작업을 지켜보았다. 루츠가 솔에 잉크를 묻히고, 판자를 새까맣게 칠하자 아이들이 흥분하며 소리 질렀다.

"와, 엄청 시꺼멓다! 아무것도 안 보여!"

아이들의 환성에 루츠는 살짝 눈썹이 올라갔을 뿐 담담히 작업을 이어갔다. 잉크가 발린 판목에 포린지를 살짝 올리고, 어제 설명한 대로 맨 위에 구김 방지 종이를 대고 바렌으로 문질렀다.

"아~, 재밌겠다. 해 보고 싶어."

"나도, 나도!"

바렌을 멈추고 구김 방지 종이를 치운 후, 루츠가 손가락으로 종이 끝을 잡았다. 두근두근하며 지켜보는 가운데, 루츠가 정성스럽게 종이를 살짝 벗겨갔다. 팔랑 벗겨진 종이에는 생각한 대로 잉크가 묻었고, 내가 아는 목판화가 완성되어 있었다.

"우와, 그림이 됐어! 새까만데 하얀 선이 있어!"

아이들은 새까맣던 판자에서 그림이 드러나자 환한 웃음을 지으며 깍깍 기쁜 소리를 질렀다. 아이들에게 종이뜨기 작업으로 돌아가도록 지시를 내려 해산시키고, 나는 루츠와 둘이서 인쇄된 그림을 바라보았다.

"어때, 마인?"

"……애매해."

기대하며 종이가 뒤집히길 기다린 나의 감상은 그러했다. 우라노 시절에 초등학교 미술 시간에 만든 것과 달리, 다소 복잡해서 예술적이긴 했다. 나와 루츠가 아니라 형들에게 파는 작업을 부탁한 건 정답이었다.

"목판화로 보면 딱히 실패는 아니야. 하지만 그림책에는 맞지 않지?"

"그러네. 글자도 읽을 순 있지만, 검은색에 흰 글자라 좀 읽기 힘들지 않아?"

검은 배경에 흰 글자는 가독성이 떨어지고, 방향이 반대로 된 글자도 있었다. 이건 내 실수지만, 그림과 글자를 한 판자 위에 해 버린 바람에 고치려면 통째로 수정해야 한다. 그리고 군데군데 실수한 그림이 무섭게 보였다. 장인이 익숙하지 않아서이기도 하지만, 이걸로 그림책을 만들어도 아이들이 좋아해 주지 않을 것 같았다.

"글자는 도장처럼 튀어나오는 편이 좋겠지? 모든 문장을 도장 상태로 파는 쪽이 좋으려나?"

"안 그래도 세밀한 부분이 많아서 어렵다는데 모든 문장을 도장처럼 파는 건 무리야. 글자 선을 따라 파는 것과 주변을 파서 글자를 튀어나오게 하는 건 노력과 걸리는 시간이 전혀 다르다고."

"그렇지…… 좀 더 다시 생각해 봐야겠어. 목판화는 적어도 그림책에는 맞지 않는 것 같아. 그림도 검은 부분이 많아서 좀 무섭고."

인쇄한 종이를 벽 쪽 선반 위에 올려 두고 루츠는 도구를 정리하기 시작했다. 애매하다고 느낀 물건을 여러 번 인쇄해봤자 의미가 없다.

'음, 빌마의 그림이라면 동판화 쪽이 어울릴 것 같은데……'

동판화를 시작하는 데도 방식제나 질산 같은 부식제를 간단히 손에 넣을지 어떨지 모른다. 대신할 수 있는 물건을 찾는 일도 솔직히 귀찮다. 그리고 어린아이들이 드나드는 공방이라 되도록 위험한 약품은 쓰고 싶지 않았다.

그런데, 어떡하지?

지금까지는 실패해도 크게 실망하지는 않았지만, 이번에는 빌마에게 그림을 부탁하고, 루츠의 형들이 파 준 작품이 실패했다. 실패했다는 보고를 하기도 어렵고, 성공한다는 보장도 없는 상태에서 또 힘을 빌려달라고 부탁하기 힘들었다.

"무슨 생각하는데?"

정리를 끝낸 루츠가 돌아왔다.

"그냥 차라리 어린이용 성경에 그림을 빼 버릴까? 그림 없이 글만 쓰여 있어도 책으로 충분하지 않아?"

"난 딱히 애착이 없으니까 그래도 상관없는데 그림이 없는 책을 그림책이라고 말해?"

"아니. 그러니까 그냥 그림책이 아니라 평범한 책으로 해버릴까 해."

"그런데 첫 그림책은 동생에게 줄 첫 선물이라고 하지 않았어?"

"아! 맞아! 현실과 타협하면 안 되지! 반드시 멋진 그림책으로 만들어야 해!"

한두 번의 실패로 포기하면 안 된다. 목판화 외의 방법을 생각해야 한다.

흑백 그림책

첫 실패로 목판화가 그림책에 맞지 않다는 결론에 이르렀지만, 여기서 포기할 수는 없었다. 나는 돌아가는 길에 루츠와 함께 반성회를 열었다.

"실패는 성공의 어머니라니까, 실패한 원인을 찾아내서 다음번엔 꼭 성공하면 돼."

"뭐, 그렇지. 그럼 마인은 실패의 원인이 뭐라고 생각해?"

응, 응 끄덕이는 루츠의 말에 실패의 원인을 생각했다. 바로 생각난 것만 해도 세 가지가 있었다.

"우선 밑그림이 너무 복잡했어. 빌마의 섬세한 그림은 복잡해서 판자를 파야 하는 목판화에는 맞지 않았어."

빌마에게 한 장씩 그림을 그려 달라고 부탁할 수 없는 노릇이라 목판화 외의 방법을 찾을지, 아니면 좀 더 선이 단순한 그림을 그려 달라고 할지, 둘 중 하나다. 하지만 빌마는 신전에 있는 그림밖에 본 적이 없다. 이 상황에서 그림체를 바꿔달라는 부탁에도 한계가 있다. 적어도 '이런 느낌으로 부탁해'하고 보일 정도로 본보기가 있어야겠지.

"나머지는 글자를 실수한 부분도 있었지? 좀 더 자세히 확인했어야 했어. 이건 주의하면 막을 수 있잖아? 다른 사람이랑 같이 확인한다든지⋯⋯."

"음, 그럼 차라리 처음부터 글자랑 그림이랑 판자를 나누면 어때? 글자가 실패해도 그림까지 영향을 끼치진 않을 거 아냐."

"루츠, 천재야!"

글자를 처음 배우는 어린이용 그림책이라서 그림과 글자가 붙어있어야 하는 이미지였는데, 페이지를 나눠도 되고, 한 페이지를 판자 두 개로 나누어도 된다.

"나머진 파는 방법이네. 군데군데 실수가 눈에 띄었어."

글자 한 부분이 뚫려 있거나, 그림 선이 튀어나가는 등 찍어보면 눈에 띄는 실수가 있었다.

"그건 파내는 도구가 없어서이기도 해. 형들의 실력은 나쁘지 않으니까."

"도구가 없다니…… 루츠네 집엔 직업상 많잖아."

루츠네 집은 작업용 도구창고가 넓게 차지하고 있으니 다양한 공구가 있을 터다. 내가 루츠의 집을 떠올리자 루츠가 가볍게 어깨를 들썩였다.

"그야 원래 건축 관련 일을 하는 집이니까 나무를 가공하는 커다란 도구는 다른 집보다야 많지. 하지만 세밀한 작업을 할 도구는 없어. 안 쓰니까."

확실히 디도 아저씨가 필요한 건 평소 쓰는 도구와 내부 수리용 도구지, 세밀한 작업을 하는 물건은 필요 없다. 아빠도 큰 작업 도구는 여럿 가지고 있지만, 세공 작업은 대부분 나이프로 해결했다.

"그 그림은 나이프로 파기엔 너무 복잡해."

"뭐? 그걸 나이프로 팠다고?"

나이프로 팠다면 상당한 완성도라 할 수 있다. 오히려 내가 일을 의뢰할 때 조각도 같은 판화 도구를 준비해서 넘겨줬어야 했다.

"다음에 파는 작업을 맡길 땐 도구도 같이 넘겨줘야 한다는 말이네. 오빠들한테는 미안하고 고맙다고 전해줄래?"

"알았어. ……그런데 왜 어린이용 성경책을 만들게 됐어?"

루츠의 질문에 나는 아기에게 줄 선물이 그림책에서 어린이용 성경으로 바뀐 과정을 떠올려보았다.

"빌마가 그리는 그림이 기본 신전 관계 그림이라서?"

"그럼 아기가 볼 그림책이 딱히 성경이 아니어도 되는 거 아냐?"

모두가 내 그림을 말리는 탓에 빌마에게 그림을 부탁하게 되었고, 빌마의 그림이 신전 관계라서 이야기도 그림에 맞춰서 어린이용 성경책이 되었을 뿐이다.

'어? 잘 생각해 보면 어린이용 성경책은 아기가 못 읽잖아?'

엄청난 착각을 해 버리고 말았다. 갓난아기와 어린이가 읽은 책은 그 목적이 조금 다르다. 아이라고 한 묶음으로 생각해 버려서는 안 된다.

"좋아, 먼저 아기를 위한 흑백 그림책을 만들자. 어린이용 성경책은 다음이야!"

"종이랑 검은색 잉크밖에 없으니까 뭘 해도 흑백 그림책이 되지 않아?"

"그건 그렇지만, 좀 달라."

그럼 여기서 원점으로 돌아가서 아기에게 줄 그림책을 생각해 보자. 아동 도서관론이나 아동 서비스론의 수업을 떠올리는 거다. 우선 갓난아기는 아주 희미하게밖에 볼 수 없다고 알려져 있다. 시력은 뇌의 발달과 밀접한 관계가 있는데, 매일 여러 가지 물건을 보면서 조금씩 자극을 받아 발달해 간다. 생후 3개월부터 4개월쯤이 되면 빨강 등의 원색을 인식하게 되고, 초점을 잡을 수 있게 된다.

생후 1년이 지나면 어른과 비슷할 정도의 시력이 되는데, 그 전까지는 윤곽이 희미하거나, 연한 색은 식별이 어렵다고 한다. 그래서 두 살 미만의 아기에게 주는 그림책은 확실한 대비와 알기 쉬운 모양이 중요하다. 색은 하양, 검정, 빨강 정도고, 모양은 동그라미, 삼각형, 사각형 같은 단순한 것이 식별하기 쉽다고 한다. 그래서 태어날 때부터 3살 정도까지가 읽는 아기 그림책은 간단한 선으로 컬러풀한 원색을 쓰고, 글자도 간단하고 여러 번 반복되는 글자가 바람직하다고 한다.

나는 아기용 그림책 중에 도형만 나열된 흑백 그림책을 떠올렸다. 그거라면 지금의 나라도 그릴 수 있을 것 같다.

"루츠, 나 내일은 신전에 안 가고 집에서 아기에게 줄 그림책을 만들게!"

"알았어. 신전에 연락을 넣고 마인 공방을 가볍게 돌아본 후에 나도 도울게. 뭔가 만들 때 지켜보지 않으면 위험하니까, 마인은."

어쩔 수 없지, 라고 말하는 루츠에게 반론하지 못하고 나는 바로 이야기를 피했다.

"자, 두꺼운 종이를 사고 싶으니까 공방에서 완성된 종이를 열 장 가져와 줄래?"

그리고 다음 날, 루츠는 세 점 종이 울리기 전에 우리 집에 찾아왔다.

"우와, 엉망진창이구만. 에파 아줌마가 보면 엄청 화내시겠는데."

우리 집 테이블 위에는 실패한 종이를 엮은 메모장과 검댕 연필, 석판과 석필이 굴러다녔다. 엄마가 있었다면 "정리해." 라고 분명 말하겠지만, 오늘은 엄마도, 투리도 출근해서 화낼 사람은 없다.

어떤 걸 그릴지 생각하려고 석판에 이것저것 도형을 그려 갔다. 어느 정도 그릴 모양이 정해지면 메모장을 펼쳐서 검댕 연필로 그렸다. 흑백의 이미지를 확인하기엔 종이에 검댕 연필이 알기 쉬웠기 때문이다. 아빠의 공구 세트 중에 직선 자가 있어서 그걸 꺼내 선을 그었다. 삼각형과 사각형을 그린 뒤, 종이 위에 원을 그리려다 움직임이 탁 멈췄다. 컴퍼스가 필요하다.

"루츠, 집에 '**컴퍼스**' 있어? 원을 깨끗하게 그릴 때 쓰는 건데, 이런 느낌으로, 이렇게 쓰는 물건이야……."

석판에 그림을 그리거나 손가락 세 개를 써서 원을 그리는 흉내를 내자 루츠가 가볍게 끄덕였다.

"아아, 컴퍼스 말이지? 옛날엔 집에 있었는데 지금은 없는 것 같은데."

"그래? 그럼 어쩔 수 없네. 다른 걸 대용으로 써야지."

나는 집 안에 있는 실을 가져와 검댕 연필에 돌돌 감았다. 압정이 있었으면 좋을 텐데, 없으니까 공구 상자에서 찾아온 못에 실을 감았다. 못 머리를 왼쪽 손가락으로 꾹 눌러 실이 팽팽하게 당겨지는 거리에서 검댕 연필을 움직이면 동그라미를 그릴 수 있다. 중심만 잘 잡으면 된다.

"오오, 대단하다."

깨끗한 동그라미는 평소에 그릴 일도 없고, 직업상 필요한 사람은 컴퍼스를 쓴다. 이런 방법을 처음 봤는지 루츠가 감탄을 질렀다. 좀처럼 칭찬받지 못하는 나는 조금 우쭐해져서 여러 가지 원을 그려봤지만, 작은 원은 그리기가 힘들었다. 많은 도형을 그리려니 '**도형 자**'나

'템플릿 자'라고 불리는 도구가 갖고 싶어졌다.

"루츠, '도형 자'나 '템플릿 자'는 안 팔까?"

"뭐야, 그게?"

"……이런 거. 얇은 금속이나 '플라스틱'에 이런 식으로 다양한 도형이 다양한 크기로 구멍이 나 있는 건데……."

테두리를 그리거나 색칠도 가능하고, 똑같은 모양을 많이 그릴 때 매우 편리하다. 컴퍼스를 판다면 '도형 자'도 있을지도 모른다. 석판에 그리며 설명했지만, 루츠는 고개를 갸웃거릴 뿐이었다. 아무래도 본 적이 없는 모양이다.

"어떻게 쓰는데?"

"음, 이런 식으로 구멍 테두리를 따라서 좋아하는 크기의 도형을 그릴 때 써."

"……두꺼운 종이로 만들 수 없어?"

"와우! 루츠, 천재야!"

나는 그림책에 쓰려던 두꺼운 종이를 한 장 써서 도형 자를 만들기 시작했다. 동그라미나 삼각형 등의 도형을 하나하나 크기를 바꾸어가며 그렸다. 이것을 깨끗하게 잘라내면 도형 자가 완성이다. 나는 루츠와 분담해서 들뜬 마음으로 도형을 그렸는데, 막상 잘라내려고 할 때 큰 실수를 발견했다. 또 도구가 없다.

"이렇게 작은 건 나이프로 못 잘라!"

두꺼운 종이와 내 손에 든 나이프를 비교하고 어깨를 떨구었다. 커다란 원은 어떻게든 자를 수 있다. 직선도 된다. 하지만 작은 원은 어찌할 방법이 없다.

"전용 도구가 없으면 또 실패하겠어. 요한한테 '디자인 커터'를 만들어 달라고 하자.”

“그건 또 뭐야?”

“나도 쓸 수 있는 작고 얇은 칼이야.”

주문하려면 제대로 된 옷차림으로 가는 편이 좋다. 나와 루츠는 수습복으로 갈아입고, 길드 카드와 포린지에 정성스럽게 그린 주문서를 들고 대장간에 향했다.

장인 거리는 마을 남쪽에 있어서 요한의 대장간까지는 우리 집에서 비교적 가까웠다.

“안녕하세요.”

“오, 어서 옵쇼.”

지금까지 손님을 상대했는지, 들어가자마자 보이는 테이블에는 여러 개의 목패가 있고, 의자에 앉아 있던 주인장이 수염을 쓰다듬으면서 눈을 부라렸다. 전에 철필을 주문한 내 얼굴을 기억하는지 주인장이 나를 보고 싱긋 웃었다.

“얼마 전의 아가씨구먼. 또 주문이냐?”

“네. 요한, 있어요?”

“아아, 불러올 테니까 앉아서 기다려.”

겹친 목패를 안고 “어이, 요한! 손님이다!” 하고 큰소리를 울리면서 주인장이 성큼성큼 안쪽 작업실에 들어갔다. 묵직한 소리가 울린 뒤, 안쪽에서 주황색 곱슬머리를 뒤로 잘끈 묶은 요한이 서둘러 뛰쳐나왔다.

“네! ……아, 요전번의 길베르타 상회 손님. 안녕하세요.”

“안녕하세요. 오늘은 ‘디자인 커터’를 만들어줬으면 해요. 이걸 봐

주세요."

나는 꺼낸 포린지 주문서를 뒤집어서 설계도를 보였다. 요한은 신기한 듯이 종이를 만진 뒤, 내가 그린 도형을 쭉 보고는 이상하단 표정을 지었다.

"큰 칼은 종종 주문이 들어오는데, 이렇게까지 가늘고 얇은 칼 주문은 없어. 대체 뭐에 쓰려고? 이렇게 작은 칼로는 아무것도 못 잘라."

"이 식물지를 자를 거예요. 작은 동그라미를 잘라내려면 칼도 작아야 하거든요."

"흠. ……이 종이구나. 식물지는 처음 만져 봐."

요한은 손끝으로 종이를 집고, 앞뒤로 여러 번 문질러 보기도 하고, 눈앞에서 흔들어 보면서 감촉을 확인했다. 잠시 하고 싶은 대로 내버려둔 뒤, 나는 주문서 뒷장의 그림을 가리켰다. 요한은 굉장히 세세하게 질문하므로, 이번에는 주문서에 크기나 용도를 자세히 써본 것이다.

"손잡이 부분은 나무라도 괜찮지만, 이런 식으로 칼날을 교체할 수 있도록 해 줬으면 좋겠어요. 칼날의 구멍 부분과 이 손잡이에 맞물리는 부분이 딱 맞지 않으면 흔들거려서 위험하니까, 세밀한 작업이 특출한 요한에게 부탁하고 싶어요."

그림을 보면서 요한이 칼날의 교체에 관해 질문을 던졌다. 그 질문에 대답하면서 상세하게 지시하자, 요한의 눈이 도전적으로 타오르기 시작했다. 아무래도 장인의 혼에 불을 지펴버린 듯하다.

"……오. 재밌네. 칼날을 간단히 교환할 수 있다는 점이 좋아."

"그리고 뚜껑이랑 전용 케이스도 같이 부탁할게요. 칼날이 날카로워서 위험하고, 얇고 작아서 이가 빠지거나 금방 부서지거든요."

"그럼 교환용으로 칼날도 여러 개 준비해 두는 편이 좋겠네."

이런저런 회의를 거친 후, 길드 카드로 주인장에게 선불을 냈다.

"완성되면 길베르타 상회에 배달해 주겠어요?"

집으로 보내면 금방 현금을 준비할 수 없지만, 길베르타 상회에 전언해 두고 벤노에게 미리 돈을 지불해 두면, 물건을 받을 때 제대로 요한에게 돈을 낼 수 있다. 그리고 길드 카드로 거래하면 현금을 들고 다닐 필요가 없어서 좋았다.

"루츠, 마인!"

디자인 커터를 주문하고 열흘 정도 지난 신전에게 집에 가는 길. 길베르타 상회 앞에서 우리를 경비원이 불러 세웠다. 짐이 있으니 들르라는 마르크의 전언이 있다고 했다.

"요한이 오후에 가져와 주었습니다. 재밌는 작업이었다고 굉장히 흥분했더군요."

마르크에게 건네받은 길쭉한 상자를 들고 집으로 돌아오자마자 곧장 요한이 만들어 준 디자인 커터로 도형 자를 만들어 보았다. 전용 커팅매트가 없으므로 판자 위에서 조심스레 잘라 보았지만, 칼날이 금방 상할 것 같다. 하지만 날카롭고 편리한 커터 덕분에 도형 자를 쉽게 만들 수 있었다. 메모장 위에 두꺼운 종이로 만든 도형 자를 올리고 구멍을 검댕 연필로 칠하니 완벽한 검은색 동그라미가 되었다.

"……그림책도 두꺼운 종이로 판지를 만들어서 스텐실(글자나 무늬, 그림 따위의 모양을 오려 낸 후, 그 구멍에 물감을 넣어 그림을 찍어 내는 기법)처럼 잉크를 칠하면 일부러 판자를 파지 않아도 되잖아? 우와, 나 천재인가?"

떠올린 생각을 실행하려고 자를 써서 흑백 그림책을 디자인했다. 떠오르는 대로 큰 삼각형 두 개를 아래위로 그리고, 아래 삼각형에 직사각형을 붙여 전나무 같은 모양을 그렸다가, 동그란 윤곽에 동그란 눈과 반원형 입과 삼각형 코로 사람 얼굴을 그렸다가, 컴퍼스로 육각형을 만들 때 생기는 꽃 모양 도형을 그리거나 했다. 꽤 재밌어서 푹 빠져서 그렸다. 이제 그만하라는 가족들의 말에도 커터로 자르며 틀을 만들었다.

"루츠, 봐봐! 완성했어!"

다음 날, 나는 신이 나서 완성된 틀을 루츠에게 보였다. 모양 하나하나가 원래의 두꺼운 종이를 반으로 자른 A5 정도 크기다. 전부 열 장의 두꺼운 종이를 본 루츠가 미간을 꽉 좁히며 어떤 반응을 하면 좋을지 모르는 표정으로 나를 보았다.

"저기, 마인. 이 그림…… 정말 아기가 좋아해?"

"조, 좋아하고말고! 흑백은 '대비'가 확실하고, 도형의 조합이니까 그림 실력은 관계없잖아."

내 설명에 루츠의 눈빛에 의심이 더욱 짙어졌다.

"……음. 뭐, 마인이 납득한다면 그걸로 됐어."

의심스러워하는 루츠는 오후부터 공방에서 그림책 제작을 개시했다. 이번엔 스텐실을 찍는 요령으로 솔을 써서 검은색 잉크를 칠해 갔다. 세밀한 선 부분은 솔로 하면 종이가 틀어지므로 면봉처럼 얇고 작은 봉 끝에 천을 말아 가볍게 탁탁 누르듯 잉크를 칠하게 했다.

"와아, 굉장하다! 완성이야!"

"……마인 님, 이건 뭔가요?"

"무엇에 쓰는 거예요?"

주위에 몰려온 아이들이 들여다보기 시작했다. 말리기 위해 회색 신관에게 선반 위에 나열하게 하면서 나는 방긋 웃으며 대답했다.

"아기를 위한 그림책이에요."

"……아기? 흠?"

되돌아오는 모든 반응이 미묘했다. 고개를 갸웃거리는 아이, 시선을 피하는 아이. 이유는 모르겠지만, 쓸데없는 소리는 하지 않는 편이 좋을 것 같은 공기가 주위를 감돌았다.

역시 이해를 못 하겠나보다. 어서 세상이 나를 따라와 주면 좋으련만.

조금 고독한 기분이 들었지만, 흑백 그림책의 본문은 완성했다. 이젠 병풍처럼 펼쳐서 세우고 싶었기에 완성한 종이를 판지에 붙이고, 구멍을 뚫어 끈으로 연결해 붙여야 한다.

'아, 종이를 붙일 아교를 만들어야지.'

어린이용 성경책 준비

주위의 평판은 둘째치고, 아기가 읽을 흑백 그림책 페이지는 완성했다. 그것에 만족하면서 가을 향기가 짙어진 큰길을 루츠와 둘이서 손을 잡고 집에 돌아갔다.

"아교는 겨울 준비가 끝난 뒤여야 하니까, 어린이용 성경책 제작 단계로 돌아가고 싶어."

독서의 계절인 가을 안에 책을 만들고 싶다고 생각하며 루츠에게 말하자, 루츠는 음, 하고 잠시 생각에 잠겼다.

"또 목판화로 할 거야? 차라리 종이를 자르는 게 간단하지 않아? 너도 금방 만들었잖아."

루츠의 말대로 두꺼운 종이를 잘라 원판을 만드는 작업은 그리 어렵지 않았다. 나도 할 수 있을 정도니 힘도 필요 없다.

"네 말대로 글자도 커터로 잘라내면 일부러 경문자를 쓸 필요가 없지. 글자 수가 적은 그림이면 괜찮은 생각이야. ……아무래도 커터를 좀 더 주문해야 할 것 같은데, 초기 투자에 비용이 드는 건 당연하니까 어쩔 수 없지."

디자인 커터는 특별 주문이라 가격이 비싸지겠지만, 목판화도 조각도 같은 도구를 갖춰야 하는 점에서는 똑같다.

"이럴 때 쓰려고 저금해둔 돈이니까 상관없잖아."

언젠가 기본 글자의 활자를 만들어서 활판 인쇄를 진행하고 싶었지만, 인쇄에 쓰려면 수많은 활자가 필요하다. 활자를 만들려면 세밀한 세공이 필요하고, 금속으로 활자를 만들려면 지금보다 훨씬 돈이 많이 든다. 인쇄하게 되는 날은 한참 나중의 일이리라.

"하아…… '구텐베르크 씨'는 아직 저 멀리 있구나."

"누군데?"

"나에게 신과 동등한 업적을 남기신 위인이야. 나의 목표지. ……지금은 할 수 있는 부분부터 개선해 가야겠지. 루츠는 뭔가 개선했으면 하는 부분 있어?"

"……찍을 때 종이를 눌러 둘 도구가 없을까? 조금만 삐끗하면 종이가 비뚤어지고, 손가락은 잉크로 더러워지는데, 잘 지워지지 않아서 솔직히 좀 곤란해."

루츠는 귀족을 상대하는 상인 수습생이다. 옷매무새에 신경 써야만 하는 수습생이 장인처럼 손이 더러워서는 상당히 곤란하다. 회색 신관에게 맡겨버리는 방법도 있지만, 루츠 자신에게는 '마인이 생각한 물건은 내가 만들겠다'라는 고집이 있다. 그러니 되도록 더러워지지 않는 방법을 고안할 수밖에 없다.

"음, '등사기' 인쇄의 테두리만이라도 먼저 만들면 꽤 편해질 거야."

"등사기? 뭐야, 그건?"

"음, 판에 구멍을 뚫어서 잉크를 칠하고 인쇄하는 것을 '공판' 인쇄라고 하는데, '등사기' 인쇄는 그 일종이야. '등사기'는 나무 테두리나 망으로 종이를 누르니까 그게 있으면 손이 더러워지진 않을 거야. 음, 이런 식으로."

나는 서자판을 꺼내 그 자리에 서서 그림을 그리기 시작했다. 깜짝 놀란 루츠가 "잠깐, 마인! 적어도 구석에 붙어." 하고 나를 끌며 길가

구석으로 이동했다.

"종이를 올릴 커다란 나무판에 이런 식으로 여닫이 나무 테두리가 달려 있거든? 나무 테두리와 판은 경첩으로 고정되어 있고, 나무 테두리에는 망이 쳐져 있어. 인쇄할 때 이 판 위에 종이를 올리고 원판을 올린 뒤, 테두리를 내려서 고정하고 망 위에서 잉크를 칠하는 거야."

"헤에. 나무와 망으로 할 수 있다면 어떻게든 만들겠는데?"

원지와 줄판만 제외하면 그렇게 제작방법이 복잡하지 않다. 가장 간단한 물건이라면 아마 루츠도 만들 수 있다. 자작에 자신이 없는 건 망이 달린 테두리 정도다.

"루츠, 초지틀을 만들 때 부탁했던 세공사한테 지금 주문을 넣어도 괜찮을까? 식물지 공방의 큰 초지틀 제작은 끝났어?"

"……그건 주인님이나 마르크 씨한테 물어봐야 알아."

딱 좋은 타이밍에 보이기 시작한 길베르타 상회에 들러 물어보기로 의견을 일치한 나와 루츠는 상점에 들어갔다. 영업이 거의 끝났는지 한쪽에서는 일부 정리를 시작하고 있었다. 흐르는 움직임 속에 어수선함이 느껴지는 상점 안을 둘러보았다.

"어이쿠, 마인과 루츠가 아닙니까. 용건이 있다면 안방으로 들어가십시오."

상점 안에서 수다하면 방해가 되는가 보다. 마르크는 벤노의 의견을 구하기 전에 우리를 안방으로 보냈다. 벤노는 장부인지 뭔지를 확인하고 있었지만, 한숨 한 번으로 허가해 주었다.

"벤노 씨, 내일 마르크 씨를 빌려주실 수 있나요? 초지틀을 만들어 준 세공사한테 주문하고 싶은 물건이 있어서 공방에 함께 가줬으면 해요."

세공사의 손이 비었을까, 하고 질문하자 벤노는 장부를 팔랑팔랑 넘기며 끄덕였다.

"전부 납품받았다. 다른 작업이 없다면 괜찮겠지. 이번엔 무엇을 만드는데?"

"망을 칠 나무 테두리요."

내 대답에 벤노가 무슨 소리냐는 듯이 고개를 갸웃거렸다.

"뭐? 망이라고? 그건 대체 어디에 쓰려고?"

"잉크를 쓸 때 루츠의 손을 더럽히지 않기 위해 쓸 거예요."

전혀 모르겠다고 말하고 싶은 듯이 벤노는 설명을 구하며 루츠에게 시선을 돌렸다. 루츠는 조금 전에 설명을 들었으면서도 모르겠다는 듯이 절레절레 흔들었다.

"뭐, 됐다. 마르크한테 전해 두지. 시간은 어떻게 할 거지?"

"전 페슈필을 연습하러 신전에 가야 하니까 오후부터라도 괜찮나요?"

"오후가 우리 쪽엔 낫지. 그럼 잘 가라."

다음 날 오후, 점심을 먹고 나와 루츠는 길베르타 상회로 가서 마르크와 합류하여 장인 거리의 세공사 공방으로 향했다.

"……또 너희냐."

미간에 짙은 주름을 새긴, 매우 싫어하는 표정을 지으며 세공사가 우리를 맞이했다. 손님을 상대로 그런 얼굴을 할 것까진 없잖아, 하고 느낄 정도로 싫어하는 표정이었다.

"설마, 또 초지틀이냐? 겨우 끝냈으니까, 어려운 주문은 제발 하지

마."

공방용의 큰 초지틀을 만들기가 꽤나 힘들었던 모양이다. 피곤해 보이는 표정의 세공사와 부드러운 미소의 마르크를 번갈아 보며 나는 손을 좌우로 흔들었다.

"아, 아니에요. 이번에 부탁할 건 나무 테두리예요."

"나무 테두리? 그건 목공방에다 부탁해."

물러나라는 듯이 손을 휙휙 움직이며 세공사의 시선이 문으로 향했다.

"아뇨, 평범한 테두리가 아니라 이런 식으로 테두리에 모래망……그러니까 명주실을 그물 형태로 팽팽하게 만들어줬으면 하는데요, 가능할까요? 눈은 그렇게 촘촘하지 않아도 돼요. 종이가 삐뚤어지거나, 구겨지지 않도록 누를 때 필요하거든요."

나는 석판을 꺼내 원하는 망 테두리를 그림으로 그렸다. 세공사는 눈을 가늘게 뜨고 잠시 그림을 노려봤지만, 결국 어쩔 수 없다는 듯이 한숨을 내쉬었다.

"……못 만드는 건 아니다. 귀찮을 뿐이지."

"부탁해도 괜찮나요?"

"손이 많이 가는 만큼 돈벌이는 되니까. 초지틀만 아니면 된다."

망을 친 테두리를 주문하게 되었다. 평소대로 완성되면 길베르타 상회에 배달해 주는 계약으로 마르크가 사인했다.

"마르크 씨, 그리고 또 한 가지 더. 대장간에 들려도 돼요? 얼마 전의 커터를 추가 주문하고 싶어요. 그리고 롤러도 상담하고 싶고요."

두꺼운 종이로 원판을 만들려면 디자인 커터가 여러 개 필요하다. 글자를 자를 나와 루츠의 몫, 또 빌마 몫을 준비해 두고 싶다. 그리고 균일하게 잉크를 칠하기 위한 롤러가 필요하다. 하지만 내가 아는 건 고무 롤러와 스펀지 롤러다. 대용할 수 있는 물건이 있을까. 없다면 천을 말아서 쓰면 좋을 것 같은데, 사용감은 어떨까.

대장간에 주문하러 가서 디자인 커터 두 개를 추가로 주문했다. 요한이 멋진 미소로 받아주었다. 자신의 기술을 마음껏 펼칠 수 있는 작업이라 상당히 즐거운 모양이다.

"그리고 롤러가 필요한데……."

나는 도형을 그려 보이며 용도를 설명했다. 고무나 스펀지를 설명해봤지만, 역시 고개를 갸웃거릴 뿐이었다.

"……원통형을 굴리면서 잉크를 묻히는구나. 또 이상한 물건이네."

"이런 손잡이가 달려 있고, 부드럽게 굴러가는 도구가 필요해요. 표면에 천을 두르면 잉크가 묻을 테니까 소재는 맡길게요."

약간 탄력이 있고 잉크가 밀착하는 소재가 있으면 좋겠지만, 없어도 어떻게든 될 터다. 내 설명에 요한이 여러 번 고개를 끄덕였다.

"그거라면 딱히 어렵진 않아. 완성되면 길베르타 상회에 가져가면 되지?"

"네. 부탁해요."

대장간을 나온 곳에서 마르크와 헤어지고, 나와 루츠는 집을 향해 걷기 시작했다.

"남은 문제는 그림이네. 두꺼운 종이를 오려내서 판지를 만들고 그걸 찍으면 그림자 그림 같은 느낌이 나올 거야. 디자인 커터 덕분에 조금은 세밀한 선도 남기게 됐지만, 빌마의 그림체를 바꾸려면 어떻게 해야 할까?"

"뭔가 본보기가 있으면 조금 그리기 쉽지 않을까? 솔직히 엄청 서툰 네 설명만 들어서는 잘 모르겠으니까."

하긴 본 적도 없는 물건을 아무리 설명을 많이 들은들 금방 이해할 수 없으리라.

"음~, 그럼 참고가 될지 모르겠는데, 내가 그려볼까?"

"뭐? 네가? 괜찮냐?"

"빌마의 그림을 참고로 그릴 거니까 괜찮아. 너무하네."

더욱 불안해진 듯 경직된 표정으로 루츠가 나를 본다. 딱 한 번 예술적인 그림을 그렸을 뿐인데, 내 그림에 대한 평가가 대체 왜 이렇게 낮은 걸까.

이래 봬도 우라노 시절에는 미술 성적이 대부분 우수했다고!

마지막까지 나를 걱정스럽게 바라보던 루츠와 우물 광장에서 헤어지고 집에 돌아온 나는 바로 빌마의 목판화를 참고로 여신의 윤곽을 그리고, 그림자 그림처럼 검댕 연필로 흑백으로 나누어보았다. 단순하지만 목판화보다는 보기 편한 것 같다.

"응, 꽤 괜찮은데?"

단, 이것은 역시 일본인의 감수성이 남은 눈으로 본 감상이므로, 이곳에서 받아들일지 어떤지는 모른다. 섬세하고 사실적인 그림을 추앙하는 이곳에서 그림자 그림 같은 작품은 너무 단순해서 거부감을 느낄 가능성도 있었다.

다음 날 아침, 나는 빌마에게 보이기 위해 애매했던 판화와 내가 그린 그림자 그림을 가방에 넣었다. 빌마에게 줄 디자인 커터와 검댕 연필도 준비했다.

"안녕, 루츠. 그림은 이런 느낌으로 하면 어떨까?"

데리러 온 루츠에게 어제 그린 그림자 그림 같은 여신님을 보여주었다. 불안해하던 루츠가 눈을 가볍게 번쩍 뜨고, 뚫어져라 그림을 보더니 안심한 듯 한숨을 내쉬었다.

"이거라면, 뭐, 괜찮은데? 목판화보다 훨씬 보기 편해."

"다행이다. 이걸로 어떻게 안 될지, 빌마한테 상담해볼게."

오후에 나는 애매했던 목판화와 내가 그린 그림자 그림, 그리고 디자인 커터와 두꺼운 종이를 들고 고아원에 향했다. 빌마에게 만나러 갈 때는 로지나가 동행한다.

"마인 님, 어서 오세요."

나는 식당 테이블에 목판화 그림을 올리고 빌마에게 슥 내밀었다. 빌마는 목판화를 손에 들고 당혹스러운 듯 표정이 어두워졌다. 마음속에 그리던 그림은 아니었을 터다.

"빌마의 그림은 매우 섬세해서 판자를 파서 만드는 목판화면 이런 느낌이 되어 버려요. 이래서는 빌마의 멋진 그림이 망가지잖아요? 그래서 다른 방법으로 만들어 볼 수 없을까 생각해봤어요."

그렇게 말하며 직접 그린 그림자 그림을 내밀었다. 전문가에게 보이기는 조금 망설여졌지만, 보이지 않으면 앞으로 나아갈 수 없다.

"판자를 파는 작업보다 간단하게 만들 수 있어요. 단, 이 그림을 모두가 좋아해 줄지 잘 모르겠네요. 예술 중에서도 그림 전문가인 빌마의 의견을 듣고 싶어요⋯⋯."

빌마는 나의 그림자 그림을 보고 작게 놀랐다.

"⋯⋯이것을 마인 님께서?"

"빌마의 그림을 참고로 종이를 잘라 만들었을 경우의 흑백 느낌을 그림으로 그려봤어요. 어때요? 지금까지의 그림과 상당히 다르겠지만, 그 분위기는 느껴지나요?"

안 되려나? 하고 빌마의 반응을 살피는데 잠시 묵묵히 그림자 그림을 바라보던 빌마가 고개를 휙휙 저었다. 갈색 눈동자가 기쁜 듯이 반짝였다.

"이 방법으로 만들어 보겠습니다. 제가 새로운 방식으로 어디까지 할 수 있을지 도전해 보고 싶어요."

"그럼 빌마에게 이 커터와 검댕 연필을 선물할게요. 예전에 준 종이로 이것저것 시험해 보세요. 이쪽은 실전에 쓸 두꺼운 종이입니다. 한 장이 완성되면 한 번 인쇄해서 상태를 확인해 봐요."

눈을 반짝이며 그림자 그림에 넋이 빠진 빌마에게 가져온 도구를 하사하고, 도구 사용의 주의점을 말했다. 그림 전문가인 빌마다. 분명 나보다 훨씬 멋있는 그림을 그려주겠지.

빌마가 새로운 수법으로 시행착오를 하는 동안 나는 두꺼운 종이에 글자용 판지를 만들었다. 요한에게 부탁한 디자인 커터와 롤러가 예상보다 일찍 도착해서 루츠와 함께 써둔 문장을 정성스럽게 잘라갔다. 깨작깨작하는 세밀한 작업이지만, 이것을 찍으면 책이 된다고 생각하니 힘이 났다.

그리고 빌마의 그림이 완성되기보다 먼저 세공사에게 부탁한 망 테두리가 배달되었다. 그래서 루츠의 집에 가서 랄프와 지크에게 등사기 인쇄의 나무판과 망을 끼울 테두리를 만들어달라고 부탁했다.

"대체 어떤 게 필요한데?"

"이런 거! 루츠의 손을 더럽히지 않으려면 꼭 필요해. 부탁이야, 오빠들."

나는 종이에 자세하게 사이즈를 그려 넣은 설계도를 두 사람에게 거침없이 들이밀었다. 직업상 자주 보는 설계도라서인지 지크와 랄프는 슥 보더니 바로 작업에 들어갔다. 간단한 의논을 하면서 판자와 못을 가지고 왔다.

"……음~? 이런 식으로?"

"대단해, 오빠들! 완벽해!"

역시 목공 장인 수습생. 완벽하다. 순식간에 망을 빈틈없이 끼운 나무 테두리가 완성됐다. 나의 칭찬에 랄프가 콧방귀를 끼며 루츠를 놀리듯 쳐다보았다.

"루츠가 상인다워지는 것처럼 우리도 장인답게 성장했어."

"그럼 다음은 이쪽 판을 만들어줘, 장인."

뾰로통해진 루츠의 말에 둘은 어깨를 들썩이고 가볍게 웃으며 다시 작업을 시작했다.

"아~, 이건 짝이 안 맞네. 루츠, 저쪽 판자를 가져와."

"네가 쓸 거니까 꼼꼼하게 손질해 둬. 자잘한 가시라도 남아 있으면 다쳐."

"두 사람 다 날 너무 막 부려먹어."

여전히 형들은 루츠를 이래라저래라 했지만, 한때의 긴장감 돌던 분위기가 없어진 사실에 나는 안도의 한숨을 쉬었다.

"지크 오빠, 나무 테두리에 망을 고정하게 이걸 달아줘."

지크에게 나무 테두리에 눈물 모양의 금속제 고정핀을 달게 했다. 고정핀은 나무 테두리에 망을 고정할 때 쓰는 부품이다. 액자 등 뒷면을 고정하는 부품이기도 하다. 그리고 나무 테두리와 판을 경첩으로 고정했다. 나무판 위에는 5밀리 정도의 두꺼운 판자를 설치하여 인쇄 때 종이 위치를 맞출 수 있도록 하니 예상보다 훨씬 짧은 시간에 인쇄할 판이 만들어졌다.

"아, 고마워. 형들. 그, 고마워."

새삼 가족에게 고맙다고 말하기 부끄러웠는지 조금 쑥스러운 듯 루츠가 고개를 확 돌렸다. 그 말을 들은 형들 역시 당황한 표정을 지으며 시선을 피했다.

"이 정도쯤, 별거 아니야."

"그래, 그래. 그냥 용돈 벌이야."

나였다면 투리를 껴안으며 최고의 고마움을 표현했겠지만, 이 형제들에게는 이것이 최선인가 보다. 하지만 전혀 대화가 없는 상태에서 꽤 진전했다고 생각했다. 따뜻하게 지켜보는 내 시선을 눈치챈 세 사람의 표정이 동시에 굳어졌다.

"마인, 너무 이쪽 쳐다보지 마!"

그런 말을 동시에 내뱉는 점이 형제구나, 라고 느낀 내 눈빛은 더욱 따뜻해졌다.

"루츠, 마인 데려다주고 와!"

"그래. 우리는 여기 정리할게!"

"가자, 마인!"

호흡이 척척 맞는 형제의 협동으로 나는 곧바로 루츠의 집에서 쫓겨나게 되었다. 흐뭇한 형제의 대화를 좀 더 보고 싶었는데 참으로 안타깝다.

"마인, 히죽거리지 말고 생각해. 이걸로 준비는 끝이야? 남은 건 빌마의 그림이지?"

루츠가 억지로 화제를 바꾸려 했다. 상당히 형제 사이의 화제로 돌리고 싶지 않은 듯하다. 조그맣게 웃으며 나는 책을 만들 때 필요한 이런저런 물건들을 떠올려보았다. 종이는 만들었다. 잉크도 만들었다. 문장의 판지도 만들었다. 롤러도 만들었다. 인쇄판도 만들었다. 이로써 빌마가 그림을 완성하면 책의 본문은 완성된다. 다만, 표지가 백지라는 점이 뭔가 허전하다.

"저기, 루츠. 여유가 있으면 누름꽃을 끼운 종이를 만들어줘. 표지로 하고 싶거든."

"아아, 그거. 예쁘긴 하지. 그럼 내일은 녀석들을 데리고 숲에 갔다 올게."

모든 준비를 끝내고, 빌마의 그림을 기다리기만 하는 상태가 되자, 나는 도서실에서 독서에 듬뿍 빠지는 오후 시간을 가지게 되었다. 점심을 먹고 "오늘은 마음껏 읽어보자!"하고 의욕에 불태울 때 빌마의 그림이 완성됐다는 고아의 전언을 받은 길이 방으로 들어왔다.

"마인 님, 빌마가 판지를 완성했대. 부탁하고 싶은 일도 있으니까 마인 님께서 판지를 가지러 오셨으면 좋겠다고 아이들이 그러던데."

길의 말을 들은 순간 나는 눈앞이 환해지는 느낌을 받았다. 판지가 완성했다는 건, 즉 인쇄에 착수해도 된다는 말이다.

"길, 점심 후에 공방에서 인쇄할 수 있게 준비를 부탁해. 로지나, 고아원에 갑시다."

"마인 님, 진정해주세요. 고아들에게 아직 신의 은총이 도착하지 않았어요."

고아원과 점심시간의 차이가 있음을 떠올리고 의자에 다시 고쳐 앉자, 길이 조그맣게 웃었다.

"아이들이 공방에 오면 내가 알리러 올 테니까, 마인 님은 기도문이라도 외우며 기다리면 돼."

그렇게 길은 나에게 신관장에게 받은 과제를 떠올리게 해 주었다.

나는 안절부절못한 채 길의 말대로 기도문을 암기하려고 노력했다. 이 기도문은 가을에 기사단으로부터 요청이 들어왔을 때 쓰이는 것이다. 언제 요청이 들어올지 모르니 지금부터 완벽하게 외우라고 신관장이 지시했었다.

'아, 의식용 의상도 어떻게 됐는지, 진행 상황을 물으러 가야겠네.'

아이들의 식사가 끝났다는 보고를 받고, 나는 로지나와 함께 빠른 발걸음으로 고아원에 향했다. 고아원에서 곧장 향한 식당에서 빌마가 평소의 부드러운 웃음이 아닌 조금 긴장한 표정으로 기다리고 있었다. 테이블에는 A5 사이즈 종이가 올려져 있었다.

"봐주십시오."

"어머!"

내 등 뒤에서 같이 그림을 들여다본 로지나가 감탄을 질렀다.

정성스럽게 잘린 판지는 빌마의 섬세한 그림의 특징을 남기면서도 단순하게 선이 정리되어 있었다. 어둠의 신이 빛의 여신과 만나는 장면으로, 잘린 부분이 많은 쪽이 어둠의 신, 흰색을 많이 남기면서 머리카락의 그림자나 의상의 주름이 훌륭하게 표현된 쪽이 빛의 여신이다. 당장에라도 잉크를 칠한 완성형이 보고 싶어졌다.

"멋져! 바로 찍어 봐요. 길에게 준비하도록 부탁해놨어요."

로지나에게 판지를 들게 하고 즉시 공방에 가려고 자리에서 일어났다.

"저, 저기, 마인 님!"

중대결심이라도 한 표정으로 빌마가 나를 바라보았다. 작은 입술을 꼼지락거린 후, 가슴 앞에 손끝이 새하얘질 정도로 꽉 진 손가락에 힘을 주며 떨리는 목소리로 물었다.

"저, 저도 공방에 함께 가도 되겠습니까?"

"나는 상관없는데, 빌마가 괜찮아요?"

빌마는 남성을 무서워하여 고아원에서 나오지 않고, 공방에도 얼굴을 보인 적이 없다고 들었다. 아이들의 상태가 걱정되지만, 무서워서 주저하게 된다고 말했었다.

"여전히 남성이 무섭습니다…… 하지만 인쇄하면 어떻게 되는지 너무 궁금해서 아무것도 손에 잡히지 않아요. 목판화는 제가 생각했던 결과가 나오지 않았고, 이것도 새로운 수법이라 어떤 식의 결과가 나올지 몰라서."

내게는 목판화의 완성도가 애매한 정도였지만, 빌마에게는 전혀 성에 차지 않았던 모양이다. 검은색으로 세밀한 질감을 내는 방법이 아니라 종이를 잘라 그림자 그림처럼 단순한 그림을 그리는 작업은 빌마에게 첫 도전이다. 결과가 궁금하다는 그녀의 말에 상당히 공감했다.

하지만 빌마의 마음은 괜찮을까. 공방에 가면 싫어도 회색 신관들과 마주치게 된다. 성인 남성이 무섭다던 빌마가 과연 견뎌낼 수 있을까.

"저, 마인 님과 함께라면 든든해요……."

빌마가 주저하면서 그렇게 말한 순간, 내 속에서 빌마를 걱정하는 마음이 날아갔다. 대신 빌마를 지키겠다는 사명감이 확 끓어올랐다.

"나, 절대 빌마에게 남성이 다가가게 하지 않겠어요. 같이 가요."

"마인 님, 본래는 시종이 주인님께 남성이 못 다가가도록 해야 합니다만?"

로지나의 어이없다는 목소리가 끼어들었지만, 그런 건 어찌 됐든 좋다. 빌마가 아주 조금이라도 고아원의 여자동에서 나올 마음이 생겼다는 점과, 내게 부탁했다는 점이 가장 중요하다.

한 손으로 가슴팍을 꼭 누르며 불안한 미소를 짓는 빌마의 손을 가볍게 끌면서 나는 식당의 안쪽 계단을 내려와 뒷문을 통해 마인 공방에 향했다.

'빌마는 내가 지키겠어! 든든한 모습을 보여줘야 해!'

의욕에 넘친 순간, 나는 계단에서 발을 헛디뎠고, 빌마가 끌어 안아준 덕에 사고를 면했다.

"괜찮으십니까, 마인 님!?"

"아, 응."

"……마인 님, 의욕이 넘치신 건 좋지만, 차분함을 잊으시면 안 됩니다."

싱긋 웃는 로지나의 잔소리가 푹하고 가슴을 찔렀다.

어린이용 성경책을 제본하다

"와아! 빌마다! 빌마가 왔어!"

"빌마, 빌마. 나, 잉크 준비를 도왔어요."

고아원에서 나오려 하지 않던 빌마가 공방에 모습을 드러낸 순간, 아이들이 환성을 지르며 빌마에게 우르르 몰리며 자신들이 어떤 일을 하는지, 어떤 일이 가능한지를 제각기 설명하기 시작했다. 이렇게 되니 어린이 방호벽이 생성되어 회색 신관이 다가올 틈 따위 전혀 없다. 그리고 빌마를 지키겠다고 결심한 내가 나설 차례도 없다.

"……그럼, 인쇄해볼까요."

빌마를 지킬 필요가 없어져 버려서 어깨를 축 늘어뜨리며, 나는 루츠에게 향했다. 빌마는 어린이 방호벽을 친 채 내 뒤를 따라왔다.

"루츠, 먼저 속표지랑 판권장을 인쇄해주겠어요? 이 롤러로 잉크가 균일하게 칠해지는지 어떤지 확인하고 싶군요."

루츠가 인쇄판에 종이를 올리고, 그 위에 판지를 겹쳐 올렸다. 인쇄판은 대략 A4 사이즈이고, 판지는 A5 사이즈다. 이번 그림책에는 그림과 문장의 판지를 상하로 나눌 예정이다. 지금은 속표지가 위, 판권장이 아래에 놓여있다.

"이걸로 문제없지?"

루츠는 내게 확인하고, 망이 쳐진 나무 테두리를 살짝 내린 후 잉크를 꺼냈다. 대리석 받침대 위에서 기름을 약간 섞고 주걱으로 조금 반죽했다. 그리고 롤러로 문지르며 롤러에 골고루 잉크를 묻혔다.

모든 준비를 끝낸 루츠가 힐끗 내게 시선을 던졌다. 내가 고개를 끄덕거리자, 루츠는 천천히 망 위에 롤러를 굴렸다. 가로세로로 여러 번 굴리고, 롤러를 일단 대리석 위에 놓았다. 살짝 나무 테두리를 올려보니 판지가 잉크 때문에 망 쪽에 딱 붙어 올라갔고, 판 위에 남은 건 인쇄된 종이뿐이었다.

하얀 종이 위에 글자가 똑똑히 인쇄되어 있었다. 자국도, 번짐도 없다.

"문제없습니다. 이제 이걸 건조대 위에 올려주세요."

인쇄된 속표지와 판권장을 확인하고 나는 한 회색 신관에게 종이를 건넸다. 회색 신관은 선반 위에 종이를 올렸다. 그리고 루츠는 새 종이를 올려 부지런히 찍어내기 시작했다. 두꺼운 종이로 만든 판지는 몇 번이나 쓸 수 있는 것이 아니기에 되도록 많이 찍어둬야 했다.

이번에는 30부를 인쇄할 예정이다. 내가 집에 가져갈 몫과 신전의 방에 둘 몫, 루츠 몫, 벤노 몫, 신관장에게 증정할 몫. 그리고 나머지는 고아원의 교과서로 두기로 했다.

"다음은 본문과 그림을 인쇄하겠습니다. 준비해주세요."

내 지시를 들은 빌마의 표정에 긴장감이 일었다. 루츠가 속표지와 판권장의 판지를 벗기고 판지를 교환했다. 그림책을 펼쳤을 때 보기 쉽도록 왼쪽엔 문장, 오른쪽엔 그림이 되는 구조를 생각하고, 신중하게 판지를 올렸다. 정중앙에는 제본할 때 꿰맞출 자리를 넓게 비워뒀다.

내게 향한 빌마와 루츠의 시선을 느꼈다. 나는 둘의 얼굴을 본 후, 천천히 끄덕였다. 루츠도 빌마에게 지지 않을 정도로 긴장된 표정으로 롤러로 가로세로, 골고루 잉크를 칠했다. 루츠가 움직이는 롤러와 같은 속도로 내 심장이 쿵쿵 뛰었다. 제대로 완성될까. 빌마가 만족하는 그림이 나올까. 기도하는 마음으로 바라보는 가운데, 루츠가 롤러를 놓고 살짝 나무 테두리를 올렸다. 나뿐 아니라, 주변에서 지켜보는 사람들도 꿀꺽하고 침을 삼키는 소리가 들린 것 같았다.

"······와! 굉장하다!"

처음 소리를 지른 사람은 빌마의 주변을 에워싼 아이들이었다.

어둠의 신이 빛의 여신과 만나는 장면이 흰색과 검은색만으로 훌륭하게 표현되었다. 판지를 봤을 때부터 훌륭한 작품이 되겠다 싶었는데, 잉크가 들어가서 색이 확실해지자 확신했다. 밤하늘 같은 검은 망토로 여신을 감싸려는 어둠의 신과 어둠의 신을 비추는 빛의 여신이 선명하게 떠오르는 듯했다. 모양대로 잘린 판지만 봤을 땐 잘 몰랐던 잔잔한 머리카락의 그림자나 의상의 주름이 빌마다운 섬세함으로 표현되어 있었다.

"매우, 매우 훌륭해요."

내가 빌마에게 몸을 돌리자 빌마는 조용히 눈물을 주르륵 흘리며 인쇄된 그림을 가만히 바라보았다.

"빌마, 괜찮아요!?"

"죄, 죄송합니다. 이건, 그, 안심해버려서 그만, 저, 너무 기뻐요······."

그렇게 띄엄띄엄 말하며 빌마는 살짝 눈물을 훔쳤다. 아이들이 빌마를 달래려고 어쩔 바를 몰라 하면서 등을 쓰다듬거나, "울지 마."하고 말을 건네거나 했다. 기쁨의 눈물을 숨기지 못한 빌마와 달래는 아이들의 모습이야말로 내게는 종교화처럼 보였다.

'빌마, 진짜 성녀야.'

주변의 시선은 당연하듯 볼을 장밋빛으로 물들이며 아름다운 눈물을 흘리는 빌마를 향했다. 그런 시선들을 눈치챈 빌마는 부끄러운지 귓불까지 새빨개져서 발걸음을 돌렸다.

"마인 님, 저, 전 다음 그림을 그리러 가겠습니다."

그 후로 빌마는 그림이 완성될 때마다 인쇄하러 오게 되었다. 그동안 아이들은 부지런히 종이를 만들고, 회색 신관들은 잉크 제조에 노력을 쏟았다. 그와 동시에 숲에서 수집해온 과일이나 버섯을 말리거나, 겨울 준비로 장작을 사들이기 시작했다.

"마인, 오늘로 인쇄가 끝났어. 다음엔 어떻게 해?"

가을이 깊어지기 시작한 어느 날, 집에 가는 길에 루츠가 그렇게 말했다. 드디어 모든 페이지의 인쇄가 끝난 모양이다. 인쇄가 끝나면 다음은 제본이다. 드디어 기다리고 기다리던 책이 된다.

"다음은 '제본'이야! 나 내일은 꼭 공방에 갈게!"

"안 와도 되니까 설명이나 해."

청색 견습무녀인 내가 있으면 회색 신관들이 신경이 쓰여서 상당히 방해된다고 한다. 하지만 책 제작에 끼고 싶은 마음을 억누를 수가 없다. 특히 새로이 작업에 들어갈 때는 더욱 그러하다.

"처음만이라도 좋으니까 참가해서 이 눈으로 보고 싶어. 순조롭게 진행되는 것만 확인하면 나머진 인쇄 때처럼 간섭하지 않을게. 응? 루츠. 부탁이야."

"……딱 처음뿐이다."

"우후후. 신난다! 책이다! 책!"

그 자리에서 뱅글뱅글 돌며 기뻐하는 내 팔을 루츠가 질질 끌며 걷기 시작했다. 히죽거리는 표정을 지은 채 내가 걷기 시작하자, 루츠가 손을 놓고, 짐 속에서 서자판을 꺼냈다.

"자, 설명해. ……제본이랬지?"

"맞아! 제본은 책의 형태를 만드는 거야. 인쇄한 종이가 완전히 마르면 정성스럽게 반으로 접어. 좌우로 그림과 문장이 한 쌍이 되고, 페이지가 이어진 부분이 골짜기를 이루도록 끝을 맞춰서 깨끗하게 접는 거지. 이 작업은 책상이 필요하니까 고아원 식당에서 작업하는 편이 좋을 거야."

루츠가 서자판에 메모하는 속도를 보면서, 나는 천천히 설명을 이었다.

"접었으면 반드시 같은 페이지씩 방향을 맞춰 겹치면서 산을 만들어. 절대 다른 페이지랑 섞이거나, 상하좌우가 반대로 되지 않도록 주의해. 아, 그렇지. 오전 중에 속표지랑 판권장은 커터를 써서 반으로 잘라둬."

다음 날 오전, 내가 대기하는 고아원 식당으로 지금까지 인쇄한 종이가 차례차례 옮겨왔다. 종이에 얼룩이 지지 않도록 모든 테이블을 깨끗이 닦아두었다. 나는 내 앞에 가로세로로 번갈아가며 차곡차곡 쌓이는 종이 더미에 "호오."하고 감탄의 한숨을 쉬었다. 새로운 종이와 잉크 냄새로 황홀해졌다. 이 자리에서 덩실덩실 춤추고 싶을 만큼 기뻐서 참을 수가 없다.

"그럼, 팀장들은 가지러 와주세요."

효율적인 업무를 위해 공방 안에서는 팀을 나누고 있는데 회색 신관이 팀장이 되어 수습생들을 봐주었다. 이번에는 그 팀장에게 페이지를 접는 작업을 맡기게 되었다. 수습생도 아닌 어린아이들은 반듯하게 접을 수 있을지 어떨지 모르므로 이번 작업에 투입하지 않는 편이 좋다는 길의 진언에 따라 빌마와 함께 수프를 만들고 있다.

종이 끝이 어긋나지 않게 세심한 주의를 기울일 것, 접는 방향에 주의할 것, 전부 접었으면 내게 확인받을 것, 등 주의사항을 루츠가 발표한 뒤, 종이접기 작업이 시작됐다.

"종이 끝을 정성 들여 맞춰주세요. 처음엔 여기와 여기를 누르고, 이렇게……."

나는 천천히 각 테이블을 돌면서 접는 방법을 설명해갔다. 종이가 비싸 주변에 존재하지 않는 이 마을에서는 당연히 아무도 종이를 접어 본 적이 없다. 그래서 성인인 회색 신관이라도 깨끗하게 끝을 맞추지 못했다. 마치 손재주 없는 외국인이 처음 종이접기를 하는 상태다.

'으아. 겨우 만든 책이! 페이지가 비뚤어져 버리잖아!?'

직시하게 된 현실에 고민에 빠진 나는 루츠에게 살짝 귓속말했다.

"루츠, 이거, 내가 접으면 안 되겠지?"

"지금은 참고 지켜봐."

'아아아아! 실패한 종이로 먼저 종이 접는 연습을 해둘 걸 그랬어!'

완성도가 어떨지 내가 조마조마하며 기다리는 가운데, 어찌어찌 반으로 접힌 페이지가 쌓여갔다. 확인해서 너무 심각한 것은 다시 하라며 돌려보냈다. 이대로 책이 되게 놔둘 수 없다. 누가 허락해도 내가 허락 못 한다.

모든 페이지를 접으면 테이블 위에 순서대로 나열한다. 그 페이지를 순서대로 집으면 하나의 책이 될 터이다. 우라노 시절에 소풍 안내장을 만들 때 했던 작업이다. 나에게는 딱히 이상한 작업도 아니었다. 실제로 작업하는 다른 사람들에겐 첫 경험이겠지만.

"이렇게 판권장 페이지를 집었으면, 그 옆에 쌓인 다음 페이지에서 한 장을 집고, 또 옆으로 가서……를 반복합니다. 절대 페이지를 뒤집거나, 한 번에 두 장씩 집지 않도록 조심해주세요."

그렇게 말하며 나는 재빠르게 페이지를 집어간다. 마지막으로 스테이플러로 고정하면 얘기가 빠르겠지만, 그런 편리한 도구는 이곳에 없다.

모든 종이를 집어서 내 자리로 돌아가자 프랑이 언짢은 표정으로 "……마인 님."하고 한숨을 내쉬었다. 잡업 하지 말라는 한숨이겠지만, 시선만 피하고 무시했다. 모두에게 모범을 보이기 위해서, 그리고 한 부를 내 손에 확실히 확보하기 위해서다.

"이건 가져가고 싶어서요. 제멋대로 굴어서 미안해요."

모두가 페이지를 집어가는 동안, 나는 페이지의 접힌 부분을 손톱으로 훑으며 확실하게 접었다. 양면으로 인쇄한 그림책용의 두꺼운 종이이니 주걱이나 자를 준비해뒀어야 했다. 아니, 아직 고쳐 접을 수 있다는 점을 고려하면 주걱으로 세게 접지 않아 다행인지도 모른다.

인쇄한 종이가 30부밖에 없어서 금세 책의 본문이 갖춰졌다. 열 권씩 가로세로로 교체하며 쌓아 올렸다. 그 종이 더미를 무너지지 않게 주의하며 공방으로 옮기게 했다.

"이제부터 할 작업에는 도구가 필요하니까 오늘은 여기까지입니다. 여러분, 수고 많으셨어요."

오늘은 곧장 집에 돌아가서 제본 작업을 이어야 한다. 나는 내가 확보한 한 부를 가방에 넣었다. 루츠에게는 표지로 만들 누름꽃 종이를 공방에서 한 장 가져오게 했다.

"돌아가서 이어서 작업할 거면 도울게. 듣는 것보다 보는 편이 이해하기 쉬우니까."

아직 아교를 만들지 않아서 접착제로 쓸 만한 물건이 내 수중에 거의 없다. 그래서 이번엔 전통 제본술의 기본인 사침안정법으로 꿰매어 제본해볼까 한다.

"다녀왔습니다!"

"어서 와, 마인. 일찍 왔네. 어머? 오늘은 루츠도 함께야?"

집에 돌아오니 오늘은 투리가 이미 숲에서 돌아와 있었다. 나는 가방 안에서 오늘 제본을 위해 가져온 페이지 뭉치를 투리에게 보였다.

"투리, 이것 봐. 자, 어린이용 성경책! 인쇄 완성했어."

"와, 이쪽 그림은 멋있네."

투리는 종이를 팔랑팔랑 넘기며 들뜬 소리를 질렀다. 내가 아기를 위해 만들었던 흑백 그림책의 매력은 전혀 이해하지 못했었던 모양이다. 투리의 말에 살짝 입술을 삐죽였다.

"……그런데 한 장 한 장 이렇게 떨어져 있으면 읽기 어렵지 않아?"

"이제부터 제대로 된 책으로 만들 거야. ……아, 투리도 도와줄래? 그리고 공방에 와서 가르쳐 주면 좋겠어. 난 그쪽에선 작업하면 안 되거든."

가방에서 표지로 만들 꽃 붙은 종이를 꺼내고, 테이블에 올리면서 투리에게 묻자, 투리는 조금 고개를 갸웃거렸다.

"도울 순 있는데, 내가 할 수 있을까?"

"바늘이랑 실로 엮는 작업이니까 아마 나보다 투리가 더 잘할 거야."

"그래. ……그럼 도울 테니까 나한테도 책을 줘. 나도 글자를 배우고 싶어."

조금 부끄러워하며 투리가 그렇게 말했다. 나와 루츠가 서자판이나 석판에 글을 쓰는 모습이나, 코린나가 주문할 때 메모하는 모습을 보고 투리도 글자를 외우고 싶어진 듯하다. 그 정도야 아주 쉬운 일이다. 투리를 위해서라면 내가 가정교사를 맡아도 상관없다.

"이 책은 집에 둘 생각이니까 같이 읽자. 석판도 빌려줄게. 난 바느질은 못 해도 글자는 가르칠 수 있거든. 이번 겨울에 고아들에게 글자를 가르칠 생각이니까 투리도 같이 배우면 좋지 않아? 경쟁 상대가 있는 편이 빨리 외워져."

나는 아빠의 공구 세트 속을 바스락거리며 제본에 필요한 도구를 찾아서 테이블에 나열했다. 자와 송곳과 쇠망치와 판자다.

"수정이 마지막이니까 우선은 종이 끝이 제대로 맞는지를 확인해. 확인했다면 주걱이나 자를 준비하고 종이의 접힌 부분을 딱 맞추는 거야. ……이런 식으로."

내가 자를 접힌 부분에 맞춰 움직이며 시범을 보이자 루츠와 투리도 자신의 손 앞의 종이로 똑같이 해본다.

"자국이 확실히 새겨졌으면, 상하좌우로 딱 맞는지 확인하고, 책등…… 음, 지금부터 엮을 부분이 일직선이 되도록 탁탁 두드려서 맞추고, 임시 구멍을 뚫는 거야."

판자 위에 종이를 가지런히 올린 뒤, 자로 사이즈를 재고 검댕 연필로 조그마한 점을 세 개 찍었다.

"루츠, 여기에 구멍을 뚫어줘. 송곳을 곳곳이 세워서 쇠망치로 두드리면 일직선으로 구멍이 뚫릴 거야."

내가 페이지 끝을 맞춰 잡자, 루츠가 "여기?" 하고 확인하면서 점이 찍힌 곳에 송곳을 갖다 대고 위에서부터 탁탁 두드렸다.

"투리, 바늘에 실을 꿰어서 앞면 가운데 구멍에서 뒤로 실을 넣어줘."

나였다면 바늘구멍도 못 찾고 깨작거렸을 텐데 작업에 익숙한 투리는 역시나 빨랐다. 금방 바늘과 실을 연결하고, 눈 깜짝할 새에 가운데 구멍에 실을 넣었다.

"뒷면에서 그 위의 구멍에 바늘을 넣고, 위로 나온 바늘을 아래 구멍에 넣어. 그리고 아래 구멍의 뒷면에 나온 바늘을 다시 가운데 구멍에 넣는 거야."

거기서 투리에게 실을 끊게 하고, 나는 상하로 연결된 실을 끼우듯 실을 묶었다. 실 꼬랑지를 짧게 잘라 루츠에게 쇠망치로 가볍게 매듭 부분을 두드리게 했다.

"이렇게 매듭을 눌러 놓으면 표면이 깨끗하게 완성되거든."

쇠망치로 두드린 뒤, 루츠는 서자판에 작업 순서를 기록했다. 그동안 나는 자를 책의 배 부분에 대고 끝이 가지런하도록 커터로 잘라 갔다.

"사실은 이 뒤에 책 모서리 부분에 종이를 붙여야 하는데 풀로 쓸 만한 게 없으니까, 이번엔 넘어가고 표지를 붙이자. 표지는 모두가 숲에서 따온 꽃이나 이파리를 넣어서 뜬 예쁜 종이를 쓸 거야."

누름꽃으로 들어간 작은 꽃잎과 이파리가 떨어진 표지를 반으로 접는데, 투리가 들여다보며 "와아, 귀여워." 하고 웃었다.

"그치? 이것도 반으로 잘라서 본문의 앞과 뒤에 붙여줘. 그리고 철을 할 위치에 자를 대고, 송곳을 찍어 가볍게 자국을 내면, 임시 구멍을 넣었을 때처럼 철할 위치를 정해서 구멍을 뚫어."

나는 자로 잰 후, 이번엔 표지가 더러워지지 않게 송곳으로 뚫고, 이번에 구멍을 네 개를 낸다. 내 힘으로 구멍을 낼 수 없는 점이 조금 아쉽다.

"자, 이제 내 차례네."

루츠가 쇠망치를 들고 톡톡 구멍을 뚫어갔다. 투리는 구멍을 뚫으면 실을 넣는다는 걸 알았는지 벌써 바늘에 실을 넣기 시작했다.

"두 번째 뒷구멍에서 앞면으로 바늘을 넣고, 빙글 뒤로 돌려서 다시 뒷면에서 앞면으로 실을 꿰어줘…… 그래, 그래. 그렇게 투리의 집게손가락만큼 실을 남기고, 책을 열어서 페이지 중심에 남은 실을 다시 잡아당겨. 그렇게 페이지 사이에 집어넣어서 실이 보이지 않게 하는 거야."

"이렇게?"

"못으로 좀 더 집어넣어 봐. 그래, 좋아. 남은 실 처리가 끝났으면, 세 번째 앞 구멍에서 뒷구멍으로 바늘을 넣고, 빙글 돌려서 다시 한번 앞면에서 뒷면으로 실을 꿰어줘."

그 뒤엔 네 번째 구멍도 뒷면에서 앞면으로 바늘을 넣고 뒤로 돌려 또 뒷면에서 앞으로. 이번엔 실을 책의 아래쪽에 돌려 네 번째 구멍에 바늘을 넣는다. 그리고 책 아래에서 위로 돌아오도록 실이 통하지 않은 부분을 꿰어간다.

술술 실을 꿰어가면서 "해 보니까 제법 간단하네." 하고 투리가 중얼거렸다. 구멍이 뚫린 부분에 순서대로 꿰기만 하면 되니 순서만 틀리지 않으면 엮는 방법은 어렵진 않다.

"끝까지 천으로 엮었으면 다음은 뒤표지를 돌려서 마지막으로

실 처리 작업이야. 이렇게 이쪽에서 이쪽으로 바늘을 넣어서 묶는 거야."

"아, 정말 묶였다."

내 지시대로 바늘을 넣어서 매듭이 생기자 투리가 작게 놀란 소리를 질렀다.

"이 실은 세게 잡아당겨서, 꽉 묶은 후에, 바늘을 두 번째 구멍에 넣어서 매듭을 구멍에 넣으면 돼. 이렇게 하면 쉽게 풀어지지 않으니까."

"오오, 굉장하다!"

루츠가 휘둥그레진 가운데, 투리가 실을 꽉 잡아당겨 매듭을 구멍에 넣으려고 했다. 생각만큼 잘 들어가지 않는 매듭을 바늘로 조금 눌러서 다시 한번 잡아당겼다.

"이제 실을 자르면…… 책 완성."

완성이 눈에 보이자 가슴에 뜨거운 감정이 치솟았다. 전신을 옥죄어오며 목구멍이 움찔거렸다. 시야가 일그러져서 완성에 가까운 책이 일그러져 보였다.

"마인, 네가 잘라."

그렇게 말하며 루츠가 가위를 건네주었다. 투리가 조그맣게 끄덕이고 책과 바늘 사이의 실을 쭉 당겨주었다. 나는 떨리는 손으로 가위를 손이 쥐고, 팽팽한 실에 갖다 대었다. 조금만 힘을 넣었을 뿐인데, 실이 툭 끊어졌다.

그와 동시에 눈물샘이 터졌다. 멈출 수 없는 뜨거운 눈물이 볼을 타고 줄줄 흘러내린다.

"완성이야……. 완성했어, 루츠."

점토판도, 목간도, 실패한 종이를 묶은 메모장도, 글자가 없는 흑백 그림도 아닌, 이것이야말로 책이라고 분명하게 주장할 수 있는 책이 완성됐다.

"······길었어. 정말 길었어."

스스로 책을 만들겠다고 결심한 지 약 2년. 겨우 책을 완성했다. 마치 꿈만 같다. 줄곧 함께 만들어준 루츠도 성취감에 찬 최고의 미소를 보이며 눈이 글썽거렸다.

"해냈어, 마인."

나는 팔을 벌린 루츠의 품에 푹 안겨 몇 번이고 고개를 끄덕였다. 나 혼자서는 아무것도 하지 못했다. 루츠가 함께 만들어줬기에 완성한 것이다.

"루츠와 투리 덕분이야. 고마워. 너무 기뻐. 책이 완성됐어. 계속 갖고 싶었던, 나의 책이."

따끈따끈하게 완성한 책을 더럽힐까 봐 눈물에 젖은 손으로 만지지도 못하고 가만히 바라보았다. 얇게 엮인 그림책이지만, 이것을 만들기까지의 여정을 생각하면 눈물이 멈추지 않았다. 체력과 완력, 돈도 없고, 종이, 잉크, 도구도 없었다. 빈손으로 시작된 도전이 겨우 결실을 보았다.

책이 완성된 행복감에 젖은 내게 루츠가 도전적인 웃음을 지었다.

"하지만, 겨우 한 권이야. 더 많이 만들어야지? 읽어도, 읽어도, 끝나지 않을 정도로 엄청 많은 책을 만들어야 해. 그치, 마인?"

루츠의 비취색 눈동자는 벌써 다음 목표를 응시하고 있었다. 나의 야망을 달성하기 위해서라면 계속해서 다음 도전을 이어가야만 한다. 나는 눈을 비비며 눈물을 닦으면서 씨익 웃었다.

"맞아. 도서관이 필요해질 정도로 가득 만들어야지. 약속해."

수확제, 신전을 지키다

오늘은 공방에 투리가 와서 모두에게 제본 방법을 가르치고 있다. 나도 가서 응원하고 싶었지만, "응원만 할 거면 방해돼." 하고 루츠에게 거부당하고 말았다. 작업에 방해가 된다면 포기해야지.

"프랑, 오늘은 도서실에 가도 괜찮을까요?"

"문제없습니다."

프랑과 로지나는 지금 한 달간 고아원에서 쓰인 식재료의 종류나 수량을 산출하며 겨울 준비에 필요한 양을 계산하고 있었다. 슬슬 농가에서 수확한 식재료들이 계속해서 마을에 들어오고, 모두가 겨울 준비를 시작할 계절이 다가온다. 그때까지 양이 얼마나 필요한지, 어느 정도 파악해 둬야 한다. 고아원에서는 본격적인 겨울 준비가 이번이 처음이다.

"아주 바쁘면 로지나와 도서실에 가도 상관없는데……."

"아닙니다. 로지나는 빌마에게 심부름을 보낼 예정입니다. 그리고 도서실에 몇 가지 서류를 가져가려고 하니 신경 쓰지 마십시오."

목패와 잉크 등 대량의 짐을 가방에 넣은 프랑과 함께 나는 도서실로 향했다. 아직 희미한 여름의 잔재가 느껴지는 눈부신 햇살이 차가운 공기가 맴도는 복도를 강하게 찌르며 들어왔다.

복도에서는 귀족 구역으로 이어지는 현관이 보였고, 그곳에 몇 대의 마차가 줄지어 있었다. 청색 신관이 밖으로 나가는지 짐이 수북했다.

"……마차가 제법 서 있는 듯한데, 뭔가 있나요?"

"수확제로 가는 청색 신관들의 마차입니다. 이 시기면 청색 신관은 수확제에 가기 때문입니다."

"수확제? ……들어본 적 없는 축제군요."

가을은 숲의 채집물이 넘쳐나고, 농가에서는 수확물들을 계속해서 시장에 내보내어 마을 전체가 일제히 겨울 준비에 돌입하는 계절이다. 겨울을 넘기기 위한 돼지고기 가공 작업을 이웃들과 함께 축제처럼 법석이는 건 아는데, 수확제라는 축제는 처음 들었다.

"신전 특유의 축제인가요? ……그런데 신전에서 행하는 의식 안에는 없던데요?"

프랑과 신관장이 가르쳐준 신전 의식 중에 수확제라는 축제는 분명 없었다.

"어이쿠. 평민은 모르시나?"

갑자기 들려온 낯선 목소리에 깜짝 놀라 돌아보았다. 여행 준비를 마친 귀족다운 남성이 이쪽을 바보 취급하는 눈으로 내려다보았다. 별 축제 때 마주친 청색 신관과는 다른 인물이지만, 파란 의복을 두르고 있기에 청색 신관인지, 아니면 청색 신관에게 용무가 있어서 신관에 온 귀족인지 금방 판단할 수 없었다. 나는 즉시 벽에 등을 붙이듯 자리를 옮겨 한쪽 무릎을 꿇고 양손을 가슴 앞에서 교차했다. 이것은 경의를 표하며 신분이 낮은 자가 신분이 높은 자에게 취하는 동작이다. 신전에서 파란 의복을 입은 자들은 서로 대등하므로 신전장과 신관장 외에는 할 필요가 없다고 배웠지만, 나는 평민이다. 대등하게 행동했다가 트집이 잡히는 것보다 나를 낮추는 편이 안전하다고 생각했다.

"흠, 제 위치는 제대로 분별하는 것 같군. 신관장의 말이 거짓은 아니었다는 말인가. ……그럼 일부러 손을 쓸 필요도 없었네."

바로 넙죽 무릎을 꿇는 나의 태도에 만족했는지, 조금 마음에 걸리는 말을 흘리면서 남성은 사라져갔다. 귀찮은 사태는 잘 피한 듯하다. 위치를 분별한다는 말이 남성이 청색 신관임을 말해주었다. 신관이 아닌 귀족이라면 당연히 무릎을 꿇어야 한다고 생각했을 것이다.

"마인 님, 그 자리에서는 대등하니 무릎은……."

"명분은 대등해도, 난 귀족이 아니잖아요? 저쪽이 압도적으로 신분이 높죠. 무릎만 꿇고 귀찮은 일을 피할 수 있다면 그걸로 좋지 않을까요?"

그래도 프랑은 답답하다는 듯이 눈을 감았다.

"하지만 그래서는 다른 청색 신관들이 마인 님을 얕잡아 볼 것입니다."

"얕잡아 보든 뭐든 압도적으로 입장이 약한걸요. 청색 신관의 노여움을 사서 고아원에까지 피해가 가면 안 되잖아요?"

신전장에게 처음에 저질러버린 마력의 폭주를 아는 청색 신관이라면 내게 직접적으로 해를 가하지는 않을 것이었다. 하지만, 나의 직함이 고아원 원장인 이상, 나를 깎아내리기 위해 고아원을 이용할 가능성도 있었다.

"다른 생각이 있으셨다면 그걸로 상관없습니다만, 가끔은 위엄을 보이실 필요도 있습니다."

그렇게 납득할 수 없다는 표정을 지으며 프랑이 도서실을 향해 걷기 시작했다. 내게 위엄 따위 있을 리가 없다. 프랑이 위엄 있는 주인을 원한다면, 노력은 하겠지만, 간단하게 익힐 수 있는 게 아니다.

"들어가십시오, 마인 님."

그렇게 말하며 프랑이 도서실 문을 열어 주었다. 평소처럼 발을 내딛으려던 순간, 내 표정이 순간 굳어졌다.

"……뭐야, 이거!?"

도서실 안이 엉망진창이 되어 있었다. 책장 두 개가 완전히 텅 비어있고, 바닥에 어질러진 양피지와 목패 때문에 발 디딜 틈도 없었다. 아무리 보아도 자료를 잡으려다 떨어뜨린 게 아니라, 일부러 책장 속을 헤집어 놓은 광경이었다.

속 안에서 부글부글하고 화가 끓어올랐다. 책 자체가 얼마 없고, 글자를 기록한 자료도 그렇게 많지 않은 내 주변에서 기적적으로 존재하는 도서실에 대체 무슨 짓인가. 이곳에 모은 자료가 얼마나 귀중한지도 모르는 어리석은 자에게는 정의의 훈계가 필요할 듯싶다.

"우후후후후후후. 어디의 누구일까? 이런 어리석은 짓을 한 사람이……."

몸속에 넘쳐흐르는 마력이 나를 부추긴다. 범인을 즉시 잡아서 갚아 주라고.

"마, 마인 님! 우선은 신관장님께 보고를. 그리고 지시를 청합시다. 마지막에 도서실을 쓴 자를 알아낼 수 있을지도 모릅니다."

프랑이 초조한 목소리를 내며 내 어깨를 등 뒤에서 덥석 잡았다. 폭주하려는 마력을 직접 받지 않으려고 피하는 프랑을 보니 조금은 머리가 식었다. 모처럼 조금씩 마력을 제어할 수 있게 되던 참이다. 분노에 몸을 맡겨 마력을 모조리 쏟아낼 상대는 범인이면 된다. 프랑에게 겁을 주거나, 주변에 피해를 주거나, 신관장에게 엉뚱한 화풀이를 해 버리면 큰일이다. 나는 마력을 꾹꾹 눌러 넣고 싱긋 웃었다.

"그렇군요. 신관장님께 갑시다."

면회 예약도 넣지 않았으므로 면회 신청을 하는 동안 나는 프랑의 부탁으로 대기실에서 기다리기로 했다. 가만히 앉아 있는데 복도를 이동하는 인기척이 느껴졌다. 아마 마차를 준비하던 청색 신관이리라. 그렇게 생각한 순간, 조금 전 청색 신관의 말이 뇌리를 스쳤다. 그가 분명 '일부러 손을 쓸 필요도 없었다'라지 않았나?

나는 벌떡 일어났다. 범인을 알아낸 이상, 이곳에서 느긋하게 시간을 보낼 순 없다. 상대는 여행 준비 중이었다. 도망치기 전에 잡아야 한다.

내가 문손잡이에 달려듦과 동시에 밖에서 누군가가 문을 벌컥 열었다. 갑자기 문이 내 쪽으로 덮치는 바람에 나는 문에 휘둘리듯 기세 좋게 뒤로 발라당 넘어졌다.

"꺅!?"

"마인 님!? 이곳에서 대체 무엇을……."

당황한 표정의 프랑이 내 손을 잡고 곧바로 몸을 일으켜주었다. 내가 그대로 대기실을 뛰쳐나가려는데 당황한 프랑에게 덥석 잡혀버렸다.

"왜 그러십니까, 마인 님?"

"내 도서실을 엉망으로 만든 범인을 알아냈어요. 지금 당장 쫓아가면 아직 잡을 수 있을 거예요! 놔주세요!"

"그건 신관장님께 말씀하십시오. 신관장님께서 기다리십니다."

현관문으로 뛰쳐나갈 것 같으니, 하고 말하며 프랑이 나를 확 둘러

업었다. 그리고 그대로 아무 말 없이 신관장의 방에 향했다.

신관장은 한쪽 눈썹을 실룩이며 끌려온 나와 프랑을 번갈아 보았다.

"무슨 일인가?"

"마인 님께서 범인을 알아냈다고 현관으로 뛰쳐나가려 하시기에 어쩔 수 없이……."

"좋다. 현명한 판단이었다."

신관장은 프랑의 노고를 위로하고, 나를 내리도록 지시한 후, 턱으로 비밀의 방을 가리켰다.

이제 비밀의 방이라기보다 설교의 방이라 고치는 편이 맞을지도.

앞으로 닥쳐올 시간을 생각하자 조금 우울해졌다. 나는 신관장을 따라 비밀의 방으로 들어갔다. 내가 평소대로 자료를 치우며 긴 의자에 앉자 신관장도 의자를 끌고 와서 앉았다. 신관장은 가볍게 관자놀이를 누르며 나를 응시했다.

"프랑에게 도서실이 어질러져 있다고 들었다만?"

"네. 책장 두 개가 텅 비어 있었습니다. 바닥에 자료가 전부 어질러져 있어서 지나갈 수도 없는 상태가 되어 있었습니다. 이것은 사형급 범죄입니다!"

나는 힘을 실어 호소했다. 하지만 신관장은 손을 휙휙 저으며 내 말을 거부했다.

"바보 같으니. 사형은 아니다. ……그래서 범인을 알아냈다고?"

"네. 도서실에 가는 도중에 여행 준비를 하던 청색 신관이 '일부러 손을 쓸 필요도 없었다'라고 말했습니다. 틀림없이 그 남자입니다."

"남자라 해도 오늘 수확제에 갈 채비를 한 청색 신관은 다섯이다.

그중 누구인가?"

마차가 줄지어 있었지만, 설마 오늘 출발한 청색 신관이 다섯이나 있다는 생각은 못 했다.

"모릅니다. 하지만 얼굴을 보면 알 수 있습니다."

"수확제에서 돌아오는 건 지금부터 열흘 뒤다. 그때까지 기억하고 있을 수 있는가?"

못 미더워하는 신관장의 말에 나는 크게 끄덕였다.

"책에 장난친 상대를 제가 절대 잊을 리 없습니다."

"잊어 주는 편이 이쪽에서는 고맙다만……."

한숨을 쉬며 신관장이 노려보아도, 그런 소행을 저지른 어리석은 자를 방치해둘 수 없다. 나는 얼른 화제를 바꾸기로 했다.

"그런데 수확제가 무엇인지요? 신전 의식에 그런 설명은 없었는데요……."

"그대가 참가하는 행사가 아니기 때문이다. 수확제는 영지 내의 농가에서 이루어지는 행사로, 원래……."

거기서부터 수확제의 설명이 시작되었다. 신화까지 얽힌 길고 긴 신관장의 설명을 한 마디로 표현하자면, 세리와 청색 신관이 농가의 수확물을 낚아채 가는 행사인 듯하다.

"세금과 신에게 바치는 공물로 수확물을 뺏어가다니, 농가는 싫어할 축제네요."

"매정한 소리 말아라. 그것뿐만 아니라 농가의 제사도 동시에 치른다."

헛기침하며 신관장이 나를 노려본다. 좀 더 에둘러 표현할 걸 그랬다. 여전히 귀족의 표현은 참으로 어렵다.

"농가의 의식이 가을인가요?"

"정확히는 수확이 끝나고 나서다."

그렇다. 눈이 녹고부터 수확이 끝날 때까지 농민에게 한가한 시간이란 없다. 겨울엔 눈 때문에 박혀 지내야하니 한가해지겠지만, 반대로 제사를 지낼 신관이 농가까지 갈 수가 없다. 징세와 같다고 생각하고 꺼림칙한 축제인 줄 알았건만, 어느 정도 지당한 말인 듯하다.

"특히 성결제는 의식에 참여하여 부부로서 승인과 등록을 하지 않으면, 겨울용 집에서는 부부로 인정하지 않을 뿐더러 다음 봄까지 새 집도, 밭도 받지 못한다."

"겨울용 집이 뭔가요?"

"농민이 겨울을 지내는 집이다. 마을과 농가는 생활 자체가 아주 다르지. 여름은 밭을 갈기 쉽도록 밭 중심에 각자의 집이 있지만, 겨울은 밭을 갈 수도 없으므로 농가 중심에 있는 커다란 집에서 생활하게 된다. 나도 자세히는 모르겠으나."

농가는 농가대로 마을과 전혀 다른 생활이 있는 듯하다. 조금만 들어서는 잘 모르겠지만, 신관장도 자세히 모른다면 일부러 공부할 필요는 없으리라.

"……수확제는 제가 참가할 행사가 아니죠?"

"그래. 농가에 파견할 인물을 정하는 회의에서 할당액이 줄어드니 마인은 보내지 말라며 신전장님께서 고래고래 소리치셨지."

나를 눈엣가시로 보는 신전장다운 주장에 쓴웃음이 흘러나왔다. 솔직히 나는 매일같이 바쁜 와중에 신전장에 대한 인상이 상당히 옅어졌다. 하지만 신전장은 여전한가 보다. 청색 신관들은 수입을 불릴 귀중한 기회이므로 신전장의 의견에 찬성한 모양이다.

"멀리 떨어진 농가도 있으니 긴 여행을 하려면 몸에 큰 부담이 된다. 마력이 필요한 봄의 기원식이면 몰라도 수확제까지 네가 갈 필요는 없지."

신관장의 말에 뭔가 미심쩍은 느낌이 들은 나는 저도 모르게 고개를 갸웃했다.

"……그 말은 즉, 봄에는 제가 농가에 간다는 말인가요?"

"그래. 마력의 양을 고려해도 그렇고, 나와 그대가 선출되겠지."

풍작을 기원하는 기원식을 봄에 지낸다는 건 알고 있었지만, 농가에서 지낸다는 말은 듣지 못했다.

"마차 여행이라니, 전 절대 못 할걸요!"

"이해한다. 하지만 이건 중요한 일이다. 이쪽이 그대의 조건을 전부 수용하면서까지 그대를 신전에 받아들인 건 이런 의식에서 마력이 필요하기 때문이다. 잊었는가?"

마력이 굉장히 부족한 상황이기에 마력과 돈을 내겠다는 약속으로 나를 신전의 청색 견습무녀로 받아들여 주었다. 거기다 도서실에서 책을 읽게 해 주고, 마인 공방에서도 책을 만들게 해 줬는데, 의무를 홀랑 파기할 수는 없다.

"……잊지 않았어요."

"좋아. 그대도 힘들겠지만, 그대의 보호자 겸 책임자로서 동행해야 하는 나의 근심도 고려해 주었으면 좋겠군."

'혹시 신관장은 운이 나쁜가? 아니면 고생파?'

하마터면 입 밖으로 튀어나갈 뻔한 말을 꿀꺽 삼키고 입을 꾹 닫았다. 어설피 말했다가는 오히려 긁어 부스럼만 생긴다.

"다른 청색 신관에게 맡겨서 불안할 바에 내가 움직이는 편이 그나

마 낫겠지."

"폐를 끼쳐서 죄송합니다."

나는 양손을 가슴 앞에서 교차하고 가볍게 고개를 숙였다.

"……그래서 도서실은 어쩔 생각인가?"

신관장의 말에 나는 씨익 웃으며 주먹을 불끈 쥐어 보였다.

"물론, **블러디 카니발**을 열어야죠."

"뭔가, 그건?"

"범인에게 피의 보복을 해야죠. 그쪽이 도서실을 어지럽히는 뚜렷한 선전포고를 던진 이상, 본때를 보이고 이쪽의 사기를 북돋기 위해서는 필수예요."

이름도 모르는 청색 신관이 일으킨 이 일은, 더할 나위 없는 선전포고다. 프랑도 내게 주인다운 위엄을 요구했으니 딱 좋은 기회였다.

"잠깐! 범인도 수확제에 그대가 못 나가도록 가둬두려고 도서실을 어지럽혔을 뿐 딱히 자료를 파손한 것도 아닌데 피로 보복하겠다고 말하는 그대도 너무 극단적이지 않은가!"

극단적인 사람끼리 잘 맞을 것 같은데 신관장과는 의견이 맞지 않는 듯하다.

"……수확제에 보내지 않으려고. 고작 그만한 이유로 자료를 헤집은 거군요?"

"아아. 아마도. 도서실 자료들은 들어온 순으로 진열되어 있다. 그대라면 정리에 손도 못 댈 걸 알고 괴롭힌 것이겠지. 나도 도서실 자료를 전부 파악하고 있지는 않다."

신관장의 '정리에 손도 못 댄다'는 말을 들은 순간, 머릿속에서 뭔가가 번쩍거렸다. 이건 청색 신관이 던진 도전장이며 선전포고다. 내가 도서실을 정리 못 할 것이라고 생각하다니 용서할 수 없다.

"……받아들이겠습니다."

"무슨 의미지?"

"도서실의 자료, 제가 정리하겠습니다. 단, 자료의 순서를 몰라서 제 방식으로 정리할 테니, 그 점은 묵인해주십시오."

잘 생각해 보면 이건 내게 절호의 찬스이지 않을까. 나의, 내 손에 의한, 나를 위한 도서관으로 만들 최고의 기회다.

'특별한 기회니까 이 도서실에 도서분류법을 도입하자. 도서 사항도 정리하고, 목록을 만들어서 내가 모든 책을 관리하는 거야. 내가 사용하기 쉬운 도서실로 만드는 거야.'

저렇게까지 엉망진창이면 누구도 정리하려 들지 않을 것이다. 내가 하고 싶은 대로 하면 된다. 이렇게 된 이상 범인에게 감사해주지.

"제게 친 장난질이라면 다른 사람한테 정리를 시킬 수도 없잖아요? 도서실을 가장 많이 이용한 사람도 저이고요."

"갑자기 기분이 좋아진 게 어찌 조금 미심쩍지만, 그대가 책을 소홀히 다루진 않을 터이니 좋다. 정리는 그대에게 맡기겠다."

신관장의 방에서 나오자 걱정스러운 표정을 짓는 프랑과 눈이 마주쳤다. 도서실 사건으로 내가 폭주하진 않을까 불안했던 모양이다. 그런 프랑을 보고 퍼뜩 정신이 들었다. 책을 정리하려 해도 내게는 책장이 너무 높고, 시종에게 도움을 받으려 해도 길과 델리아도 역시 책장에 닿지 않는다. 프랑 한 사람만 힘들어져 버린다.

"신관장님, 도서실 정리는 고아원에 있는 회색 신관들의 도움을 받아도 괜찮겠습니까? 그리고 도서실의 목록 같은 자료가 있나요? 어떤 자료가 있는지 참고할 수 있는 것이 있으면 큰 도움이 되겠는데요."

"흠, 그대의 시종만으로는 프랑이 힘들 터이니 상관 안 하겠다. 그리고 내가 가져온 서적 목록이라면 있다만, 그 외에는 모른다. 가지고 있다면 아마 신전장님이시겠지."

도서분류법을 고안하려면 서적 목록이 있는 편이 좋다. 기대를 가득 담아 신관장을 올려다본다.

"빌려도 되겠습니까?"

상관없다는 신관장의 승인을 들은 아르노가 얼른 목패를 꺼내어 건네주었다. 여전히 아르노는 유능한 시종이다.

"고맙습니다. 그럼 이만 물러나겠습니다."

복도에 나오자 프랑이 의아하다는 듯이 고개를 갸우뚱하며 머뭇머뭇 말을 걸었다.

"……마인 님, 왠지 기분이 좋아 보이시는군요."

"우후후, 기분 좋죠. 범인에게 감사하고 신님께 기도와 감사를 올릴 정도로."

"이유를 여쭈어도 되겠습니까?"

"도서실을 제 맘대로 정리할 수 있게 되었답니다. 이보다 즐거운 일이 없죠. 프랑은 그렇게 생각하지 않나요?"

쇠사슬에 이어진 책은 전부 읽어서 슬슬 책장에 가득 꽂힌 자료에 손을 뻗어볼까 생각했던 참이었다. 내 맘대로 정리까지 할 수 있다면 일석이조다.

'나 왠지 사서 같아지는데? 아자, 아자!'

마인 십진분류법

"프랑, 공방에 가서 회색 신관 세 명과 빌마 외의 시종을 불러와주세요."

"마인 님은 어쩌실 생각이십니까?"

"도서실에서 신관장님께 받은 목록을 쭉 훑어보고 어떻게 분류할지 생각해 보겠어요."

도서실에 들어가자 프랑이 자료들을 쌓아 올려 책상까지 가는 길을 만들어 주었다. 그곳에 나를 앉히고 신관장에게 빌린 목록 목패를 두 장 올려 두고 재빨리 도서실을 빠져나갔다.

프랑을 보낸 후, 나는 아무도 없는 도서실 안에서 신관장의 목록을 쭉 훑어보기 시작했다. 목패에는 본인만 알아보면 된다는 느낌으로 쓴 촘촘한 글씨가 빼곡하게 써내려가 있었다.

"어디 보자. 신관장님이 신전에 가져온 책이…… 엄청 많잖아!?"

그 양은 방대했다. 쇠사슬에 이어진 책 절반과 책장의 한 단 이상이 신관장의 사유물이었다.

신관장은 대체 정체가 뭐지!?

어쨌든 현기증이 날 정도로 부자인 것만은 잘 알겠다. 예전에 사정이 있어서 신전에 들어왔다고 했었는데, 상당히 상류층에 돈이 많은 집안인 듯하다. 그렇지 않으면 한 권을 사는 데에 대금화가 몇 장이나 필요할 것 같은 책을 다섯 권이나 신전에 들고 올 리가 없다.

보통은 가죽 표지에 금과 보석을 여기저기 장식한 책은 사유물이 아니라 가보로 여길 터이다. 그것을 신관장은 다섯 권이나 사유물로 신전에 가져왔고, 이렇게 쇠사슬에 묶어 공개해 주었다. 이 점만으로 신관장에 대한 호감도가 쑥쑥 올라갔다.

"이런 책을 가져와서 공개해 주다니, 신관장님 너무 좋은 사람이잖아……."

나는 목록을 보며 대략 분류번호를 단 후, 분류번호의 비율로 책장 번호를 생각할까 하다가 갑자기 벽에 부딪혔다.

"……마술 관련 자료는 어디에 분류하면 되지?"

참 곤란한 것이 일본의 십진분류법에는 마술이라는 항목이 없다. 하지만 귀족만 다루는 분야라서인지, 아니면 연구가 필요한 분야인지, 신관장의 사유물 중에 마술에 관한 자료가 가장 많았다.

나는 서자판에 일본의 십진분류법을 추려보았다.

0 총류   1 철학   2 역사   3 사회과학   4 자연과학

5 기술   6 산업   7 예술   8 언어   9 문학

마술구를 쓰니까 기술일까. 아니면 이곳에서는 수학이나 물리학과 똑같이 취급하는 편이 좋을까. 분류법을 도입하려 해도 상식이 달라 상당히 어려웠다.

"일단 자료를 보고 생각해 보자. 저 중에 있을 테니까……."

바닥에 어질러진 자료들을 바라보니 씰룩씰룩 올라가는 입꼬리를 억누를 수 없었다.

'그야, 마술이잖아? 처음 보는 진짜 마술이잖아? 어떤 내용이 쓰여 있는지 상상만으로 가슴이 펄떡펄떡 뛰지 않아?'

마술에 관한 책 외에는 평범하게 분류하면 될 것 같았다. 모두가 도착하면 우선은 자료를 쌓아서 발 디딜 틈을 만들자. 그다음은 책장

에 제1차 구분의 분류번호를 달고, 가볍게 훑은 자료를 제1차 구분에 따라 선반에 진열한다. 오늘 중으로 여기까지 끝내고 싶었다. 그리고 다음 날 서적 사항을 목록에 찬찬히 정리하고, 꼼꼼하고 세밀화한 제2차 구분의 분류번호 순으로 진열해가면 된다. 제2차 구분은 상당히 개선해야만 쓸 수 있겠지만.

"정말! 이게 대체 뭐에요!?"

낯익은 고함에 문 쪽을 보았다. 델리아가 눈을 치켜세우며 화내고 있었다. 항상 내 방이 청결하도록 청소하는 델리아는 조금이라도 어지럽히면 방방 뛰었다. 그런 델리아에게 도서실의 참상은 용서하기 힘들 터이다. 델리아의 뒤에 서 있는 다른 시종들과 회색 신관 세 사람도 도서실의 참상에 아연실색했다.

"우와, 이거 엄청나다. 누가 했는지 모르겠지만, 마인 님을 상대로 죽자고 덤비는 놈이네……."

책을 향한 나의 감정을 잘 아는 길의 말에 프랑이 조심히 위 주변을 꾹 눌렀다.

"프랑, 왜 그러죠? 배가 아픈가요?"

"……범인의 최후를 생각했더니 조금."

설마 프랑이 위가 아플 정도로 범인의 운명을 걱정할 줄 몰랐다. 나는 뺨을 괴며 "곤란하네."하고 고개를 갸웃거렸다.

"프랑이 위가 아플 정도라면 피의 보복은 중지하는 편이 좋을까요? 적에게 본때를 보여주고, 이쪽의 사기를 올리면서도 주인으로서 위엄을 보일 좋은 기회라고 생각했는데."

"잠깐, 마인 님! 그건 사기를 올리는 짓이 아니에요! 오히려 공포스러워서 무섭다고요!"

내 말에 시종을 비롯한 회색 신관들의 표정이 싹 굳어지며 일제히 주춤거렸다. 프랑만이 나의 눈앞에까지 다가와 무릎을 꿇고, 나의 양손을 잡으며 애원하기 시작했다.

"부디 멈춰주십시오. 마인 님께서는 이미 충분한 위압감을 가지고 계십니다."

"그래요? 그럼 피의 보복은 중지하고, 오늘은 이곳을 정리하겠어요."

몹시 심각한 눈빛으로 프랑이 애원하기에 피의 보복을 중지하기로 했다. 그보다 도서실 정리가 훨씬 즐거우니 문제는 없다.

"우선 절대로 자료를 밟지 않도록 주의하세요. 자료를 종이와 목패로 나누어서 이쪽 책상에 쌓아주세요. 책장 쪽으로 길을 만들면서 자료를 정리해 주시고요."

"네!"

합창하는 대답에 가볍게 끄덕이며 나는 그 다음 작업을 설명했다.

"쌓은 자료는 프랑과 제가 분류할 겁니다. 지금 말하는 책장 번호에 자료를 진열해주세요. 왼쪽 책장의 제일 위가 0, 둘째 단부터 1, 가장 아랫단은 비워두세요. 오른쪽 책장이 위에서부터 두 단이 2, 그 아래가 3입니다. 그 외의 자료는 제일 마지막에 정리하겠어요. 선단에 넣는 순서는 상관없지만, 번호는 틀리지 않게 주의해 주세요."

모두가 바닥에 어질러진 자료를 모으기 시작했다. 하지만 프랑만은 내 옆에 앉았다. 다른 사람들과 다른 업무를 배정받은 프랑은 당황한 듯 눈을 깜빡였다.

"마인 님, 분류라니 대체?"

"이거! 마인 십진분류표예요. 이걸 보고 자료가 어느 번호에 해당하는지 정해주세요. 고민되면 가르쳐 줄 테니 물어보고요."

나는 프랑에게 서자판을 건네고 분류방법을 설명했다. 그동안 바닥에서 주워 올린 종이와 목패가 책상에 차곡차곡 쌓여갔다. 프랑과 나는 눈앞의 자료를 싹 훑어보고 제1차 구분의 분류번호 순으로 나누어 갔다.

"로지나, 책장까지 길을 텄으면, 이걸 선반 1에 꽂아주세요."

"알겠습니다, 마인 님."

예상은 했지만, 신전의 자료라서인지 철학의 비율이 높다. 역사와 사회과학도 비교적 많았다. 특히나 관심이 가는 건 각 농가의 수확량과 공물의 양이 기록된 통계자료다. 하지만 옛날 자료뿐이고, 최근 자료는 눈에 띄지 않았다. 그리고 언어에 해당하는 자료가 하나도 없다. 문학도 마찬가지다.

"델리아, 두루마리에 종이가 끼였어요! 조심해요."

"내가 말고 있을 때 멋대로 들어오지 마, 정말!"

지적당해서 부끄러운지, 두루마리를 돌돌 말면서 델리아가 버럭 화를 했다. 그런 델리아의 주변에 어질러진 종이를 로지나가 키득거리며 주워 다녔다. 두루마리는 넣을 자리가 정해져 있어서 내용은 확인하더라도 분류까지 할 필요는 없었다. 두루마리를 치운 순간, 넓은 바닥이 모습을 드러내기 시작했다.

"길, 이 자료를 2에 가까이 있는 신관에게 넘겨주세요."

바닥에 어질러진 자료들은 책의 형태가 아닌 자료들뿐이고, 서류의 크기도 통일되지 않아 제각각이었다. 흐느적거리는 양피지와 씨름하는 회색 신관을 보고 서류를 정리하는 박스나 파일이 대량으로 필요하겠다고 생각했다. 북엔드마저 없다.

"……요한에게 부탁해볼까?"

"네?"

"아뇨, 아무것도 아니에요. 로지나, 이 목패를 저 회색 신관에게 넘겨주세요. 이걸로 양피지를 누르라고 말해주고요."

도서실 안이 엉망진창 어질러져 있는 것처럼 보였지만, 신전장과 신관장의 열쇠가 없으면 열지 못하는 귀중한 책이 든 책장은 굳게 닫힌 상태였고, 쇠사슬에 이어진 책에 상처가 나거나, 난폭하게 다룬 흔적도 없었다. 정말 자료만 흩트린 장난질이었다.

두 책장 치 자료를 통째로 광범위하게 어지른 탓에 많아 보였지만, 막상 두루마리를 정리하고, 자료를 모아 쌓아보니 의외로 양이 적었다. 나와 프랑이 분류해야만 하는 종이나 목패도 그렇게 많지 않았다.

"……이걸로 끝인가?"

순식간에 책상 위의 종이와 목패가 사라지자 이상하단 듯이 나는 고개를 갸웃거렸다.

"네. 예상외로 빨리 정리됐습니다. 이 분류법은 민첩하게 정리되어서 좋네요."

"지금은 제1차 구분으로 대강 나눴을 뿐이에요. 이제부터는 자료를 찾기 쉽도록 좀 더 세분화할 예정이에요. 이곳의 실정에 맞는 분류번호가 필요해서 번호를 달기 힘들지만, 보람은 있네요."

프랑이 안심한 듯이 웃으며 일어났다. 나도 일어나 주변을 휙 훑어보았다. 정말 바닥에 어질러졌던 자료가 전부 책장에 들어가 있다. 하지만 신관장의 자료를 넣을 예정이었던 책장에는 텅 빈 상태였다. 정리가 끝났는데도 신관장의 목록에 실려 있는 마술 관련 자료가 하나도 보이지 않았다.

"마인 님, 왜 그러십니까?"

프랑의 목소리에 정신을 차렸다. 시종과 회색 신관들이 나란히 서서 나의 지시를 기다리고 있었다. 일의 종료를 제대로 알리고 해산시켜야만 했다.

"여러분의 협력으로 도서실을 정리되었습니다. 감사하게 생각합니다. 정말 큰 도움이 되었습니다."

프랑이 신관장에게 도서실 열쇠를 반납하러 가겠다기에 나도 함께 신관장의 방에 가기로 했다. 마술 관련 자료에 관해서 얘기를 듣고 싶었다.

"결과 보고와 목록도 반납해야 하고, 질문할 것도 생겼어요."

"질문이라니 무엇입니까?"

"이 목록에 적힌 자료가 보이질 않았어요. 어딘가 다른 장소에 보관되어 있다면 문제가 없지만, 분실했다면 큰일이잖아요?"

프랑의 얼굴이 새파래졌다. 행여나 마술 관련 자료만 누군가가 쏙 빼갔을 경우, 도서실을 정리한 내가 가장 의심받게 된다. 귀중한 책을 보관한 선반에도, 쇠사슬로 이어진 책에도 피해는 없었으니 악랄한 짓은 하지 않았겠지만, 확인을 해두는 편이 좋다.

"하루에 몇 번이나 그대의 얼굴을 보고 싶지 않다만……."

목록을 반납하고 싶다는 이유를 대며 입실하자마자, 신관장이 매우 싫은 표정을 지었다. 나 역시 신관장의 얼굴이 보고 싶어서 온 게 아니라며 속으로 따지면서, 미소로 목록을 빌려준 데에 대한 고마움을 표했다.

"신관장님, 목록을 빌려주셔서 정말 크게 도움이 되었습니다."

"도서실 정리는 끝났는가? 예상보다 빨랐군." 신관장이 중얼거렸다. 당연하다. 귀중한 자료를 어떻게 그냥 내버려두나.

"제1차적으로 구분한 분류는 끝났습니다. 제2차 구분, 제3차 구분은 차차 해가겠습니다. 그런데 이 자료들이 보이질 않습니다. 신관장님께서 따로 보관하고 있으시다면 괜찮지만, 분실이나 도난당한 것이라면 문제가 있다고 판단하여 보고 드립니다."

"그건 내 방에 있으니 문제없다. ……그나저나 마인. 그대는 그렇게 수많은 자료 속에서 목록의 자료가 없다는 걸 어떻게 알았지?"

"분류번호를 달려고 기다리고 있었는데, 하나도 없었기 때문입니다."

우라노 시절에는 본 적 없는 진짜 마술 관련 책이다. 꼭 읽어봤으면 하고 내내 기다렸는데 하나도 없으면 누구라도 눈치챈다. 그리고 신관장은 '그렇게 수많은 자료'라고 했지만, 우라노 시절의 기억을 가진 내게는 그다지 많다는 느낌은 없었다.

"분류번호란 게 무엇인가?"

"마인 십진분류법입니다. 책을 정리할 때 쓰이는 분류 방법입니다."

나는 서자판을 꺼냈다. 거기엔 프랑에게 보이려고 써둔 분류 방법이 아직 써진 채였다.

"전 마술에 관한 지식이 전혀 없습니다. 그래서 자연 과학으로 분류할까, 기술에 분류할까 고민하다가 자료 내용을 보고 결정하자고 생각했었습니다."

"호오……. 제법 흥미롭다만, 그대가 생각해낸 건가?"

신관장의 눈이 가늘어지며 수상한 듯 나를 보았다. 타당한 의심이다. 내게 이런 훌륭한 아이디어가 나올 리가 없다.

"아뇨, 멜빌 듀이 씨의 '듀이 십진법'을 기초로 이래저래 수정한 '일본 십진분류법'을 제가 더 손을 본 '마인 십진분류법'입니다."

"멜빌 듀이? 어느 나라의 뭐 하는 사람이지? 들은 적이 없다만."

"이미 돌아가셔서 저도 직접 뵙지는 못했습니다. 그것보다 신관장님은 마술을 어느 분야에 분류하고 계십니까?"

서자판을 가리키면서 신관장에게 마술의 분류번호를 상담했다. 신관장은 의외로 진지하게 생각했다. "기초마술 부분은……."하다가 "아니지, 마술구면……."라는 중얼거림을 흘리면서 가볍게 눈을 감았다. 나는 두근두근하며 대답을 기다렸다. 그러자 퍼뜩 정신 차린 신관장이 헛기침을 하더니 고개를 저었다.

"자료에 따라 다르다고밖에 말할 수 없군. 그대가 고민할 필요는 없다."

"……왜죠? 분류번호를 달지 않으면 정리를 할 수 없는데요?"

신관장이 찬찬히 주변을 돌아봤다. 그리고 고개를 갸웃하는 내 앞에 탁하고 도청 방지 마술구를 올렸다. 나는 그것을 쥐고 신관장의 말을 기다렸다.

"마술은 귀족만이 취급하는 것이다. 귀족원을 졸업하지 않은 청색 신관의 눈에 띄게 둘 수 없다. 그러니 마술에 관한 자료를 도서실에 둘 필요가 없지."

즉, 비밀의 방에 쌓인 자료들이 마술 관련인 게 틀림없다. 이해와 동시에 나는 의아했다. 지금 신관장의 말투는 청색 신관이 마치 귀족이 아니라는 말처럼 들렸다.

"귀족만이 취급한다니…… 청색 신관은 귀족이잖아요?"

"정확히는 귀족이 아니다. 청색 신관들은 귀족의 피를 이어 마력을 가진 자다. 귀족원을 졸업하지 않으면 진정한 귀족으로서 귀족 사회에서 인정받지 못해."

"어라? 근데 청색 신관이나 무녀가 귀족 사회에 돌아가 버렸다고……."

가족에게 인도된 후에 귀족원에 다니게 되는 걸까. 고아원이나 공방에서 회색 신관들의 전 주인 얘기로는 귀족 사회에 돌아간 청색 신관 중에 성인이 된 신관과 무녀도 분명 있었다.

"정변으로 수가 급속히 줄어든 귀족을 늘릴 비책으로 일정 기간만 예외적으로 귀족원의 편입을 인정했다. 그래도 귀족원을 졸업하지 않은 자는 귀족 사회에서 귀족으로 인정하지 않는다는 전제는 그대로였다. 평민들에게는 신관이든 귀족이든 귀족원에 들어가지 않아도 친가의 권력이 있으니 큰 차이는 없어 보이겠지만…… 명확하게 다르다."

우라노 시절의 지식과 청색 신관의 행동거지를 보고, 귀족의 피만 흐르면 그냥 귀족이라고 생각했다. 귀족원 졸업이라는 조건이 있다면 신전의 청색 신관이라고 모두가 귀족이 아닌 셈이다.

"……졸업하지 않으면 귀족이 아니라니, 귀족 사회도 의외로 엄격하군요."

"그런가? 마력이라는 거대한 힘을 휘두르게 되는 입장이다. 제어 방법, 사용법, 마술구의 제작법, 아무것도 모르는 자에게 귀족의 칭호를 어찌 주겠는가. 그뿐이다. ……따라서 아무리 울며불며 애원해도 그대에게 자료를 보일 수 없다. 보일 생각도 없지. 이상이다."

마지막에 거대한 일침을 박아 버렸다. 아무래도 마술 관련 자료를 보는 게 나의 가장 큰 소원이었음을 신관장은 처음부터 눈치챘던 모양이다.

"신관장님~……."

"안 된다면 안 된다. 어서 자기 방으로 돌아가거라."

얼어붙을 것 같은 차가운 눈초리로 쏘아보자 나는 어깨를 축 떨구며 방을 뒤로했다.

'쳇, 마술 관련 자료 보고 싶었는데. 신관장님, 쩨쩨하게.'

내가 방에 돌아오자 공방 업무를 끝낸 투리와 루츠가 1층 작은 홀에서 기다려주고 있었다.

"투리, 루츠. 많이 기다렸지?"

나도 두 사람처럼 작은 홀에 놓인 의자에 앉았다. 차를 내러 주방으로 델리아를 보고, 나는 "책은 완성했어?" 하고 둘에게 시선을 돌렸다.

"고아원 녀석들, 바늘도 처음 봤대. 절반 정도 완성했어."

루츠의 말에 투리가 크게 끄덕였다.

"그래, 그래. 전부 처음 바늘을 만진다니, 내가 깜짝 놀랐어. ……그치만 바늘도 만진 적 없고, 바느질 도구도 없으니까 옷단이 터져도 스스로 고칠 수 없었을 거야. 요리만 가르칠 게 아니라 바느질도 가르쳐야 하지 않을까?"

공방에서 일할 때 아이들은 숲에 갈 때 입는 싼 헌 옷을 입고 작업한다. 그래서 흔히들 소매나 옷단이 터지곤 했다. 하지만 평민촌 아이들과 달리 바느질을 못 하기에 수선할 수가 없었다. 나는 누군가를 가르칠 정도로 바느질을 잘 못 하고, 너덜너덜해지면 걸레로 쓰면서 다른 헌 옷을 사면 된다고 생각했었다.

"투리가 가르쳐준다면 바느질 도구는 준비할게. 난 여기에서는 기본적으로 일하면 안 되고, 잘 못 하니까……."

"그러네. 마인한테 배워도 늘지 않겠지. 기초 바느질이라도 할 수 있으면 상당히 다를 테니까 바느질 도구를 준비해줘."

생활의 기본인 요리도 바느질도 못한다는 사실이 투리는 믿기지 않는가보다. 요리 교실의 선생님을 부탁할 때처럼 걱정스러운 표정을 지었다.

"투리와 엘라가 가르쳐준 덕분에 고아원 아이들도 이젠 수프를 만들게 됐는걸. 이번엔 투리 선생님의 바느질 교실이네."

"모르는 것보다 아는 편이 좋잖아."

선생님이라며 놀리자 투리가 입을 뾰족이 내민 후 시선을 떨구었다.

"……그치만 여기 아이들은 조금이라도 글자를 읽을 수 있지? 제본할 때 띄엄띄엄 읽기는 하던걸. 고아원에서 지내는 어린아이가 글자를 읽다니, 좀 충격이었어."

"그 아이들은 카루타로 놀고 있거든. 투리도 다음에 같이 놀면 돼."

카루타는 글자 익히기에 매우 큰 공헌을 하는 듯하다. 어린이용 성경은 카루타의 단어를 전부 넣어서 만든 것이라 고아원 아이들에게 친숙하다. 하지만 신전 관계자가 아닌 사람들에겐 생소한 책이다. 우선은 벤노 씨에게 보여서 반응을 보고 싶었다.

"루츠, 벤노 씨한테 건넬 증정본은 준비됐어?"

"응, 신세 진 분들에게 줄 양은 완성돼서 가져왔지."

루츠가 득의양양한 얼굴로 반듯하게 사침안정법으로 엮은 책 네 권을 꺼냈다.

"와아, 고마워! 내일 벤노 씨한테 같이 전해 주러 가자."

"좋아."

벤노는 기본적으로 느닷없이 찾아가도 만날 수 있다. 없으면 마르크에게 건네면 된다. 하지만, 신관장에게 건네려면 면담 의뢰의 편지부터 시작해야만 한다.

"……또 면담 의뢰 편지야. 귀족은 참 귀찮아."

"마인 님, 로지나에게 대필을 시킬까요?"

질문형이긴 하나, 프랑의 표정이나 한 마디 한 마디의 말투에서 '로지나가 실제로 할 수 있는지 없는지 시험해 보고 싶다'라는 공기가 묻어나왔다. 편지 대필은 시종의 업무다. 기왕이면 신관장 앞에 보낼 편지로 연습하는 편이 좋으리라. 신관장은 실수가 있으면 반드시 수정하여 보내줄 것이다.

"그렇군요. 로지나에게 맡겨 봐요."

로지나는 움찔거렸지만, 우아하게 웃으며 납득했다. 저런 점을 보고 배워야 한다. 그런 생각을 하는데 새로운 임무를 받은 로지나를 매우 부럽게 바라보는 델리아를 발견했다. 길은 공방을 담당하여 새로운 상품을 만들면 그것만으로 새로운 업무가 늘고, 프랑은 나의 활동 범위에 따라 증감한다. 로지나는 서류 업무를 좋아하진 않지만, 못하지는 않으므로 필연적으로 프랑의 업무를 넘겨받았다. 이 방에서 거의 움직이지 않는 델리아만이 제자리걸음인 상황처럼 보여도 이상하지 않았다.

'글자나 숫자도 외우려고 노력하고는 있는데.'

고아원 아이들과 경쟁하는 길 쪽이 습득이 빨랐다. 아무리 노력하는 것 같아도 성장이 느껴지지 않아 조금 초조한 델리아의 기분은 이해되었다. 나도 성장하지 않아서 동갑인 루츠와 거리가 벌어지는 기분이 종종 들었기 때문이다.

'칭찬이 부족한가?'

길은 결과를 보고하며 대놓고 '칭찬해줘'라고 간절히 표현하므로 칭찬하기가 쉬웠다. 하지만 당연한 얼굴로 매일 업무를 착착 해나가는 델리아에게는 어디를 어떻게 칭찬해야 할지 애매했다. 매일 진지하게 업무에 임하는 건 가장 중요하고 대단한 점이지만, 새삼 칭찬하자니 그럴 기회가 적었다.

"델리아, 이 책은 신관장님께 전달할 양이니까, 집무책상의 서랍에 넣어드리고 오세요."

"네. 알겠습니다."

건네받는 델리아의 손 위에 나는 또 한 권의 책을 올렸다.

"이건 작은 홀에 놓아 줄래요? 제일 먼저 델리아가 읽고 감상을 말해줬으면 좋겠어요."

"……제가 제일 먼저요?"

눈을 깜빡이는 델리아에게 나는 천천히 끄덕였다.

"네. 공방의 업무를 해 주는 사람은 길이지만, 델리아가 없으면 이 방은 유지되지 못하는걸요. 그러니 누구보다 먼저 완성품을 봐줬으면 해요."

"그, 그렇죠. 다 제 덕분이죠!"

델리아가 턱을 척 올리며 가슴에 책을 안고 재빨리 계단을 올라갔다. 그 모습을 보는 모두의 눈이 부드럽게 웃음 띠고 있었다.

벤노에게 보내는 증정본과 시침질

오늘은 길베르타 상회에 가야 해서 수습복 차림이다. 수습복도 그렇지만 내가 가진 깨끗한 옷은 얇은 긴소매라 지금 계절에 입기엔 조금 추웠다. 최근엔 작년 겨울에 벤노가 준 모자 달린 판초를 애용하고 있지만, 언제까지 이 차림일 순 없었다.

"슬슬 겨울옷도 사야겠네."

"북쪽에 갈 때 입을 겨울옷?"

투리의 말에 나는 끄덕였다. 요 최근엔 집에 있는 날은 대부분이 앓아누울 때라 솔직히 평상복이 크게 필요하지 않았다. 그 대신 신전이나 길베르타 상회로 외출하는 날이 늘어났기에 북쪽에 맞춘 동복이 필요했다.

"옷가게에 갈 때 꼭 불러줘. 이번엔 반드시 이길 테니까."

예전에 옷을 고를 때 무승부로 끝난 투리와 루츠의 경쟁을 떠올렸다. 그 뒤부터 투리는 열심히 옷을 보게 되었고, 쉬는 날에는 옷을 공부하러 마을을 어슬렁거리게 되었다.

"있지, 투리. 오늘 벤노 씨한테 증정본을 주러 가는 김에 옷을 사러 갈까 했는데⋯⋯."

"뭐? 오늘, 난 출근인데?"

어제가 휴무라 마인 공방에 제본을 도와주러 왔었던 투리는 수습날이 격일제라 오늘 쇼핑을 갈 수가 없다. 원망하는 눈초리로 노려보는 투리에게 살짝 웃으면서 나는 평소 들고 다니는 토트백에 완성된 그림책을 넣었다.

"오늘은 안 갈 테니까 그런 표정 짓지 마, 투리. 시종들이 입을 동복도 사야 하니까, 나랑 투리의 휴일이 겹치는 날 가자. 고아원에서 바느질 교실을 열려면 투리도 북쪽용 옷 한 벌 정도는 가지고 있는 편이 좋잖아?"

"뭐? 내 옷!?"

요리 교실의 선생님, 아이들을 데리고 숲에 가거나 앞으로 열 바느질 교실의 선생님 등, 고아원을 위해 상당한 투리의 협력을 얻고 있지만, 급료를 제대로 지급한 적이 없다. 루츠는 길베르타 상회의 파견 형식이라 급료에 조금 보태는 식으로 지불하거나, 신상품은 나와 나눠 가지는 돈도 있으므로 투리에게도 슬슬 뭔가 선물하고 싶었던 참이었다.

"선생님이 되어 주는 급료라고 생각해줘."

"……대단한 걸 가르치는 것도 아닌데 너무 비싸, 그건."

입술을 내밀며 뾰로통한 표정이지만, 장밋빛으로 물든 볼을 보니 기쁘긴 한 모양이다. 기뻐해 주니 다행이다. 더욱 분발하자.

"가자, 마인."

루츠가 데리러 왔기에 나는 가방을 들고 밖을 나왔다. 조금 차가워진 바람이 피부를 타고 느껴졌다.

"안녕, 루츠. ……아, 루츠도 그거 입기로 했구나?"

루츠는 나와 색깔이 다른 판초를 입고 있었다. 1년 사이에 꽤 키가 자란 탓에 갑갑해서 싫다던 루츠도 결국 추위를 당해내지 못한 듯하다.

"다음에 투리랑 휴무가 겹치면 북쪽용 동복을 사러 가자고 조금 전에 얘기했었어."

"동복, 필요하겠네. 아무래도."

루츠는 작아진 판초를 내려다보며 가볍게 한숨을 내쉬었다.

덧붙여 말하면 나도 조금은 키가 자랐다. '테루테루보즈'^(날이 개기를 기원하며 매다는 인형으로 흩날리는 긴 치마 같은 천이 인상적이다)처럼 헐렁헐렁했던 판초가 조금 할랑할랑한 정도가 되었으니 말이다. 이건 성실하게 마력을 봉납하여 신식으로 쓰러지는 날이 줄어서이다. 여전히 허약하지만, 조금이라도 쓰러지는 횟수가 줄면 평범하게 식사할 수 있는 횟수도 늘어난다. 게다가 신전에서 먹는 밥은 귀족들이 먹을 법한 진수성찬이다. 쓰러지는 횟수가 조금 줄고, 배불리 영양을 섭취할 음식을 먹을 수 있게 된 결과, 나는 아주 조금 키가 커졌다.

성장을 관장하는 불의 신, 라이덴샤프트, 고마워!

"신에게 기도를!"

"갑자기 뭐야!?"

"아, 미안. 그냥."

아무래도 신전의 습관에 익숙해져 버린 듯하다. 주의하지 않으면 마을 한복판에서 자연스럽게 구리코를 취하게 되어 버린다. 행인들의 주목에 부끄러움의 땀을 닦으며 나는 루츠와 함께 길베르타 상회에 도착했다.

"마르크 씨, 벤노 씨에게 보이고 싶은 물건이 있는데, 계세요?"

"네, 주인님께서는 안방에 계십니다. 조금 기다려주십시오."

마르크의 안내에 나와 루츠는 안방에 들어갔다. 안방에서는 벤노가 집무용 책상에 앉아 뭔가 집중하며 글을 쓰고 있었다.

"안녕하세요, 벤노 씨."

벤노가 손의 움직임을 멈추길 기다리며 인사하자, 벤노가 펜을 놓고 인사를 받아주었다. 등을 쭉 펴며 몸을 풀더니 루츠에게 시선을 돌렸다.

"알겠습니다, 주인님."

벤노가 보내는 시선의 의미를 알았는지 루츠는 내게 앉도록 권유하고는 벤노의 집으로 이어진 구석 문으로 사라졌다.

"벤노 씨, 루츠는 왜요?"

"아, 가정부에게 차 준비를 부탁하러 갔다."

벤노도 테이블 쪽으로 이동해 왔다. 당연한 듯 말하지만, 사실 루츠가 구석 문에서 위층으로 올라가는 모습은 처음 보았다.

"멋대로 들어가도 되는 거예요?"

"루츠는 다프라잖냐. 아직 어려서 지금은 점심 시중 정도가 전부고, 집에서 출근하지만, 성인이 된 후에는 마르크처럼 이곳에서 살며 생활 전반을 도맡아 주게 되지."

"아하, 그렇군요……."

상인 수습생이 되지 못한 나는 다루아와 다프라의 차이도 정확히 인식하지 못하고 있었다. 계약 사원과 간부 후보생 정도라고만 생각했었다.

"넌 정말 지식이 한쪽으로 치우쳐있어."

어이없다는 듯이 벤노가 한숨을 쉬자 동시에 루츠가 돌아왔다. 루츠는 벤노의 뒤에 설지, 내 옆에 설지를 고민하는 모습을 보였다.

"루츠, 같이 만들었으니까 이번엔 여기에 앉아."

내가 옆의 의자를 탁탁 두드리며 루츠를 부르자 벤노도 가볍게 끄덕였다. 루츠는 내 옆에 앉아 조그맣게 웃었다.

"그래서 보여주고 싶은 물건이란 게 뭐냐?"

"짜잔! 이거예요! 어린이용 성경 그림책."

"……완성했구나."

믿을 수 없다는 듯 중얼거리며 벤노는 내가 내민 그림책을 손에 들었다. 앞뒤를 번갈아 보고, 엮여 있는 끈을 바라보며 눈을 가느다랗게 떴다.

"오직 실로만 엮었나? 접착제는 없이?"

"아직 아교를 만들지 못했거든요. 녹말 접착제도 생각했는데, 원가가 더 올라가고, 밀가루가 아깝다고 고아원 아이들이 반대해서 포기했어요."

접착제로 만들 거면 차라리 먹고 싶다는 불만을 들어버렸다. 그들이 굶고 살던 모습을 기억하는 나는 도무지 밀가루로 접착제를 만들 수가 없었다. 벤노는 "흠."하고 말하며 표지에 붙은 꽃을 어루만졌다.

"그나저나 가죽이 아닌 표지라니 희귀하군. 전에 내게 줬던 것처럼 꽃을 끼운 종이지?"

"네. 일단은 표지니까 좀 공들여봤어요. 색을 입히면 더 귀여워질 거예요. 나무 열매에서 염료를 채취하는 생각도 해봤는데요, 고아들한테는 뭐든지 식욕이 우선적이거든요."

애초에 배불리 먹고 싶다는 소망에서 일하기 시작한 아이들이다. 당연히 그들에게는 책보다 식료 쪽이 중요한 셈이다. 이번에는 완성을 우선시했지만, 시간이 있을 때 먹지 못하는 나무 열매나 풀, 돌, 나무껍질에서 염료를 채취할 방법을 고안해야 한다.

"흰색과 검은색만으로 이런 완성도가 나왔다고?"

그렇게 말하면서 벤노는 표지와 페이지를 넘겨갔다. 페이지를 펼치면 가장 인상적인 부분이 바로 빌마의 그림이다. 벤노는 눈을 크게 뜨며 그림을 뚫어지게 쳐다봤다.

"대단한 그림이군. 뭐냐, 이건?"

"우후후, 두꺼운 종이를 커터로 자르고 잉크를 삭 발라서 만들어요. 스텐실이라고 하죠. 새로운 기법인데도 빌마가 노력해줬어요. 굉장하죠?"

내가 시종을 자랑하며 가슴을 펴자 어째서인지 벤노가 머리를 싸맸다.

"새로운 기법…… 너는 또 상담도 없이 제멋대로…… 계속해서."

"진정하세요, 벤노 씨. 그렇게 고민하지 말아주세요. 식물지로 만든 책 자체가 새로운 물건이니까 뭘 이제 와서 놀라시나요?"

양피지로 만든 책은 존재해도 식물지로 만든 책은 첫 도전이다. 거기에 새로운 기법으로 그린 그림이 더해졌다는 데에 불만을 말해도 곤란할 뿐이다.

"이제 와서라니, 넌 정말……."

"그야 새로 발명한 식물지에 새로운 제조법으로 만든 잉크로 새로운 기법으로 그림을 그려서 인쇄라는 새로운 기술로 찍어낸 책을 오직 실로만 엮은 첫 어린이용 성경 그림책이잖아요. 솔직히 말하면 애초부터 기존 방식이 존재하지 않는다고요."

벤노가 미심쩍은 물건을 바라보는 눈으로 그림책을 쳐다보며 머리를 박박 긁었다.

"머리가 아프네. ……그래서 가격은?"

"초기투자의 회수를 고려하면 소금화 1닢과 대은화 5닢 정도겠네요. 계속 그림책을 제작해가면 초기투자 치는 분산되니까 최종적으로는 대은화 8닢 정도로 자리 잡을까요?"

검댕도 이번에는 직접 끌어모았지만, 실제로 검댕을 만들어서 잉크를 제조하게 되면 원재료비가 올라간다. 초기투자에 쓴 비용과 원재료비, 인건비, 수수료를 계산하면 그 정도 가격이 되어야 마땅하다. 실제로는 종이도 우리끼리 만들어 루츠를 통해 그대로 고아원에서 전부 사들이고 있다. 벤노에게 수수료를 떼이지 않은 만큼 싸게 친 가격인 셈이다.

"호오……."

"포린지는 유통이 활발해지면 가격도 내려가잖아요? 그럼 좀 더 책 가격도 내릴 수 있으려나? 그런데 잉크가 없네요. 아마씨유가 싸지지 않으면 어쩔 방법이 없어요. 좀 비싸긴 하죠?"

어찌할 도리가 없다며 내가 말하자 벤노는 부드럽게 고개를 저었다.

"귀족이 사는 책은 기본 대금화 4~5닢은 하니까, 그것에 비하면 싸지. 초저가라고 봐도 무난해. 내용도 쉬우니까 어린아이의 글자공부에도 맞아떨어져."

"호화판으로 만들고 싶으면 표지를 가죽으로 만들면 돼요. 뭐, 전 표지에 공들이는 것보다 페이지가 많았으면 좋겠지만요."

책을 사는 행위는 귀족 못지않은 생활을 하지 않으면 무리다. 하지만 싼 가격에 살 수 있다면, 지위상 원하는 사람이 분명 있을 터이다. 표지를 조금 더 화려하게 꾸미면 허세를 부리는 부자가 틀림없이 달려들 것이다.

"그렇군. 확실히 부자들이라면 손을 대겠지. ……다른 책을 만들 예정은 없나?"

"당분간은 이런 느낌의 그림책을 만들 생각이에요. 글자를 오려내는 일이 엄청 힘들어서 문장은 짧게 해 두고 싶거든요. 그리고 제 직속 화가는 그림의 범위가 한정적이에요. 신전이라는 온실 속에서만 자란 아가씨거든요. 일반적인 그림을 전혀 그리질 못해요."

최근엔 수프를 만들게 되어 조금은 나아졌지만, 모양도 모르는 식재료가 많고, 고아원의 생활에도 부족한 도구가 많다. 공구나 바느질 도구, 숲에 갈 때 쓰는 나이프나 바구니마저 없었던 걸 보면 분명하다.

"……그것참 심하군."

"생활 환경이 다르니 방법이 없어요. 빌마에게는 빌마에게 맞는 그림을 그리도록 하는 게 제일이에요. 그러니까 그런 소재로 이야기를 생각하면 돼요. 신화는 매우 많으니까요."

"하지만 신화 그림책뿐이라면……."

"좀 재미없지 않아?"

루츠의 말에 나는 쓴웃음을 지었다. 고아들에게는 친숙하고 가장 반응이 좋은 이야기지만, 마을에서는 전혀 인기가 없는 모양이다.

"빌마의 그림과 관계없이 글자만 빽빽하게 들어간 책이라면, 효율성과 양산을 염두에 두고 먼저 만들고 싶은 물건이 있어요."

"뭐지?"

"하나는 등사기의 등사원지예요. 반대편이 비칠 정도로 얇고 균일하게 뜬 식물지에 밀랍이나 송진을 섞은 기름을 아주 얇게 펴 바른 종이죠. 그런데 솔직히 이 모든 과정은 숙련도가 높은 뛰어난 장인이 아니면 할 수 없거든요. 기계도 없고……. 최소한 밀랍 공방의 협력을 얻지 않으면 무리예요."

솔직히 간단히 성공하리란 기대는 없다. 분명 실패한 식물지가 넘쳐나고, 밀랍의 배합을 고민하며 시행착오를 반복하고, 얇게 펴 바르는 작업조차 생각대로 되지 않아 기진맥진해지겠지. 하지만, 완성하면 글자를 쓰는 요령으로 문장을 팔 수 있어서 매우 편해질 것이다.

"밀랍이라. ……지금은 공방이 바쁜 계절이라 힘들지 않나?"

"그렇죠? 또 하나는 활판 인쇄예요. 지금은 원지 만들기와 활판 인쇄에 쓸 활자 만들기 중에 어느 쪽부터 시작하면 좋을지 고민 중이에요."

"어떤 점이 문제냐?"

벤노가 고개를 갸웃거렸다. 루츠도 똑같이 고개를 갸웃거린다.

"대장간의 요한을 확보하면 활자 만들기는 그리 어렵지 않아요. 하지만 활판 인쇄는 압착기를 써야 할 정도로 힘이 필요한 일이죠. 고아들에게는 좀 힘들어요."

신문을 프레스(press)라고 부르게 된 것도 압력을 가해 인쇄한다는 점에서 유래했다. 아마 이곳에서 활판 인쇄는 상당한 중노동이 될 것이다.

"등사 인쇄는 원지 만들기가 좀 어렵지만, 원지만 만들면 인쇄 자체는 어린아이라도 가능해요."

"음, 어렵군."

벤노도 루츠도 똑같이 팔짱을 끼고 고민에 잠겼다.

"뭐, 어느 쪽이든 돈을 모으지 않으면 시작도 못하지만요. 이번에 꽤 지출이 컸거든요. 이 그림책은 고아원에서 교과서로 쓸 예정이라 이익도 없고……."

"뭐!? 안 판다고!? 마인, 넌 대체 무슨 생각이냐!?"

고아원의 겨울 수작업이 많이 팔리면 만회할 수 있을까, 하고 생각했던 내게 벤노의 호통이 떨어졌다. 어깨를 움찔거리며 나는 몇 차례 눈을 깜빡였다.

"벤노 씨야말로 무슨 말이세요? 팔아버리면 교과서가 없어지잖아요."

"팔지도 않을 물건을 만들어서 어쩌잔 거냐!? 팔릴 것 같으니까 팔아!"

"싫어요! 교과서로 쓸 거예요! 그리고 문맹률을 퇴치하는 훌륭한 초기투자잖아요! 미래의 구매층을 개척하는 과정이라고요."

이번 겨울은 고아원에서 신전 교실을 열 수 있을지 어떨지 실험하기로 했다. 교과서는 절대 팔지 않으리라. 오히려 석판과 계산기를 여러 개 사고 싶을 정도다. 내가 그렇게 말하며 열심히 설득했지만, 벤노는 녹초가 된 표정으로 고개를 저었다.

"네 생각은 도통 이해할 수가 없어."

"애초에 이 그림책이 마을에서 얼마나 받아들여질지 모르잖아요? 신화를 이제껏 전해 듣기만 하고, 생활에 깊이 침투하지 못한 게 원인이라고 봐요. 그러니까 차라리 대중에게 인기 있는 새로운 그림책을 만들어서 팔래요. 그쪽이 좋아요."

교과서를 뺏길 바에야 차라리 팔릴 것 같은 신작을 만드는 쪽이 낫다.

"새로운 그림책이라고?"

"벌써 다음 이야기를 생각해뒀어?"

벤노도 루츠도 굉장히 놀란 표정을 지었다. 그렇게 고민하지 않아도 이야기 소재는 얼마든지 있다. 다만, 빌마가 그릴 수 있는 그림에 맞추면 그 수가 줄 뿐이다.

"공주님 이야기라면 귀족 아가씨를 모시던 빌마라도 그릴 수 있을 거예요. 줄거리를 적어서 신관장님께 보인 후에 그림책으로 만들려고요."

신데렐라를 기초로 한 그림책이라면 가능할 것 같았다. 크리스티네 님을 모델로 공주님을 그리게 하면 그럴듯하겠지. 왕자님은…… 어떨지 모르겠지만, 모든 시종이 별 축제 때 자신의 주인과 함께 귀족 마을에 갔을 테니까 아마도 괜찮으리라.

"뭐, 판매야 어떻든 일단은 만들어봐야 알겠지. 그래서 난 이 그림책에 얼마를 내면 되지?"

"이건 신세 진 분들께 드리는 증정본이라서 돈은 필요 없는데요……."

내가 말끝을 흐리며 벤노를 쳐다보았다. 벤노가 가볍게 입꼬리를 올렸다.

"이번엔 뭘 부탁하려고?"

"이번에 투리가 쉬는 날에 동복을 사고 싶으니까 헌 옷 상점에 데려가 주세요."

"아아, 알겠다. 나나 마르크가 움직일 수 있게 해두지. 다른 건?"

벤노의 재촉에 나는 서자판을 꺼내어 열었다.

"고아원의 돼지고기 가공을 상담하고 싶은데요, 소금이랑 향신료도 필요하죠? 무엇을 얼마나 준비하면 되나요? 전 돼지고기를 가공할 때마다 아파서 잘 모르고, 고아원에서는 처음 해 보는 작업이라 도구류도 포함해서 전부 갖춰야 할 것 같아요."

"……돈이 많이 들 텐데. 괜찮나?"

벤노가 나를 힐끗 쳐다보았다. 나는 벤노의 적갈색 눈을 바라보며 크게 끄덕였다.

"토론베지의 이익이 전부 날아갈 정도의 각오는 했어요."

공방은 고아들의 자립적인 생활을 위해 세운 곳이다. 그들이 움직인 인건비에 해당하는 비용과 공방의 이익으로 비축해둔 돈은 고아원을 위해 써도 문제없었다.

"알겠다. 갖춰주지. 대신 남자는 이쪽 일손이 부족하니까 좀 부려먹으마."

"알겠어요. 그리고 제 의식용 의상은 어떻게 됐나요?"

"아아, 그러고 보니 코린나도 시침질하고 싶다고 했었지."

내가 걱정사항 한 가지를 또 말하자, 벤노는 금방 일어나 집무책상으로 향했다. 그리고 종을 울려 가정부 여성을 불러 코린나의 예정을 물었다.

"시간이 있으면 오늘 코린나한테 다녀와라."

가정부 여성은 "준비가 되면 불러드리겠습니다."하고 말하며 다시 위층으로 돌아갔다.

"벤노 씨, 일이 있으시면 하셔도 돼요. 제 얘기는 끝났거든요."

겨울 준비의 계절이 다가와 물류가 쌓이는 지금이 큰 상점의 주인인 벤노에게 바쁜 시기다. 얘기가 끝난 벤노를 언제까지고 잡아두기엔 미안했다. 기다리는 동안 나는 루츠에게 신데렐라 이야기를 하며 그림책 문장을 써내려갔다.

조금 지나자 어딘가에서 종소리가 울려왔다. 고개를 든 벤노가 "루츠, 마인을 코린나한테 데리고 가."라는 말만 남기고 다시 얼굴을 책상에 파묻었다.

　루츠의 안내를 받으며 나는 안방의 계단을 올라 코린나의 집으로
향했다.
　"코린나 님, 루츠입니다. 마인을 데리고 왔습니다."
　"어서 와, 마인. 루츠, 이제 돌아가도 좋아."
　지금까지 봤을 때와 달리 코린나는 배를 죄지 않는 낙낙한 옷을 입
고 있었다. 그래서인가, 조금 배가 부풀어있는 듯이 보였다. 순조로워
보여서 다행이다.
　"자수가 멋있게 들어갔지?"
　코린나가 펼친 파란 옷감에는 재단하려고 어림짐작으로 그은 선에
맞춰 완만한 물결과 상하로 사계절 꽃이 자수로 그려져 있었다.
　"예쁘다……."
　"저, 이쪽이 시침질한 의상이야. 입어봐 주렴. 기장에 문제가 없는
지 확인하고 싶어."
　실제 입을 옷과 다른 천으로 시침질한 의상을 입었다. 정확하게 재
고 만든 만큼, 거의 딱 맞았다. 이 치수로 제작하면 금방 못 입게 될
것 같았다.
　'이것 봐, 나 키 컸잖아. 우후후후.'
　"코린나 씨, 옷감을 좀 길게 잡아주면 좋겠어요. 안으로 접어서 꿰
매거나, 주름을 잡거나 해서 키가 커도 입을 수 있게 미리 여유분을
잡고 만들어 주셨으면 해요."
　내가 허리 주변의 옷감을 잡고 접어 보이자 코린나는 고개를 갸웃
거렸다.

"세례식 때 입은 옷처럼? 하지만 의식용 의상에는 주름이 많이 필요 없는데?"

"그건 투리 옷을 제가 입을 수 있게 몸에 맞춰서 입은 것뿐이었는데 마찬가지예요. 천을 잘라버리면 나중에 이어붙여서 키울 수는 없잖아요? 딱히 주름을 만들지 않아도 띠를 묶을 허리춤이나 어깨랑 소매 부분을 이렇게 접어서 꿰매주면 되는데……."

내가 소매와 어깨춤을 잡으며 그렇게 말하자, 코린나는 의아한 듯이 눈을 깜빡였다.

"못 입게 되면 또 만들면 되잖니? 유행도 있고, 옷을 몸에 맞춰서 만들지 않으면 예쁘지 않아."

기모노라면 어린이용을 만들 때 자라도 입을 수 있도록 허리춤이나 어깨에 여분 천을 넣는다. 하지만 이곳은 못 입게 된 옷을 팔아 다음 옷을 사는 스타일이다. 한 가지 옷을 오래 입는 것에 중점을 두지 않는다. 하지만 이 방법으로는 내가 곤란하다.

"그건 귀족들 얘기잖아요? 키가 자랄 때마다 몇 번이고 제작할 순 없어요. 이렇게 비싼 옷을."

이번에도 때마침 벤노한테 선물 받은 천이 있어서 염색과 제작비용으로만 들어서 다행이지만, 천부터 만들게 되면 실부터 시작해서 짜는 비용까지 들어서 몇 배나 부풀어 오른다. 이런 고급 천을 쓰는 의식용 옷을 몇 벌이나 제작할 돈은 없다.

"……하긴 그러네. 이런 고급 천으로 제작하는 건 전부 귀족의 의상이라서 감각이 조금 마비됐나 봐. 마인은 귀족이 아니었지, 참."

"디자인이 단순한 의식용 의상에 그렇게 유행이 있을 것 같진 않고, 오래 입을 수 있는 옷을 중시하며 만들어 주세요."

코린나는 납득한 듯이 여러 차례 고개를 끄덕였다.

"그럼 마인이 아는 바느질 방법을 가르쳐 주겠니? 어떤 식으로 접어 넣으면 외견상 예쁠지 알아?"

그 뒤, 폭을 얼마나 잡아서 올릴지, 어떤 식으로 바느질할지를 의논하고, 시침질을 끝냈다.

아! 시침질이 끝났다고 말하면 투리가 울려나?

신관장에게 보내는 증정본과 신데렐라

나는 신전의 방에 도착하면 파란 의복으로 갈아입는데 반드시 시종을 시켜 옷을 갈아입어야 했다. 혼자 멋대로 갈아입으면 델리아에게 "정말!" 하고 꾸중을 들었다. 팔을 구부리거나 펼치는 것도 시종의 동작에 맞춰야만 한다. 처음엔 호흡이 잘 맞지 않았다. 혼자 갈아입는 편이 훨씬 빠르다며 투덜대고 싶을 정도였다. 하지만 최근엔 자연스럽게 시종의 손놀림에 몸을 맡기게 되었다. 조금은 귀족 아가씨처럼 되었나, 생각하며 가볍게 고개를 숙여 머리를 정리해 주길 기다렸다. 그때 델리아가 나직이 중얼거렸다.

"생각보다 멋졌어요."

갑자기 무슨 말인지 몰라 "응? 뭐?"하고 되물었다. 델리아는 옅은 하늘색 눈동자를 강하게 빛내며 나를 찌릿 노려보았다.

"정말! 제일 먼저 읽게 해 주신 그림책 말예요! 감상을 듣고 싶다고 마인 님께서 말씀하셨잖아요!"

"아, 그림책 말이구나. 무슨 말인지 순간 잘 몰랐어. 델리아의 감상을 들려줘서 기뻐. 마지막까지 다 읽었지? 충분히 글자를 읽을 수 있게 되었구나?

혼자서 공부하는 델리아는 길보다 진도가 늦었을 터였다. 솔직히 이렇게 빨리 읽을 줄은 예상하지 못했다.

"……길이 조금 가르쳐줬어요. 카루타도 보여줬고."

길을 라이벌로 생각하는 델리아가 책을 읽고 싶어서 길에게 가르쳐 달라며 부탁하는 모습을 상상하니 매우 흐뭇해졌다. 내가 히죽거리고 있자, 로지나가 조금 엄격한 표정으로 나와 델리아의 대화에 끼어들었다.

"마인 님, 이야기는 그쯤 하시고 페슈필 연습에 들어가시지요. 시간이 없습니다."

"로지나, 왜 그래요? 표정이 좀 굳었네요?"

"신관장님께서 면담 때 두 번째 과제 곡을 연주하라는 답장을 보내오셨습니다."

로지나의 말에 나는 납득했다. 신관장의 앞에서 선보여야 하니 로지나가 긴장하는 것도 무리는 아니다.

"그럼 열심히 연습해야겠군요. 신관장님께서 언제로 지정하셨나요?"

"점심시간 뒤입니다."

날짜는 홀라당 건너뛴 대답에 불안한 예감에 휩싸이며, 나는 천천히 고개를 갸웃했다.

"……저기, 로지나. 언제, 점심시간 뒤요?"

"오늘, 점심시간 뒤입니다."

편지를 받아온 프랑의 말에 의하면 신관장도 근처 농가에서 열리는 수확제에 참여해야 한단다. 당분간 시간을 낼 수 없으니 출발 전에 면담을 끝내고 싶어 하신다고 했다. 빨리 처리해줘서 감사하지만, 페슈필 연주까지 몰아버리면 마음의 준비를 할 수가 없다.

"당황하는 모습은 우아하지 않습니다, 마인 님. 절대 신관장님께 마음의 동요를 들키지 않도록 주의해 주십시오."

세 점 종까지 무서운 기세로 필사적으로 연습했다. 그 뒤 신관장의 업무를 아무렇지 않은 표정으로 완수하며 '갑작스러운 요구에도 당황하지 않아요'라는 무언의 어필을 네 점 종까지 이어갔다. 점심을 허겁지겁 먹어치우고, 출발 시각 직전까지 로지나와 맹훈련이다. 보이지 않는 노력을 칭찬해줬으면 한다.

진지하게 연습을 시키니 실력이 늘긴 했지만, 누군가에게 들려주는 건 아무래도 긴장된다. 특히 이번에는 자작곡——우라노 시절에 들은 곡——까지 선보여야 했다.

자작곡은 영화 주제가였던 러브 송을 포기하고, 무난한 교가로 변경했다. 직역이면 몰라도 대충 가사를 붙여넣는 작업이 내게는 너무 어려웠다. 그리고 매일 조금씩 가사가 바뀌거나, 정신 차려보면 영어 가사를 흥얼거려서 로지나를 어이없게 만들어버린 것이다.

"침착하게 연주하면 괜찮아요. 마인 님은 저보다 잘하시잖아요."

"고마워, 델리아. 열심히 하고 올게."

델리아의 격려를 받으며 나는 어린이용 성경책과 신데렐라 문장을 적은 종이를 든 프랑, 작은 페슈필을 든 로지나와 함께 신관장의 방에 향했다.

"급하게 잡아 미안하다. 그럼 저번보다 얼마나 늘었는지 들려다오."

딱히 미안해 보이지 않는 무표정으로 그렇게 말하고 신관장은 방의 정중앙에 놓인 응접용 의자를 권해주었다. 나는 로지나에게 건네받은 페슈필을 넓적다리 사이에 끼워 자세를 잡은 후 심호흡했다.

두근두근 뛰는 고동 소리에 귀 기울이면서 띠링 하고 현을 튕겼다. 과제 곡에 이어 '커다란 밤나무 아래에서'라는 교가를 불렀다. 실제로는 가사에 밤이 아니라 호두처럼 생긴 나무 열매 이름을 넣어 위화감을 없앴다. 신관장은 어느 곡도 만족스럽게 끄덕이며 "매우 훌륭하다."라며 칭찬해주었다.

"그대는 상당히 빨리 느는군. 이것이 다음 과제 곡이다. 그리고 그대의 자작곡은 참으로 흥미롭구나. 다음에도 뭔가 만들어오도록."

건네받은 악보를 훑어보았다. 조금 어려워진 다음 과제 곡에 힘이 쭉 빠지면서도 무사히 넘긴 사실에 가슴을 쓸어내렸다.

"로지나, 이것을."

로지나에게 페슈필을 건네고 나는 아르노가 달여 준 차로 손을 뻗었다. 긴장된 시간을 무사히 넘긴 뒤에 마시는 차는 굉장히 맛있었다. 그런 나와 반대로 신관장은 페슈필을 들으며 마시던 찻잔을 테이블 위에 놓았다.

"그런데 그대의 용건이 어린이용 성경이 완성됐다는 이야기였지?"

"네. 이쪽이 어린이용 성경 그림책입니다."

내가 프랑에게 시선을 돌리자 프랑이 가볍게 끄덕이고는 신관장에게 그림책을 내밀었다. 신관장은 건네받은 책을 보고 관자놀이를 손끝으로 톡톡 두드렸다.

"이게 책이라고? 이 표지는 뭔가?"

비밀의 방에서와 다르게 신관장의 표정이 그대로라 알아채기 힘들지만, 꾸짖는 말투로 바뀌었다. 왜 표지만 보고 목소리가 날카로워진 걸까.

"보시는 바와 같이…… 종이입니다만?"

"그건 보면 안다. 왜 종이에 꽃이 들어가 있는가?"

"네? 그야 넣었으니까요."

"그것도 안다. 왜 넣었는지를 묻고 있는 거다."

원하는 대답이 아니었는지 짜증스러워진 신관장의 목소리가 점점 더 날카로워졌다. 왜 그렇게 기분이 급격히 나빠졌는지 전혀 모르겠다. 벤노는 귀족의 영애에게 인기가 있겠다며 좋아해 줬다. 혹시 종이 사이에 꽃을 뜨는 방법이 금지인 걸까.

"왜냐뇨, 꽃이 들어간 편이 귀여울 것 같아서입니다. 뭔가 문제라도 있습니까?"

"……귀여우니까? 아니, 그렇지는 않다…… 됐다, 따라와라."

이해할 수 없다고 말하고 싶은 듯 고개를 젓던 신관장이 일어나 침대 구석의 비밀의 방으로 향했다. 나도 신관장의 행동을 이해할 수 없어 고개를 갸웃거리며 일어났다.

"마인 님, 이것을."

프랑이 허둥대며 내게 신데렐라의 줄거리를 쓴 종이를 내밀었다. 나는 "고마워."하고 받아들고 신관장이 열어준 문을 지나갔다.

여전히 어수선한 비밀의 방으로 들어간 나는 평소처럼 긴 의자로 향했다. 긴 의자를 점령한 자료를 치우다가 이것이 마술 자료일지도 모른다는 생각이 스쳤다.

"이봐, 보면 안 된다고 분명히 말했을 텐데."

들여다보려는 내 행동을 눈치챈 신관장이 내 손에 들린 자료를 빼앗아 책상 위에 쌓아 올렸다. 저 책상 위의 자료가 마술 관련 자료임이 틀림없다. 그렇게 생각하며 방을 돌아보니 지금까지와 다르게 보여서 느낌이 이상했다. 신관장은 자신이 앉을 의자를 끌어당기며 인상을 찡그렸다.

"너무 두리번거리지 말도록."

"죄송합니다. ……그래서 무슨 이야기였죠?"

"어떻게 하면 종이 사이에 꽃을 끼우는지를 물었다. 공방의 독자적인 비밀이라면 억지로 묻지는 않겠다만, 종이에 꽃이 끼이다니, 이상하지 않은가?"

"이상하지 않은데요? 종이를 뜨는 과정에서 뿌려 넣었을 뿐이에요."

"……뿌려 넣었다고?"

초지틀 위에서 꽃을 뿌리는 것처럼 손가락을 비비는 동작을 보이며 설명했다. 하지만 신관장에게는 전혀 통하지 않은 모양이다. 신관장이 기본적으로 아는 종이가 양피지뿐이라는 사실을 눈치채고 나는 손바닥을 탁하고 두드렸다. 확실히 양피지의 제작법밖에 모르는 사람이 그 방법을 이해할 리가 없다. 꽃이 마치 섬유에 박힌 듯 희미하게 떠올라 있으니 말이다.

"음, 식물지와 양피지의 제작법은 근본적으로 달라요. 그렇게 궁금하시다면 다음에 공방까지 견학하러 와주세요."

"그렇군. 그대의 설명은 도통 알 수가 없으니."

자신이 의도한 대답을 듣기 포기한 신관장은 다리를 꼬아 무릎 위에 어린이용 성경책을 올렸다. 속표지를 넘겨 본문과 그림을 본 순간, 불쾌한 듯 표정을 찡그리며 나를 노려보았다.

"책이란 건 자고로 예술품이다. 표지는 돌이나 금으로 장식된 가죽이어야 하지. 그림에는 다양한 색상을 듬뿍 써서 산뜻하며 아름다워야 한다. 이 책에는 예술적인 가치가 낮아. 멋진 그림이 아까우니 색을 칠하거라."

글씨가 예쁜 사람에게 문장을 쓰게 하고, 예술가나 그림 공방에 일러스트를 부탁하고, 가죽 장인에게 표지를 만들게 한 것이 신관장에게 책인 모양이다. 도서실에 진열된 책을 떠올리니 금방 이해되었다.

"색을 칠하는 쪽이 더 아까워요. 돈이 얼마나 많이 드는지 아세요? 고아들에게 글자를 가르칠 때 쓸 것이니 한 권에 큰 비용을 들이는 것보다 여러 권을 준비하고 싶어요."

"책은 예술품이며 세상에 단 한 권만 존재하는 물건이다. 그대는 대체 무슨 말을 하는 건가?"

그 말을 그대로 신관장에게 돌려주고 싶다. 그렇게 생각했더니 입에서 제멋대로 말이 튀어나오고 있었다.

"신관장님이야말로 대체 무슨 말씀하시는 건가요? 책은 예술품이 아니라 지식과 지혜의 결정이에요. 전 예술품을 만들고 싶은 게 아니라 모두가 읽을 수 있는 저렴한 책을 양산하고 싶다고요."

"양산? 여럿에게 글을 쓰게 한다는 말인가? 모든 고아들이 글을 익혔다면 그 방법도 가능할지 모르나, 까무러칠 정도로 시간이 오래 걸릴 텐데?"

신관장은 이해할 수 없다고 말하고 싶은 듯 관자놀이를 꾹 누르다 마디가 선명한 손가락으로 톡톡 두드렸다. 나는 처음부터 인쇄 방법만을 생각했기에 그렇게 까무러칠 것 같은 양산 방법은 생각해본 적 없다.

"아니에요. '인쇄'로 양산하는 겁니다. 이것과 똑같은 그림책이 이미 서른 권 있는데요……."

"잠깐."

신관장이 눈썹을 씰룩거리며 내 말을 끊었다. 옅은 금색 눈동자를 크게 뜨며 믿을 수 없다는 듯이 나를 바라보았다.

"이미 서른 권이나 똑같은 책이 있다니 무슨 말인가?"

"그러니까 '인쇄'했다고요."

"'인쇄'라니?"

신관장이 듣지 못했는지, 아니면 프랑도 공방에 자주 가지 않아 이해하지 못했는지, 공방의 업무 내용을 자세히 모르는 듯하다. 확실하게 이익을 보고하면서 신전에 돈을 바치고 있는지라 프랑의 보고를 받았을 줄 알았는데, 그렇지 않았나 보다.

너무나도 근본적인 신관장의 질문에 나는 어디서부터 설명하면 좋을지 고민했다.

"마인 공방에서 식물지를 만든다는 건 아시지요?"

"그렇다."

"거기에서 조금 두꺼운 종이를 만들어서 글자 형태와 검은색 그림 부분을 잘라내요. '커터'…… 음, 나이프 같은 칼로요. 그것을 '판지'라고 불러요."

"종이를 잘라낸다고?"

놀란 듯한 신관장의 목소리에 상당히 상식 밖의 행동을 저질러버렸음을 깨달았다. 이미 벌어진 일이니 못 본 체하자.

"그리고 책으로 만들 종이 위에 판지를 겹치고 그 위에 잉크를 칠해요. 그럼 잘려나간 부분만 잉크가 묻겠죠? 완성된 종이를 치우고, 새 종이 위에 똑같은 판지를 올려 잉크를 칠해요. 그럼 완벽하게 똑같은 종이가 두 장 완성되는 거예요. 그것을 페이지마다 서른 번 반복하면 서른 권의 책이 된답니다."

중간부터 마치 기동을 멈춘 컴퓨터처럼 신관장이 반응하지 않았다. "신관장님, 듣고 있나요?" 하고 나는 신관장의 눈앞에서 휙휙 손을 저었다.

"……듣고 있다. 듣고는 있다만……."

재기동한 신관장이 눈을 꼭 감고 깊은 한숨을 내쉬었다. 벤노일 땐 보지 못했던 반응에 내 쪽이 더 당혹스러웠다.

"어, 괜찮으세요?"

"……그대는 굉장히 대담한 일을 벌였구나."

내가 뭔가 대담한 짓을 한 걸까. 나는 그림책 제작의 과정을 다시 떠올렸다. 가장 대담한 일은 '목판화는 아웃'이라 단념하고 판지를 만들기로 했을 때인 것 같지만, 신관장이 이것을 가리키는 것은 아니리라. 신관장이 말하는 '대담한 일'이 무엇에 해당하는지 몰라서 고민하자 신관장은 몇 차례 한숨을 내쉬었다.

"즉, 인쇄라는 건 종이를 군데군데 잘라 잉크를 칠하는 것이지?"

"지금 단계에서는 그렇습니다."

"종이를 자른다는 행위도 있을 수 없지만, 아낌없이 잉크를 칠한 행위도 믿기 어렵다."

비싸고 희소가치가 높은 양피지를 아무도 군데군데 자르며 쓰지 않는 듯하다. 식물지도 비슷할 가격이지만, 마인 공방에서 직접 만들었고, 공판인쇄의 존재를 알고 있었으므로 그렇게 아까운 방법이라 생각되지 않았다.

나와 신관장의 책에서 요구하는 목적이 달라 헛된 언쟁밖에 되지 않지만, 덕지덕지 붙이는 표지 장식보다 판지를 써서 인쇄하는 편이 유익한 돈의 쓰임새라고 생각했다.

"표지에만 돈을 마구 쏟아붓는 쪽이 저로서는 믿을 수 없어요. 그리고 신관장님께서 모아주신 검댕으로 잉크를 만들었으니 시장에 나온 잉크보다 훨씬 싸게 먹혔고요⋯⋯."

"정말 잉크도 검댕으로 만든 건가?"

검댕을 모은다고 의심스러워했을 때 잉크를 만들기 위해서라고 설명했었다. 아무래도 완성할 줄은 몰랐던 듯하다. 놀라워하는 신관장의 얼굴에 나는 이상한 기분이 들었다.

"⋯⋯그렇게 놀랄 일인가요?"

"당연하지 않은가."

"먼저 준 벤노 씨도 머리가 아프다고는 했지만, 금방 원가 계산이나 신작 그림책 얘기로 넘어가기에 그렇게 놀랄만한 일이 아닐 줄 알았어요."

벤노는 이미 나의 대응 방법을 파악했고, 상인으로서 이익 계산을 하며 충격을 완화했을 뿐, 실은 신관장만큼 놀라는 것이 일반적인지도 모른다. 내가 고민하자 신관장은 천천히 고개를 저으며 조금 먼 시선으로 창문 쪽을 바라보았다.

"⋯⋯벤노는 의외로 고생파인가 보군. 그대가 만든 것들이 이렇게 어처구니없는 물건들뿐이라면 그도 고생이 상당할 텐데?"

"엑!? 벤노 씨는 상인이니까 팔리는 상품을 원한다고요. 확실히 고생은 하지만, 스스로 깊이 관여했기 때문이기도 해요. 저 혼자만의 책임은 아니에요. 아마도요."

식물지 협회를 세워 양피지 협회와 대립한 것도, 일제가 건 싸움을 비싸게 사서 이탈리안 레스토랑을 시작한 것도 벤노다. 내 주장에 신관장은 흥, 하고 어깨를 들썩였다. 결과가 뻔히 보인다는 얼굴로 입꼬리를 올렸다.

"그대가 아닌 벤노의 얘기를 들어봐야 알겠군. ⋯⋯그런데, 마인.

조금 전에 신작 그림책이라고 말하지 않았는가?"

"말했는데, 그게 왜요?"

"만들기 전에 반드시 보고하도록. 몇 번이나 이렇게 사람을 놀라게 하는 건 사양한다."

언제 보고하든 놀랄 물건은 놀랄 텐데. 그렇게 마음속으로 중얼거리며 나는 프랑에게 건네받은 종이를 신관장에게 내밀었다. 읽어 주는 게 최고로 빠른 방법이다.

"다음 그림책은 이 신데렐라 이야기로 할 예정입니다. 이걸로 만들어도 괜찮겠습니까?"

어제 쓴 신데렐라를 보이자 가볍게 쭉 훑은 신관장이 관장이 관자놀이를 눌렀다.

"부잣집 평민의 딸이 왕자와 결혼할 리가 없지 않으냐? 그대는 바보인가? 아니면 신분 차라는 것을 모르는가?"

"신분 차도 잘 모르겠는데요, 음, 그럼 어느 정도 귀족이면 모두가 부러워하는 결혼으로 팔자가 펴면서 신관장님께서 허락하는 내용이 될까요?"

바보라고 할 정도로 내용이 심하다면, 좀 더 타협점을 찾는 편이 좋을지도 모른다. 나의 양보에 신관장은 손으로 턱을 받치며 잠시 고민했다.

"……왕자의 결혼 상대가 되려면 상급 귀족 중에서도 철저히 교육받은 숙녀여야 한다. 결혼으로 팔자가 펴다니 말도 안 되지. 결혼이 아니라 애첩으로 하라. 그것도 충분한 신분 상승 아니겠느냐?"

"아뇨, 아뇨, 꿈이 애첩일 리가 없잖아요! 이야기가 안 된다고요!"

"꿈보다 현실을 보아라."

신분 상승이 큰 줄거리이므로 신분차를 넘지 못하면 이야기가 안 된다. 하지만 신관장은 단호하게 거절했다. 현실이 아니라 꿈을 보고 싶으니까 책을 읽는 건데, 너무하다 싶다.

　"그럼 왕자님이 아니라 변경 영주님쯤이면 어떨까요? 조금은 신분 상승을 할 수 있을까요? 이야기 정도는 허락해 주실 수 있나요?"

　"흠, 영지의 규모에 따라 다르지만, 다소 신분 차가 있어도 가능할 지도 모르겠군. 주변은 거세게 반대하겠지만……."

　다소 신분 차가 있어도 주변 반대를 뛰어넘는 해피엔드라면 이야기 로서 성립된다. 타협점을 발견하고 나는 안도했다.

　"그럼 왕자님이 아니라 영주의 아들로 할게요."

　"그리고 신데렐라도 부잣집 평민이 아니라 중급 귀족의 딸로 해 두 어라. 그리고 이 마법사란 사람은 뭐지? 대체 어떻게 하면 이런 기괴 한 주문으로 마술을 쓰는 것인가? 아무리 그대에게 마술의 지식이 없 다지만 이건 너무하군."

　신데렐라는 신관장의 몇 가지 지적으로 마법사가 나오는 장면은 싹 삭제되었다. 결국, 중급 귀족의 딸이 계모에게 구박당하다가 죽은 엄 마와 잘 아는 귀족의 도움으로 사교계에 데뷔하여 영주의 아들과 첫 눈에 반하는 이야기가 되었다. 이미 신데렐라가 아니게 되어 버렸다. 주요 독자층이 될 귀족의 의견이니 감사히 들어두자.

　"그런데 '두 사람은 행복하게 살았습니다'라고 적혀 있다만, 이 둘 은 행복하게 살 수 없을 텐데?"

　"네?"

　결혼에 성공한 후에는 아버지인 영주로부터 추방당하든, 관대하게 용서받아도 차기 영주의 자리에서 물러나 동생을 보좌하는 자리에 앉게 된다고 가르쳐 주었다. 하지만 그런 내용까지 쓸 생각은 추호도 없다. 전혀 꿈도 없는 현실적인 에피소드까지 알아버린 탓에 앞으로 만들 신데렐라는 내게 해피엔드가 아닌 이야기가 되어 버렸다.

이번 경험으로 깨달았다. 이곳은 마력과 마술이 있는 판타지스러운 세계이므로 내가 아는 애매한 판타지는 절대 받아들여지지 않는다는 것을. 동화를 만드는 앞날에 고생길이 훤하다.

겨울 준비를 상담하다

"신관장님, 또 한 가지 상담하고 싶은 것이 있습니다."

수정한 종이를 무릎 위에서 탁탁 정리하면서 신관장에게 시선을 돌렸다. 시선에 눈치챈 신관장은 내가 고쳐 쓰는 동안 훑어보던 자료를 뒤쪽 책상 위에 올려 두었다.

"고아원의 겨울 준비 말인데요……."

"겨울 준비? ……아아, 장작이나 신의 은총은 아마 작년과 크게 다르지 않으리라 예측한다. 자세한 상황은 차차 프랑을 시켜 보고하마. 수확제에서 청색 신관들이 돌아온 후가 아니면 정확히 대답하긴 힘들지만, 날씨도 이상 없고, 큰 전염병도 없었다. 그러니 작년과 가까운 신의 은총을 얻을 수 있을 것이다."

"네? 예측이 되나요?"

청색 신관이 돌아오기 전까지 모를 터인데 어떻게 예측할 수 있다는 걸까. 신전에서 나간 적이 거의 없는 신관장의 말에 여러 번 눈을 깜빡였다. 나는 장에 가는 가족이나 물류와 함께 소문이나 정보를 얻어오는 길베르타 상회에서 약간의 이야기가 흘러들어오는데, 신전에서 한 발짝도 나가지 않는 신관장이 어떻게 알까?

"날씨 정도면 몰라도, 농가의 상태를 어떻게 아나요? 신관장님은 마을로 나가신 적도 없으시잖아요."

"내게도 소식통이 있다. 평민촌으로 나간 적은 없지만, 귀족 마을로 나간 적은 있지."

내게 마을은 집이 있는 평민촌이지만, 신관장에게 마을은 귀족 마을이다. 정보를 얻는 출처를 알고 납득했다. 이것은 완벽한 나의 편견이지만, 귀족들 사이에서는 매우 은밀한 정보 전쟁 같은 게 있을 것 같다.

"마인, 고아원의 겨울 준비라고 했는데, 계획은 다 세웠는가?"

"네. 벤노 씨를 통해 도구와 재료를 준비하기로 했습니다. 자기들이 쓸 겨울 준비이니 회색 신관부터 아이들까지 돕게 할 생각입니다."

"……아이들이라면 세례 전 유아들 말인가?"

놀란 듯이 신관장의 눈이 휘둥그레졌다. 일상생활에서 스스로 움직이지 않는 귀족님이며 세례 전 아이들을 고아원 밖으로 내보내지 않던 신관장에게는 작은 아이들에게 일을 시킨다는 개념이 존재하지 않는 듯하다. 하지만 그런 관습은 빈민들에겐 통하지 않는다. '일하지 않는 자, 먹지도 말라'가 스며든 고아원에서는 식성이 풍부한 소년들이 앞다투듯 도와주고, 신의 은총이 제일 마지막에 돌아오는 어린아이들도 질 수 없기 때문이다.

"평민촌에서는 당연한 일이에요. 어려도 도와줄 순 있거든요. ……전 매년 앓아눕는 바람에 별로 전력이 되지는 못했지만."

"그야 그렇겠지."

"그래서 농가에서 돼지고기 가공 작업을 하는데, 그 뒤에 아교를 만들거나, 소의 지방에서 양초를 만들 예정이라 냄새가 고약할 거예요. 고아원 쪽이라지만, 신전 내에 악취가 풍기면 안 되겠죠?"

내가 머뭇거리며 신관장의 표정을 살피자 신관장이 조금 애매모호한 표정을 지었다.

"고아원에서 풍겨오면 청색 신관들이 시끄러워지겠지."

"······역시 그렇겠죠?"

아교도 양초도 제작 과정에서 심한 악취가 나므로 마인 공방의 밖에서 만들 예정이다. 귀족 구역이 고아원에서 조금 떨어져 있다고 악취를 안 날 리가 없다. 달리 방법이 없으면 마인의 창고 공방에서 만들 예정이지만, 그곳은 좁아서 많이 들어갈 수 없고, 도구를 옮기도 힘들어서 가능하면 고아원에서 만들고 싶었다.

"본래라면 어렵겠지만······ 그렇군. 지금부터 열흘간은 수확제라 청색 신관이 대부분 나가고 신전을 비운다. 다소 악취가 나도 어떻게든 되겠지. 그 기간이 지나면 신전 내에서는 무리라고 생각하는 편이 좋다."

수확제 동안에 돼지고기 가공 작업이 끝낼 수 있을지 알 수 없다. 지금은 돼지도 도구도 아무것도 준비되지 않았다. 하지만 이건 벤노에게 상담하면 어떻게든 해결될 가능성이 있다.

"알겠습니다, 벤노 씨한테 상담해볼게요."

조금이라도 보이기 시작한 희망에 내가 주먹을 꽉 쥐자 신관장이 앞머리를 쓸어 올렸다.

"······마인, 그만큼 많은 인원수로 겨울 준비를 하면 금전적으로 문제가 없는가?"

"마인 공방에서 고아들 모두가 벌어놓은 돈을 쓸 거라 괜찮습니다."

"그대가 개인적으로 전액을 부담하는 게 아니라면 좋다. 그나저나 정말 고아들이 자력으로 생활해나가게 될 줄이야."

"신의 은총이 있어서 가능한 일이지만요."

신관장의 감탄 섞인 한숨에 나는 어깨를 들썩여 보였다. 모두의 생계를 유지할 만한 수입이 마인 공방에는 없었기에 이게 다 신의 은총 덕분이다. 어찌 보면 마인 공방은 상당한 저임금으로 아이들까지 일을 시키는 악덕 공방인 셈이었다.

"고아들에겐 참으로 힘든 겨울이 되겠다고 생각했던 터인데 기쁜 소식이군."

웬일로 신관장이 미소 지으며 칭찬해주었다. 고아원을 위해 행동한 일이 무의미하지 않다는 사실에 기뻐서 나까지 웃음이 나왔다.

"고아원의 겨울 준비는 열흘 사이에 끝낸다면 문제없다. 오히려 중요한 문제는 그대의 겨울 준비다."

무슨 말이지? 나는 집에서 겨울 준비를 한다. 정확하게는 내가 도우면 방해되므로 가족들이 해버린다. 올해는 엄마가 임신 중이고, 나도 조금은 성장했으니 도움이 되도록 힘쓸 작정이었다. 하지만, 그런 일을 신관장이 걱정할 것 같지는 않았다.

"전 집에서 겨울 준비를 하는데요?"

"그건 안 된다. 겨울에는 봉납식이 있다. 그건 그대도 알고 있지?"

신관장이 몸을 쑥 내밀며 옅은 금색 눈동자로 나를 응시했다.

봉납식은 프랑과 신관장에게 배운 의식 중 하나로 나도 반드시 출석해야 한다고 들었다. 다음 봄에 생명이 싹트고, 무사히 성장하기를 빌며 신전에 있는 모든 신구(神具)에 마력을 담아 가득 채우는 의식이다. 신구에 마력을 채워두지 않으면 봄의 기원식 때 농가에 부여할 마력이 부족해져서 수확량에 영향을 끼친다고 했다.

"봉납식은 대량의 마력이 필요한 의식이니 그대는 반드시 참가해야 한다. 그런데 눈보라로 신전에 올 수가 없으면 곤란하지. 그러니 겨울 동안은 신전에서 지내도록."

"전 통근이라 눈이 오면 봉납식에 영향을 줄지도 모른다는 점은 잘 알고 있습니다. 하지만 그러면 가족들이 굉장히 걱정합니다. 겨울엔 정말 열이 날 때가 많아서……."

봉납식을 위해 내가 청색 무녀로 인정받았다고 해도 과언이 아니므로 신관장의 주장은 이해하지만, 그래서는 내가 난처했다. 가족이 대체 뭐라고 할까.

"그대의 가족들이 뭐라 할지 이해한다. 그러니 그대의 상태가 걱정된다면 가족들이 그대의 방에 출입할 수 있도록 허가하마. 그것이 내가 양보할 수 있는 최대한의 조건이다. 그렇게 알고 그대의 방에도 겨울 준비를 소홀히 하지 않도록."

신관장은 '소홀히 하지 마라'며 쉽게 말했지만, 겨울을 나는 준비는 간단한 일이 아니다. 고아원 몫에서 추가로 준비하면 되겠지만, 예상 외의 지출이다. 나는 새파랗게 질려 신관장의 방을 나왔다.

'NOOOO! 고아원보다 내 겨울 준비가 큰일이잖아!'

"마인 님, 안색이 안 좋으십니다……."

"괜찮아요, 로지나. 조금 동요했을 뿐이니까. 프랑, 조금 전에 신관장님한테서 들었는데, 저 겨울 동안 신전에서 지내야 할 것 같아요."

걱정해주는 로지나에게 웃으며 대답한 후, 나는 프랑에게 겨울 준비 얘기를 꺼냈다. 프랑은 신관장의 주장에 천천히 끄덕였다.

"봉납식이 있으니 마인 님께서 집에서 통근하시기는 힘드시겠지요."

"……제 겨울 준비 몫은 완전히 예상치 못했는데, 뭐가 필요할까요?"

"장작이나 식재료는 저희가 쓸 겨울 준비로 예상한 양에 마인 님의 몫을 늘리면 되니 그리 문제 되지 않습니다. 뭐든지 조금씩 늘리면 어떻게든 될 터입니다."

큰 문제가 아니라는 말에 나는 가볍게 안도의 한숨을 쉬었다. 그래도 정확히 계산해 보지 않으면 지출이 얼마나 늘어날지 알 수 없다.

"……로지나, 미안하지만 공방에 가서 루츠를 불러와 주겠어요?"

"알겠습니다."

방으로 돌아가 델리아에게 차를 달이게 하고, 겨울 준비 이야기를 이어갔다. 생활에 꼭 준비해야 할 물건, 수작업에 필요한 물건, 겨울의 명물인 파루 채집에 필요한 물건 등. 그 외에도 필요한 것이 없는지 생각나는 대로 서자판에 써갔다. 프랑에게 요리사의 예정을 물어 겨울 동안 원장실에서 지낼 수 없는지 알아보게 했다.

그러는 동안에 로지나와 루츠가 공방에서 돌아왔다.

"마인, 로지나가 불러서 왔는데 무슨 일 있어?"

"있지, 루츠. 내가 해본 적이 없어서 잘 모르겠는데, 돼지고기 가공 작업을 열흘 이내에 할 수 있을까?"

신관장에게 들은 가공 예정일에 대해 이야기하자, 루츠는 신음하며 인상을 찌푸렸다.

"너무 급한 거 아냐? 훈제장을 빌릴 수 있을지 난 잘 몰라."

"나도 급한 것 같긴 한데, 청색 신관들이 신전을 비우는 기간이 이 시기밖에 없대. 방도가 없으면 아교는 저번 창고에서 만들어야겠지만, 그곳은 좁은 데다 도구를 들고 옮기기도 힘들잖아?"

세 평만한 창고에서 작업하기란 여간 힘든 게 아니다. 루츠는 그 상황을 떠올렸는지 미간에 주름을 새기며 신음했다.

"지금 당장 상점에 가서 주인님께 부탁해볼게. 안 되면 창고에서 작업한다는 전재로 가공이 가능할지 어떨지 농가에 물어봐 주실 거야. 돌아올 때 상점까지는 프랑한테 데려다 달라고 해."

"고마워. 부탁해, 루츠."

루츠가 몸을 날리며 길베르타 상회로 달려가자 나는 서자판을 내려다보며 겨울 준비에 필요한 물건을 써내려갔다. 나 하나만 늘어도 필요한 물량이 제법 많아진다. 어린애 한 사람이라도 몇 개월간의 식량은 얕잡아 볼 양이 아니다.

'큰일이네. 돈이 부족하겠는걸. 얼른 신데렐라를 만들어야겠어.'

"마인 님께서는 새 옷도 필요해요."

"괜찮아요, 델리아. 그건 내일이라도 사러 갈 생각이거든요. 시종과 고아들에게도 동복은 필요할 테니까요. 음, 고아들 옷도 사려면 내일 쇼핑엔 시종들도 함께 데려가는 편이 좋나?"

내 말에 델리아가 "어머!"하고 들뜬 소리를 질렀다. 쇼핑과 새 옷에는 굉장히 흥미가 있는 모양이다. 델리아와는 대조적으로 로지나는 조금 시무룩해졌다. 외출보다 방에서 페슈필을 연주하고 싶은 게 분명하다.

"······고아들은 신의 은총이 있습니다. 바깥에 나갈 일이 없다면 필요 없지 않겠습니까?"

확실히 지금까지 신의 은총으로 잘 버텨왔으니 신전 안에만 있으면 걱정 없을지도 모른다. 하지만 겨울에 날씨가 좋으면 파루를 채집하러 가야 한다.

"아이들이 꼭 숲에 가야 하는 날이 있어서 모자와 장갑이 필요하답니다."

모처럼 숲에 익숙해진 사람들이 많으니 잘 부려야지. 특히 올해는 엄마가 임신 중이라 숲에 갈 수 없다. 투리에게 아이들을 인솔하게 해서 집에서 쓸 파루도 듬뿍 확보해둘 생각이다.

'직권남용이라고? 무슨 말을 하든 단맛 나는 귀중한 과일을 포기할 생각은 절대 없어.'

그러려면 방한구가 필수다. 그리고 짐을 실을 썰매도 필요하다. 파루 케이크를 구울 철판과 주걱도 있으면 좋겠다. 나는 생각나는 물건을 계속해서 서자판에 써내려갔다. 그 지출액을 계산해 보니 지금 내가 가진 돈으로는 부족했다.

"마인 님, 엘라는 방이 있다면 겨울 동안 이곳에서 지내도 좋답니다."

프랑을 통한 협상으로 겨울에 갇혀 지내는 동안은 엘라의 주도로 식사를 만들고, 고아들 중에 요리에 흥미가 있는 아이를 조수로 붙여주기로 했다.

"로지나, 누가 조수로 제격일지 고아원에서 수프를 만드는 빌마에게 물어봐 주세요. 그리고 프랑. 루츠가 먼저 상점으로 돌아갔으니 저를 상점까지 바래다주세요."

"알겠습니다."

로지나와 프랑이 동시에 대답했다. 그런데 그 뒤에 선 델리아가 안절부절 못하는 모습이었다. 이쪽 얘기가 끝나길 기다리는지 허리끈을 풀고 파란 의복을 벗기면서 계속해서 질문을 던졌다.

"그래서 마인 님. 어디로 쇼핑하러 가시나요? 제 동복도 사주시나요? 마인 님께서 동복을 고르시나요? 얼마나 사시나요?"

"……델리아는 너무 흥분했어요. 이래서는 오늘 밤 못 자겠군요."

델리아의 기세에 눌린 내가 저도 모르게 쓴웃음 짓자 델리아가 하늘색 눈동자를 반짝거리며 단언했다.

"정말! 흥분 정도는 당연하지 않습니까! 쇼핑이라고요!"

"델리아, 어서 마인 님께 옷을 갈아입혀 드리지 않으면 프랑이 밑에서 기다려요."

로지나가 손이 멈춘 점을 지적하자 델리아가 서둘러 옷을 갈아입혀 주었다.

"그럼 내일 동복을 사러 갑시다. 빌마가 싫다면 다른 시종이라도 세 점 종에 길베르타 상회에 와줬으면 좋겠는데."

앞장서는 델리아를 따라 계단을 내려가면서 내일 예정을 말했다. 델리아는 환한 웃음으로 문을 열며 돌아보았다.

"세 점 종이지요? 알겠습니다. 그럼 다녀오십시오, 마인 님. 일찍 돌아오시기를 기다리고 있겠습니다."

델리아의 흥분한 모습에 프랑과 둘이서 한바탕 웃고, 서자판에 쓴 내용을 의논하며 싸늘한 추위가 느껴지는 해 질 녘 거리를 걸었다.

"프랑, 길에게 말해서 공방에 있는 어린이용 성경 세 권을 내일 길베르타 상회에 가져오도록 말해줄래요?"

"……괜찮습니다만, 왜 그러십니까?"

내가 교과서로 쓰겠다고 떵떵거리던 것을 아는 프랑이 눈을 깜빡이며 물었다. 방의 모든 업무를 도맡아 하는 프랑에게는 말해두는 편이 좋겠지.

"팔지 않으면 돈이 없어요."

"……네?"

"신관장님께서는 신전에서 지내라고 쉽게 말씀하셨지만, 제 겨울 준비는 정말 예상외였어요. 벤노 씨한테 어서 주문해야 하는데 그림책 2탄을 만들기엔 시간이 부족하고, 종이도 잉크도 앞으로 그림책을 만들 걸 생각하면 팔 수도 없고…… 정말 절실한 상황이에요."

나의 솔직한 이야기에 프랑이 어떻게 해야 좋을지 모르겠다고 말하는 듯이 뻣뻣하게 굳어서 작은 입을 뻐끔거렸다. 혼란스러울 때 행동이 마치 신관장의 기동 멈춤 상태와 비슷하다고 생각하면서 올려다보자 프랑이 머리를 홱홱 저었다.

"괜찮으십니까? 그, 돈이 없어서. 전 돈이 없다는 상황이 어떤지 잘 모르지만, 물건을 살 수 없는 상황이 된다…… 라는 말씀이시지요?"

고아원에서 자라 책을 다섯 권이나 신전에 가져올 정도로 부유한 귀족인 신관장을 섬기던 프랑은 궁핍했던 적이 없다고 한다. 나를 섬기게 되고 나서야 처음으로 필요한 물건이 전부 손에 들어오지 않는다는 사실, 돈이 없으면 주인이라도 참아야 한다는 사실, 일하며 벌지 않으면 돈이 들어오지 않는다는 사실을 알았다고 했다.

"괜찮아요, 프랑. 되도록 빨리 신데렐라를 만들어서 팔 거고, 겨울 수작업으로 만회할 자신이 있어요. 다만, 지금 가진 금액이 불안해서 그래요. 델리아가 저렇게나 기뻐하는데 어쩌겠어요. 다른 아이들에게는 돈이 부족하다는 사실은 알리지 말고, 그림책의 완성도가 높아서 벤노 씨가 꼭 팔고 싶다며 부탁했다고 얼버무려 주세요. 쇼핑을 즐기지 못하면 불쌍하잖아요?"

"……알겠습니다."

프랑과 비밀 얘기가 끝날 때쯤, 길베르타 상회가 보이기 시작했다. 상점 앞에 사람 그림자가 보인다. 이쪽을 바라보며 손을 흔드는 그 그림자는 루츠였다.

"기다렸지, 루츠."

"자, 집에 가자."

"프랑, 고마워. 조금 날이 빨리 저물기 시작했으니까 프랑은 이대로 신전에 돌아가 줘요. 내일 잘 부탁해요."

내 말에 복잡한 웃음을 띠며 끄덕인 프랑은 양손을 가슴 앞에 교차하고 가볍게 허리를 굽혀 인사한 후 발걸음을 돌렸다.

나는 루츠한테서 벤노와 의논한 결과를 들으며 함께 집으로 돌아갔다.

"주인님께서 일단 농가랑 협상은 해 주겠다는 말을 받아냈어. 역시 훈제장의 예정에 달렸대."

"그렇구나. 청색 신관이 돌아오기 전까지 아교를 다 만들 수 있으면 좋겠는데……."

괜찮을까, 하고 내가 중얼거리자 루츠가 기가 차다는 듯이 어깨를 들썩였다.

"마인, 아교보다 돼지고기 가공을 할 수 있을지 없을지부터 걱정해. 초보들뿐이잖아? 상점은 겨울 준비가 한참 뒤야. 농가를 확보해도 도와줄 경험자가 거의 없어. 주인님은 정육점에서 파견을 의뢰하겠다고 하셨지만, 경험자가 더 없으면 힘들다고."

원래는 길베르타 상회의 겨울 준비와 공동으로 할 예정이었다. 그런데 이쪽이 예정을 대폭 서두르게 된 탓에 따로 겨울 준비를 하게 되었다. 그렇게 되면 경험자 수가 확 줄어든다. 뭘 하면 좋을지도 모르고, 아마 돼지 해체 장면을 처음 보는 초보들끼리만 하게 된다. 아무것도 모르는 나 역시 도움이 될 것 같진 않다.

"……일단 아빠랑 투리한테 부탁해볼까 하는데 가공 작업을 언제 하게 될지 모르니까 부탁할 수가 없네."

임신해서 힘들 것 같은 엄마를 제외하고 가능하면 아빠와 투리에게 도움을 받고 싶었다. 하지만 날짜도 정해지지 않은 상황에서는 말을 꺼낼 수도 없다.

"음, 그러네. ……그것보다 넌 괜찮아? 겨울내 신전에 박혀 지낸다고 하면 귄터 아저씨가 화내지 않을까?"

그렇다. 오늘은 식사 후 오랜만에 가족회의다. 꼭 납득을 받아야 하는데 걱정으로 화낼 가족들의 모습이 눈에 훤했다. 벌써부터 위가 찌릿찌릿하다.

"그치만 봉납은 마인의 일이잖아. 나도 마인이 신전에서 안 나오는 편이 좋다고 생각해. 이런 말은 그렇지만, 너희 집보다 신전의 네 방이 훨씬 따뜻하고 감기도 잘 안 걸릴 테고, 프랑도 네 몸 상태를 제법 잘 파악하게 됐으니까."

"고마워, 루츠. 루츠가 한 말도 협상 거리로 써볼게. 우리 가족들은 내 말보다 루츠의 말을 더 신용하거든."

힘내라며 격려해준 루츠와 우물 광장에서 헤어지고 나는 느릿느릿 계단을 올라갔다.

"그래서 마인. 얘기란 뭐야?"

식사가 끝난 뒤, 내가 "할 얘기가 있어."라는 말을 꺼낸 순간, 가족들의 안색이 싹 바뀌었다. 시한부 인생, 신전출입, 신전에서 보낸 초대장…… 깊이 생각하지 않아도 지금까지 내가 꺼낸 얘기는 심히 심장에 나쁜 이야기투성이다. 경계하는 게 당연하다.

"어, 그, 실은…… 오늘 신관장님한테 들었거든. 겨울 동안은 중요한 의식이 있으니까 눈보라 때문에 못 오는 날이 생기면 곤란하다고. 눈이 내리기 시작하면 신전에서 지내래."

예상대로 아빠가 테이블을 치며 격분했다. 투리와 엄마도 덩달아 동조했다.

"그건 그렇지만, 봉납식은 중요해. 신구에 마력을 담는 의식으로 마력을 채우지 않으면 다음 해의 수확률에 영향이 생겨. 농작물이 자라지 않으면 사람들이 곤란해지잖아."

"뭐? 신전에서 그런 일을 했니?"

깜짝 놀란 투리의 말에 나는 천천히 고개를 끄덕였다. 견습무녀가 되기 전까지 신전에서 행사하는 제사 따위 전혀 몰랐다. 기본적으로 마을에 내려오지 않는 신전 관계자는 세례식이나 성인식 등 행사로 신전에 가지 않으면 볼 일도 없다. 신전이 무슨 일을 하는지 들을 기회도 없는 탓에 마을에서 신전의 평가는 낮았다.

"그래도 네 몸이 중요해. 마인을 혼자서 신전에 지내게 했다간 언제 죽을지 몰라."

"프랑이 내 몸 상태를 파악할 수 있게 되었다고 루츠가 그랬어. 그리고 가족들이 내 상태를 보러 와도 좋대. 그게 양보할 수 있는 최대한의 조건이라고 신관장님이 말씀하셨어."

아빠가 으드득하고 어금니를 갈았다. 제사가 얼마나 중요한지, 신관장이 얼마나 양보했는지 알지만, 허락하고 싶지 않다는 심정이 사무치도록 전해져왔다.

"넌 어떻게 하고 싶니?"

엄마가 스스로를 진정시키려는 듯이 배를 쓰다듬으며 물었다. 나는 이미 신관장에게 대답했고, 겨울 준비를 위해 여러 사람들의 협력도 받고 있다. 답은 하나다.

"……신전에서 지낼래. 그게 내 일이니까."

"마인!"

아빠의 호통에 나는 천천히 고개를 저었다.

"아빠, 나 고아원 원장이야. 아이들을 돌봐야지. 그리고 내가 신전에 들어갈 수 있었던 것도 마력이 필요했기 때문이야. 그래서 파란 의복을 허락받았고, 힘든 육체적 노동을 하지 않고도 지내고 있어."

아빠가 주먹을 꽉 쥐었다. 입술을 꾹 닫고 하고 싶은 말을 집어삼키며 눈을 꼭 감았다.

"신관장님께서는 최대한 우리 조건을 전부 받아들여 주셨어. 그러니까 나도 마력이 필요한 의식에 반드시 나가야만 해. 마력을 봉납하게 되고부터 신식의 열 때문에 쓰러질 일도 거의 줄었잖아? 나를 위한 봉납이기도 해."

마술구가 없다면 지금쯤 죽었어도 이상하지 않다. 신전에서 신구에 마력을 봉납함으로써 연명할 수 있었다.

"아프면 어떡해?"

"방에는 침대도 있고, 시종도 있어서 혼자 방치될 일은 없어. 열 때문에 쓰러졌을 때의 대처법을 투리가 우리 시종들한테 가르쳐줬으면 좋겠는데."

방에 들어온 적이 있는 투리가 "그 침대 푹신푹신해 보여서 좋아." 하고 중얼거렸다.

"그럼 엄마가 가르치러 가마. 마인이 겨울 동안 신세를 지게 됐으니 인사라도 해야지……."

"엄마는 지금 못 움직이잖아. 절대 무리만은 하지 말아줘."

엄마는 좀 더 상태가 좋아지면 신전의 방 상태를 보고, 시종들에게 인사하겠다고 결정지어 버렸다. 당사자인 내가 신전에서 지내겠다고 하고, 엄마도 그것을 전제로 응원하는 태세로 움직이기 시작해버렸다. 귀족인 신전 측이 내린 결정을 이제 와서 번복할 수도 없는 노릇이다. 아빠는 머리를 벅벅 긁으며 포기하는 표정으로 변했다.

"……가족이 상태를 보러 가는 건 괜찮지?"

"응, 내가 외로우니까 보러와 줘."

"난 바느질 선생님도 하고, 글자를 배우러 겨울 동안에 가끔 고아원에 갈 생각이니까 상태를 보러 가 줄게."

투리가 싱긋 웃으며 고아원에 갈 예정을 입에 담자 반대로 아빠는 입술을 삐죽이며 나를 노려보았다.

"왜 마인은 매번 투리한테만 의지하냐? 좀 더 아빠한테도 의지해."

딸이 의지해주지 않는다며 알기 쉽게 삐진 아빠를 위해서 나는 급히 할 일을 찾았다.

"음…… 그럼 아빠는 고아들에게 겨울 수작업을 가르치는 걸 도와줄래? 널빤지를 자르거나, 홈을 파거나 하는데, 루츠 혼자서는 가르치기 힘들거든."

"좋다, 이 아빠한테 맡겨. 다른 건?"

전문은 아니지만, 손재주가 용한 아빠에게 목공 선생님을 부탁했더니 웃으며 받아들여 주었다. 의지해도 좋다면, 도와주겠다고 하신다면 해 줬으면 하는 일은 산더미다.

"그리고 또 정확한 날짜는 정해지지 않았는데, 고아원에서 돼지고기 가공하는 작업도 도와줘. 고아원에는 초보자들뿐이고, 그 가공품이 우리가 먹을 겨울 식료품이거든."

　"그거 큰일이군. 날짜가 정해지면 교대를 하든가, 한 번 조정해 보자꾸나."

　"그리고 겨울 준비에 뭐가 필요한지 하나하나 가르쳐줘. 난 항상 아팠으니까 우리 집 겨울 준비도 제대로 모르잖아? 신전에 있는 내 방에 뭐가 부족한지 몰라서……."

　그 뒤 가족은 겨울 준비에 필요한 물건과 점검해 둬야 할 점들을 제각기 말하기 시작했다. 대부분이 나의 몸 상태를 염려한 것들이었다. 나는 쓴웃음을 지으며 전부 기록해갔다.

동복 쇼핑

오늘은 세 점 종에 길베르타 상회에 집합하여 옷을 사러 갈 예정이다. 나와 루츠는 조금 이른 시간에 벤노에게 호출을 받아 겨울 준비에 관해 벤노와 이야기하게 되었다.

"투리는 어떡할래? 얘기하는 동안 심심하지?"

"코린나와 겨울 수작업 얘기하고 오면 돼."

벤노의 한 마디에 투리의 파란 눈동자가 반짝이며 회색이 돌았다. 벤노가 종을 울리자 구석 문에서 가정부 여성이 나와 들뜬 투리를 데리고 돌아갔다.

"……일단 오늘 아침에 돼지 두 마리, 그리고 정육점에서 장인 두 사람을 붙었다. 장인이 없으면 초보들끼리 어떻게 할 줄도 모르잖아?"

"정말이에요!? 바로 하루 만에!? 벤노 씨, 진짜 업무 속도 빠르다! 깜짝 놀랐어요!"

내가 손뼉 치며 입에 침이 마르도록 칭찬하자 벤노가 만족스럽게 웃으며 "더 칭찬해." 하고 가슴을 폈다. 앞으로 어마어마한 도구들을 주문해야 하므로 나는 더 극찬해 보기로 했다.

"벤노 씨, 대단하세요! 멋져! 깎아주면 더 멋있어!"

"거절한다, 바보."

"너무 속보여, 마인."

수수료 할인의 협상을 시도해봤지만, 어이없어하는 표정의 두 사람에게 깨끗이 거절당하고 말았다.

"훈제장은 지금부터 열흘 정도라면 항상 비어있다더군. 보존 온도를 고려해서 다들 겨울이 되기 직전에 만드니까. 언제가 좋나?"

돼지고기 가공을 겨울 동안 먹을 보존식품이라고 보면 확실히 이른 시기에 만들려는 사람은 적을 터이다. 우리 옆집에서도 눈이 흩날리기 직전에 할 때가 많았다. 지하실이 거의 냉장고처럼 서늘해지기 시작한 지금, 품질의 문제보다 평소의 식재료로 써버릴 위험성이 높은 것이 문제인 셈이다. 자칫하다간 겨울 중반에 보존식품이 동이 나버린다.

"사흘 후에 부탁할게요. 그날은 아빠랑 투리도 쉬거든요."

"알았다. 그럼 사흘 후로 예약을 진행하자. 도구는 공동 작업하기로 정했을 때쯤부터 주문해뒀으니 어느 정도 갖춰졌어. 부족한 건 빌려줄 테니 너희 집에 있는 도구들도 써."

"고맙습니다. 그리고 이건 장작과 식재료 외에 고아원의 겨울 준비에 필요한 물건이에요."

"……제법 많군."

"제대로 된 준비가 처음이라 부족한 물건투성이에요. 사람도 많고……."

"없이도 잘 살아왔으면 일부러 준비할 필요는 없지 않아?"

루츠의 말에 나는 멋쩍게 웃었다. 사실 고아원 쪽은 지금까지처럼 갈 예정이었다. 올해는 장작과 식료품만 준비하고, 조금씩 갖춰 가면 된다고 생각했었다.

"하지만 내가 신전에 지내게 되니 가족들이 허락해 주질 않아서요. 생각지 못한 지출이에요."

"뭐, 금방 픽픽 쓰러지고, 아픈 네가 눈이 닿지 않게 된다 생각하면 가족들이 걱정하는 것도 당연하지."

"그러고 보면 마인의 방도 생활하기엔 자잘한 것들이 부족하긴 해."

방에서 점심을 먹으니 식기 종류는 괜찮지만, 욕실이나 침구 관련 일용품이 확실히 부족하다. 수건이나 시트 등 천 종류가 전혀 없다. 침대에 요는 있지만 모포도 없다. 집에서 가져오면 분위기가 현저히 차이 나고 집에서 쓸 것도 부족하므로 새로 살 수밖에 없다.

더욱 곤란한 점은 방바닥에 까는 가을, 겨울용 카펫 종류가 없다는 것이다. 전 입주자가 두고 간 물건은 곰팡이가 피어서 쓸 수 없다고 들었다.

"마인, 내가 돈 빌려줄까?"

"안 돼! 친구랑 돈거래는 하지 않는 편이 좋아. 우정에 금이 갈 가능성도 있거든."

세 점 종이 울릴 때쯤에 프랑이 시종들을 인솔하여 찾아왔다. 모두 외출용 의상 위에 회색 겉옷을 걸치고 있었다. 디자인이 단순한 겉옷이라 머플러나 장갑으로 차이를 내면 마을에서도 크게 위화감이 없을 터였다. 하지만 전원이 완벽하게 똑같은 디자인의 겉옷을 입고 있어서 상당히 눈에 띄었다.

"옷을 빨리 사지 않으면 안 되겠군."

"그쵸? 겨울옷은 속보다도 코트가 중요할 것 같네요. 코트만 입으면 속이 신관복이라도 문제없지 않을까요?"

내 말에 벤노가 적갈색 눈을 희번덕 뜨며 버럭 했다.

"어이, 그건 안 돼. 제대로 한 벌 사줘!"

"그냥 말해봤을 뿐이에요."

"네 말은 항상 80프로가 진심이다."

생각을 읽혀버린 나는 벤노에게 홱하고 시선을 돌려 밖으로 나갔다. 루츠는 투리를 부르러 구석 문에서 계단을 뛰어 올라갔다.

"투리도 모두도 한 벌씩이니까 마음에 드는 옷 찾아봐."

"네~!"

투리와 델리아가 통통 튀는 발걸음으로 옷을 고르기 시작했다. 둘이서 즐거운 듯 꺅꺅거리며 아동복 쪽부터 보았다. 체격이 비슷한 루츠와 길은 마치 경쟁하듯 옷을 찾기 시작했다. 로지나는 성인에 가까운 체격이라 혼자 다른 곳에서 조용히 옷을 골랐다.

"……괜찮으시겠습니까, 마인 님?"

살짝 프랑이 불안한 목소리로 물어왔다. 나는 잔액을 계산하고 고개를 끄덕였다. 이곳에서 옷을 사는 비용에는 문제없다. 그 뒤 프랑이 들고 있는 가방으로 힐끗 시선을 보냈다.

"여기 지출은 문제없어요. ……그리고 문제될 것 같으면 책을 팔면 돼요. 프랑도 입을 옷을 골라오지 그래요? 추우면 방 안에서도 껴입을 거잖아요?"

이럴 때밖에 주인답게 해줄 수 없으니 오늘은 사양하지 말라고 하자 몹시 난처한 듯 프랑의 시선이 방황했다.

"제 옷을 고르라 하셔도 무엇을 기준으로 고르면 될지……."

주인의 옷을 고르라면 입고 갈 장소나 계절, 행사, 방문 상대 등 여러 정보로부터 옷을 고를 수 있는 프랑이지만, 그 기술을 자신에게 적용하지는 못하는 모양이다. 자기 일에는 무딘 프랑에게 나는 선택 기준을 내주었다.

"우선 체격에 맞는 옷. 그리고 소재. 겨울이니까 따뜻한 옷을 고르세요. 체격에 맞는 따뜻한 옷을 골라오면 내가 프랑에게 제일 어울리는 옷을 골라줄게요."

"감사합니다."

고마워하는 프랑에게 조그맣게 웃으면서 나는 어젯밤 엄마가 한 말을 떠올렸다.

"프랑, 어머니가 한번 인사하고 싶다 하시는데 언제쯤이 좋은가요?"

내가 겨울 동안 따뜻하게 잘 지낼 수 있는 방인지 어떤지를 확인하고 싶던 엄마의 말을 전하자 프랑이 곤란한 듯 시선을 내리깔았다.

"……마인 님, 그것은 가능하면 말려주셨으면 합니다. 예전에도 말씀드렸다시피, 신전에는 임신한 여성이나 그 가족을 향한 감정이 복잡한 자들로 수두룩합니다. 고아원이 싫다는 델리아도 민감한 편이고, 신전장님의 귀에 괜한 정보가 들어갈 수도 있으니 굳이 인사하고 싶으시다면 제가 댁으로 가겠습니다."

"……그러네요. 어머니껜 그렇게 전할게요."

즐겁게 떠드는 델리아를 흘끗 바라본 뒤 나는 천천히 끄덕였다. 프랑과 성인 남성복 주변에 있던 내 쪽으로 벤노가 느릿하게 다가왔다.

"넌 신전 안에서 지낸다고 했지?"

"맞아요. 아무래도 신전에서 지내는데 싼 옷만 입고 있으면 안 되겠죠?"

"당연하지. 평소 입을 실내복과 신전에서 남을 방문할 때 입을 방문용 옷, 잠옷, 외출복은 필요하잖아? 속옷도 어느 정도 품질이 좋은 것으로 만들어놔. 나머진 두꺼운 양말이다. 겨울 신전 바닥은 시릴 거다."

"……힝, 지출 부담이 크네요. 속옷은 다른 사람이 볼 것도 아니니까 딱히 품질 따지지 않아도, 낡아도 괜찮잖아요."

보이는 곳만 꾸미겠다 말하자 벤노가 눈을 부릅뜨며 화를 냈다.

"바보 녀석! 방심하지 마! 게다가 넌 가뜩이나 자주 아프잖아. 껴입어."

"그 말은 껴입을 만큼 옷을 사두라는 말이지요?"

옷을 겹쳐 입으려면 몇 장이나 필요하다. 평상복이나 싼 헌 옷 상점에서 산다면 몇 장을 사든 전혀 문제 될 게 없지만, 신전에서 입을 옷을 몇 장이나 갖추려면 상당한 비용이 든다. 예산에 큰 타격이다. 나의 겨울 준비에 지출이 제일 많다.

"속옷은 우리 상점에서 옷감을 사서 너희 어머니나 투리한테 만들어달라고 해. 두 사람 다 솜씨 좋잖아?"

"그건 그렇지만…… 그렇게 갖출 만큼 제 지갑에 여유가 없어요. 벤노 씨, 상점에 돌아가면 얼마 전의 책을 다섯 권 사 주세요."

속옷까지 새 물건으로 갖추려면 완전 예산 오버다.

"그럼 더 인쇄하면 되지 않냐. 잉크만 있으면 같은 형태로 인쇄할 수 있잖아."

"……아~, 인쇄는 한 번에 찍어내지 않으면 안 되더라고요."

내가 실패를 떠올리며 고개를 떨구자, 벤노가 영문을 모르겠는지 눈썹을 씰룩거렸다.

"잉크가 마르니까 판지가 뒤집혀 버려서 못쓰게 되어 버렸어요. 그 그림은 정말 세밀하게 자른 모양도 많고, 합판이나 금속이 아니라서 잉크를 닦아내거나 씻을 수 있는 소재가 아니거든요. 한 번 말라버리면 쓸 수 없어요……."

그림책 제작에는 종이가 제법 많이 필요하다. 서른 권은 시제품치고 완성도가 높아 종이를 양산해서 다시 한번 찍을까 했는데, 판지가 못쓰게 되었다. 아까운 나머지 울어 버렸다.

"인쇄할 땐 종이를 대량으로 준비해서 한 번에 만들어야 한다는 걸 깨달았어요."

"부족하다면 우리 쪽 공방에 주문해서 사줘도 된다만?"

"……비싸니까 싫어요. 마인 공방에서 만들어서 루츠한테 살 거예요."

내가 볼을 부풀리자, 벤노가 쓴웃음 지었다. 그 때 "그, 러, 니, 까! 이건 내 거라고!" 하고 상점 안쪽에서 루츠와 길이 옷을 두고 싸우는 소리가 울려왔다. 헌 옷을 파는 곳이라고는 하나 이곳은 고급 상점이다. 벤노의 볼 근육이 씰룩거렸다.

"……마인, 가서 말리고 와."

벤노의 손끝이 가리킨 곳을 향해 터벅터벅 걸어갔다. 루츠와 길이 고성방가를 지르며 다투는 모습이 보였다. 체격이 비슷한 탓에 옷 하나를 차지하려고 싸우는 듯하다.

"두 사람 다 시끄러워. 조용히 하지 않으면 상점에 민폐가 되잖아."

내 모습을 발견한 두 사람이 옷 하나를 쥔 채 앞다투어 달려왔다.

"마인, 이거, 나랑 길 중에 누구한테 어울려!? 나지?"

"아냐! 내 쪽이 어울려! 그치, 마인 님?"

두 사람이 무서운 얼굴을 내게 바짝 내밀었다. 나는 두 사람이 쥔 연한 파란색 윗옷을 보고 여봐란듯이 한숨을 쉬며 고개를 저었다.

"둘 다 안 어울려."

설마 그런 대답을 들을 줄은 몰랐는지 둘은 눈을 동그랗게 뜨고 입을 닫아버렸다.

디자인이 어울리지 않는 게 아니다. 두 사람 다 머리색이 연해서 겨울옷이 연한 파랑이면 매우 추워 보일 뿐이다. 하복이면 몰라도 겨울에는 맞지 않는다.

"저기, 루츠. 전에 벤노 씨가 말했었지? 색에는 따뜻해 보이는 색과 차가워 보이는 색이 있다고. 이건 어느 쪽 색일까? 추운 겨울에 어떤 색 옷을 입으면 좋겠어?"

정신이 퍼뜩 들었는지 루츠가 잡았던 옷에서 손을 떼었다. 길은 연한 파란색 옷을 쥔 채 잘 모르겠다는 듯 고개를 갸웃거렸다.

"길은 그 옷을 정리하고 이쪽 적갈색 상의와 갈색 바지를 맞춰봐. 이쪽이 따뜻해 보여."

"알았어. 입어 볼게."

길은 연한 파란색 옷을 정리하러 발걸음을 돌렸다. 루츠는 맥없이 어깨를 축 떨구며 내가 추려낸 옷을 번갈아 보았다. 카멜색 상의는 언뜻 얇아 보여도 안감에 기모가 들어가서 따뜻할 터이다.

"루츠는 이 짙은 갈색 바지야. 그리고 이 카멜…… 황토색, 아니면 녹색 중에 좋아하는 쪽을 맞추면 돼. 소재가 다르니까 동네를 돌아다닐 걸 고려해서 고르도록 해."

"뭐야, 처음부터 이쪽으로 정해져 있었으면서!"

루츠는 카멜색 상의를 낚아채고 나를 노려보았다. 아무리 봐도 녹색은 옷감이 고급스러워서 동네에서 입고 다닐 수 있는 옷이 아니었다.

"응. 네가 생각하기에도 옷을 고르는 조건상 연한 파란색은 좀 아니지 않아?"

분한 듯 루츠가 입을 꾹 다물고 카멜색 상의를 걸쳤다. 조금 헐렁한 느낌이지만, 안에 겹쳐 입거나, 내년에도 입는 걸 고려하면 조금 정도 넉넉한 편이 좋다. 안감의 기모가 따뜻한지 루츠의 입꼬리가 씨익 올라갔다.

루츠가 카멜 상의에 만족할 때 투리가 양손에 원피스를 들고 다가왔다.

"있지, 마인. 이거랑 이거, 어느 쪽이 좋아?

짙은 녹색에 생생한 꽃 자수가 들어간 원피스와 디자인이 단순한 남색 원피스다. 개인적으로는 남색 원피스에 흰 앞치마를 두른 메이드풍 투리를 보고 싶다.

"투리는 왜 이것과 이것을 골랐어?"

"이건 귀여워. 봐, 색깔이나 자수가 멋지잖아? 내 머리색에도 어울릴 것 같고. 이쪽은 소재가 좋고 굉장히 따뜻해."

지금까지의 실용주의로 고르자면 남색이지만, 갖고 싶은 건 짙은 녹색 원피스인 모양이다.

"이 귀여운 옷으로 밖을 돌아다니면 괜스레 눈에 띌 것 같지만, 겨울엔 코트를 걸치니까 속에 입는 거면 괜찮겠지? 어느 쪽이든 투리가 좋아하는 쪽을 고르면 돼. 나라면 귀여움보다 보온을 선택하겠지만, 투리는 귀여운 쪽이 갖고 싶지?"

"우~~ 고민돼."

재봉사로서 센스를 갈고 닦으려면 자기가 좋아하는 옷을 사는 것도

괜찮을 것 같았다. 하지만 지금까지의 생활적 고정관념에 사로잡힌 투리에게 실용보다 디자인을 고르기 어려운 듯하다.

"마인 님, 전 이 옷이 갖고 싶어요!"

고민하는 투리 옆에 델리아가 통통 뛰는 발걸음으로 귀여운 분홍색 옷을 가져왔다. 확실히 따뜻해 보이는 코트까지 딸려있다. 얌체다. 하지만 들떠있는 줄 알면서 그런 말을 할 생각은 없었다. 오늘 난 철저히 지갑이 되기로 했다.

"알았어요. 델리아는 결정됐군요."

"감사하게 생각합니다. 마인 님. 우후훗~"

활짝 웃는 얼굴로 분홍색 원피스를 바라보며 콧노래를 흥얼거리는 델리아의 온몸에서 기쁨이 넘쳐흘렀다. 그렇게까지 기뻐해 주니 다소 비싼 건 눈감아줘도 좋을 성싶다. 귀여운 여자아이에게 선물을 갖다 바치는 남자의 기분 따위 알고 싶지 않았는데, 알아버리고 말았다.

귀여운 옷을 들고 기뻐하는 델리아를 보고 투리도 결심을 굳힌 듯하다. 짙은 녹색 원피스를 내 쪽으로 훅 들이밀었다.

"마인, 나도 귀여운 쪽으로 할래!"

"알았어. 투리는 여기서 코트까지 사면 동네나 직장에서 눈에 띄니까 포기해야 해. 대신 숄이나 머플러는 따뜻한 걸 골라. 엄마랑 아빠 것도."

"응! 고마워, 마인."

기쁜 듯 상점 안을 뛰어가는 투리를 보내고, 나는 혼자서 고르는 중인 로지나 곁으로 갔다. 로지나는 이미 자기 옷을 골랐는지 연지색 원피스를 들고, 단출한 남색 원피스를 가만히 바라보고 있었다. 옷보다 차라리 그림 도구가 갖고 싶다던 빌마라도 입어줄 것 같은 밋밋한 원피스다.

"로지나, 빌마가 입을 옷은……."

"필요 없답니다. 밖에 나갈 수 없으니 필요 없다고 했어요. 가끔 공방에는 얼굴을 내밀 수 있게 되었으니 공방에 내려갈 때 더러워져도 괜찮은 헌 옷을 더 좋아할 것 같습니다. ……빌마는 꾸미는 걸 혐오하거든요."

미인인데 꾸미지 않는다니 아깝긴 하지만, 본인이 싫다면 강요할 수는 없다.

"마인 님께서 의기소침하지 않으셔도 됩니다. 그 빌마가 아이들과 공방에 가게 된 것만으로도 그녀에겐 큰 성장이거든요."

훗하고 부드럽게 미소 짓는 로지나와 함께 벤노가 기다리는 카운터 쪽으로 돌아갔다. 도중에 성인 남성복 코너 쪽에서 오도 가도 못하는 프랑을 발견했다. 이 상점은 주 고객층인 성인 남성복이 가장 많았다. 수많은 옷 속에서 프랑이 쩔쩔매고 있었다.

"프랑, 정했어요?"

"……마인 님."

돌아본 프랑이 웬일로 불쌍한 표정을 하고 있었다. 곤란해 하는 프랑은 조금 귀여웠다.

"프랑은 분위기가 차분하니까 심플한 디자인을 고른다면 이거나 이거. 좀 멋들어진 쪽이라면 이거나, 이거."

"……그만 마인 님께서 정해주십시오."

자신 없어 하는 프랑에게 로지나가 눈을 반짝이며 짙은 갈색 머리를 휘날리며 한 걸음 앞으로 쑥 나왔다.

"프랑도 서툰 건 극복하셔야죠."

"……평소랑 상황이 역전돼서 신나 보이네요, 로지나."

"저도 프랑에게 도움이 될 것 같거든요."

"그럼 로지나에게 맡기죠. 제 의견도 말해줬으니까요."

신이 난 로지나와 "마인 님!?" 하고 도움을 요청하는 듯 소리치는 프랑을 두고, 나는 벤노의 곁으로 돌아갔다. 카운터 위에는 각자가 고른 옷이 쌓여있었지만, 다른 사람들의 모습은 보이질 않았다.

"어라? 벤노 씨, 다들 어디 갔어요?"

"아아, 시끄러우면 귀찮으니까 네 옷을 골라 오라고 시켰다. 최소한 실내복 두세 벌, 방문용 옷, 외출복은 한 벌씩 필요하지? 승패는 가려야 하니까 편하게 골라."

앞서 비겼던 루츠와 투리가 불꽃을 튀기며 옷을 찾으러 갔고, 그 뒤를 델리아와 길도 시종이라는 이유로 참전한 듯하다.

"……으아아아아. 비싸. 내 옷이 제일 비싸."

"귀족처럼 꾸미려면 당연하지. 안 그래도 평민이 똑같은 청색을 둘렀다고 반감을 사고 있는 마당에, 빈민 차림으로 서성거려서 상대방을 자극하지 마."

지당한 벤노의 주장에 고개를 푹 떨굴 수밖에 없었다. 카운터 앞에서 필사적으로 돈 계산을 하는데 투리와 루츠가 겨루듯 옷을 들고 왔다.

"마인, 이건 어때?"

두 사람이 손에 든 건 옷감이 두꺼운 블라우스와 스커트, 조끼였다. 저번에 원피스 외에도 옷이 있다는 지적을 받아 원피스를 제외하고 찾은 모양이다. 거기에 델리아와 길이 몇 가지 옷을 들고 나타났다.

"마인 님, 이쪽이 귀여우셔요."

원피스와 튜닉 등이 계속해서 나왔다. 원래 내 체형에 맞는 아동복은 얼마 없었다. 즉, 이 상점에 있는 내 몸에 맞는 옷이란 옷은 죄다 펼쳐진 상황이다.

어느 쪽을 고르겠냐는 네 사람의 따가운 시선을 받으며 고민하는데, 옷을 고른 프랑과 로지나가 카운터 쪽으로 다가왔다. 내게 필요한 옷을 고르는 중이라 했더니, 나열된 옷을 보며 하나하나 결정을 내렸다.

"신전 안에서 입으실 옷이라면 이 정도일까요."

"봄에 기원식이 있습니다. 신관장님과 마을을 나설 일도 있으시니, 이 정도 옷이 아니면 어울리지 않을 겁니다. 이것과 이거네요."

내가 정할 새도 없이 프랑과 로지나가 신전에서 지낼 때 필요한 옷을 골랐다. 매우 든든한 시종들이지만, 나의 지갑은 위기 상황이었다.

NO!! 하고 내가 머릿속으로 머리를 쥐어짜는데 벤노가 손가락을 까딱까딱하며 루츠를 부르더니 무언가 귓속말했다. 그것을 듣던 루츠의 얼굴이 환하게 밝아지며 손바닥을 탁 쳤다.

"마인 옷은 내가 사줄게."

"뭐!? 벤노 씨, 대체 무슨 말을 불어넣은 거예요!?"

내가 벤노를 찌릿 노려보자, 콧방귀를 낀 벤노는 재밌다는 듯이 루츠를 보았다.

"어차피 내 돈은 마인이 새 상품을 발명했을 때 절반이나 받은 거고, 가족 사이도 화해하게 해 줬으니 그 고마움의 표시야. 친구끼리 돈거래는 할 수 없어도 선물이면 상관없지?"

어떠냐, 하고 루츠는 당당하게 가슴을 폈지만, 아무리 그래도 선물의 기준을 넘어선 금액이다. 게다가 가족도 아닌 남자에게 옷을 선물받다니 우라노 때도 겪어보지 못했다. 어찌해야 좋을지 몰라 고민하는 내게 벤노가 히죽거린 채 루츠를 도왔다.

"이렇게 많은 사람들 앞에서 남자의 선물을 거절하는 그런 촌스럽고, 창피 주는 짓은 안 하겠지, 마인."

그렇게 벤노는 놀리듯이 말했지만, 그 말대로 여기서 내가 거절하면 루츠가 창피해할지도 모른다. 그렇다고 멋있게 거절하는 방법을 나는 모른다. 도움을 구하며 주변을 둘러보자 델리아가 허리에 손을 대고 나를 질책했다.

"정말! 마인 님은 그냥 싱긋 웃고 받으면 돼요. 남자가 선물을 바치게 하여야지 여자의 가치가 올라가니까요."

"델리아, 부탁이니까 조용히 해."

그런 표현을 하면 꼭 내가 남자를 등치는 악녀 같지 않은가. 괜히 더 받기 민망해졌다. 그때 머리를 싸매는 내 어깨를 가볍게 두드리며 루츠가 길드 카드를 슬쩍 보였다.

"어쨌든 지불은 끝났으니까, 포기해. 알겠지?"

'뭐지, 이 멋스러움은! 반만 나눠줘!'

잘했다며 웃으며 루츠의 머리를 거칠게 쓰다듬는 벤노의 영향이 루츠에게 상당히 강해진 느낌이 든다. 로지나에게 귀족 교육을 받으면서도 멋스러움이라곤 조금도 몸에 붙지 않은 자신에게 실망하면서 나도 투리와 시종들이 고른 옷을 계산했다.

시종들은 순서대로 탈의실에서 구입한 옷으로 갈아입고 지금까지 입던 옷을 가방에 넣었다. 신전에 둘 내 옷은 시종들이 나누어 정리하게 되었다. 모두의 시선이 각자의 옷에 향하는 동안 나는 스윽 루츠에게 다가갔다.

"루츠, 고마워. 덕분에 살았어…… 정말로."

"신경 쓰지 마. 전에 미리 주인님한테 들었거든."

종이는 물론, 그림책, 옷걸이, 서자판 이익은 절반으로 나눴으면서 왜 초기투자는 절반으로 나눠서 부담하지 않냐며 벤노에게 지적받은 적이 있다고 했다.

"마인이 스스로 눈치채든지, 막막해질 때까지 가만히 있으라는 말도 들었는데, 오늘은 영락없이 막막해했으니까 괜찮지?"

'히익! 전혀 눈치채지 못했어.'

그리고 나는 루츠한테서 초기투자에 든 비용의 절반을 받아 속옷으로 만들 천과 교환용 시트와 따뜻한 겨울용 카펫을 사는 데 쓰게 되었다. 그 뒤 고아들이 입을 동복을 사 모았고, 자잘한 일용품을 사거나 하며 겨울을 나기 위한 쇼핑을 끝냈다.

돼지고기 가공 날, 신전을 지키다

쇼핑하러 간 다음 날부터 벤노에게 주문한 물건을 신전에 옮기는 업무에 마인 공방의 아이들이 가담했다. 두꺼운 복장으로 바뀐 아이들이 새로 산 짐수레에 짐을 실어 길베르타 상회와 고아원 사이를 오갔다. 그중 절반 정도는 내 방에 들어올 물건이지만, 고아원에서 쓸 물건도 있었다. 그리고 돼지고기 가공에 쓸 도구가 계속해서 들어오게 되었다.

"짐은 여기서 열어서 원장실에 옮길 짐은 길에게 건네주십시오. 그리고 여자동 지하실에는 장작과 식료품을, 남자동 지하실에는 장작과 도구들을 놔둬 주십시오."

프랑이 짐수레에 실려 온 짐들을 검사하면서 어디에 옮길 물건인지 분담해갔다. 이런 분담 작업은 여자동의 지하가 조리실, 남자동 지하가 마인 공방이 되어 있기 때문이다. 보존식품은 빌마가 관리하게 되었고, 다른 아이들이 멋대로 드나들지 못하도록 열쇠도 달았다. 겨울의 귀중한 식재료가 도중에 없어져서는 모두가 곤란하기 때문이다.

회색 신관이나 무녀가 각각의 지하실로 옮겼고, 아이들도 즐거운 비명을 지르며 짐을 옮기는 작업을 도왔다. 그 모습을 보면서 루츠가 입을 열었다.

"우리 가족도 여기 돼지고기 가공 작업을 돕겠대. 그렇게 분명하게 말하진 않았지만, 아버지가 신관장님한테 은혜를 느끼고 있는 것 같아."

완고하고 장인 기질에 무뚝뚝한 디도는 여전히 말수가 부족했지만, 대화의 자리를 열어준 신관장이 고마운 모양이다.

"그런데 신관장님은 귀족님이시니까 답례를 하려 해도 할 수가 없잖아? 그러니까 대신 고아원을 도와주자는 식으로 말했었어. 그래서 가족들 다 가담하기로 했지."

"가족들 다……. 디도 아저씨만 또 혼자 폭주하신 거 아냐?"

루츠네 가족은 아들 넷에 남자들뿐이라 이런 작업 때 인원수를 늘려주는 건 상당히 고맙지만, 정말 다른 가족들의 납득을 받았는지 몹시 궁금해지는 부분이었다.

"괜찮다니까. 형들도 어쩔 수 없다고 했고, 엄마도 의욕적이거든."

"루츠의 가족들이 도와준다면 어떻게든 되겠어. 가공 작업이 기대되기 시작하는데?"

우후훗 하고 신이 나서 내가 웃자, 루츠가 얼굴을 찌푸리며 나를 보았다.

"무슨 말이야, 마인은 방을 지켜야지? 매년 이 시기만 되면 열이 나잖아. 전에는 짐수레에서 열을 펄펄 내면서 혼자 쓰러진 바람에 문까지 실려 갔으면서. 이번처럼 초보들만 인솔해서 가야 하는 현장에 그런 널 어떻게 데려가냐?"

"그, 그건 그렇지만……. 엄마가 임신 중이고, 내년엔 동생이 생기니까 나도 올해야말로 꼭 참여해서 작업을 익히려고 했단 말이야."

이제야 해체 작업을 봐도 울지 않고 내장을 도려낼 수 있게 됐는데 현장에 갈 수 없다니 너무하다. 올해는 꼭 이웃집의 해체 작업에도 참여해서 돕기 위해서라도 고아원 해체 작업 때 예행연습을 하려고 마음먹고 있었다.

"안 돼. 고아원 녀석들을 데리고 가면 어차피 마인은 일 못 해. 바깥에서 하루 내내 작업을 보다간 분명 열이 날 거야. 그럼 아교랬나? 다음 작업도 못하게 돼."

내가 가면 안 되는 이유를 하나하나 들어갔다. 반론할 수가 없으니 곤란하도다.

"마인은 원장실이나 지켜. 그동안 돈을 어떻게 마련할지 머리를 써 봐. 음, 뭐였지? 네가 전에 말했던 적재적소라는 거야."

"으, 응……."

돼지고기를 가공하는 날 아침, 우리 가족과 루츠네 가족이 모여 우물 광장에서 진행 절차를 의논한 결과, 난 아빠, 투리와 함께 고아원에 가기로 했다. 나는 고아원을 지키고, 아빠와 투리는 고아원에서 짐을 옮기고, 고아원 사람들을 인솔하기 위해서다.

루츠는 길베르타 상회의 수습생으로서 정육점에 가서 장인과 함께 농가로 가고, 루츠네 가족과 우리 엄마는 먼저 농가로 가서 훈제장 준비와 물 긷는 작업을 하기로 했다.

"그럼 오늘은 이런 식으로 팀을 나눠서 작업에 착수하겠습니다. 돼지고기 가공 팀은 짐수레를 밀고 출발. 고아원 지킴이 팀은 신전과 고아원의 청소와 저녁으로 수프 준비를 부탁합니다."

프랑의 지시로 고아원의 모두가 두 팀으로 갈라졌다. 육체노동에 적합한 회색 신관들은 감독관을 제외하고 모두가 가공 팀에 포함되었다.

"아빠, 돼지 껍데기는 가져와 줘. 아교 만들 때 쓰니까. 뼈랑 내장은 안 남으면 포기해도 껍데기는 꼭 부탁해. 사수해줘."

껍데기를 가져와 주도록 못을 박는 내게 아빠는 내 머리를 톡톡 두드리면서 웃었다.

"알았다, 알았어. 마인은 방에서 얌전히 있어야 한다? 열이 나지 않게 조심해. 이 뒤의 작업이 중요하다고 루츠가 말하더라."

"알아. 사실은 같이 가고 싶지만, 얌전히 집 지키고 있을게."

아빠에게 다짐을 받아내고서 나는 아이들과 함께 짐을 수레에 옮기는 투리에게 향했다.

"투리, 델리아를 부탁해."

"알았어. 같이 열심히 하자."

투리가 델리아를 향해 싱긋 웃자, 델리아는 눈썹을 추켜세우며 나를 노려보았다.

"마인 님, 왜 제가 꼭 가야 하나요!?"

"델리아가 신전 밖의 세상을 봤으면 하니까."

내 시종은 로지나와 빌마가 남고, 그녀들 외에는 가공 작업장에 향하게 되었다. 델리아는 싫어했지만, 이번엔 강제적으로 가공 작업팀에 투입되었다. 고아원에 가는 것도 아니고, 고아원 외의 다른 곳에서 아이들과 교류를 했으면 했다. 델리아는 고아원 아이들과는 거의 교류가 없는 듯했지만, 투리와 쇼핑 때 친해졌고, 길과 프랑도 있으니 외톨이가 되지는 않으리라.

"마인은 남아서 뭘 하는데?"

"새로운 그림책 만들기야. 로지나랑 빌마랑 같이. 두 사람 다 글자도 예쁘고, 그림을 그려야 하거든."

로지나는 나의 페슈필 선생님인 동시에 글자가 예쁘기로 정평이 나 있어, 다음 그림책 작업에 도움을 받기로 했다. 빌마는 남자 시종이 전부 외출하므로 오늘은 내 방에서 같이 그림책을 만들 예정이다. 내친김에 요리를 잘하는 여자아이 둘을 데리고 와서 주방에서 겨울에 해 먹을 요리를 특훈하기로 했다.

나는 로지나와 함께 모두를 배웅한 후 방에 돌아왔다. 페슈필 연습을 하는 동안 빌마가 여자아이 둘을 데리고 찾아왔다.

"그럼, 니콜라, 모니카. 맛있는 요리를 만들 수 있도록 확실히 연습해주세요."

긴장한 두 사람을 격려하고 로지나에게 주방으로 데리고 가게 했다.

"수확제 기간은 기본적으로 모든 청색 신관들이 신전을 비우기 때문에 신의 은총의 상태가 심각해집니다. 신관이 데리고 가는 요리사도 있는 반면, 주인이 먹지 않는다는 걸 알고 일부러 대충 만드는 요리사도 있습니다. 저희끼리 수프를 만들지 못했다면 이 열흘간은 매우 괴로운 시간이 되었겠죠."

빌마의 말에 오싹했다. 청색 신관의 수가 줄어든 현재, 수확제 동안 계속 신전에 남은 청색 신관은 나 하나다. 다른 청색 신관들은 다 각자 농가로 파견되었다. 그들이 모든 요리사를 데리고 가버리면 신의 은총이 없어져 버린다.

"청색 신관의 수가 많았던 옛날엔 절반이 파견을 나가도 남은 절반이 내려주는 신의 은총이 있었습니다. 다른 청색 신관들 앞에서 주인에게 창피를 줄 수 없으니 요리사가 음식을 대충 만들어내는 일도 있을 수 없었죠. 하지만 지금은……."

그렇게 말하며 한숨을 내쉰 빌마가 눈을 감았다. 천천히 뜨는 갈색 눈동자에 부드러운 미소가 돌아왔고, 나를 바라보았다.

"마인 님 덕분에 저희 스스로 요리를 만들게 되었습니다. 덕분에 어린아이들이 굶지 않고 지낼 수 있게 되었답니다. 고아원을 위한 겨울 준비도 정말 감사합니다. 그러니 제가 할 수 있는 일이라면 뭐든지 말씀해주세요."

그렇게 말한 빌마는 2층으로 올라오자마자 곧장 그림 도구를 테이블 위에 펼쳤다.

"이쪽이 다음 이야기입니까?"

"네, '신데렐라'라는 동화예요."

빌마가 이야기를 읽기 시작했으므로 다시 페슈필을 잡고 연습을 시작했다. 신관장에게 받은 세 번째 과제와 자유곡이다. 이번 자유곡은 계절에 맞춰 '새끼 여우'이다. 이 주변의 동물 이름을 끼워 넣어서 새끼 여우가 아닌 새끼 토끼가 되었지만 상관없다.

"그리운 음색이네요."

"빌마도 페슈필을 연주할 수 있나요?"

"취미 수준입니다. 로지나의 페슈필 연주를 들으시는 마인 님의 귀에 안 좋을 거예요."

빌마는 웃으면서 그렇게 말했지만, 그래도 초보인 나보다 능숙하겠지.

"로지나는 너무 잘해서 취미 수준이란 게 어느 정도인지 잘 모르겠네요. 제게 빌마의 페슈필을 들려주세요."

"정말 취미 수준인데요?"

그래도 역시 악기를 오랜만에 잡아 기쁜지 왠지 황홀한 표정으로 빌마는 로지나가 쓰는 커다란 페슈필을 집었다.

띠링 하고 튕기는 현에서 흘러나오는 소리가 마치 빌마의 성격을 그대로 나타내듯 부드럽고 느긋하여 마음을 매우 편하게 하는 소리였다. 그리고 빌마의 자장가 같은 상냥한 목소리가 어울려 진심으로 잠들어버릴 뻔했다.

"빌마가 내는 소리는 정말 여전히 부드러워요."

"로지나만큼은 기술이 없어서 느긋한 곡만 골라버려서 그렇지 않을까요?"

즐겁게 대화하는 두 사람을 보면서 나는 내게 요구하는 높은 수준에 경악해버렸다.

"……이게 취미로 하는 실력이라면 로지나도 그림을 잘 그린다는 말인가요?"

"이 정도는 무조건 배워야 했답니다."

빌마의 음악 실력을 고려하면, 로지나의 그림 실력도 대충 헤아려진다. 그만큼 시종을 교육한 크리스티네는 정말 독특한 견습무녀였나 보다.

세 점 종이 울리고 페슈필 연습이 끝나면 다음은 신데렐라 그림책 만들기다. 내용을 읽은 빌마와 어떤 삽화를 넣을지 의논했다.

"신데렐라의 아름다움을 표현하기가 참 어렵네요. 피부색을 바꿀 수도 없고……."

"계모와 이복언니는 체형에 차이를 내는 건 어떨까요?"

"중급 귀족의 후처가 될 정도의 귀부인이라면 아름다울 텐데요?"

아름다운 신데렐라와 대비되는 계모와 이복언니를 대상으로 그런 현실을 들이밀어도 곤란하다. 내가 심각하게 고민하자 로지나가 신데렐라를 읽으면서 제안했다.

"마인 님, 새로운 이야기에 고민하실 바에 차라리 내용이 정해진 어린이용 성경을 다시 고치는 편이 좋지 않습니까? 마인 님께서 귀족 이야기를 쓰기에는 이른 것 같습니다. 좀 더, 적어도 신전의 사정을 파악하신 후에 쓰시는 편이 좋지 않으시겠습니까?"

신관장한테도 들었는데 로지나한테까지 귀족 사회의 상식에 무지하다는 지적을 받아버렸다.

"저로서는 평범한 이야기가 받아들여질지 확인할 수단으로 신데렐라를 만들고 싶었는데요……."

"마인 님, 그건 평범한 이야기를 쓸 수 있는 분이 하셔야 할 대사입니다."

로지나가 천천히 고개를 저었다. "로지나, 말이 심해요."하고 빌마가 대화에 끼어들었다. 즉, 빌마도 신데렐라가 평범한 이야기가 아니라고 생각한다는 뜻이다.

"……신데렐라가 평범한 이야기가 아니라고요?"

"평범한 이야기는 건국 이야기나, 신화, 기사 이야기입니다. 이런 신데렐라와 비슷한 이야기는 들어본 적이 없습니다."

크리스티네 님을 모실 때 들었던 이야기들은 대부분 예술의 밑바탕이었던 모양이다. 이야기를 소재로 한 그림이나 음악, 시도 있다고 한다. 그럼 그것을 연구하지 않으면 귀족 계급이 받아들이는 그림책이 되지 않는 셈이다.

"두 사람은 어린이용 성경과 신데렐라, 어느 쪽이 귀족들에게 받아들여질 것 같은가요?"

"그야 어린이용 성경입니다. 필수 교양 지식이고, 매우 알기 쉽게 정리되어 있으니까요."

그렇게까지 솔직한 의견을 들으니 신데렐라를 깨끗이 단념할 결심이 섰다. 받아들여지지 않을 그림책을 만드는 것보다 확실히 팔리는 그림책을 만드는 편이 좋다.

"그럼 신데렐라는 포기하고, 이번엔 어린이용 성경을 다시 만들어 봅시다. ……로지나, 다음에 그 평범한 이야기를 들려주겠어요? 그걸 그림책으로 만들어야겠어요."

"교양에 필요한 지식인걸요. 언제든지 들려드리겠습니다."

어린이용 성경책 한 권의 매듭을 풀어 한 장씩 흩트린 뒤 반으로 잘라 글자와 그림으로 페이지를 나누었다. 신데렐라의 판지로 만들려 했던 두꺼운 종이 위에 그림을 겹쳐서 검은 부분을 떴다. 그렇게 하면 저번과 완벽하게 똑같은 그림이 완성될 터이다. 공방에 둔 루츠의 커터를 들고 온 로지나와 빌마가 부지런히 그림을 잘라갔다.

"마인 님께서는 저번처럼 글자를 잘라내 주십시오."

싱긋 웃는 로지나에게 일감을 나눠 받은 나는 고개를 끄덕였다. 로지나는 세밀한 그림을 자르는 작업에 맞지 않는다고 얼른 결론지어 버린 것이다.

'로지나가 나보다 손재주가 좋고 깨끗하게 자르지만, 이건 다 내 손이 작아서야. 나도 자라면 분명 더 능숙해질 거야!'

우라노 때 성인이어도 딱히 손재주가 좋지 않았던 사실은 살짝 외면하기로 했다.

여섯 점 종이 울리기 전에 고아원에 줄 저녁이 완성되었다. 처음 요리를 도운 니콜라와 모니카가 피곤에 지친 표정으로 주방에서 나왔다. 프랑이 돌아오면 고아원에 가져다주자는 이야기를 하고, 로지나에게 요리사들을 해산시키게 했다.

"……다들 늦네요."

"가공 작업은 시간이 걸려요. 여섯 점 종이 울리는 폐문 직전까지 작업하겠죠."

나는 그렇게 말하며 해가 저물어가면서 조금씩 어둑어둑해지기 시작하는 창밖을 바라보았다. 이웃집에서는 조금 더 추워져야 가공 작업을 시작하기에 가족들은 항상 해가 완전히 떨어져서야 돌아왔다. 조금 더 기다려야 오겠지. 그렇게 생각하는 사이 델리아가 숨을 헐떡이며 돌아왔다. 바깥 날씨가 추워져서인지, 뛰어와서인지 볼이 사과처럼 새빨개져 있었다.

"어서 와요, 델리아. 많이 만들어왔어요?"

"다녀왔습니다. 저 정도 있으면 겨울 동안에는 괜찮을 거예요."

걱정되던 델리아가 기분 좋게 돌아온 모습에 안도의 한숨을 쉬었다. 델리아가 먼저 돌아온 건 내 옷을 갈아입히기 위해서였다. 다른 사람들은 지하실에서 가공한 돼지고기를 계속해서 옮기는 작업이 한창이라고 했다. 델리아는 내게 옷을 갈아입혀 주면서 소시지가 어떤 식으로 만들어지는지, 정육사들이 얼마나 훌륭하게 해체했는지를 흥분하며 열심히 재잘거렸다.

"그래서 고아원에서 가져간 소금 친 거대한 고기를 대롱대롱 매달아서 연기로 그슬더라고요. 연기로 잘 안 썩게 되다니 참 신기해요. 그리고……."

아무래도 바깥에 나가 모두와 함께 한 가공 작업이 델리아에게 좋은 자극이 되었나보다. 이대로 고아들과 조금씩 친해지면 좋겠다고 생각했다.

"마인 님, 루츠가 돼지 껍데기 건으로 질문이 있다고 합니다. 옷을 다 갈아입으시면 공방으로 자리를 옮기셔도 괜찮으시겠습니까?"

아래층에서 프랑의 목소리가 들려왔다. 이미 옷을 다 갈아입은 나는 계단을 내려갔다.

"길, 마인 님께 안내를 부탁드립니다."

"알았어."

공방에 향하는 도중에 신전의 문 쪽에 세워둔 짐수레에서 모두가 여자동 지하실로 식재료를 옮기는 모습이 보였다. 아빠와 투리의 모습도 보인다. 모두가 있는 곳에 달려가고 싶은 충동을 억제하면서 나는 공방으로 발길을 옮겼다.

"마인, 이 돼지 껍데기는 어떻게 두면 돼?"

내 모습을 발견하자마자 둥글게 만 껍데기를 가리키며 루츠가 그렇게 말했다. 나는 공방 안을 휙 둘러보고, "일단 저 냄비 안에라도 넣어 둘래?"하고 한 냄비를 가리켰다.

"미리 준비하지 않아도 돼?"

"석회수에 담가서 털을 제거해야 하는데, 얼마나 담가둬야 하는지 모르니까 상태를 보면서 하는 편이 좋아. 오늘은 이미 늦었잖아?"

루츠는 "하긴 못 쓰게 될까 봐 무섭긴 해."라면서 서자판을 꺼내 들었다. 철필을 든 루츠가 힐끗 나를 보았다. 그것을 신호로 나는 아교를 만드는 방법을 설명하기 시작했다.

"우선, 석회액에 담가서 털을 뽑고, 무두질용 겉껍질과 속껍질로 분리하는 거야. 이건 루츠도 할 수 있지?"

"썩 잘하진 못하지만."

루츠는 어깨를 들썩이며 그렇게 말하고 시선으로 이어질 말을 재촉했다.

"속껍질이 아교의 원료야. 겉껍질은 쓰지 않으니까 무두질로 가죽으로 만들어서 책 표지에 쓰면 될 것 같아."

"그 무두질은 누가 하는데?"

찌릿하고 노려보는 루츠에게 나는 고개를 갸웃거렸다.

"……음, 가죽 공방에 부탁할까?"

"돈이 있다면 말이지."

아픈 곳을 찔렸다. 나는 못 들은 척하고 설명을 이어가기로 했다.

"그래서 속껍질을 다시 석회액에 담가. 팽창해서 부드러워질 때까지 방치해. 그러면 원료 속의 '단백질'과 '지방'이 자연스럽게 제거될 테니까 그냥 두면 돼. 그 뒤엔 석회액이 빠지도록 껍질을 씻어서 뜨거운 물에 넣고 약한 불로 종이 두 번 울릴 동안 끓이는 거야."

"종 두 번이라. 꽤 기네."

루츠는 그렇게 말하며 서자판에 철필을 움직여갔다.

"여기서부터가 어려워. 따뜻한 차 온도 정도에서 방치해 두면 불순물이 둥둥 뜨거나 아래로 가라앉아서 가운데가 투명해지거든. 그 투명해진 가운데 부분을 써야 하는데."

내가 말을 멈추자, 루츠가 서자판에서 고개를 들어 고개를 갸웃거렸다.

"……어떻게 가운데만 쓰는데?"

"아직 해본 적 없으니까 이래저래 시도해봐야지?"

"진짜? 그럼 작은 냄비에 나눠서 하는 편이 좋겠네."

위에 뜬 불순물만 살짝 제거하면 되는데 어떻게 하면 되는지, 또 얼마나 제거하면 되는지는 해 보지 않으면 모른다.

"그래서 아교액을 나무 상자에 부어서 차가운 겨울 북풍이 들어오는 창가에 두고 냉각해서 응고하면 완성이야."

"흠, 담그고 끓이는 시간이 오래 걸리니까 양초도 같이 만들면 되겠네."

루츠는 서자판을 다시 읽어보며 그렇게 결론지었다.

"그럼 내일은 아교를 만들면서 동시에 양초도 만들자. 악취 나는 작업을 한꺼번에 해치우는 거야."

"좋아! 힘내자!"

첫 아교 만들기에 설렌 가슴을 안고 나는 손을 번쩍 들어 올렸다.

겨울 준비를 마치다

자, 청색 신관이 돌아오기 전까지 한 번에 냄새나는 작업을 해치워 버리고 싶었다. 돼지고기를 가공한 다음 날, 아교와 양초 만들기를 중심으로 치즈도 만들자고 루츠가 제안했다.

우리 집에서는 소를 기르는 집에서 사 온 우유에 식초를 넣어서 만든 '코티지 치즈'밖에 안 만든다. 하지만 달걀 교환으로 우유가 종종 손에 들어오는 루츠네 집은 발효, 숙성한 '내추럴 치즈'도 만든다고 한다.

"보존하기에 좋으니까 고아원에는 그쪽이 좋지?"

"……잘 모르겠지만, 겨울에 먹을 게 많아지니까 좋네."

루츠와 길이 그런 대화를 나누며 오늘의 작업을 하는 모습이 보였다. 나는 세 점 종이 울릴 때까지 페슈필 연습이 있어서 공방에 늦게 도착해버렸지만, 순조롭게 작업이 진행되는 모양이다. 프랑을 거닐고 방문한 공방에는 업무를 다양하게 분담하여 작업 중인 신관과 견습생들의 모습이 있었다. 평소에는 신관장의 집무를 돕는 시간이라 공방의 작업 광경을 돌아본 적이 많이 없었기에 신선한 느낌이 들어 재미있었다.

"루츠, 길, 진행 상황은 어떤가요?"

"일단 순조로워. 돼지 껍데기는 여기, 양초 만들기는 저기. 한 번 녹여서 여과 작업으로 찌꺼기를 걸러내는 중이야. 염석? 이라는 작업은 아직 안 했어."

루츠와 길의 눈앞에 놓인 냄비 속에는 이미 겉을 벗긴 속껍질이 석회수에 둥둥 떠 있는 것이 보였다. 석회수에 담근지 얼마 안 되었는지 부드러워지려면 한참 멀었다. 루츠가 가리킨 쪽에는 회색 신관 세 명이 붙어서 녹인 우지(牛脂)의 찌꺼기를 걸러내는 중이었다.

"껍데기는 좀 더 내버려 둬. '염석' 작업이 조금 복잡하겠지만, 냄새도 훨씬 덜해지고, 기름의 질이 좋아지니까 열심히 해줘."

루츠의 집에서는 구태여 '염석' 작업 따위를 하지 않는다고 했다. 우리 집도 내 말을 계기로 실제로 냄새가 덜해진 사실을 확인한 후에야 채용된 것을 보아 이 주변에서 일반적인 작업이 아닌 듯하다. 기본적으로 가난한 동네이기에 소금이 다른 향신료보다는 저렴하지만, 결코 싸지 않은 탓이기도 했다.

"디엠부와 루모자 약초는 자잘하게 잘라서 녹인 밀랍에 섞어두면 냄새를 없애줘. 대신 기에리와 살코레로는 쓰면 안 돼. 냄새가 배로 심해지거든. 조심해."

내가 양초의 동물 냄새를 조금이라도 줄이는 방법을 알려주자 루츠가 눈을 동그랗게 뜬 후, 킥킥하고 어깨를 들썩이며 웃음을 터트렸다.

"그거 마인의 실패담이지?"

"윽……. 실패는 성공의 어머니야. 수많은 실패 속에 성공이 있는 거야."

"흠, 그렇구나. 마인 님, 대단하다."

내 말에 길이 순진한 눈을 반짝이며 고개를 끄덕였다. 귀여운 내 시종. 이대로 순진하게 자라주렴.

"그런데, 마인 님. 염석이 뭐야? 어려워?"

"손이 많이 가서 귀찮긴 하지만, 어렵지는 않아. 소금물을 넣고, 얼마간 약한 불로 끓여서 찌꺼기를 몇 번 걸러. 시간이 지나 식으면서 위에는 기름이 아래는 소금물로 분해되어서 굳거든? 새하얗게 굳은 아랫물은 버리고 윗물에 생긴 기름만 쓰는 거야."

내가 순서를 간단하게 설명하자, 길이 맞장구치며 끄덕였다. 루츠도 끄덕이며 듣더니 갑자기 눈을 깜빡이며 물었다.

"어이, 마인. 비누에 쓸 양은 생각하지 않아도 돼?"

"신의 은총으로 받으니까 전부 양초에 써버려도 괜찮아."

집에서는 봄에 비누를 만들 때 쓸 기름을 어느 정도 챙겨두는데, 신전에서는 신의 은총으로 비누를 받는다. 회색 신관은 옷과 몸의 청결함이 중요하므로 꽤 많은 양이 들어오는 것이다. 솔직히 고아원에는 비누보다 식료품이 필요한데, 청색 신관에게는 우선순위가 다른 모양이다.

"아, 길. 지금 뜨고 있는 천 속에 아마 기름에 붙어있던 고기 조각들이 엄청 많이 붙어있을 거야. 오늘 밤에 먹을 수프에 넣으면 맛있으니까 회색 신관들에게 알려주고 와."

길이 크게 끄덕이고, 여과작업 중인 신관들 쪽으로 달려갔다. 뜨던 천을 펼쳐 안을 들여다본 신관이 "고기다!"하고 기쁜 듯 소리를 질렀다.

"하긴, 고기가 중요하지."

루츠의 말에 서로 얼굴을 마주 보며 키득거렸다. 그리고 나는 공방 안을 둘러보았다. 아교와 양초 만들기 외에는 종이의 수분을 짜는 압착기로 나무 열매의 기름을 짜는 회색 신관과 견습생들이 있었다. 열매 기름은 램프는 물론, 요리에도 쓸 수 있어 많은 양이 필요하다. 고아원에서 수프밖에 만들지 않으니 다른 요리에 쓴 적은 없지만.

공방에서는 평소의 주역이 구석으로 밀려나 있었다. 가장자리에 수분을 짜는 중인 덜 만든 종이와 건조 중인 백피와 흑피가 보였다. 내 시선이 완성되어 차곡차곡 쌓인 종이에 멈췄다.

"있지, 루츠. 지금 공방 종이는 얼마나 완성했어?"

루츠는 나와 같은 곳을 보고 눈을 게슴츠레 떴다.

"바로 얼마 전에 그림책을 찍었으니까 지금은 300장도 없을걸? 수분을 빼는 종이를 말려보지 않으면 정확히 몇 장인지는 몰라. 필요해?"

"응. 어린이용 성경책 2탄을 인쇄하고 싶은데, 판지 하나로 한꺼번에 대량으로 찍을까하거든. 그래서 그림책용 종이가 대량으로 필요해. ……지금부터 만들면 몇 장 정도 가능해?"

판지를 아끼려면 종이와 잉크가 대량으로 필요하다. 잉크는 벤노에게 아마씨유를 추가로 주문해 뒀고, 검댕도 아직 많이 남아 있어서 문제없다. 필요한 건 종이다.

"포린은 장작에 쓸 만한 나무가 아니지만, 슬슬 껍질이 단단해질 계절이긴 하지. 목재상에 확인해볼게. 지금 여기 있는 백피랑 흑피를 전부 써도 750장 정도일 건데."

"그래, 그럼 최대한 많이 부탁해."

"맡겨줘."

루츠가 맡아 주었으니 종이 문제는 루츠에게 맡기기로 하자.

"마인, 껍데기가 불으려면 아직 시간이 걸리면 치즈를 만드는 쪽에 구경 갈래?"

루츠의 말에 끄덕이고 나는 프랑을 거느린 채 여자동 지하실로 이동했다.

"치즈는 여자동에서 만들어?"

"응, 냄비가 좀. ……아무래도 종이랑 치즈를 만드는 냄비를 따로 나누는 편이 좋잖아?"

재와 나무껍질을 끓인 냄비에다 보존식품을 만들지 말아줬으면 하는 내 생각과는 반대로 이 주변에서는 씻으면 문제없다는 사람이 많다. 약간 재가 섞여도 먹을 수 있다지만, 난 먹기 싫었다. 그리고 고아원 아이들은 보통 귀족이 남긴 음식을 먹으므로 나눠 쓸 만큼 냄비가 있다면 나누는 편이 무난하다.

"다 됐어!"

"다음은 이걸 말려줘."

여자동에 가니 아이들은 숲에서 따온 과일과 버섯을 말리고, 무녀와 견습무녀들은 치즈와 수프를 만들고, 숲에서 주워온 과일과 꿀을 바짝 졸여 잼 만들기에 열중하고 있었다. 공기 속에 감도는 달달한 냄새가 남자동의 짐승 냄새와는 사뭇 다르다.

"이만큼이나 만들어도 점심에는 텅텅 비겠지?"

"수확제가 빨리 끝나면 좋을 텐데. 하루에 몇 번이고 몇십 인분 치수프를 만들기 힘들어."

청색 신관으로부터 내려오는 신의 은총이 적은 수확제 동안, 평소보다 곱절에 가까운 수프를 만들어야 하는 요리 담당은 눈코 뜰 새 없이 바쁘다. 입술을 툭 내밀고 채소를 자르거나, 쓴웃음을 지으며 냄비를 젓는 소녀들의 모습에 저절로 미소가 지어졌다.

"어, 마인 님!?"

내 모습을 발견한 아이들이 서둘러 손을 멈추고, 가슴 앞에서 양손을 교차하며 무릎을 꿇었다. 내가 "작업을 계속해주세요." 하고 말하자, 조금 전과 달리 몹시 긴장하여 뻣뻣한 움직임으로 다시 작업을 시작했다.

'아아아아아, 날 엄청 무서워하잖아.'

루츠와 의논하거나, 새로운 작업을 보기 위해 가끔 드나든 덕분에 공방에서 일하는 신관들은 긴장이 완전히 풀어졌다. 하지만 여자동의 주방에는 모습을 드러낼 일이 없어 다들 굉장히 긴장하는 모습이었다.

"루츠한테 치즈를 만드는 중이라고 들어서 보러왔을 뿐이에요. 순조롭나요?"

"이제 우유가 조금씩 데워져 가는 단계입니다."

조금 커다란 나무주걱으로 천천히 냄비를 빙빙 섞으면서 소녀가 어색하게 웃었다. 루츠가 냄비 속을 들여다보고 가볍게 끄덕였다.

"천천히 데워도 되니까 냄비 가장자리에 작은 거품이 부글거리면서 붙기 시작하면 불러줘."

냄비와 불 상태를 보면 대략 시간을 계산할 수 있는지 루츠가 "이 정도면 괜찮겠어."하고 중얼거린 뒤, 과일을 말리는 아이들에게 말을 걸었다.

"어~이, 꼬맹이들. 상점에 짐을 가지러 가야 하니까 공방으로 와줘. 계속해서 짐이 도착할 거니까 여유 있을 때 챙겨가자."

시원시원하게 대답한 아이들이 과일을 말리던 손을 멈추고 아궁이를 치우기 시작했다.

"마인은 방에 돌아가 있어. 네가 있으면 애들이 긴장해."

"응, 알았어. 나머지 잘 부탁해."

나는 순조롭게 진행되는 작업 상황에 만족하면서 방으로 돌아갔다. 이 정도 속도라면 청색 신관이 돌아오기 전까지 작업이 끝날 것 같다. 냄새 나는 작업만 끝나면 나머진 천천히 해도 괜찮다.

내 방 주방에서는 평소의 요리와 함께 어제 얇게 썰어 훈제하지 않은 대량의 돼지고기를 소금에 절이거나 콩피(식자재의 자체 지방에 절여서 만든 음식)로 만들 작업도 하는 중이라 요리사들이 매우 바빠 보인다. 분주한 주방을 스쳐보며 2층으로 올라가자, 델리아는 어린이용 성경을 읽으면서 글자 연습에 열중하고, 로지나는 프랑이 남긴 과제와 마주하고 있었다.

"판지나 계속 만들어 볼까?"

작업할까 고민하는 내게 프랑이 싱긋 웃으며 목패를 내밀었다.

"아뇨, 마인 님. 판지보다 먼저 기사단이 언제 요청해 와도 대처할 수 있도록 기도문을 복습합시다."

기사단은 당연히 귀족 집단이다. 요청해서 출동했을 때 작은 실수도 용납되지 않는 듯하다. 프랑이 가장 걱정하는 건 고아원 겨울 준비보다 기사단의 소집이다.

"……기사단의 요청이 언제쯤 오나요?"

"정확히 정해진 건 없습니다만, 매년 겨울에 들어가기 전 한두 번은 있으니 곧 요청해올 것입니다."

"그렇군요……."

본래라면 의식 행사에 견습생은 모습을 드러내지 않는다. 누구나 미숙한 견습생에게 중요한 의식을 치르게 하고 싶지 않을 터이다. 그래서 신전에서 행하는 세례식이나 성인식, 성결식 같은 의식에 내가 청색 무녀로서 참가하는 일은 없었다. 그리고 남자가 많은 기사단에서 나쁜 소문을 피하기 위해서라도 청색 무녀를 접근시키지 않는다. 기사단의 요청은 성인이 된 청색 신관이 가야 할 의식이었다. 하지만 지금은 의식을 치를 청색 신관이 없는 탓에 본래라면 신전 안에서 적임자에서 가장 거리가 먼 청색 견습무녀인 내가 그 역할을 맡게 되어 버리게 된 셈이다.

"하지만 프랑, 이상하네요. 신관장님께서도 마력이 많지 않으신가요?"

꼭 내가 아니더라도 적임자는 있다. 신관장은 지금 신전에 남은 청색 신관 중에서 가장 뛰어나게 마력이 많을 텐데 말이다.

"신관장님은 때와 경우에 따라 신전 업무보다 귀족의 업무를 우선시하셔야 합니다."

귀족이 부족한 건 신전뿐만이 아니다. 기사단도 마찬가지라고 한다. 우수한 기사는 신전과 마찬가지로 중앙에 뽑혀가는 사람도 많아서 원래라면 마력량이 부족해 입단도 못 할 낮은 레벨의 귀족이 기사단에 들어가는 상황이라고 했다. 그런 가운데 귀족원을 졸업한 훌륭한 귀족인 신관장이 기사단의 지원역할을 맡아야 할 가능성이 있기에 내가 무녀로서 완벽하게 의식을 치를 수 있어야 한다고 프랑이 살짝 가르쳐 주었다.

'무녀다운 첫 임무가 기사단 요청이라니, 이거 너무 책임이 막중하지 않나요?'

조마조마한 마음으로 기도문을 외우는데 갑자기 프랑이 뭔가 생각난 듯 고개를 들었다.

"……마인 님, 의식용 의상은 어떻게 되었습니까?"

"시침질은 끝났고 본바느질에 들어갔으니까 금방 완성될 텐데요?"

코린나의 몸 상태가 좋으면 사흘, 나빠도 열흘 안에는 완성된다고 들었다. 그렇게 전하자 프랑이 안도했다는 듯 가슴을 쓸어내렸다.

"그럼 요청이 오면 바로 나가실 수 있도록 빨리 신전에 가져와 주십시오."

그렇게 해서 나와 프랑이 한창 기도문을 복습하는데 길이 상자를 안고 방으로 들어왔다. 길베르타 상회가 보낸 물건이 도착한 모양이다.

"프랑, 도와줄래? 큰 짐도 있어."

"알겠습니다. 지금 가지요. 델리아, 로지나. 짐을 풀어 주세요. 마인 님께서는 꼼짝 말고 여기서 복습하고 계십시오."

길의 목소리에 자리에서 일어난 프랑에 이어 로지나와 델리아도 아래층으로 내려갔다. 작은 거실에 놓인 짐을 델리아와 로지나가 풀고, 프랑과 길은 짐을 가지러 공방으로 갔다.

"어머나! 카펫이 도착했어요!"

방의 가구 배치를 바꾸거나, 화려하게 꾸미길 좋아하는 델리아의 들뜬 목소리가 아래층에서 울려왔다.

"이제야 이 방도 겨울을 날 준비를 할 수 있겠군요. 어서 배치를……."

"델리아, 이제 곧 점심이에요. 배치 작업은 오후부터 하도록 해요."

델리아의 폭주를 막은 로지나의 말로 점심 후에는 방의 인테리어를 바꾸게 되었다.

"자, 마인 님은 길이랑 공방에라도 다녀오세요."

점심 후, 나는 미소 짓는 델리아에게 방에서 쫓겨나 버렸다. 신관장이 수확제로 부재중이라 프랑이 있어도 도서실에 들어갈 수 없다. 도서실에 갈 수 없는 내가 방에도 있을 수 없다면 공방에 갈 수밖에 없다. 그리고 프랑은 귀중한 남자 일손이라 데리고 가면 곤란하다는 델리아의 말에 길과 공방에 가게 되었다.

"껍데기가 제법 부풀었으니까 보러오라고 점심 전에 루츠도 말했어. 마인 님, 나랑 같이 공방에 가자."

고아원에서 식사가 아직 끝나지 않았는지 공방엔 사람이 없어 텅 비어있었다. 막을 사람이 없으니 나는 거침없이 냄비로 다가가 안을 들여다보았다.

"이제 된 것 같아. 깨끗이 씻어서 석회를 제거하고, 부글부글 끓이도록 해."

"……어라? 마인, 왔었네?"

벤노의 상점에서 점심과 보고를 끝낸 루츠가 공방에 있는 나를 보고 눈을 동그랗게 떴다. 기본적으로 일해서는 안 되는 내가 하루에 몇 번이고 공방에 오는 일은 드물기 때문이다.

"길베르타 상회에서 보낸 카펫이 도착했잖아? 델리아가 방을 꾸미겠다고 의욕이 넘쳐서……. 방해된다고 쫓겨났어."

"그래? 그럼 타이밍이 좋았네? 의식용 의상이 완성됐으니까 시간이 있으면 코린나 님께 가보라고 주인님한테 전언을 받았거든. 방에 못 들어간다면 코린나 님 댁에 가면 어때? 집에 갈 땐 그쪽으로 데리러 갈게."

루츠의 제안에 나는 고개를 끄덕였다. 쌀쌀해진 가을날에 바깥에 서 있는 건 위험하다. 피난할 수 있는 곳이 있다면 가는 편이 좋다.

"그렇게. 코린나 씨 집에는 로지나를 데리고 갈 테니까 데리러 올 때 프랑도 같이 데려와. 로지나 혼자서만 신전에 돌려보낼 수 없으니까."

"알았어."

"루츠, 먼저 껍데기를 씻고 있어. 난 마인 님을 방까지 데려다주고 올게."

길과 함께 방으로 돌아가니 큰 가구를 옮기기 시작한 델리아가 "정말!"하고 화를 냈다. 어질러진 방을 보이면 안 되는지 청소가 끝날 때까지 주인은 돌아오면 안 된다고 한다.

"의식용 의상이 완성됐다네요. 오늘은 길베르타 상회에 갔다가 그대로 집에 돌아갈게요. 옷만 갈아입혀 주겠어요? 그리고 코린나 님 댁에 함께할 수행은 로지나에게 부탁해도 괜찮을까요?"

"알겠습니다."

로지나는 외출복으로 갈아입으러 가고, 델리아는 "내일까지는 방을 정리해두겠습니다." 하고 즐거운 듯 말하며 재빨리 옷을 갈아입혀 주었다.

"프랑, 미안하지만 루츠가 상점으로 올 때 프랑을 부르러 올 테니 함께 상점까지 와주세요. 해가 지면 로지나를 혼자서 돌려보낼 순 없으니까요."

"알겠습니다. 다녀오십시오, 마인 님. 일찍 돌아오시기를 기다리고 있겠습니다."

프랑의 배웅을 받은 후 바람은 차갑지만 다사로운 햇살 아래의 큰 길을, 얼마 전에 산 연지 옷을 입은 로지나와 둘이서 걸었다. 길베르타 상회나 집까지 배웅해주는 프랑, 숲까지 외출하는 길과 달리 로지나가 바깥을 걷는 기회는 그리 많지 않다. 마을의 악취에 조금 얼굴을 찡그리면서도 신기한 듯 두리번거리는 로지나의 모습이 귀여웠다.

"빌마도 이렇게 밖을 걸으면 그릴 것도 많아질 텐데⋯⋯."

"조만간 빌마도 외출할 마음이 들지도 모릅니다. 처음엔 지하에서 수프를 만들 때 물을 같이 옮겨주는 청색 신관을 먼발치에서만 봐도 깜짝깜짝 놀래던 빌마가, 지금은 지시도 내리게 됐는걸요."

고아원과 아이들을 도맡은 빌마가 예전보다 조금씩 강해지고 있는 모양이다. 빌마의 변화가 조금씩 보이기 시작한다는 로지나의 보고에 나는 기뻐졌다.

"안녕하세요, 마르크 씨. 벤노 씨의 호출을 받고 바로 왔어요."

"지금 주인님께서는 협상 중이시니 직접 코린나 님께 말씀드리겠습니다. 이쪽에서 기다려주십시오."

마르크가 권유해주는 의자에 앉자 로지나가 내 뒤에 살짝 섰다. 마르크에게 지시받은 수습생이 차를 내어왔다. 나는 그 차를 마시며 한숨을 돌렸다.

"마인 님, 이쪽으로 오십시오."

로지나도 있고, 오늘 코린나의 손님인 관계로 마르크가 '님'을 붙여 나를 불렀다. 상점을 나와 정면 계단으로 3층에 올라갔다.

"코린나 님, 마인 님이십니다."

"어서 와, 마인."

마르크가 노크하자 코린나가 점잖은 미소로 맞아주었다. 그리고 로지나에게 시선이 멈추더니 조금 놀라며 눈을 크게 떴다.

"오늘은 시종이 함께네? 마인 님이라 부르는 편이 좋을까?"

"어느 쪽이든 괜찮지만, 로지나가 나쁜 인상을 받을 수 있으니 그 편이 좋을지도 모르겠습니다."

"후훗. 그럼, 마인 님. 이쪽으로 오시지요."

항상 응접실로 안내받으며 들어가자, 정면에 평소엔 옷걸이로 쓰던 가구를 기모노를 걸치는 횃대처럼 써서 의식용 의상이 넓게 펼쳐서 걸려있었다.

"와!"

창문에서 들어온 빛이 닿는 위치에 설치된 의상의 동일한 색실로 자수된 물결무늬와 계절을 대표하는 꽃이 떠오르는 것처럼 보였다. 빛을 받은 실이 은은한 흰색으로 빛나는 모습이 정말 물처럼 보여 순간 말문을 잃었다.

"……훌륭해요."

로지나의 감탄이 담긴 목소리에 정신이 퍼뜩 들었다.

"코린나 씨, 정말 멋져요. 감사하게 생각합니다."

"저야말로 감사하게 생각합니다."

살짝 웃음 지은 코린나가 조금씩 부풀어 오르는 배를 감싸며 공손한 동작으로 의상을 가리켰다.

"입어봐 주십시오. 죄송하지만, 제가 이런 모습이라 도와주실 수 있겠습니까?"

"네, 물론입니다."

로지나는 코린나에게 건네받은 파란 의상을 내게 입혔다. 청색 견습무녀를 모셨던 로지나의 손길은 능수능란했다. 전체적으로 파랗게 물들인 의상에 같은 색실로 자수가 들어가 있었는데 특별히 소매와 옷단 가장자리에는 은실, 목 주변에는 금실로 자수가 되어 있었다.

나는 긴장하며 빳빳하게 서 있었다. 마치 성인식 때 후리소데(일본의 전통의상. 기모노 중 가장 화려하며 미혼 여성이 행사 때 입는 예복)를 입는 기분이다. 단아해야 한다. 더럽히면 안 된다. 그런 강박관념에 휩싸이게 했다.

"허리끈은 이쪽입니다."

의식용 의상에 맞추는 허리끈은 견습생이 흰색에 은색 자수, 성인이 되면 흰색에 금색 자수로 정해져 있다고 한다. 이 자수도 성경의 기도문을 넣은 코린나가 설명해주었다.

"저, 이 의상은 천이 굉장히 두툼한 것 같습니다만……?"

옷매무새를 매만져주던 로지나가 허리끈을 조절하며 코린나를 올려다보았다. 코린나는 미소를 유지하며 의상에 접목한 바느질법 설명했다.

"이렇게 여분 옷감을 접어서 꿰매면 성장에 맞춰 크게 수선할 수 있답니다. ……원래 마인 님의 부탁으로 이런 형태로 만들었어요. 드문 방법이지만, 입을 일이 거의 없는 의식용 의상에 참 합리적인 방법이지요?"

"……마인 님은 항상 저를 놀라게 하시는군요."

코린나의 독창적인 방법이 아닌 나의 제안이었다는 설명을 듣자 로지나는 납득하는 한숨을 내쉬었다. 옷매무새를 마친 로지나가 일어나고, 의상을 입은 나를 다양한 각도로 바라보다 고개를 한 번 끄덕였다.

"굉장히 멋진 의상입니다, 마인 님. 동작에 맞춰 물과 꽃 자수가 하늘거려서 주변 분들의 시선을 사로잡을 겁니다."

크리스티네 님을 모셨던 로지나에게 확실한 보증을 받자 의식용 의상에 새로운 방법을 도입한 코린나가 안심한 듯 어깨에 힘이 빠졌다.

의식용 의상이 갖추어지고, 방은 겨울 모습으로 탈바꿈했다. 보존식품과 양초를 완성하여 장작과 함께 지하실에 옮겼다. 아교는 시원한 바람이 통하는 자리에 놓았고, 공방에서는 두 번째 인쇄 준비로 종이와 잉크를 대량으로 만들었다. 그리고 겨울 수작업에 필요한 도구 수를 확인하고 부족한 것을 채워갔다. 이렇게 하여 고아원의 겨울 준비가 거의 끝이 났다.

기사단으로부터 온 요청

　수확제가 끝나고 청색 신관들이 신전으로 돌아온 듯했다. 나는 청색 신관을 직접 보지 않아서 모르지만, 고아원에는 현저하게 많아진 신의 은총의 양으로 알 수 있는 모양이었다.

　신관장은 가까운 마을에 파견되었다는 이유로 청색 신관들 중에서도 비교적 빨리 돌아왔다. 그래서 나의 서류 업무도 부활하여 세 점 종이 친 뒤면 신관장의 방을 방문했다.

　"신관장님, 이쪽 계산은 끝났습니다."

　오늘도 나는 어김없이 신관장에게 맡은 계산에 열중하고 있었다. 마침 일이 일단락되어 고개를 드는데, 하얀 새가 창문을 향해 일직선으로 날아오는 것이 아닌가. "위험해! 부딪쳐!" 하고 저도 모르게 소리를 지른 순간, 하얀 새가 유리창을 슥 통과하여 그대로 방 안을 한 바퀴 돌았다. 퍼덕퍼덕 날개를 움직이며 신관장의 책상에 내려오더니 예의 바르게 날개를 접었다.

　"우와! 뭐야, 이거!?"

　눈이 휘둥그레지며 놀라는 나와 달리 이 새의 정체를 아는지 주변 신관장의 시종들은 살짝 경계하며 하얀 새를 응시했다.

　"마인, 조용히 해라."

　신관장이 나를 질책하면서 하얀 새를 건드린 순간, 새의 입에서 남성의 목소리가 울려왔다.

　"페르디난드, 기사단으로부터 요청이 있었다. 지금 당장 떠날 준비를 하라.”

같은 말을 세 번 반복한 새가 갑자기 사라지더니, 그 자리에 노란 돌이 데굴 굴렀다.

신관장은 어딘가에서 반짝이는 지휘봉 같은 막대기를 들고 와서는 무어라 중얼거리며 책상 위에서 구르는 노란 돌을 가볍게 두드렸다. 그러자 흐물흐물 형태를 늘리며 조금 전과 똑같은 하얀 새의 모습을 취했다.

“알겠다.”

신관장이 새를 향해 그렇게 말하고 지휘봉을 흔들자, 그 동작에 맞춰 새가 날개를 펼쳤다. 그리고 방에 들어왔을 때처럼 유리창을 통과해 날아갔다.

‘우와! 판타지!’

눈앞에서 신관장이 일으킨 마법 같은 이상한 현상에 내가 흥분하자, 신관장이 날카롭게 노려보았다. 정신을 차리니 지금까지 조용히 업무를 보던 주변 시종들이 분주하게 정리하며 다음 준비를 했다.

“마인, 기사단에서 요청이 왔다! 당장 의식용 의복으로 갈아입고 귀족의 문으로 서두르도록!”

신관장의 기세에 눌려 “네!” 하고 힘차게 대답했지만, 나는 귀족의 문을 모른다.

“……저기, 귀족의 문이 어디에 있습니까?”

“제가 알고 있습니다.”

프랑은 그렇게 말하고 신관장에게 인사하더니 나를 번쩍 안아 올려 재빨리 신관장의 방을 나왔다. 그대로 큰 보폭으로 성큼성큼 걸으며 복도를 단숨에 빠져나갔다.

"마인 님, 의식 기도는 외우고 계시지요?"

프랑의 어깨에 매달린 채 나는 고개를 끄덕였다.

"델리아, 로지나! 당장 의식용 의상 준비를!"

빠르게 방으로 돌아온 프랑이 문을 열자마자 처음 들어 보는 우렁찬 목소리를 냈다. 2층에 있는 두 사람에게 명령하면서도 프랑의 발은 멈추지 않고 계단을 빠르게 올라갔다. 2층에 도착하여 나를 내리더니 곧장 등을 돌려 발 빠르게 계단을 내려갔다.

의식용 의상을 들고 달려온 델리아가 테이블 위에 의상을 두더니 냉큼 내가 입은 파란 의상을 벗겨버리기 시작했다.

"으앗!?"

"정말! 가만히 있어 주십시오!"

평소와 다른 조금 난폭한 움직임에 내가 무심코 비틀거리자 델리아가 하늘색 눈동자로 나를 강하게 노려보았다. 내가 주변 기세에 당황하는 동안 이번엔 의식용 의상이 입혀졌다. 내가 소매에 팔을 끼우는 사이 로지나가 허리끈을 들고 와서 말기 시작했다. 델리아가 노르스름한 타스키(일본의 옷소매를 걷어매는 끈) 같은 천을 가져와서 로지나에게 건넸고, 로지나가 그것을 허리끈 위에 말아서 장식적으로 묶었다.

굉장한 팀워크다.

로지나의 손길로 허리끈이 정리됨과 동시에 델리아가 비녀를 쓱 뽑았다. 머리카락이 찰랑거리며 떨어지기도 전에 로지나가 내 겨드랑이에 손을 넣어 의자에 앉혔다.

"마인 님, 상대방은 기사단입니다. 불결한 일이 일어나더라도 결코 표정이 드러나지 않도록 주의하십시오."

의자에 앉은 내 머리를 로지나가 빗는 동안 델리아는 옷장에서 세례식 때 썼던 화려한 비녀를 꺼내왔다.

"마인 님, 이쪽으로 부탁드립니다."

건네받은 비녀를 손에 쥐고, 나는 평소대로 머리를 정리했다.

"마인 님의 준비가 끝나셨습니다!"

델리아의 목소리에 프랑이 계단을 뛰어 올라왔다. 그리고 힙색 같은 가방을 차고 신관장의 방에서 사무용으로 쓰던 도구를 테이블 위에 올려놓았다.

"로지나, 이것을 정리해 주세요. 마인 님, 서둘러야 해서 실례하겠습니다."

그렇게 말하고 프랑이 다시 나를 안아 올려 큰 보폭으로 방을 나왔다.

"프랑, 귀족의 문은 어디에 있나요?"

"귀족 구역에서 가장 깊숙한 곳 있습니다. 귀족의 문은 귀족 마을과 이어져 있는 문입니다. 청색 신관이 자택으로 돌아가거나, 의식으로 귀족 마을로 향할 때 쓰는 문입니다."

청색 신관과 마주치지 않기 위해 귀족 구역을 어슬렁거리지 않으려고 조심한 데다 평민이며 귀족 마을에 전혀 용무가 없는 내게는 사용할 필요가 없는 문인 듯하다.

"오래 기다리셨습니다."

귀족 구역의 안쪽 문을 나서자 은백색 갑옷으로 무장한 신관장과, 물의 여신 플류트레네의 신구인 지팡이를 든 아르노가 있었다. 신관장은 판금갑(板金甲)이라고 부를만한 전신을 둘러싼 갑옷을 몸에 걸치고, 그 왼손으로 투구를 안고 있었다. 화려한 장식은 없지만, T자형

코 보호대가 달려 눈과 입만 보이는 코린트 양식의 투구였다. 그리고 은백색으로 빛나는 갑옷에 비친 파란 망토가 멋스러운 화려함을 더했다.

정면에는 마치 마을과 바깥세상을 가로막는 듯한 높은 담과 도무지 사람의 힘으로 못 열 것 같은 거대한 문이 보였다.

"그것이 의식용 의상인가?"

프랑이 나를 내리자, 신관장은 내 머리끝에서 발끝까지 훑어보더니, 집게손가락을 빙글 돌리며 돌라는 지시를 내렸다. 의식용 의상이 잘 보이도록 나는 팔을 펼쳐 빙글 돌았다.

"조금 낯선 무늬지만, 예상보다 완성도가 훌륭하군."

훗 하고 미소 지으며 신관장이 의상을 칭찬하고, "아르노" 하고 말을 걸었다. 아르노가 내게 무언가를 내밀었다.

"마인, 그대는 여름에 태어났다 했지? 이걸 빌려주마. 중지에 끼우고 있거라."

아르노에게 건네받은 것은 파란색 커다란 보석이 달린 반지였다. 누가 봐도 사이즈가 맞지 않는 반지를 건네받고 나는 고마움을 표시했다. 엄청 헐렁헐렁한데? 하고 생각하면서 신관장의 지시대로 왼손 중지에 끼웠다. 다음 순간, 돌이 파랗게 빛나는가 싶더니 멋대로 사이즈가 쑥 줄어들어 내 손가락에 딱 맞게 변했다.

"으앗!?"

"이 정도로 일일이 놀라지 말아라."

"그, 그런 말 하셔도……."

어찌 놀라지 않을 수 있으랴. 나에게는 '이 정도'가 아닌데.

신관장이 이 반지를 빌려준 건 이것이 필요한 장소로 간다는 뜻이다. 나의 상식이 전혀 통하지 않는 판타지스러운 장소에.

"여기서 기다려라."

신관장이 우리에게 그렇게 말한 뒤, 찰캉 찰캉 소리 내어 걷더니 거대한 문에 손을 얹었다. 신관장의 방에 있는 비밀의 방을 열었을 때처럼 커다란 빛나는 마법진이 떠올랐다. 그러더니 서서히 문이 제멋대로 열리기 시작했다. 우라노 시절의 자동문에 익숙했음에도 이곳에서 본 것이 처음이라서인지 심장이 튀어나갈 정도로 놀랐다.

"으엑!?"

"평민 티가 너무 나는군. 조용히라도 있어라."

실제로 평민인 내게 무슨 당치도 않은 말씀이신지. 하지만 신관장의 시종으로 귀족 마을에 동행하는 아르노나 프랑은 익숙한 광경인지 지금 얼굴색 하나 바뀌지 않고 태연하다. 이 광경이 귀족에게 평범하고, 시종도 주인도 경험할 정도로 흔한 일이라면 일일이 놀라는 나를 기사단이 이상한 눈으로 쳐다볼 게 분명하다. 나는 입꼬리에 꾹 힘을 주었다.

"가자."

열린 문으로 걷기 시작한 신관장의 뒤를 아르노와 다시 나를 안아든 프랑이 걸었다.

문을 통과한 곳이 귀족 마을이다. 문 하나를 두고 평민촌과는 확연히 다른 세계가 펼쳐지고 있다는 사실에 내 눈이 휘둥그레졌다. 문 앞에는 커다란 분수가 자리 잡은 광장이 있었다. 그 광장에 깔린 하얗게 빛나는 납작돌들이 큰길을 만들고 있었다. 좁디좁은 높은 건물들이 밀집된 평민촌과 달리 돌아보는 곳곳마다 하얀 납작돌과 풍요로운 녹색이 끝없이 이어졌고, 내가 아는 냄새나고 더러운 거리는 어디에도 보이지 않았으며, 오물 하나 떨어져 있지 않았다. 무시무시할 정도로 청결하고 아름다운 장소였다. 무언가가 가로막혀 있는지, 공기마저 다르다.

하얀 돌바닥 광장에는 신관장과 마찬가지로 은백색 갑옷으로 무장한 스무 명 정도의 기사가 있었다. 신관장과 다른 점은 밝은 황토색으로 맞춘 망토다. 그들은 틀림없는 기사였다. 개문을 눈치챈 남성들이 모여와 네 줄로 정렬했다.

"마인 님, 귀족답게 부탁드립니다."

나를 안은 프랑이 나만 들릴 만한 작은 목소리로 주의했다. 나는 고개를 끄덕거리며 로지나에게 직접 전수받은 우아한 미소를 지어보았다.

가장 앞에 선 기사만 홀로 투구를 겨드랑이에 끼고 있었다. 적갈색 머리를 한 체구가 큰 아저씨였다. 동작이 세련되고 아름다운 데 비해 용맹스러운 무사라는 분위기가 강했다. 그가 신관장을 향해 무릎을 꿇자, 정렬한 기사단이 철컹거리는 갑옷 소리를 울리며 일제히 무릎 꿇었다.

"페르디난드 님, 여전하신 것 같아 무엇보다 다행입니다."

"아아, 칼스테드. 그대도 여전하군."

신관장과 이야기를 나누고 있는 칼스테드라 불린 사람이 아마 지금 이곳에 모인 기사단을 이끄는 단장이나 부대장쯤 되는 사람임이 분명하다.

"꽤 적군."

"아직 수확제에서 돌아오지 않은 자도 많습니다."

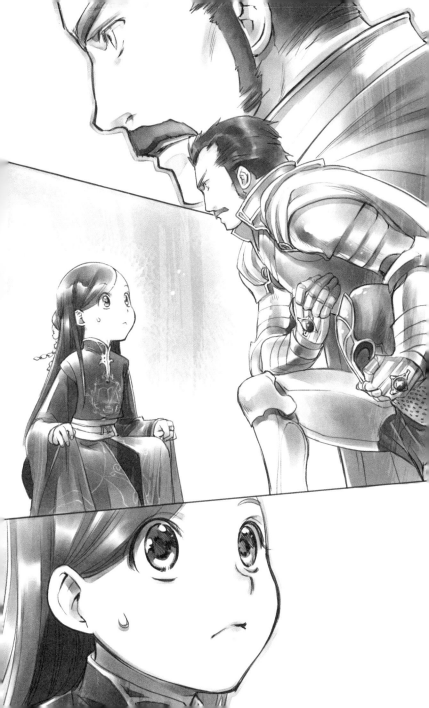

포기한 듯이 "그렇군."하고 말한 신관장이 가볍게 손을 들자, 프랑이 나를 내려 앞으로 나가도록 살짝 등을 밀었다.

"칼스테드, 이번 의식을 치를 견습무녀 마인이다. 부디 잘 부탁한다."

"칼스테드 님, 마인이라고 합니다. 잘 부탁합니다."

나는 귀족인 칼스테드의 앞에서 무릎을 꿇고 인사했다. 무릎을 꿇은 채 칼스테드와 눈을 마주치자 옅은 파란 눈동자가 나를 검사하듯 가늘게 떴다.

"이쪽이야말로 잘 부탁한다."

"그럼 출발하자."

신관장의 말과 동시에 기사단이 전원 벌떡 일어나 갑옷의 오른쪽 손등에 달린 돌을 만졌다. 그러자 그 돌이 빛나며 동물 조각들이 순식간에 광장을 가득 채웠다. 모든 갑옷의 손등에서 돌이 사라지고 움푹 구멍이 파인 걸 보아, 이 각양각색의 동물들은 손등의 돌로 만들어진 모양이다.

"칼스테드, 시종을 다른 기사와 함께 태워주게. 마인은 이쪽이다."

지시를 내리며 투구를 쓴 신관장이 나는 안아 날개가 달린 하얀 사자 같은 동물 위에 태웠다. 안정적인 탑승을 위해 나는 사자처럼 생긴 조각에 걸터앉았다. 신관장은 전신에 갑옷을 둘렀다고 생각할 수 없을 정도로 가벼운 움직임으로 내 뒷자리에 올라타고 고삐를 쥐었다. 그러자 조각인 줄로만 알았던 사자가 평범한 동물처럼 움직이기 시작했다.

"꺅!?"

예상치 못한 움직임에 비틀거리며 신관장의 가슴팍에 뒤통수를 세게 부딪쳤다.

"아, 아파라⋯⋯."

"혀를 깨물기 싫으면 입을 다물고 있어라."

어금니를 꽉 깨문 나는 살짝 앞으로 기울이듯 몸을 눕혀 눈앞에서 흔들리는 고삐를 꽉 잡았다. 탓탓탓 하고 몇 걸음 가볍게 달리던 날개 달린 사자가 날개를 펼치더니 하늘로 날아올랐다. 중간에 거미줄을 찢은 것처럼 무언가가 걸린 듯한 느낌이 들었지만, 그건 아주 잠깐이었다. 그대로 하늘을 달려 마을을 뛰어넘었다.

"우와, 높다⋯⋯."

"무서워하는 줄 알았는데?"

"제가 모르는 신기한 현상에 놀랐을 뿐이에요. 마구 흔들리는 마차보다 무섭지 않아요."

하늘을 달리는 신비한 사자는 마치 속도가 느린 제트코스터와 비슷했다. 마차보다 흔들리지 않아 안정감이 들었다. 안전띠가 없어 상당한 스릴감을 느꼈지만, 뒤에서 고삐를 쥔 신관장의 팔이 양 겨드랑이에 있는 덕분에 그렇게 무섭지 않았다.

주위에는 마찬가지로 하늘을 나는 동물 조각들이 줄짓기 시작했다. 천마가 인기 있는지 가장 많았고, 다양한 색깔의 천마가 하늘을 달렸다. 늑대나 호랑이 같은 동물도 있었다. 개인적으로 가장 귀여운 건 날개 달린 토끼였다.

"신관장님, 이 동물은 뭔가요?"

"마석을 변화시킨 기수(騎獸)다. 마력의 공급이 끊어지지 않는 한 자유자재로 움직여준다. 시술자의 취향에 따라 무엇으로든 변화시킬 수 있다."

평민촌의 거리 위를 달려 문을 뛰어넘었다. 가도가 이어지고, 저 멀리 어렴풋하게 다른 마을의 외벽이 보였다. 마을 주변에는 수확이 끝난 농가와 녹색으로 울창한 숲이 여기저기에 펼쳐졌다.

"신관장님, 어디에 가는 건가요?"

"저기다."

평소 우리가 채집하는 숲보다 훨씬 깊은 곳을 신관장이 가리켰다. 거대한 분화구처럼 그곳만 숲에 구멍이 뻥 뚫려 있었다. 눈을 부릅뜨며 보니 그 부분만 나무도 풀도 없이 흙이 노출된 상태였는데 그 한가운데에서 거대한 나무 하나가 길쭉한 가지를 휘두르며 날뛰고 있었다. 그리고 그 거목이 난동을 부릴수록 숲의 분화구가 점점 확대되어 가는 듯이 보였다.

"뭐, 뭐예요, 저게?"

"토론베라는 마목(魔木)이다."

"네!? 저게 토론베라고요!?"

분화구 한가운데에서 나뭇가지를 휘두르는 토론베는 내가 알고 있는 쑥쑥이 나무와 확연히 달라서 전혀 알아보지 못했다. 그러고 보니 루츠와 다른 동네 아이들도 질색하며 토론베를 벴었고, 조금이라도 성장하면 문지기들의 절반 이상이 출동하여 베어냈다. 거대해져서 병사들로는 대응할 수 없어진 토론베는 기사단이 처리하러 간다고 들은 적이 있지만, 설마 이런 상태가 되는 나무라고는 상상도 못 했다.

'저건 위험해.'

종이를 만들던 초반에 토론베를 재배하고 싶다고 했을 때 루츠가 굉장히 무섭게 화낸 이유를 지금에서야 겨우 이해하게 되었다.

"기사단이 베어낸 후가 그대의 차례다. 그때까지는 위험하니 숲에 숨어있도록."

기사단이 거대 토론베를 해치운 뒤, 송두리째 마력을 빼앗긴 땅에 다시 마력을 채워 넣는 일이 신관의 업무라고 한다. 기사단의 수가 적은 탓에 신관장은 토론베를 해치우는 쪽에 참가했다가 그 뒤에 나의 보조도 해준다고 했다.

'신관장님, 진짜 만능이셔.'

신관장이 고삐를 조종하며 토론베의 분화구에서 조금 떨어진 널찍한 장소를 향해 내려가자 기사단도 우리를 따라 내려왔다.

"마인과 프랑과 아르노는 이곳에서 대기다. 칼스테드, 호위를 둘 정도 골라주게."

자연스럽게 사자에서 내린 신관장이 뒤를 돌아보며 칼스테드에게 말을 걸었다. 가볍게 끄덕인 칼스테드가 호위 담당을 지명했다.

"다무엘, 시키코자. 너희가 호위다."

"네!"

호위 담당으로 다무엘, 시키코자라 불린 두 사람이 천마 같은 동물에서 내리자 동물이 사라졌다. 반짝거리는 빛이 궤도를 그리며 손등의 구멍으로 쏙 들어가 원래의 돌로 돌아갔다.

"감사합니다."

프랑과 아르노는 자신들을 태워준 기사에게 감사의 말을 전하고, 자연스럽게 동물의 등에서 뛰어내렸다. 나도 두 사람을 보고 화려하게 뛰어내리려고 하다가, 그보다 먼저 신관장이 시선만으로 '그만둬.' 하고 째려보고 혼쭐을 냈다.

'깜빡했네. 우아함, 우아함.'

나는 나의 위치를 떠올리고, 완전한 조각이 되어 미동도 없는 사자의 등에서 방향만 살짝 틀어 다리를 모으고 기다렸다. "못 말리겠군." 하고 저음으로 중얼거리는 신관장에게 안겨 사자에서 내렸다.

"견습무녀에게 상처 하나 입히지 않도록 확실히 지켜라."

신관장의 말에 호위로 임명받은 기사들이 "네!" 하고 끄덕였다.

이런 대화 중에도 토론베의 분화구는 조금씩 넓어지고 있었다. 갑자기 수많은 새떼이 날아오르는 소리가 들리는가 싶더니 쿵 하고 무언가가 쓰러지는 커다란 소리가 들리며 땅이 흔들렸다.

"꺅!?"

나무들 사이로 큰 나무 한 그루가 쓰러졌다. 토론베의 분화구 쪽을 향해 쓰러진 그 나무에 마치 의지를 가진 듯 땅에서 불쑥 튀어나온 뿌리가 휘감아갔다. 순식간에 큰 나무의 이파리가 시들며 바사삭 떨어지고, 굵직한 줄기가 생기를 잃어가듯 빠짝 말라갔다. 생기를 빨아들인 뿌리는 볼일이 끝났다는 듯이 또다시 땅속으로 돌아갔다.

상상도 하지 못했던 토론베의 괴물 같은 모습에 등줄기를 타고 차가운 땀이 흘러내렸다. 나는 나무들 너머에서 날뛰는 토론베와 싸우러 가는 기사단을 교대로 보고, 그 자리에서 무릎을 꿇었다.

"신관장님, 기사단 여러분…… 무운과 건승을 빕니다. 라이덴샤프트의 권속인 무용(武勇)의 신 앙리프의 가호가 있기를."

내가 그렇게 말한 순간, 신관장에게 빌린 반지가 파란빛을 내더니 기사단에 빛이 쏟아져 내려왔다. 반지에 박힌 돌이 마력을 빨아 당기는 느낌이 들자, 나는 서둘러 마력을 억눌렀다. 마력을 몸속으로 당기는 느낌을 주자, 반지의 빛이 사라졌다.

"견습무녀의 축복이다. 가자!"

칼스테드의 말에 나는 내가 무엇을 저질렀는지 이해했다. 힐끗 신관장을 올려다보니 뭐라 형용할 수 없는 복잡한 표정으로 나를 내려다보고 있었다.

"마인, 아무쪼록, 아무쪼록 그대의 차례까지 얌전히 있어 주도록."

신관장은 '아무쪼록'을 강조하는 말을 남기고 사자 조각에 올라타 하늘로 날아올랐다. 신관장에 이어 기사들도 고삐를 조종하며 하늘로 향해갔다.

토론베 토벌

"의미도 없는 축복을 내리다니, 무슨 바보 같은 짓인지, 나 원 참."

작아져 가는 기사단을 올려다보는 나의 등 뒤에서 업신여기는 듯 코웃음 치는 소리가 들려왔다.

"시키코자, 대체 무슨 말을 하는 겁니까!?"

두 사람 다 투구를 쓴 상태라 눈과 입 밖에 보이지 않아서 구별하기는 어렵지만, 당당하게 서 있는 사람이 시키코자, 말리듯 하는 사람이 다무엘이리라. 목소리의 느낌으로 보아 둘 다 아직 젊은 것 같다. 막 성인이 됐든지 아니면 아직 성인이 아닐지도 모른다.

"근데, 그렇잖아? 그렇지 않아도 마력이 부족한 상황에서 기사단에게 축복으로 힘을 쓰다니 바보가 아니고서야 이런 짓 하겠어?"

다무엘의 손을 뿌리치며 시키코자가 나를 손가락질했다.

"확실히 축복이 없어도 토론베 따위한테 기사단이 질 리는 없습니다만, 무용의 신 앙리프의 축복이 있고 없고는 엄청난 차이가 있지 않습니까. 지금은 인원수도 적고."

둘의 의견을 나는 긴장하며 들었다. 그건 그저 거대 토론베와 싸울 신관장과 기사단의 무운을 빌고 싶어서 귀족의 앞에서도 이상하지 않을 법한 말을 골라 발언했더니 멋대로 축복이 되어 버렸던 것뿐이다. 반지에서 갑자기 빛이 뿜어져 나와서 놀란 건 오히려 내 쪽이었다. 신관장에게 반지를 빌리지 않았더라면 축복이 되지 않았을 우연의 산물이었다.

'아마 신관장님도 놀랐겠지.'

그리고 마력이 부족하다고 했는데, 손가락의 돌에 마력이 빨려간다는 느낌이 들어 서둘러 멈춘 덕분에 아주 조금만 방출했을 뿐이다. 이 뒤의 의식에는 아무런 문제가 없을 터이다.

"불쾌하게 해드렸다면 죄송합니다. 앞으로 조심하겠습니다."

반론은 마음속에 묻어두고, 나는 귀찮은 일이 생기지 않도록 곧바로 사죄했다. 돌아온 건 흥 하는 콧김 한 번뿐이었지만, 그걸로 이야기가 끝난다면 그걸로 좋다.

"시키코자가 한 말은 신경 쓰지 마. 인원수가 적은 만큼 남은 마력을 축복으로 불어 넣어 주면 우리로선 고맙지. ……자, 봐. 시작해."

내게 신경 쓰듯 그렇게 말한 다무엘이 하늘을 가리켰다. 다무엘의 손끝에는 나무들 사이에서 하늘을 선회하는 기사단의 모습이 드문드문 보였다. 토론베 같은 괴물을 대체 어떻게 쓰러뜨리는지 나는 까치발을 들며 기사단을 응시했다.

"____!"

하늘 위에서 어떤 호령 같은 목소리가 울렸다. 내 귀에는 뭐라 소리치고 있구나, 라는 것밖에 알 수 없었지만, 그 호령과 동시에 전원이 암흑처럼 시꺼멓게 빛나는 무기를 손에 들었다.

"저건 뭔가요? 프랑은 아니요?"

"아뇨, 이렇게 가까이서 본 건 저도 처음이라 모릅니다."

본래라면 신구를 들고 중심에서 의식을 치르는 신관과 마력을 가지고 보좌할 수 있는 신관 두 사람이 기사의 뒤에 타고 현장에 달려간다. 그래서 기사단의 요청에 시종이 동행하지는 않는다고 한다. 하지만 이번에는 신관장이 기사단과 함께 싸우는 점, 내가 나보다 두 배나 큰 신구를 이동 중이나 대기 중에 가지고 있을 수 없는 점, 프랑이 나의 몸 상태를 지켜보는 역할을 맡은 점을 고려하여 시종 두 사람을 동행하게 되었다고 한다.

"견습무녀, 저건 어둠의 신에게 가호를 받은 무기야. 마력을 담아 공격하면 그 두 배에 가까운 마력을 빼앗을 수가 있지. 토론베 토벌엔 필수야."

설마 귀족이 일부러 설명해줄 거라곤 생각지도 못한 내가 조금 놀라며 전신을 금속으로 뒤덮은 다무엘을 올려다보았다. 투구의 틈새로 입 밖에 보이지 않았지만, 평민인 나를 꺼리는 모습은 보이지 않았다.

"기사의 전투를 직접 볼 수 있는 자는 얼마 없어. 잘 봐둬."

"감사하게 생각합니다."

"처음엔 화살로 기세를 꺾어가지. 봐, 저 파란 망토가 페르디난드 님이시다."

다무엘의 손끝에는 사자에 올라탄 채 활시위를 당기는 기사의 모습이 있었다. 사자를 타며 활을 당기는 모습이 기마궁술과 비슷해 보였다. 그 기사의 망토는 하늘 바람에 나부끼는 황토색 망토 중 딱 하나 있는, 파란색이었다.

'신관장님이다! 대단해! 힘내세요!'

목소리로 낼 수 없는 말을 나는 마음속으로 외치며 열렬히 응원했다. 너무 멀어 활시위가 보이지 않지만, 팔의 움직임과 검은 화살이 날아가는 모습에 신관장이 활을 쏘았다는 것만 알았다. 퓽 하고 활을 떠난 화살은 공중에서 새카맣고 가느다란 화살로 분열되더니 거대한 토론베 위에서 비처럼 쏘아 내렸다. 화살이 꽂힌 부분이 작게 빛나며 팡! 팡! 하고 작은 폭발이 일었다. 하지만 그 정도 공격은 아무렇지도 않은지 거대 토론베는 여전히 가지를 휘두르며 난동을 부렸다.

"쏜 화살을 저렇게나 분열시키려면 상당한 마력이 필요해. 그것을 몇 번이고 쏠 수 있는 페르디난드 님이 얼마나 대단한지 알겠지?"

다무엘은 신관장을 매우 존경하고 있는 모양이다. 자신만만하게 신관장의 어디가 어떻게 대단한지 설명해주었다.

"어서 기사단에 돌아와 주시면 좋을 텐데⋯⋯."

신관장에게 찬사를 보내는 사이에 불쑥 귀에 들어온 말에 나는 몇 차례 눈을 깜빡였다. 올려다보는 나를 눈치챘는지 다무엘이 무거운 침묵을 뒤로하고 나직이 중얼거렸다.

"⋯⋯이건 발설금지야."

"알겠습니다. 발설금지인 걸로."

원래 신전 출신이 아니라고는 들었지만, 신관장은 글쎄 기사단에 있었던 모양이다. 그래서 어쩐지 칼스테드와 지인처럼 대화하고, 맞춘 듯한 갑옷을 소지하고 있었던 셈이다. 마른 몸에 예민하며, 사무직에 딱 맞는 얼굴과 체형을 갖추고 있어서 설마 기사단에 있었을 줄은 꿈에도 생각 못 했었지만, 지금 싸우는 모습을 보면 전혀 위화감이 없었다.

'문과와 무예를 함께 소화하는 능력자 귀족이라니, 신관장님은 정말 못 하는 게 없네.'

조금만이라도 능력을 나눠줬으면 좋겠다. 그렇게 생각하면서 나는 신관장을 올려다보았다. 파란 망토를 펄럭이며 신관장은 계속해서 토론베를 향해 화살의 비를 내리꽂았다.

"효과가 나오기 시작했어. 토론베가 검게 변해가는 게 보여?"

다무엘의 말대로 신관장이 계속해서 쏜 화살에 맞는 부분에 조그마한 검은 점이 붙어있는 것이 보였다. 얼룩처럼 보이는 작고 검은 점은 화살에 맞는 곳마다 늘어갔다.

"보여요. ……아, 가지가……."

마치 그 검은 부분부터 썩어들어 가듯 기세 좋게 붕붕 휘두르던 토론베의 가지가 두둑하고 부러져 아래로 떨어졌다. 떨어진 나뭇가지는 반짝반짝 빛나며 사라져갔다.

거대 토론베는 아직 팔팔한 가지를 쭉 뻗어 하늘을 나는 기사단을 어떻게든 내리치려고 했지만, 자유자재로 피하는 기사단에 닿지 않았다. 오히려 기사단의 손에 든 도끼와 창과 모(矛)를 조합한 검은색 할버드로 가지를 쪼고, 자르고, 찌른 상처가 점점 새까매져서 우수수 떨어져 갔다.

도대체 가지가 얼마나 떨어졌을까. 정신을 차렸을 땐 토론베가 벌이던 분화구의 성장이 멈춰 있었다. 휘두르던 가지가 줄어들자 기사단은 가지를 향한 공격을 피해 이번엔 직접 토론베의 몸통에 공격을 가하게 되었다. 상당히 거대한 몸통이지만, 검은 반점이 곳곳에 늘어나 있었다. 공격을 받을 때마다 토론베가 활력을 잃어가는 것이 눈에 보였다.

"이제 곧 끝나겠어."

다무엘이 긴장을 푸는 듯이 그렇게 중얼거렸다. 거대 토론베의 위험성에 잠시 걱정이 됐었지만, 예상외로 빨리 처리된 듯해서 나는 살짝 가슴을 쓸어내렸다.

"저런 괴물과 싸우다니 한때는 어떻게 될까 걱정했었는데, 이쪽은 거의 피해가 없어서 안심했어요."

"매년 있는 일이니까 아무리 인원수가 부족하더라도 절대 질 리는 없어. 이번엔 특히나 페르디난드 님께서 계셨으니 가지를 잘라내는 것도 쉬웠던 것 같아."

　연속으로 대량의 화살을 쏠 수 있는 신관장이 있고 없고로 효율성이 크게 달라지는 듯하다. 토론베의 공격이 닿지 않는 원격 공격이 적으면, 상대의 힘을 약하게 만들 수가 없어서 매번 가지에 맞아 날아가는 기사가 몇 명은 생긴다고 한다.

　투구를 쓰고 있어 표정을 알기 힘들지만, 다무엘의 목소리는 부드러웠다. 내가 싱긋 웃으며 올려다보자 등 뒤에서 못마땅한 듯 혀를 차는 소리가 들렸다.

　"다무엘, 뭘 평민과 친하게 재잘대냐? 너 몰라? 저건 평민이야. 평민 주제에 귀족에게만 허락된 파란 의상을 걸치고 우쭐해 하는 멍청이야. 아무리 귀족이 줄었다지만, 평민 따위에게 파란 의상을 내리다니, 페르디난드 님도 대체 무슨 생각이신지."

　"시키코자, 대체 무슨…… 말도 안 되는 소리 마십시오."

　동요한 듯한 다무엘의 목소리를 보니 그는 내가 평민인 줄 몰랐던 모양이다. 상냥하게 해설해주었던 것도 귀족 출신의 청색 견습무녀라고 생각해서였으리라. 악의를 드러내는 시키코자에게서도, 평민인 걸 알고 동요하는 다무엘에게서도 살짝 거리를 두었다. 내가 평민임을 아는 귀족이 어떤 태도를 보일지 모른다. 신전장 때처럼 되어 버리면 귀찮아진다.

　"사실이다. 성결식 때 우리 저택에 오신 신전장님께서 한탄하시더군. 신전의 질서가 고작 평민 하나 때문에 망가지고 있다고."

　'범인은 너였구나, 신전장!'

　신전에서는 전혀 마주치지 않고, 특별히 딴지를 걸어오지도 않기에 기억의 저편에 고이 박아뒀는데, 신전장은 귀족들에게 푸념하며 돌아다니고 있었던 모양이다.

'큰일이다. 이거 엄청 위험한 상황 아냐?'

내가 평민인 이상, 아무리 반론하고 싶다 한들 반론이 허가될 리가 없다. 그리고 신전장은 자신에게 유리하게 이야기를 부풀리거나, 다소 왜곡했음이 틀림없다. 귀족들로 구성된 기사단과 행동해야 하는 때에 이런 악의 띤 소문은 상당히 성가신 적이 된다.

"뭐라도 말해 보시지, 평민."

뭐라 말하래도 뭘 말해야 할지 모르겠다. 귀족을 상대로 쓸데없이 입을 놀렸다간, 그 자리에서 무슨 짓을 당할지 모르기 때문에. 그냥 입을 다물고 있었을 뿐인데도 시키코자의 신경을 건드렸는지, 씩 하고 가학적으로 일그러진 입꼬리가 보였다.

"뭐야, 페르디난드 님이 안 계시면 그 건방진 입도 못 놀리나?"

"그만하세요, 시키코자! 그녀는 호위 대상입니다."

역할이 끝날 때까지 신분은 관계없다고 다무엘이 시키코자에게서 나를 지키려는 듯 등 뒤로 나를 감싸주었다. 하지만 오히려 그 행동이 시키코자의 분노에 부채질한 결과가 되어 버리고 말았다.

"닥쳐, 다무엘! 신분을 분간(分揀)해! 내게 명령하지 마!"

입술을 꽉 깨문 다무엘이 한 발짝 옆으로 비켰다. 탁 트인 시야로 시키코자가 한 걸음씩 다가왔다. 커다란 금속 갑옷으로 둘러싼 남성이 자신에게 악의를 가지고 철컹철컹 소리를 내며 다가오는 상황은 공포 그 자체였다.

'무서워.'

다리가 떨리고 이빨이 딱딱거린다. 이 자리에서 도망치고 싶은데다리가 굳어서 떨어지지 않는다. 나의 두려움을 알아챘는지 킥킥 웃으면서 시키코자가 금속으로 무장한 주먹 쥔 손을 번쩍 들어 올렸다.

"마인 님!"

"꺼져! 방해다!"

나를 막으려고 사이에 끼어든 프랑이 시키코자의 한방에 나가떨어졌다.

"프랑!"

무심코 프랑에게 달려가려는 나를 막으려는 듯 시키코자가 내 머리를 낚아챘다. 옆머리가 땅기며 두두둑하고 몇 가닥이 뽑히는 소리가 들렸다.

"악!"

"마인 님!"

"프랑, 움직이지 마세요! 당신이 움직이면 주인님께서 질책을 받으십니다. 이 이상 상황을 악화시켜서는 안 됩니다."

민첩한 움직임으로 몸을 일으켜 나를 구하러 달려가려는 프랑에게 아르노가 엄격하게 제재했다. 분한 듯 입술을 꽉 깨무는 프랑을 본 시키코자가 매우 재미있다는 듯한 미소를 지으며, 잡은 내 머리를 다시 난폭하게 잡아당겼다.

"가르쳐 주지, 평민. 이럴 땐 네가 시종의 무례를 사죄하는 거다."

프랑이 입술을 깨물며 참고 있는데 내가 폭주할 수는 없었다. 귀족을 상대로 대들지 말라고 들은 나는 일단 사죄했다.

"……제 시종이 큰 무례를 저질렀습니다."

하지만, 사죄도 시키코자를 거슬리게 한 듯하다. 거세게 밀쳐진 나는 엉덩방아를 찍었다. 엉덩이는 아프고, 머리도 지끈거리지만, 해방

된 게 그나마 다행이다.

"뭐야, 그 건방진 눈은!? 파내줄까!?"

시키코자는 그렇게 소리치며 왼쪽 손등의 돌에 손을 대고 희미하게 빛나는 지휘봉을 꺼냈다. 그 지휘봉을 빙글빙글 휘두르며 시키코자가 "멧사"라고 중얼거리자, 홀쭉한 봉이었던 지팡이가 자그마한 나이프로 형태를 변형했다. 날카롭고 뾰족한 칼끝이 번쩍이며 빛났다.

나를 향해 들이미는 칼날에 침을 꿀꺽 삼켰다. 식은땀이 등을 타고 흐르고, 심장이 부자연스러울 정도로 빠르게 뛰는 느낌이 들었다. 공포로 다리에 힘이 빠져 일어나지도 못한 채, 나는 그저 번쩍이는 칼을 바라보았다.

"시키코자, 안 됩니다! 그녀는 호위대상이며 의식을 치를 견습무녀이지 않습니까!"

등장한 무기를 보고 식겁한 다무엘이 시키코자에게 손을 뻗었지만, 시키코자는 다무엘의 충고와 팔을 홱 뿌리치고, 나이프를 치켜들었다.

"시끄러워! 앞이 안 보여도 의식엔 아무런 지장도 없잖아!"

나를 향해 내리치려는 나이프를 본 나는 엉덩방아를 찍은 채로 머리를 감싸며 거북이처럼 몸을 웅크렸다.

"평민은 그렇게 귀족을 두려워하고, 존경하며 불쌍하게 몸을 움츠리고 있는 게 어울린다고!"

꼭 감은 어둠 속에서 시키코자의 노성 너머로 펄럭이며 날개가 공중을 치는 소리가 들렸다. 위를 올려다보니 나이프를 번쩍 치켜든 갑옷의 뒤로 하늘에 파란 망토가 보였다.

"신관장님!"

시키코자의 폭주를 막아줄 보호자의 모습을 발견하고 나는 도움을 구하며 자리에서 벌떡 일어났다. 내가 일어나는 것과 동시에 '신관장 님'이라는 말에 시키코자가 서둘러 나이프를 든 손을 뺐다. 그러자 머리를 감싸던 내 왼쪽 손등에 뜨거운 통증이 스쳤다.

"악!"

"갑자기 일어서지 마, 이 어리석은 놈!"

머리에서 손을 내려 보니 상당히 세게 베였는지 상처가 깊었다. 피가 멈추려면 제법 시간이 걸릴 것 같았다. 귀족에게 불평해도 묵살당할 게 뻔하므로, 적어도 의식용 의상이 더러워지지 않게 서둘러 소매를 말았다. 그리고 왼팔을 쭉 뻗어 오른손으로 왼쪽 소매를 꾹 눌렀다.

"마인 님, 지금 천을……."

프랑이 바로 허리에 찬 힙색 같은 가방에 손을 집어넣었다. 치료용 준비물도 있는 모양이다. 내 시종은 정말 우수하다.

"고마워, 프랑."

직선으로 벌어져 버린 상처에서 흘러나온 피가 손목을 타고 땅에 톡하고 떨어졌다. 새빨간 피가 땅에 얼룩을 만든 순간, 보복보복 소리를 내며 지면이 꿈틀거렸다.

무슨 소리지, 하고 내가 땅을 보는 순간에도 피가 뚝뚝 소리 내며 떨어졌다. 그때마다 거품이 일듯 땅이 움직이면서 뾱, 뾱뾱, 뾱뾱뾱 하고 눈 깜빡할 새에 토론베의 싹이 몇 개나 튀어나왔다.

"왁!?"

내 피가 떨어지는 곳에서 싹을 피운 토론베는 내가 알던 토론베보다 훨씬 빠른 속도로 성장한 줄기가 뻗어오며 내 다리를 휘감아왔다.

"힉! 얍!"

황급히 발을 털며 토론베를 뿌리치려고 했지만, 급속도로 성장하는 나팔꽃 줄기처럼 토론베가 끝없이 발을 휘감았다. 한 줄기를 뿌리칠 새면 또 몇 줄기가 발목에 얽혀 꼼짝할 수 없어졌다. 그동안에도 손에서 떨어지는 피로 토론베가 더욱 활성화하는지 나를 중심으로 계속해서 싹이 피었다.

"이, 이건 내 잘못이 아니야! 갑자기 일어난 네 잘못이라고!"

번뜩 정신을 차린 듯 그렇게 내뱉으며 시키코자는 손에 든 나이프로 토론베를 베며 내게서 멀어져갔다.

"마인 님!"

칼을 들지 않은 프랑이 맨손으로 토론베를 잡아 뜯으려고 했다. 하지만 조금 성장한 줄기를 맨손으로는 뽑을 수 없었다.

초록 싹이 자라 하야스름한 줄기가 발목에서 무릎, 무릎에서 허벅지를 타고 뻗어왔다. 뻗어가면서 뿌리가 점차 갈색으로 물들어가고, 나무 색깔을 보이기 시작했다. 아주 조금씩이지만, 엉켜오는 줄기가 굵어지면서 그 쪼아오는 힘이 강해졌고, 다시 새로운 싹이 나를 붙잡으려고 뻗어왔다.

"견습무녀!"

다무엘은 왼쪽 손등에서 빛나는 지팡이를 꺼내 나이프 형태로 변형시켰다. 그동안에도 토론베 줄기가 쑥쑥 자라 이중 삼중으로 나를 휘감았다.

"어둠의 신의 가호를 하사받을 때까지 조금만 기다려줘. 되도록 빨리 구할게."

다무엘이 기도문을 외기 시작했다. 그것은 내가 의식에서 올릴 기도문과 아주 비슷했다. 신을 찬양하며 가호를 비는 기도다. 즉, 암기하는 데에 연습이 필요할 정도로 아주 길다는 말이다. 기도하는 동안 토론베가 얼마나 성장할지, 생각만으로 몸이 떨렸다.

'무서워!'

이빨이 딱딱거렸다. 거대 토론베의 구멍에 쓰러져 뿌리에 생기를 빼앗겨 시들어간 거목의 모습이 뇌리를 스쳤다.

'무서워! 무서워!'

토론베에 포박당하는 공포에 눈물이 쏟아져 나왔다. 손을 저어 토론베를 몰아내려고 해도, 피가 튄 곳곳마다 계속해서 싹이 자라기 시작하는 꼴이었다.

가랑이를 휘감던 줄기가 순식간에 골반에서 배로 뻗어왔다. 움직일 수도 없는 공포에 쫓긴 나는 큰 소리로 도움을 요청했다.

"루츠! 루츠! 루츠! 살려줘!"

구제와 질책

 내가 조금이라도 떨어지려는 피를 막으려고 팔을 든 상태로 목청껏 도움을 구하며 외치는 소리와 동시에 반지에서 빛이 났다. 한 줄기의 파란 빛이 하늘을 향해 뻗어갔다.
 그러자 펄럭이는 날갯소리와 함께 새카만 무언가가 머리 위해서 내려왔다. 팡, 파팡! 하고 작은 충격이 발밑에서 울렸다. 고개를 움직이니 발아래에 검은 화살 몇 개가 꽂혀있었다. 동시에 내 주변의 토론베가 힘을 잃은 듯 얌전해졌다.
 "신관장님!"
 낯익은 화살에 나는 하늘을 올려다보았다. 날개를 활짝 펼친 사자 조각이 이쪽을 향해 곧장 활강하는 모습이 보였다. 저 화살이 있으면 이제 살았다.
 하지만 신관장의 모습에 안도한 것도 겨우 몇 초였다. 토론베는 그 순간만 얌전해질 뿐, 내 손에서 떨어지는 피를 먹고 금방 활성화하기 시작했다. 멈췄던 토론베가 다시 움직이며 나의 배에서 가슴으로 뻗어갔다. 계속해서 자라나는 새로운 싹들이 감는 발에도 그 힘이 점점 강해졌다.
 "신관장님, 서둘러……."
 미끄러지듯 내려온 하얀 사자 조각에서 전신에 금속 갑옷으로 뒤덮었다 볼 수 없을 정도로 가벼운 움직임으로 신관장이 뛰어내렸다. 그 손에는 어둠의 신에게 축복을 받은 검은 화살이 들려있었다. 화살로 토론베를 거침없이 찌르며 신관장이 나를 향해 다가왔다.

"마인, 이건 대체 무슨 사태인가!?"

"견습무녀, 오래 기다렸지?"

겨우 어둠의 신으로부터 가호를 얻은 다무엘이 검은 나이프를 휘두르며 나를 구출하려고 싸우기 시작했다. 하지만 다무엘의 나이프는 신관장의 검은 화살에 비해 효과가 전혀 없었다. 아무리 잘라도 토론베의 활발한 움직임은 여전했다.

"가호가 전혀 듣질 않아!?"

"전혀 듣지 않은 게 아니다! 토론베가 금방 부활해버리는 거다! 왜지!?"

화살을 찌른 몇 초간은 얌전해지지만, 금방 다시 힘을 얻은 토론베가 활동을 시작했다. 성장하는 속도는 느려졌지만, 전혀 시들지 않는 토론베에 신관장은 혀를 차면서 계속해서 화살을 찔렀다.

"신관장님, 피가, 제 피가…… 토론베를."

"그대의 피라고!? 최악이군!"

토론베가 활성화하는 원인을 전하자, 신관장의 언성이 높아졌다. 투구로 얼굴이 잘 보이지 않는데도 눈꼬리를 부릅뜨고 눈썹을 추켜세운 모습이 훤히 보이는 듯했다.

"대체 그대를 왜 현장에서 멀리 떨어놓고, 일부러 호위까지 붙였다고 생각하는가!? 호위의 임무가 뭔가!? 무능한 녀석들!"

신관장은 그렇게 내뱉으며 호위로 남긴 기사 두 사람에게 욕을 퍼부었다. 다무엘은 검은 나이프를 들고 힘쓰고 있지만, 시키코자는 이제 막 어둠의 신의 축복을 얻으려고 힘쓰던 참이었다. 상사의 명령을 무시하고, 호위 대상에게 칼을 들이밀다 상처를 입혀 지금의 상황을 만들었으니 말 그대로 무능한 호위 기사였다.

그리고 신관장이 화살로 토론베를 제지하며 내뱉는 불평을 잘 들어보면 내 마력량이 상당히 많다는 걸 알 수 있었다. 다무엘은 물론, 기사단 절반 정도가 축복을 받은 무기로 공격해도 효과가 없을지도 모른다고 신관장이 중얼거렸다.

"아무리 견제해도 상처를 막지 않으면 의미가 없군. 마인, 상처가 난 곳이 어디냐!?"

"여기에요."

내가 있는 힘껏 왼팔을 뻗었다. 상처를 본 신관장이 가볍게 혀를 차고 "엔트바흐눙크"하고 중얼거렸다. 검은 활이 희미하게 빛나는 지팡이로 변화했다. 바로 "로트"라고 중얼거리며 지팡이를 흔들자 붉은 빛이 하늘을 향해 솟아올랐다. 붉은 빛이 무언가의 신호였는지 다른 기사들이 차례차례 날아오는 것이 보였다.

"아프더라도 절대 울지 말도록. 눈물도 피처럼 마력을 품고 있다."

그렇게 충고한 신관장이 빛나는 지팡이로 내 상처를 따라 훑었다. 지팡이에서 나온 자욱한 빛이 상처에 닿은 순간, 움찔하고 온몸이 떨렸다.

"하앗!?"

내 것이 아닌 무언가가 억지로 내 안으로 비집고 들어오려는 위화감과 고통으로 온몸에 소름이 돋았다. 생리적으로 눈물이 치밀어 올랐다. 눈물을 떨어뜨리지 않게 위를 바라보며 "후우~"하고 천천히 숨을 내쉬었다. 상처가 뜨거워졌다. 마치 이물질의 침입을 막으려는 듯 내 안의 마력이 일제히 상처로 향하며 이동하는 것이 느껴졌다. 나의 마력과 신관장이 부어 넣으려는 마력이 서로 부딪치며 상처가 옅은 노란색으로 빛났다. 빛이 사라졌을 땐 벌어진 상처가 완전히 맞물려 있었다.

"상처가……."

"응급처치로 상처를 막아뒀다. 마력으로 막았을 뿐이니 완치한 건 아니다. 토론베의 위에서 마력을 내뿜는 건 자살 행위지만, 어쩔 수 없지."

몹시 피곤한 듯 한숨을 내쉬며 신관장이 중얼거렸다. 상처는 막았지만, 토론베는 지금보다 훨씬 활성화하고 있었다.

"신관장님……."

"내가 가호를 중단하고 그대의 상처를 막은 탓에 토론베를 대항할 무기가 없다. 금방 구조대가 올 터인데……."

그렇게 말하며 신관장은 하늘을 쏘아보며 이쪽을 향해 내려오는 기사단을 향해 "느리다!" 하고 호통을 쳤다. 기본적으로 귀족다운 언행에 비밀의 방 외에는 감정다운 감정을 보이지 않는 신관장의 노성에 나는 꼼짝 못 한 채 움찔거렸다.

"페르디난드 님, 구조 신호라니 대체 무슨…… 뭐야, 이건!?"

연이어 내려오는 기사단이 두 번째 토론베와 그 중심에 갇힌 나를 보며 깜짝 놀랐다.

"칼스테드, 네가 고른 호위가 무능한 탓에 이 꼴이다. 즉각 마인을 구출해내라. 나는 가호를 중단해서 도와줄 수 없다. 가지가 목까지 올라왔어. 서둘러."

"네!"

토론베를 대항할 수 있는 무기가 없는 신관장이 내게서 멀어졌고, 그 대신 검은 할버드를 든 금속 갑옷이 달려와 일제히 무기를 내리쳤다. 쾅! 하는 폭발음과 함께 흙먼지를 타고 토론베의 파편이 튀어 올랐다.

"콜록…… 콜록……."

"칼스테드, 마인한테는 상처 하나 입히지 마라! 표적이 된다!"

이렇게나 꽉 휘감은 토론베를 제거하는데 중심에 있는 내게는 절대 상처를 입히지 않게 무기를 휘두르라는 말을 남기고 신관장은 시키코자와 시종들이 있는 곳으로 걸어갔다. 그 등에서 스멀스멀 뿜어져 나오는 분노가 눈에 보이듯 해 상당히 무서웠다.

행여나 신분 차가 귀족과 평민이라는 표면상, 귀족인 시키코자의 죄를 나 혼자 전부 덮어써서 이유 불문하고 벌을 받는 전개가 될까. 토론베가 활성화한 원인이 내 피라는 이유를 들어 뭔가 처벌을 내리거나 죄를 묻지는 않을까.

'충분히 있을 수 있어.'

앞으로 일어날 전개를 떠올리고 우울해진 내 주변으로 수많은 병사들이 모였다. 검은 할버드를 든 기사들이 지면을 푹푹 찌르며 쉬지 않고 토론베의 뿌리를 잘라냈다. 그와 동시에 검은 나이프를 든 기사가 내 목을 감기 시작한 줄기를 조금씩 끊었다.

"……가호가 듣기 시작했어."

다무엘이 내심 안심한 듯 말했다. 손등의 상처가 막히고, 더는 피를 흘리지 않자 토론베의 활성화가 멈추고 자라날 기적이 사라진 것이다.

어둠의 신의 축복을 띤 무기를 쓰면 조금 전의 거대 토론베처럼 검게 변색한 부분이 나타났고, 무기에 닿은 부분부터 시들어갔다. 토론베가 목을 죄어오는 공포에서 벗어난 나도 일단 안도의 한숨을 쉬었다.

"큭, 하기 힘들어!"

"나이프를 가진 사람은 너뿐이다. 신중히 해, 다무엘!"

아무래도 축복을 받은 뒤는 무기의 형태를 바꿀 수 없는 모양이다. 기사단은 거대 토론베를 베기 위해 커다란 무기로 조금씩 신중하게 내 주변의 줄기를 잘라갔다.

"다무엘, 그리고 견습무녀…… 마인이라고 했나? 왜 이런 사태가 되었지? 페르디난드 님께서 저렇게 화내시는 모습은 처음 봤다."

할버드로 내 발밑의 가지를 자르면서, 칼스테드가 목소리를 낮추어 재빨리 물었다.

"그건……."

다무엘이 철컹철컹하고 금속이 닿는 소리를 내며 시키코자 쪽을 보았다. 하지만 적극적으로 고발할 마음은 없는지 모호하게 말끝을 흐렸다. 흐리터분한 다무엘의 태도에 나는 형용할 수 없는 짜증과 신분 사회의 혹독함을 느꼈다.

목으로 뻗어있던 토론베도 가슴팍까지 잘려서 말하기엔 문제없는 상태가 되었기에 모든 사실을 폭로하면 그만이었다. 하지만 신용할지 어떨지의 문제는 별개로 신분이 사건의 진위를 가리는 상황이 될지도 모르는 터이다. 평민 견습무녀인 나의 발언이 얼마나 통할지, 얼마나 신용해줄지 모른다. 우선은 칼스테드도 귀족이기에.

'어떡하지?'

"조금이라도 정보가 필요하다. 진실을 말해라."

칼스테드가 이를 갈며 짜증 내는 낮은 목소리로 신음하며 나와 다무엘을 재촉했다.

그러고 보니, 신관장은 "무능한 호위를 골랐다."며 칼스테드에게도 분노했다. 지금이라면 신관장의 분노한 원인을 찾으려는 칼스테드가 자신의 처신을 위해서라도 내 얘기를 제대로 들어줄지도 모른다.

"칼스테드 님, 만약 제가 사실을 이야기한다면 제 신변의 안전을 보장받을 수 있습니까?"

시키코자의 행동이 귀족으로서 일반적인지 어떤지를 확인하는 의미에서 나는 칼스테드에게 물었다. 의식이 끝나지 않은 지금이라면, 적어도 갑자기 살해당할 위험은 없을 터이다. 그런 계산 하에 나는 입을 열었다.

"만약 제가 솔직히 얘기한다 해도 귀족은 자기 마음에 들지 않으면 제 머리채를 잡고 휘두르거나, 나이프로 눈을 파려 하겠지요?"

"무슨 말이냐, 그건? ……설마 견습무녀를 상대로, 그런 짓을?"

칼스테드가 찰캉하고 소리 내며 투구를 벗어 던졌다. 분노에 찬 얼굴이 드러나며, 험악한 눈빛이 다무엘을 꿰뚫었다.

"제가 아닙니다! 시키코자가 나이프를 꺼내서 견습무녀를 위협한 겁니다. 도우려 해도 신분을 분간하라고 해서……."

"바보 녀석! 페르디난드 님이 화내시는 것도 당연하다!"

검게 변해 약해진 토론베를 칼스테드가 힘껏 잡아 찢었다. 지이익 소리 내며 토론베가 갈라졌다. 신관장만이 아니라 칼스테드 역시 호위들의 행동에 분노하는 모양이다. 그렇다면 아마 솔직히 말해도 갑자기 칼을 들고 달려드는 상황은 일어나지 않으리라. 그런 식으로 상황을 파악하던 내게 칼스테드가 분노에 찬 옅은 파란색 눈으로 바라보았다.

"마인, 말해라. 모든 사실을 정확하고 거짓 없이, 신에게 맹세하고 말해."

"알겠습니다. 칼스테드 님. 신에게 맹세코 거짓은 말하지 않겠습니다."

잠깐만, 하고 말하려는 듯이 번쩍 든 다무엘의 손을 칼스테드가 뿌리쳤다. 진지하게 들어줄 것 같은 분위기를 감지한 나는 두 사람의 호위가 저지른 짓을 자세히 알렸다. 시종에게 확인하라며 증인의 존재도 강조하면서.

엉키고 설키게 몸을 휘감은 토론베로부터 상처 하나 없이 구출하는 데에는 상당한 시간이 걸렸다. 칼스테드에게 모든 이야기를 마쳐도 아직 작업이 끝나지 않았을 정도였다.

"어이, 괜찮아?"

"……아뇨. 제 시종을 불러주세요."

토론베에게 결박당한 탓에 내 몸 상태는 너덜너덜했다. 새로 맞춘 의식용 의상은 여기저기 찢어지고, 피를 머금은 부분은 마치 토론베에게 먹힌 것처럼 구멍이 뚫렸다. 몸 전체가 콕콕 쑤셨고, 필사적으로 저항해서인지 지쳐서 몸에 힘이 들어가질 않았다.

"견습무녀의 시종, 어디 있나!?"

칼스테드가 축 늘어져 힘이 없는 내 몸을 어깨에 짊었다. 토론베의 뿌리를 철저하게 끊으려면 비실비실하는 내가 방해인 모양이다. 딱딱한 금속 갑옷에 걸쳐져 여기저기 아팠지만, 이젠 불평할 기력도 없다.

"마인 님!"

달려오는 프랑이 보였다. 칼스테드에서 프랑으로 옮겨진 나는 프랑에게 푹 기댔다.

"신관장님, 열이 있습니다!"

"그도 그렇겠지. 저쪽에 눕혀서 약을 먹여라. 피도 잃고, 장시간 토론베에게 휘감겨 있었으니 마력도 제법 잃었을 것이다."

시키코자를 심문하던 신관장은 이쪽을 흘끗 쳐다만 보고, 금방 시선을 돌렸다. 투구를 벗어 얼굴이 잘 보이게 된 신관장의 표정은 조금 전보다도 훨씬 분노에 찬 것처럼 보였다.

"알겠습니다."

프랑은 햇볕이 잘 드는 따뜻한 곳으로 옮겨 나를 앉히고, 가방에서 연한 녹색 액체가 든 작은 병을 꺼냈다.

"이걸 마셔주십시오, 마인 님. 신관장님의 약입니다."

뭔지도 모를 액체를 입에 넣기는 무섭지만, 제대로 마시지 않으면 억지로 입에 털어 넣게 될 것 같았다. 하는 수 없이 병을 잡으려고 했다. 하지만 피가 떨어지지 않게 필사적으로 들었던 양팔이 납처럼 무거워 내 힘으로는 도무지 들 수가 없었다.

"미안해요, 프랑. 무리예요. 팔을 올릴 수가 없어요."

프랑은 힘이 하나도 없는 내 등을 받치며 뚜껑을 열어 입가로 병을 가져다주었다. 바짝 졸인 약초 냄새가 코를 찔렀다. 한방약 같은 냄새에 숨이 막혔다.

"프랑, 이거 정말 마셔도 되는 건가요?"

"신관장님께서도 조금 전에 마시셨습니다. 신관장님께서 조합하신 피로회복과 마력회복에 잘 듣는 약이라고 합니다."

피로회복이라는 말을 듣고 먹지 않을 수가 없었다. 적어도 신관장 본인도 마셨다면 독은 아니겠지. 역겨운 냄새에 인상을 찡그리면서 입안에 흘려보냈다.

"읍!?"

토할 것 같은 입가를 서둘러 틀어막았다. 눈물이 울컥하고 솟구치고, 전신이 떨렸다. 혀가 저리고 목구멍이 타들어 가듯 뜨겁다. 당분간 아무 맛도 못 느끼는 건 아닐까 생각될 정도로 강렬하고 끔찍한 쓴맛이다. 사람이 마실 게 아니다. 입을 틀어막은 채 바들바들 떠는 나를 보고 프랑이 새파랗게 질린 얼굴로 신관장에게 뛰어갔다.

"신관장님, 마인 님께서 너무 괴로워하시는데……."

"맛을 희생한 만큼 금방 효과가 나올 거다."

신관장은 이쪽을 보지도 않고 그렇게 말했다. 그러자 그 말대로 축 처졌던 내 몸에서 피로감이 싹 사라지고, 열이 빠져나가는 느낌이 들었다.

"……대단해. 열이 빠져가는 것 같아……."

효과가 무시무시한 약이다. 하지만 아무리 '좋은 약은 쓰다'지만 너무 썼다. 진심으로 맛의 개량을 요구하고 싶다. 효과를 위해 맛을 희생했다고 단언하는 신관장이 개량 따위 해 주지도 않겠지만, 적어도 '녹즙' 정도까지면 좋겠는데.

내가 휴식하며 회복하는 동안 기사들이 토론베를 완벽히 퇴치했다. 거대 토론베와 달리 분화구는 뚫리지 않았다. 그건 나의 마력으로 발아했기 때문이라고 병사 하나가 말했다. 자연적으로 발생하는 토론베는 땅속에 잠입하여 몇 개월, 최악의 경우 몇 년에 걸쳐 주변 땅의 마력을 흡수하고 비축하여 발아하는 만큼, 뿌리가 넓고 깊어 퇴치하기 성가시다고 했다.

"전원 정렬!"

토론베의 퇴치를 끝낸 기사들이 칼스테드의 호령에 맞춰 정렬했다. 하지만 오직 나의 호위를 맡았던 두 사람은 정렬하지 않았다. 그들은 투구를 벗은 상태로 신관장의 앞에서 무릎을 꿇고 가만히 땅을 내려다보았다.

"마인, 이쪽으로 오너라."

움직일 수 있게 된 나까지 불려 전원이 그 자리에 집합하였다. 나는 신관장의 지시대로 신관장의 반보 뒤에 섰다. 키가 작은 탓에 살며시 고개를 든 두 명의 호위 기사와 눈이 맞았다. 목소리로 예상했던 대로 둘은 아직 성인이 된 지 얼마 안 된 십 대 중반이었다.

시키코자는 자기주장이 강한 황록색 머리에 증오로 가득 찬 짙은 녹색 눈동자를 가졌다. 반듯하지만 전체적으로 오만함이 풍기는 용모였고, 눈빛은 마치 '모든 게 다 너 때문이다'라며 주장했다.

다무엘은 온순한 분위기에 수수한 갈색 머리색이었으며, 곤란하고 미안한 듯한 회색 눈빛으로 나를 보았다. 투구를 썼을 땐 몰랐지만, 뭐라 할까, 괴롭힘당하는 약한 학생 같은 분위기가 엿보였다.

"그럼 시키코자, 다무엘. 이번 소동에 대해 해명이 있다면 해 보아라."

신관장의 말에 시키코자가 얼굴을 들었다.

"해명거리는 없습니다. 저것은 평민. 그것만으로 충분합니다."

당연히 그 주장이 통하리라 굳게 믿는 당당한 태도에 나는 살짝 가슴팍을 눌렀다. 상대가 평민이라면 해명할 필요도 없다. 그것이 이곳에서 당연하다는 것을 뼈저리게 느꼈다.

"내가 상처 하나 입히지 말라, 명령했을 텐데?"

"갑자기 일어선 평민이 자기 실수로 상처 입은 것을 제게 책임을 물어도 곤란합니다."

신관장의 분노에 어린 목소리에도 시키코자는 분명하게 고개를 저었다. 신관장은 "그렇군." 하고 중얼거린 뒤, 다무엘에게 시선을 돌렸다. 신관장의 시선을 받은 다무엘은 한 번 움찔한 후, 아래를 쳐다보며 단숨에 대답했다.

"신분 차를 분간하라는 말을 거스를 수 없었습니다. 정말 죄송합니다."

머리를 숙인 채 말하는 다무엘을 보며 신관장은 가벼운 한숨을 내쉬었다.

"그렇다. 두 사람의 주장대로 신분 차이는 분간해야 한다."

신관장의 말에 시키코자가 희색에 찬 얼굴을 들고 의기양양하게 나를 보았다. 나는 의식용 의상에 난 구멍을 살짝 어루만지며 분한 마음에 이를 악물었다.

신관장이 한 걸음 앞으로 나왔다.

"이 자리에서 가장 신분이 높은 건 누구지, 시키코자?"

"페르디난드 님이십니다."

당연하다는 듯 시키코자가 대답했다. 하지만 그 질문의 의도를 읽지 못했는지 살짝 고개를 갸웃했다.

"그렇다. 그런 내가 명령했다. 견습무녀에게 상처 하나 입히지 말라, 반드시 지키라고. 신분의 차이를 분간했다면 지켜야 하는 것이 뭔지, 우선순위가 무엇인지 저절로 알았을 터. 그대야말로 신분 차를 분간하라!"

충격을 받은 시키코자가 신관장을 올려다보았다. 놀란 표정으로 믿을 수 없다는 듯이 눈을 크게 뜨고 있었다.

"하지만 저것은 평민입니다. 신전의 질서를 어지럽히는 어리석은 꼬맹이가……."

"정세를 전혀 파악하지 못한 것 같으니 설명해주겠다. 마인은 청색 의복을 부여받은 견습무녀다. 신전 측이 마인의 마력량을 기대하여 들어오길 희망했고, 영주님의 허가 하에 파란 의복이 내려졌다. 그 점에 불평불만을 늘어놓는 건, 신전 및 영주님께 불평불만을 늘어놓는 것이나 마찬가지임을 그 가슴에 새겨라!"

신관장의 말에 시키코자와 다무엘뿐만 아니라 뒤에 정렬한 일부 기사들한테서도 숨을 삼키는 소리가 들려왔다.

"그대들도 알고 있듯이 지금 이 나라에는 귀족이 부족하다. 즉, 마력을 다루는 자가 부족하다는 뜻이다. 신전에서 귀족 사회로 돌아간 그대라면 잘 알고 있겠지?"

시키코자와 신관장이 어떤 사이인가 했더니 시키코자는 원래 청색 견습신관으로 신전에서 자란 모양이었다. 그 사실로 평민이면서 파란 의복을 입은 내게 왜 그렇게 강렬한 반감을 드러냈는지 이해가 되었다. 신전에 있는 청색 신관은 평민과 동급으로 취급되는 것을 용서할 수 없다며 분개하는 자들뿐이기 때문이다.

"사실 현재 신전에서 이 의식을 치를 수 있는 사람은 나와 마인 뿐이다. 의식을 치를 수 있는 청색 신관이 있다면, 견습무녀가 이 자리에 나올 필요가 없지. 그런 생각도 미치지 못할 정도로 우매하다니 어이없기 짝이 없군. 마인은 의식을 치를 청색 견습무녀로서 이곳에 있다. 그대가 위해를 가한 건 평범한 평민이 아닌, 파란 의복을 부여받은 견습무녀란 말이다."

신관장은 재차 내가 청색 견습무녀임을 강조했다. 그것은 평민이라면 시키코자에게 죄를 물을 수 없음을 반론하는 것이었다. 나는 내 신변을 지켜준 청색 의상을 꼭 쥐었다. 마력을 다루는 점을 내세워 청색으로 대우받도록 협상하라고 조언해준 벤노의 통찰력에 새삼스레 감사했다.

"그대들은 명령위반, 임무방치도 모자라, 호위 대상에게 위해를 가했고, 원래라면 나타나지 않았을 토론베를 출현시켰으며, 기사단에 혼란을 초래하여 일거리를 늘렸다. 그리고 호위를 맡은 기사가 호위 대상에게 해를 끼침으로써 기사단의 명예를 실추시켰다. 가벼운 죄로 끝날 거라고 생각하지 마라. 처분에 대해서는 추후에 영주님으로부터 기별이 있을 것이다."

신관장은 둘에게서 시선을 떼고, 쭉 정렬한 기사단 쪽을 돌아보았다. 그리고 가장 앞에서 무릎 꿇은 칼스테드를 차가운 시선으로 내려보았다.

"칼스테드, 이처럼 무능한 호위를 고른 점, 그리고 명령조차 들을 줄 모르는 신인들의 교육 부족에 대해서는 기사단장인 그대의 죄다. 추후, 처분을 내리겠다."

"이번 소동은 기사단을 이끈 제 부덕함 때문입니다. 페르디난드 님을 번거롭게 해드린 점, 진심으로 깊이 사죄드립니다."

신관장의 분노가 당연하다고 말했던 칼스테드는 자신에게 처분이 내려질 것을 각오했었던 모양이다. 표정 하나 까딱 않고 조용히 신관장을 향해 고개를 숙였다. 그와 동시에 뒤에서 정렬하여 무릎 꿇은 기사들이 일제히 신관장을 향해 고개를 숙였다.

치유 의식

"마인, 약효가 있을 때 의식을 끝내버리자."

일련의 질책을 끝낸 뒤, 신관장은 그렇게 말하며 망토를 펄럭였다. 왼쪽 손등을 만져 하얀 사자 조각을 등장시켰다. 신관장의 움직임에 맞춰 기사단도 일어나 각자가 올라탈 동물을 나타나게 했다.

"오너라."

손을 내미는 신관장에게 나는 우아하게 보이도록 걸어가서 손을 내밀었다. 신관장에게 안겨 올라타고 이번엔 휘청거리지 않게 처음부터 고삐를 쥐었다. 내 뒤로 가볍게 올라탄 신관장이 한 손을 올렸다.

"출발이다!"

신관장이 고삐를 쥐자, 조각처럼 딱딱했던 하얀 사자가 혼이 들어온 듯 움직이기 시작했다. 커다란 날개를 퍼덕이며 상공으로 뛰어 올라가더니 조금 전 거대 토론베가 날뛰던 장소로 향했다.

내 피를 마시고 마력을 키웠던 토론베는 주변 땅의 마력을 크게 흡수하지 않은 덕분에 마력을 채우는 치유의 의식을 치를 필요는 없다. 하지만 거대 토론베는 거대한 분화구를 남겼고, 마력을 채우지 않으면 평생 풀도 자라지 않은 메마른 땅이 되어 버린다고 했다.

"……그대에게 나쁜 짓을 해버렸군."

하늘을 이동하는 동안은 남의 귀에 들어갈 걱정이 없어서인지 등 뒤에서 신관장의 저음이 속삭이듯 울려왔다.

"상처를 입힐 생각도 없었고, 그렇게 위태로운 상황에 처하게 할 생각도 없었다. 하물며 약으로 무리하게 몸 상태를 회복시키지 않으면 의식을 치를 수 없는 상황이 되게 할 예정도 없었다. 기사단이 나의 명령에 거역할 짓을 하리라고 생각도 못 했던 내 잘못이다."

후회와 분노가 어린 목소리였다. 만전의 조취를 취하려고 붙인 호위가 모든 것을 엉망진창으로 만든 셈이었다. 그런 호위를 붙인 자신을 신관장은 후회하는 듯했다. 하지만 호위가 폭주한 것도, 악의적인 소문이 퍼진 것도, 내가 신식이며 허약한 것도, 신관장이 책임을 느껴야 하는 일이 아니었다.

"신관장님의 책임이 아니에요."

"아니, 그대와 관련한 일은 나의 책임이다."

신관장은 그렇게 단정 지었다. 평민인 나를 잘 활용해야만 신전이 운영되는 이상, 나를 잘 활용하는 건 상사인 신관장의 일이라고 한다.

"마인, 약효가 남아있는가?"

"네."

"좋다. 그대의 몸에 의식이 부담이 클 거란 건 충분히 인지하고 있다. 하지만 그대가 청색 견습무녀로서 업무를 수행할 수 있다는 사실을 기사단에게 보여줘야만 한다. 내가 보고하겠다. 파란 의상에 걸맞은 존재임을 톡톡히 보여주어라. 그대가 신전과 이 땅을 지키는 기사단에게 중요한 존재임을 강하게 주장해라. 기사단이 필요성을 인정하면, 그들은 그대를 지키는 힘이 될 것이다."

평범한 평민이 아닌 청색 견습무녀다, 하고 신관장이 감싸준 만큼, 난 그 지위에 걸맞는 능력을 보여줘야만 한다.

"……그치만 긴장되네요. 처음이라 정말 성공할지, 걱정돼요."

꼭 해야만 하는 일임은 알지만, 정말 내가 할 수 있을지 걱정이 앞

섰다. 의식을 치르는 것이 처음인 셈이다. 그런 나의 걱정을 신관장이 코웃음으로 날려버렸다.

"흥, 걱정할 필요는 없다. 기사단이 인정할 수밖에 없는 후원자를 준비했지."

"……네?"

"나는 절대 질 승부는 하지 않는 주의다."

섬뜩한 음성에 몸이 부르르 떨렸다. 아무래도 자신의 계획을 망친 분노가 완전히 풀리지 않은 듯하다.

"……저기, 다무엘은 제게 친절하게 대해줬고, 일단 도와주려고도 했고, 시키코자에게 충고하기도 했으니까 적당히 봐주세요."

거대 토론베가 자란 곳은 커다란 원형으로 흙이 노출되어 있었다. 그 모습은 마치 숲의 한가운데에 거대한 적갈색 접시가 떡하니 놓인 것처럼 보였다.

"의식으로 마력을 채워서 식물이 자라게 되면, 농가 하나 정도는 세워질 것 같네요."

"이곳이 농지가 되면 기원식과 수확제에 파견될 신관과 귀족들이 힘들겠군."

어차피 기원식을 치르지 않으면 토지가 힘을 잃어버린다고 신관장이 중얼거렸다. 하긴 이런 깊은 숲속에서는 이주하는 농민도, 의식하러 이동하는 신관과 귀족도 힘들겠다.

분화구 한가운데에 사자 조각이 착지했다. 나는 신관장의 에스코트를 받으며 그 땅이 섰다. 차례차례 기사들이 내려왔고, 동물들이 손등으로 돌아갔다.

모든 기사단이 정렬한 후, 투구를 벗어 무릎을 꿇었다. 투구를 쓴 채 의식에 참례하는 것은 신에 대한 예의가 아니라 한다. 신관장도 투구를 벗어 발밑에 두었다. 발밑에는 숲에서 보는 촉촉한 검은색 땅이 아니라 학교 운동장 같은 적갈색의 건조한 흙으로 변해 있었다.

"신관장님, 이것을."

아르노가 성인 남성의 키보다 조금 긴 지팡이를 신관장에게 건넸다. 이 지팡이는 이번 의식에 필요한 지팡이로, 물의 여신 플류트레네의 상징이다. 금으로 만들어진 지팡이 끝에는 어른의 손바닥만 한 투명한 녹색 마석이 태양빛을 반사하며 빛나고 있었다. 손잡이 부분에 줄줄이 박혀있는 조그마한 마석의 색깔이 대부분 변해 있었다. 마력이 충분히 비축되어 있었다.

"시키코자."

신관장이 기사단에게 말을 걸었다. 호출된 시키코자가 철컹철컹하고 갑옷 소리를 내며 재빨리 이쪽을 향해 다가왔다. 신관장은 시키코자를 향해 신구 지팡이를 내밀었다.

"그대가 의식을 치러라."

영문을 모르겠다는 듯이 시키코자의 눈이 깜빡였다. 신관장은 차가운 시선으로 시키코자를 내려다보며 고의적인 한숨을 내쉬었다.

"임무도 포기했으니 그만큼 마력이 남아돌겠지? 본래라면 내가 먼저 본보기를 보일 예정이었지만, 그대가 쓸데없이 일거리를 늘리는 바람에 내게 더는 마력이 남아있지 않다."

'거짓말이다! 엄청 넉넉하면서!'

신관장이 조합한 혀가 마비될 정도로 끔찍하게 쓴 약은 본인이 맛을 버리고 효과를 올렸다고 할 정도로 굉장히 효력이 좋은 약이었다.

그걸 마신 신관장에게 마력이 없을 리가 없다.

"설마 못 한다고는 안 하겠지? 마인에게 본보기와 격의 차이를 보여주어라."

신관장이 신구의 지팡이를 내밀어 반강제적으로 쥐게 했다. 예상치 못한 사태에 동요한 시키코자였지만, 나의 시선을 눈치챈 순간, 날카롭게 노려보며 등을 꼿꼿이 세웠다.

"치유와 변화를 가져오는 물의 여신 플류트레네여, 그 곁을 모시는 권속된 열두 여신이여"

또랑또랑한 목소리로 시키코자가 기도문을 외기 시작했다. 동시에 지팡이의 커다란 마석이 빛나며 지팡이를 찍은 부분부터 시키코자를 중심으로 흙이 천천히 검게 물들어갔다. 흙이 검게 변화한 후, 초록 새싹이 뽁, 뽁하고 얼굴을 내밀기 시작했다.

나는 무심코 "와!" 하고 탄성을 질렀다. 설마 신구를 쥐고 암기한 기도문을 외웠을 뿐인데 정말 흙의 상태가 눈에 띄게 변할 줄은 몰랐다. 마치 우라노 시절에 이과 수업에서 본 교육 방송의 한 장면 같았다.

땅에 마력이 차면서 흙의 색이 서서히 바뀌고, 조금씩 식물들이 싹을 피웠다. 하지만 그것은 반경 10m 정도의 원에서 멈췄다.

"멀었다. 전혀 부족해."

신관장은 의식을 멈추려던 시키코자를 질책하며 지팡이에서 손을 떼지 못하게 하였다. 쥐고 있는 한, 지팡이는 멋대로 마력을 밖으로 배출해간다. 계속해서 지팡이에 마력을 빼앗기던 시키코자의 의식이 몽롱해지며 그 자리에 털썩 무릎을 꿇어버렸다.

"흥, 잘난 체하며 거만하게 굴더니 고작 그 정도인가. 기사단에 인재가 얼마나 심각하게 부족한지 알겠군."

그 자리에 쓰러지는 시키코자에게는 눈길도 주지 않고, 신관장이 흔들거리는 신구의 지팡이를 잡았다. 그리고 지팡이를 땅에 찍은 채 나를 지명했다.

"나머지는 마인, 그대의 일이다."

나는 기합을 넣고 어깨 보폭으로 성큼성큼 걸어가 잘못하면 쓰러질 것 같은 커다란 지팡이를 꽉 잡았다.

'제대로 보여주라고 했으니 마력을 최대한 많이 흘려보내는 편이 좋겠지?'

지팡이를 잡은 손에 힘을 실어 넣고, 나는 천천히 심호흡하며 눈을 감았다. 평소 마력이 넘쳐나지 않게 가두어 굳게 닫은 뚜껑을 개방했다. 그리고 내 안의 마력을 움직였다. 깊은 곳에서부터 넘쳐 나온 마력이 입구를 찾으며 지팡이를 향해 흘러나가는 느낌이 들었다.

"치유와 변화를 가져오는 물의 여신 플류트레네여, 그 곁을 모시는 권속된 열두 여신이여, 나의 기도를 듣고 거룩한 힘을 내려주시어, 마(魔)에 속하는 자의 손에 의해 상처 입은 그대의 여동생, 흙의 여신 게두르리히를 치유할 힘을 제 손에 주소서"

지팡이에 박힌 커다란 녹색 마석이 팟하고 강한 힘을 방출했다. 마력이 소용돌이치며, 나를 중심으로 바람이 일었다. 머리가 바람에 흩날리고, 옷소매와 옷깃이 펄럭였다.

"당신께 바치는 거룩한 선율, 지상에 파문을 일으키시어, 청명한 가호를 내려 주소서, 제가 바라는 곳까지 당신의 귀색으로 채워 주소서"

마력이 단숨에 지팡이로 흘렀고, 그 마력이 마석을 통해 땅으로 침투해갔다. 검은 흙의 반경이 촤악 하고 소리를 내는 듯한 기세로 넓어지며, 순식간에 신록이 발아하며 자라기 시작했다.

"……그만 됐다. 충분하다."

신관장의 말에 나는 방출하던 마력을 억제하고 가두었다. 그와 동시에 지팡이의 빛이 옅어졌다. 거대한 분화구 같던 삭막한 땅이 눈 깜짝할 새에 발목까지 자란 풀들로 **빽빽**했다.

"신관장님, 이걸로 괜찮습니까?"

"그래. 전체적으로 마력이 가득 찼군. ……솔직히 지나칠 정도로."

마지막 말은 매우 작고 낮은 중얼거림이었다. 잘 들리지 않아 고개를 갸웃했지만, 신관장은 가볍게 고개를 젓고 기사단이 정렬한 쪽으로 몸을 돌렸다. 덩달아 나도 그쪽으로 몸을 돌리자, 믿을 수 없는 광경을 본 것처럼 줄줄이 어리벙벙한 표정들이었다. 모든 기사의 눈이 휘둥그레졌고, 입을 쩌억 벌리고 있는 자마저 있었다.

'어라? 뭐지, 저 표정은? 보여주라고 해서 열심히 해봤는데, 혹시…… 도가 지나쳤나?'

경악한 표정으로 나를 바라보는 시선에 상당히 불편해졌다. 나는 슬금슬금 신관장의 뒤로 숨었다. 그러나 신관장은 반대로 나를 앞으로 밀고, "크흠!" 하고 헛기침을 했다.

"이것이 바로 신전과 영주의 승인을 얻은 청색 견습무녀다. 이의 있는 자는?"

기사들은 깜짝 놀라 하며 일제히 눈을 내리 깔고 침묵했다. 모두가 아래를 향한 채 꼼짝도 하지 않았다. 이것은 이의가 없음을 나타내는 자세인 걸까. 눈을 끔뻑이는 내 앞에서 신관장이 가볍게 끄덕였다.

"……이의는 없는 게로군. 좋다."

신관장이 훗하고 웃자 그제야 기사들이 고개를 들었다. 하지만 그들의 표정은 조금 전의 놀라움에 휘둥그레진 눈빛이 아니었다. 마치 사냥감을 발견한 육식 동물의 날카로운 눈빛으로 변해 있었다.

"히익!?"

저도 모르게 튀어나올 뻔한 비명을 억지로 삼키며 참았다. 나를 향해 쏟아진 강렬한 시선에 몸이 굳어버렸다. 뭐라 할까, 사냥감으로 찍힌 기분이다. 아차하면 뱀에게 물어뜯기기 일보직전의 개구리가 된 심경이다. 나는 기사단의 시선에서 도망치려고 바들바들 떨리는 다리를 한 발짝 움직여 완전히 신관장의 등 뒤로 숨어버렸다.

"말해두기를 잊었다만, 이 견습무녀는 나의 보호 아래에 있다. 그것이 어떤 의미인지, 다들 알겠지?"

신관장의 말 한마디로 순식간에 육식 동물 같던 시선들이 사그라들었다. 놀란 가슴을 쓸어내렸지만, 나로서는 도무지 의미를 알 수 없었다.

"알면 됐다. 자, 그럼 귀환하자."

아무것도 모른 채 눈만 끔뻑이는 나만 제외하고, 다른 사람들은 즉시 귀환 준비를 시작했다. 아르노가 신관장에게 신구를 건네받고, 프랑이 나의 몸 상태를 확인했다. 기사단은 다시 투구를 써서 동물들을 소환하고 올라탈 준비를 시작했다.

"마인, 오너라."

신관장과 칼스테드는 시키코자가 쓰러져 있는 곳으로 나를 불렀다. 달려가고 싶은 마음을 억누르며 나는 조신하게 걸어갔다.

"마인, 오늘 소동에 관해 따로 요구하고 싶은 것이 있는가?"

신관장의 시선은 시키코자를 향하고 있었다. 일단 피해자인 내게 형식상 확인을 부탁했지만, 표정에는 '없다고 대답하라'라고 쓰여 있었다. 하지만 전혀 못 본 척하겠다.

 "있습니다."

 대답한 순간, 신관장이 미간에 깊은 주름을 새기며 노려보았다. '분위기를 파악해라!'라는 시선이 느껴졌지만, 일부러 분위기를 파악하지 않겠다.

 "의식용 의상을 요구합니다."

 두 사람에겐 의외의 요구였는지 눈을 동그랗게 뜨고 나를 내려다보았다. 나는 둘에게 잘 보이도록 팔을 벌려 의상을 보여주었다. 커다란 구멍이 숭숭 뚫려 건너편 경치가 보이는 소매가 바람에 흩날렸다.

 "이것과 완벽하게 똑같은 의상을 맞춰주십시오. 따끈따끈한 새 옷이라 굉장히 비쌌답니다. 저 같은 평민에게는 또 의식용 의상을 맞출 돈이 없습니다."

 "그렇군. 이건 심각하네."

 칼스테드는 쓴웃음을 지으며 즉시 이해했지만, 신관장은 내 말에 뭔가 걸리는 게 있는지 의아한 표정을 지었다.

 "……완벽하게 똑같은 의상이라는 건 무슨 의미인가?"

 "특별히 주문 제작한 거라고요, 이 의상. 키가 커도 입을 수 있게 특별히 맞췄는데, 키가 자라긴커녕 의식 직전에 너덜너덜해지다니, 너무 하잖아요."

 내가 조금 과장되게 슬퍼하는 모습을 보이자, 칼스테드가 껄껄 웃었다.

 "여자가 옷에 거는 집념은 어려서도 마찬가지군. 알겠다. 의식용 의상을 맞춰주지.”

시키코자와 다무엘과 자신이 저지른 벌로 의상을 새로 주문해주겠
다고 칼스테드는 약속해주었다. 그것만 확답을 받으면 나로선 만족스
러웠다.

“고맙습니다. 길베르타 상회에 주문을 넣어 주시면 똑같은 물건을
맞춰줄 겁니다. 의식용 의상이 없으면 의식에 참여할 수가 없으니 겨
울까지 서둘러 준비해주세요.”

“겨울? 뭔가 있는 거냐?”

칼스테드가 고개를 갸웃거리자 신관장이 관자놀이를 눌렀다.

“신전에서는 마력을 봉납하는 의식을 겨울에 치른다. ……확실히
봉납식에 의상이 없으면 신전장님이나 다른 청색 신관들이 의식용 의
상도 맞추지 못하는 평민이라고 비아냥거리겠군. 마인에게 잘못이 없
어도 말이지.”

신관장의 말에 나는 얌전한 표정으로 끄덕였다. 그것이 가장 귀찮
으며 내가 두려워하던 일이었다. 다시 토론베가 나타나도 사정을 아
는 기사단이라면 이 구멍이 숭숭 난 의상이라도 문제없을지도 모르겠
지만, 겨울 의식에는 제대로 된 의상이 갖고 싶었다.

“알겠다. 의상에 관해서는 해결해주마. 다른 건?”

“의식용 의복만 맞춰주시면 그 외에는 기본적으로 기사단의 규칙
에 따른 벌로 해결해주시면 됩니다. 이 이상 괜한 원한을 사고 싶지
않거든요.”

“흠. 현명한 판단이다. 그럼 나머진 기사단에서 결정하겠다.”

만족스럽게 끄덕인 칼스테드의 말에 나는 무릎 꿇고 머리를 숙
였다.

"정말! 왜 이런 커다란 구멍이 생기는 거죠!? 만든 지 얼마 안 된 새 옷인데!"

"프랑, 마인 님의 몸에 대체 무슨 일이 일어났던 건가요!?"

신전에 돌아가자, 너덜너덜해진 의상에 델리아는 비명을 지르고, 로지나는 입을 틀어막고 비틀거렸다.

"이런저런 일이 있었지만, 기사단과 관련된 사항이라 누설하지 말라 명령받았습니다."

프랑은 그렇게 말하며 둘의 추궁을 피했다.

나는 루츠에게 들키기 전에 서둘러 옷을 갈아입었다. 하지만 루츠는 이미 내가 위기에 빠졌던 사실을 알고 있었다. 데리러 온 루츠가 나를 본 순간, "마인! 무사해서 다행이야." 하며 달려온 것이다. 그리고 냉큼 내 손등을 확인하고, 열이나 다른 상처는 없는지 확인했다. 아무리 생각해도 내 몸에 일어난 일을 알고 있는 듯한 행동이었다.

"루츠, 어떻게 알았어?"

"갑자기 머릿속에서 '루츠, 살려줘!' 하는 소리가 울리더니 네 상황이 눈앞에서 보는 것처럼 흘러들어왔어. ……도우러 가고 싶어도 어디 있는지도 몰라서 얼마나 애가 탔는데."

하지만 내가 토론베에게 휘감겨있던 영상은 신관장이 검은 화살에서 빛나는 지팡이로 바꾸고 치료를 시작하는 부분에서 끊겨버렸다고 했다. 살았는지 어땠는지 알 수가 없어서 초조함에 시달리며 괴로운 시간을 보냈다고 했다.

"걱정 끼쳐서 미안, 루츠."

"무서운 일을 당한 건 너니까 난 괜찮지만…… 그거 대체 뭐였을까?"

루츠가 경험한 이상한 현상은 분명 그때의 파란 빛이 원인이라고 짐작했다. 신관장에게 돌려줘서 이미 반지도 끼지 않은 손을 보았다. 그와 동시에 오늘 있었던 여러 가지 사건, 사고가 뇌 속을 단숨에 흐르며 지나갔다.

"네가 무사해서 정말 다행이야."

꽉 끌어안은 루츠의 목소리가 귀에 직접 흘러들어왔다. 신분, 얽매임, 마력과 아무런 관계도 없이 나의 안부를 진심으로 걱정해주는 루츠에게 안기자, 긴장의 끈도 스르륵 풀려갔다. 어리광부리고 싶을 때 어리광부려도 뿌리칠 리 없다는 걸 알고 있기에, 나는 루츠에게만큼은 순수하게 어리광부릴 수 있었다.

"……귀족사회, 무서웠어."

나는 루츠를 꼭 껴안으며 그렇게 중얼거렸다.

기사단의 요청이 있고 난 후, 당연하듯 앓아누웠다. 며칠간 지속했지만, 매번 그 기간에 앓아눕는 터라 가족들은 딱히 아무 말도 하지 않았다. 그저 신관장이 또 "나의 책임이다." 하고 멋대로 질 필요도 없는 책임을 떠안지만 않았으면 했다.

내가 움직이게 되었을 때쯤에는 가을도 제법 깊어져 강물에서 종이를 만들기 어려운 추위가 찾아와 있었다.

"돌아갈 때 길베르타 상회에 들려야겠지?"

그렇게 말하며 신전에 도착하니 프랑이 문에서 기다리고 있었다.

"마인 님께서 신전에 오시면 중요한 이야기가 있다고 신관장님께서 호출하셨습니다. 페슈필 연습은 하지 않아도 되니 곧장 방으로 오라고 하십니다."

나는 방에서 파란 의복으로 갈아입고 신관장의 방으로 향했다. 오늘만은 페슈필 연습을 하고 싶었다. 무거운 발걸음으로 느릿하게 걸어도 결국은 신관장의 방에 도착해버린다.

"아아, 마인. 프랑에게 얘기를 들었겠지? 이쪽으로 오너라."

신관장은 약간 엄격한 표정을 지으며 성큼성큼 비밀의 방으로 향했다. 이건 백 프로 설교다. 나는 위 주변을 누르면서 신관장이 연 비밀의 방으로 들어갔다.

"그쪽 자료는 전부 여기로 넘겨라."

평소대로 긴 의자에 쌓인 자료를 구석으로 몰아넣고 앉으려는데 신관장이 그렇게 말하며 손을 내밀었다. 나는 긴 의자 위의 자료를 전부 모아 신관장에게 넘겼다. 신관장은 그것을 책상에 올려 두고 평소처럼 의자를 덜컹거리며 끌고 왔다. 다만 그 손에 금으로 세공된 붉은 돌이 달린 장식적인 고리와 손바닥에 감춰질 만한 크기의 병을 들고 있었다.

"마인, 이것을 마셔라."

신관장이 손을 펼쳐 작은 병을 내게 내밀었다. 두툼하고 조금 탁한 유리병 속에서 붉은 액체가 흔들렸다.

"이게 뭔데요?"

"내가 조합한 약이다. 마력이 잘 통하도록 하는 효과가 있다. 이 마술구를 쓰려면 필요하니 맛없고 쓰더라도 참고 마시거라."

거절이 통할 것 같지 않을 것처럼 박력 있게 약이 든 병을 들이댔다. 그런 말을 들으니 굉장히 마시고 싶지 않아졌다. 아직 그 끔찍한 맛을 잊지 않았다. 주저하는 나를 바라보는 옅은 금색 눈동자가 가늘게 뜨더니 신관장의 입꼬리가 살짝 올라갔다.

"코를 틀어막아서 목구멍에 약을 억지로 부어 넣었으면 좋겠느냐?"

'진심이다. 신관장은 한다면 하는 사람이다.'

고개를 절레절레 저으면서 신관장이 내민 붉은 약이 든 작은 병을 건네받았다. 이번엔 대체 무슨 맛일까. 머뭇거리며 병에 입을 가까이 가져갔다. 그렇게 이상한 냄새는 없었다. 천천히 마시면 맛없을 때 목이 탁 막히게 된다. 나는 기합을 넣고 단숨에 들이켰다.

"……응?"

딱히 쓰지도, 맛없지도 않았다. 굳이 말하자면 살짝 달달해서 맛있다.

"신관장님, 이거 쓰지도 맛없지도 않아요. 살짝 달콤해서 맛있어요. 그때 마신 회복약도 이 정도로만 맛있으면 좋았을 텐데."

텅 빈 병을 신관장에게 건네면서 살인적으로 썼던 약 맛을 떠올리며 그렇게 말했다. 신관장은 의외라는 듯 눈을 크게 떴다.

"달콤하다고?"

"네. 그렇던데요?"

"……그렇군. 뭐, 됐다. 이것을 쓰거라. 돌이 이마에 닿게 쓰면 된다."

신관장은 손에 들고 있던 붉은 돌이 박힌 금고리를 내게 건넸다. 반항해봤자 소용없으니 나는 얌전히 그것을 받았다. 머리에 쓰듯이 하여 고리의 붉은 돌을 이마에 갖다 댔다. 그러자 마술구의 반지를 빌렸을 때처럼 슉하고 변화하더니 서클릿처럼 머리에 딱 맞게 줄어들었다.

"신관장님, 이거 마술구라고 하셨죠? 뭔가요?"

"예전에 영주님께 부탁했던 물건인데, 이제야 도착했다."

"저기, 뭐에 쓰는 건가요……오? 어, 어라?"

서클릿을 쓴 직후부터 굉장히 졸음이 쏟아졌다. 머릿속이 새하얘지며 빙빙 돌고, 눈꺼풀이 멋대로 내려왔다.

"어, 어라? 왜지? 졸려…….."

"그대로 천천히 누워서 잠을 자거라. 억지로 깰 필요는 없다."

신관장의 말이 어렴풋이 들려왔다. 들리는 데도 이해하는 데에 시간이 걸렸다. 의식이 멀어져간다. 일단은 억지로 깰 필요는 없다고 했으니 쏟아져 오는 졸음에 몸을 맡기고 평소대로 자는 자세를 취했다. 비녀를 뽑고, 구두를 벗고, 긴 의자에 벌러덩 누웠다. 몸을 누우니 의식이 금방 깊은 곳으로 빠지려고 했다.

"안녕히, 주무……세요."

마지막까지 힘을 짜서 인사하자, 나의 앞머리를 쓸어 넘기는 신관장의 손끝이 느껴졌다. 신관장이 가까이 있는 건지, 귀에 대고 직접 속삭이는 것처럼 목소리가 굉장히 가까운 곳에서 울렸다.

"이것은 영주님께서 직접 재판을 하셔야 할 정도로 중대한 사건의 범인이나 증인이 거짓말을 뱉는지 아닌지, 기억을 더듬기 위한 마술구다. ……그대가 말한 꿈의 세계를 내게 보여주거라."

에필로그

    페르디난드는 약과 마술구로 깊은 잠에 빠져버린 마인을 가만히 내려다보았다. 힘이 빠진 손에서 떨어진 비녀를 주워 올렸다. 단순히 깎기만 한 나무 막대기지만, 이것으로 머리를 묶는 건 마인 뿐이다. 처음엔 평민이라면 누구나가 하는 줄 알았다. 하지만 최근 세례식에서 드문드문 보게 된 머리 장식도 묶은 머리에 꽂기만 할 뿐, 마인처럼 비녀로 머리를 정리한 자는 없었다.

    마인은 이상한 아이다. 마치 이미 높은 수준의 교육을 받은 것 같은 사고방식, 그런데도 생각에 조심스러움이 전혀 없다. 어디를 뒤져보아도 존재하지 않는 '멜빌 듀이', 이 나라 어디에도 존재하지 않는 십진분류법을 알고, 자신이 갖고 싶은 물건을 계속해서 발명해가는 그 발상. 고아원을 일으켜 세우고, 아이들에게 일거리를 주며, 그 대신 음식을 제공했다. 책을 특별히 사랑하여 어린이용 성경책마저 만들어냈다. 아무리 생각해도 평범하지 않다. 엄격한 교육을 받은 귀족의 자제라도 마인이 이뤄온 일들을 절대 할 수 없으리라. 이제 막 세례식을 마친 어린아이가 할 수 있는 일이 아니다. 원래부터 별난 아이였지만, 나쁜 방향으로 빠지는 기미가 전혀 없으므로, 기이하다는 점 하나로는 영주도 이 마술구를 빌려주지 않았다.

    하지만, 마인은 저번 치료의 의식에서 믿을 수 없는 마력을 보여주었다. 그 넓은 불모지를 순식간에 마력으로 채우다니 평범한 신식에게 있을 수 없는 일이다. 솔직히 지금 시점에서 영주를 뛰어넘는 마력이었다. 성장할수록 어디까지 마력을 키울지 모른다.

마력량이 무시무시하리만치 풍부하며 발명으로 고액의 돈을 버는 평민의 딸은, 그녀를 거두어들이려는 모든 귀족 사이에서 분쟁의 불씨가 될 뿐이다. 페르디난드가 자신의 비호 아래에 둔다고 선언함으로써 이 마을 안에 한해서는 보호받겠지만, 다른 영지의 귀족에게 존재가 알려지는 건 시간문제다. 그렇게 되면 마인을 끝까지 지키지 못할 수도 있다. 또한, 그렇게까지 지킬 가치가 있는 존재인지도 현시점에서는 단정할 수 없다. 그렇기에 영주는 페르디난드에게 이 마술구를 쓰라고 했다. 기억을 더듬어 마인이 말한 '꿈의 세계'를 보고 마인의 가치를 가늠하고, 유해한지 무해한지 판단하라 했다.

"적어도 무해하다는 것만 알면 좋을 터인데……."

만약 상대가 범죄자라면 정말 범행을 저질렀는지를 기억 속에서 판단만 하면 간단하다. 하지만 마인은 얼마만큼 가치가 있는가, 우리에게 해를 끼칠 존재인가 아닌가를 기억 속에서 찾아내야 한다. 상당히 까다로운 판단이 될 것이었다.

"……무엇보다 싫어하겠지."

마술구를 써서 기억을 엿보는 것이다. 앞으로 분명 나를 경계하며 곁에 오려고 하지 않겠지. 감정을 철저히 숨기고, 꼬투리가 잡히지 않게 언행에 세심한 주의를 해야 하는 귀족 사회에서 마인처럼 생각이 얼굴에 드러나는 사람은 없다. 신전에 있어도 신전장과 얼마나 관계된 사람인가, 얼마나 신용할 수 있는 사람인가를 항상 고민해야만 하는 가운데, 마인은 겉과 속을 고민할 필요도 없었다. 감정이 훤히 들여다보이는 마인 때문에 머리가 지끈거리면서도, 경계할 필요가 아닌 존재라는 점이 편하고 좋았다.

스스로도 놀랄 정도로 마인이 마음에 들었던 모양이다. 페르디난드는 가볍게 한숨을 내쉬고 책상 위에 놓인 마인과 똑같은 고리를 이마에 끼웠다. 그리고 긴 의자에 누운 마인의 옆에 무릎을 꿇고, 이마를 가져가 서로의 마석을 맞대었다. 마력을 천천히 흘려보내며 의식을 동조시켜갔다. 마력이 잘 통하는 약을 썼다고 해도 자신의 것과 다른 마력이 들어오면 반발이 있게 마련인데, 마인에게는 마력을 흘려보내도 반발이 전혀 없었다. 이번 목적에 있어서는 상당히 다행이지만, 조금은 자기방어도 하며, 아무나 덥석 받아들이지 말라며 질책하고 싶었다. 혀를 차고 싶은 기분으로 마인에게 말을 걸었다.

"마인, 들리는가?"

"어라? 신관장님 목소리가 들려. 어디에요?"

좀 더 겁내거나, 싫어하거나, 무서워하는 등 평범한 반응을 예상했던 페르디난드는 태평스러운 마인의 목소리에 머리를 감싸 쥐고 싶어졌다.

"지금 의식을 네게 동조시키고 있다. 그대의 마력이 예상보다 지나치게 많았다. 꿈의 세계에서 교육을 받고, 꿈의 세계를 안다고 말한 그대가 이 땅에서 해로운 인물인지 아닌지를 판단해야만 한다. 미안하지만, 지금부터 그대의 기억을 엿보겠다."

"네~ 알겠어요. 보세요."

가벼운 대답에 이번에야말로 정신이 아찔해진 그를 누구도 비난하지 않으리라. 기억을 엿봐야만 하는 자가 긴장하고 있는데, 기억을 보여야 하는 자가 반항하는 기미조차 보이지 않으니 말이다.

"그대의 기억을 엿보게 되는데 정말 괜찮은가? 썩 기분 좋은 일이 아니지 않은가?"

"그건 뭐, 그렇긴 한데요……. 차라리 봐주는 편이 가장 빠르잖아요. 억울한 누명이나 트집이나 억측으로 처분당하는 것보다 훨씬 나아요."

신관장님은 간단히 처분할 수 있으면서도 마술구까지 써가며 판단해주시잖아요, 하고 마인은 말했다. 의식을 동조하고 있는 그에게는 마인의 진심이 느껴졌다. 순진하다고 해야 할까, 조금은 의심하라고 혼내야 할까……. 마인이라면 후자겠지만, 설교는 뒤로 미루자. 의식 동조는 금방 피곤하게 하므로 되도록 빨리 끝내는 편이 현명하다.

"그럼, 그대가 예전에 말했던 꿈의 세계로 나를 데려가다오. 머릿속에 강하게 떠올리면 그곳으로 갈 것이다."

"네? 그 말은 가고 싶은 곳에 갈 수 있다는 말인가요?"

'왜지? 남이 자기 기억을 엿본다는데 마인은 왜 설레는 거지!?'

기대감에 부풀어 들뜬 기분이 전염되어 오자 프레디난드는 당혹스러웠다.

'큰일이다. 상당히 안 좋은 느낌이 든다. 과연 내가 폭주하는 마인의 고삐를 잡을 수 있을까. 마음을 강하게 먹지 않으면 이쪽이 질질 끌려다닐 것이다.'

"마인, 내가 보고 싶은 장면을 보여줘야 한다. 우선은 그대가 가진 지식의 원천을 보고 싶군."

"맡겨주세요! 그럼 제가 사랑하는 도서관으로 안내하겠습니다!"

명랑한 마인의 목소리와 함께 페르디난드는 낯선 건물 앞에 서 있었다. 대체 얼마나 높은 건물일까 궁금했지만, 마인의 시야로 똑같이 보는 탓에 마인이 고개를 움직여주지 않으면 보는 범위가 한정되었다. 보이는 범위 안에서 발밑의 자갈들은 아름답고, 피부를 어루만지는 바람은 부드러웠다. 오물도 악취도 없는 이곳은 평민촌이 아니다. 혹시 귀족 마을일까.

"우와, 오랜만이다!"

마인의 목소리가 울리고 시야가 움직이며 건물 안으로 이동해간다. 이 풍경을 오랜만이라며 망설임 없이 통통 튀는 가벼운 발걸음으로 마인이 안으로 들어간다. 이곳이 그녀가 아는 세계임에 확신했다. 믿기지 않을 정도로 투명하고 두께가 균일한 커다란 유리문이 만지지도, 마력을 쓰지도 않았는데도 윙 하고 희미한 소리를 내며 열렸다.

"마인, 이곳에도 마술이 있는가? 마인 십진분류법 때에 마술에 관한 항목이 존재하지 않으니까 모른다고 하지 않았나?"

"아~ ……이건 마술이 아니에요. 다른 법칙으로 움직이는 자동문이에요."

마술이 아니지만 법칙이 다른 마술 같은 것은 있다. 기묘하고도 이상하다.

"마인, 이곳 나라의 이름은 뭐지? 적어도 내가 아는 나라는 아닌 듯하다만?"

"일본이라고 해요. 예전에 전 이곳에서 살다가 책에 파묻혀 죽었거든요. 정신을 차렸더니 마인이었어요."

마인이 무슨 말을 하는지 페르디난드는 이해할 수 없었다. 하지만 숨김없이 그저 사실을 말하는 진심이 전해져왔다. 그 솔직함이 오히려 이해할 수 없다니 처음 있는 경험이다.

"……책에 파묻혀서, 죽었다고?"

동시에 책에 파묻혀 죽었다는 사태가 이해할 수 없었다. 파묻힐 만큼 대량의 책을 상상할 수 없는 페르디난드의 앞에 놀랄 정도로 어마어마한 서가와 책들이 가득한 공간이 펼쳐졌다.

"……뭐지, 여긴?"

"제가 늘 다니는 시립종합도서관이에요."

그곳은 보이는 곳곳 책으로 가득한 도서관이었다. 귀족원의 도서관도 이 정도까지는 아니다. 파묻힐 수도 있는 양이었다.

"이것들…… 전부가 책인가?"

"네, 도서관이니까요. 아, 그치만 최근엔 'VHS'나 'CD', 'DVD'도 있어서 꼭 책만 있는 건 아니에요. 아아, 행복해라. 여기야, 여기! 여기야말로 내가 그리던 낙원이야!"

마인의 기분이 정말 울고 싶을 만큼 행복으로 가득 차 있다는 느낌이 들었다. 좋아하는 장소가 있는지, 마인은 곧바로 책꽂이 사이를 재빨리 빠져나갔다. 이 도서관에는 바닥에 부드러운 카펫이 깔려 있어 발소리가 전혀 거슬리지 않았다. 이 건물에 대체 얼마나 큰 비용이 들었을지 생각만 해도 아찔했다.

'그렇군. 이런 곳에서 살아온 기억 때문에 그토록 진심으로 책과 도서관을 원했던 거군. 신전 도서실을 보고 통곡한 이유도 조금 이해가 가.'

그가 아는 세계와 전혀 다른 이 세계에서 책은 매우 사랑받는 물건인 듯하다. 이 도서관에서는 쇠사슬에 연결되어 있지 않고, 마인이 만들던 표지가 간소한 책들을 마음껏 골라 읽고 있다. 남자도 여자도 노인도 어린이도, 멋진 복장을 한 사람도, 닳고 너덜너덜한 옷을 입은 빈민도. 마인이 걸음을 옮기는 도중에 색채는 몹시 화려하지만, 초라한 옷을 입은 자들이 책을 만지는 모습이 보였다. 그의 상식으로는 저런 빈민이 책을 만지는 건 있을 수 없었다.

"마인, 저들은 미치광이인가? 저런 자들이 책을 만져도 괜찮은 건가?"

"미치광이? 어떤 사람이요?"

마인의 시선이 통로에서 떨어져 주변을 둘러본다.

"왼쪽이다. 성인 여성이 무릎을 훤하게 드러냈구나. 저렇게 천을 살 여유도 없는 빈민이 염색까지 하다니. 염색하지 않으면 되는 것 아니냐. 알 수가 없군."

"여기서는 치마 길이에 규정은 없어요. 좋아하는 옷을 입은 것뿐이니까 신경 쓰지 마세요. 그나저나 굉장하네요, 이 꿈. 촉감과 후각도 느껴져요."

마인은 여성에게 흥미를 잃었는지 금세 시선을 책꽂이로 돌렸다. 줄지어 진열된 책들은 마인이 만들던 종이로 된 표지였지만, 그 아름다움과 방대한 양은 그의 상상을 뛰어넘었다.

책장 끝에서 끝까지 시선을 천천히 움직이던 마인은 책 한 권을 꺼내어 껴안은 뒤, 냄새를 맡기 시작했다. 의식을 동조하고 있는 탓에 강제적으로 페르디난드의 의식 속에 책과 잉크 냄새가 들어왔고, 강제적으로 만족감에 잠기게 했다. 당장에라도 동조를 그만두고 싶었다.

들뜬 마인이 책장 끝에 놓인 푹신한 의자에 앉아 책을 읽기 시작했다. 합판에 천만 깔아둔 의자가 아닌, 착석감이 매우 부드럽고 기분 좋은 의자였다. 처음으로 느껴보는 감촉이다.

그나저나 마인의 세계에는 책과 책꽂이, 바닥밖에 보이지 않았다. 펼쳐진 페이지가 눈에 들어왔지만, 그가 읽을 수 없는 문자들이 빽빽하게 이어진 물건이었다. 이것이 마인이 말한 인쇄로 만든 책인 걸까. 마인이 만든 책과 똑같은 흑백이다.

"그대의 꿈의 세계에서는 책에 그림이 없는 것인가?"

"응? 아? 뭐? 아, 맞다. 신관장님."

'이 바보를 어떻게 해야 하나. 내가 기억을 엿보고 있는 사실도 잊어버리고 완전히 이 세계를 즐기고 있구나.'

"음, 그림말이죠? 그림을 보고 싶으면 '화집'이나 '사진집'도 있어요."

색상이 다양한 그림이 그려진 커다란 책을 꺼냈다. 그 책에는 놀랍도록 풍부한 색채로 세밀하게 그려진 그림이었다. 페르디난드가 그 훌륭함에 넋을 잃자, 금방 탁하고 책이 덮였다.

"신관장님, 이어서 읽어도 되나요?"

"안 된다. 이건 그대가 만들던 어린이용 그림책이란 책인가?"

"이건 유명 화가의 그림을 모은 '화집'이에요. 어린이용 코너는 이쪽이에요."

그렇게 말하며 마인이 도서관 속을 걸어갔다.

"이게 그림책이고, 진짜 신데렐라에요."

예전에 마인이 제안했던 이야기와 그림을 비교해 보았지만, 더욱 이야기를 이해하기 어려워졌다. 그려진 의상과 머리 형태는 물론, 눈이 얼굴의 절반을 차지하는 인간이 있을 리가 없다. 아니, 이 세계라면 존재할지도 모른다. 그렇게 생각하기로 했다.

"……그대의 말만 들었을 때보다 그림이 들어간 쪽이 훨씬 황당무계하지만, 여기 그림도 색상이 풍부하지 않으냐. 그대의 책에도 색을 넣거라."

"저도 넣고 싶어요. ……그치만 잉크가 비싸요. 되도록 만드는 방향으로 노력할게요. 아아, 꿈속에서 그림 도구를 살 수 있으면 참 좋을 텐데."

마인이 그렇게 말한 순간, 기묘한 물건들이 진열된 곳으로 이동했다. 책이 아닌, 색깔과 글자가 적힌 기묘한 형태의 물건들이 끝없이 선반에 나열되어 있다.

"아, '화방'에 와버렸다. 신관장님, 꿈속에서 사도 못 가지고 가죠?"

"당연하지 않으냐, 바보 녀석. 여기는 뭐지?"

"우리 엄마가 자주 다니던 '화방'이에요. 이건 그림 도구예요."

책이든 그림 도구든 마인의 세계에서는 물건들이 풍부하게 넘쳐나는 듯하다. 이 시야에 들어온 것만으로도 느껴지는 풍부한 문화가 그를 놀라게 했다.

"종류가 매우 많구나."

"그렇죠. 뭐든지 갖추고 있어요. 전 '화방'보다 '서점'을 좋아하지만요."

마인이 그렇게 말한 순간, 또 장소가 바뀌었다. 마인은 행동뿐만 아니라, 생각도 차분하지 못했다. 아니, 생각이 차분하지 못하니 행동도 덤벙거리는 것이리라.

"이곳은 뭐지?"

도서관과 마찬가지로 책꽂이에 책들이 다량으로 꽂혀있는 곳이다. 다만, 도서관과 달리 시끄러운 음악이 울리고, 눈이 찌푸리고 싶을 정도로 눈부신 장소였다.

"새 책을 파는 가게예요. 우후훗, '신간 체크'나 할까…… 잠깐! 기억 속에 있는 책밖에 못 보잖아!"

의미를 알 수 없는 비명을 지르며 마인 혼자 풀이 죽었다. 격한 감정 기복 때문에 동조 중인 그가 상당히 피곤해졌다. 마인이 잘 쓰러지는 이유도 감정 기복이 심하기 때문인지도 모른다.

"마인, 건물 안인데도 굉장히 밝은데, 왜지?"

"아아, 그건 '전등'을 켰기 때문이에요."

마인이 위를 보았다. 책꽂이가 사라지고 하얗고 눈부시게 빛나는 조그마한 태양이 그곳에 있었다.

"저것은 어떤 법칙으로 작동하지?"

"음, '스위치'를 누르면 켜지는 구조에요. 하지만 제가 마술의 설명을 들어도 이해 못 하는 것처럼 기초 지식이 없으면 모르실 테니까 자세한 설명은 생략할게요."

금세 시선이 책꽂이로 고정되었다. 마인이 좀 더 이 주변을 둘러봐 주지 않으면, 책 외에 아무것도 볼 수가 없다. 시야의 끝에서 이질적인 다른 물건들이 보이는 데도 마인은 전혀 그쪽에 시선을 돌리려고 하지 않았다. 이래서는 동조하는 의미가 없다.

"마인, 이만 다른 것이 보고 싶구나."

"네~? 전 책을 읽고 싶은데요. 이렇게나 현실적이고 분명하게 오감을 만끽할 수 있는 꿈은 제 힘으론 꿀 수 없다고요."

마인의 마음속이 불만으로 가득 찼다. 정말 끝까지 책밖에 생각하지 않는 아이다. 설마 이렇게까지 기억 속에서 책밖에 보이지 않을 줄은 몰랐다. 의식적으로 다른 것을 보도록 하지 않으면, 이대로는 이 세계의 책만 보고 끝나버리리라.

"마인, 내가 이 꿈을 봐야 하는 목적을 기억하고 있는가?"

"벌써 까먹었는데~~ 하아, 신관장님은 뭐가 보고 싶으신데요?"

귀찮아 죽겠다는 듯이 마인이 한숨을 내쉬었다. 무엇이 보고 싶냐는 질문에 개인적으로 가장 궁금한 것을 물었다.

"그렇군. 그대가 교육을 받은 곳을 보고 싶구나."

순식간에 풍경이 바뀌었다. 그렇게 넓지 않은 방 속에 좌우로 정렬된 책상에 똑같은 옷을 입은 자들이 뭔가를 쓰고 있다. 작은 책상 위에는 이해할 수 없는 문자와 기호가 쓰인 책과 얇고 아름다운 종이뭉치가 펼쳐져 있고, 낯선 그림이 그려진 금속 상자에 물들인 막대기가 여러 개 들어가 있다. 그들은 이따금 고개를 들어 색과 무늬가 그려진 막대기를 펜처럼 움직이며 문자를 썼다. 시야의 끝에는 한 남자가 서서 커다란 석판에 타탁타닥 소리 내며 문자를 써 내려 가며 설명했다. 저것이 이 학사의 교사인가.

"마인, 이건 지금 뭘 하는 거지?"

"수업을 듣는 거예요. 이건 '고등학교' 때 기억인가? 수학 수업이네요. 그립긴 하지만, 수학은 그렇게 좋아하는 수업이 아니었어요. 굳이 말하자면 국어 쪽을 좋아했죠."

팟하고 시야에 들어오는 풍경이 바뀌었다. 이번엔 조금 나이든 여성이 책을 읽으며 같은 방 안을 서성거렸다.

"이곳에서는 이런 식으로 모든 국민이 공부해요. 세례식을 받는 어린아이부터 성인이 되어서도."

마인의 말과 함께 시야에 들어오는 경치가 연이어 바뀌었다. 어느 것이나 똑같은 방 안에서 공부하는 모습이었지만, 나이나 앞에 서서 가르치는 교사의 모습이 달랐다. 세례식 정도의 어린아이부터 성인이 됐을 법한 체격이 큰 자들까지 정말 공부를 하고 있었다.

"공부 말고는 하지 않는가?"

"음, 교과 종류는 많은데, 이렇게 앉아서 배우는 수업과 실기 수업이 있어요."

동일한 옷을 입고 바깥에서 뛰는 풍경, 망측한 차림으로 물에 들어가는 남녀의 모습, 처음 보는 피리를 불고, 처음 듣는 곡을 연주하는 풍경이 떠오르고 사라졌다.

"그대는 음악의 교육도 받은 것인가……."

"네. 학교에선 간단한 부분만 가르쳐 주지만요. 그래서 페슈필로 연주한 곡도 사실 제가 작곡한 것이 아니라, 이곳 노래예요."

처음 만진 페슈필로 연주할 수 있었던 이유를 알았다. 마인의 천재성은 이 세계의 지식과 교육 덕분인 셈이다. 그래서 평범한 평민과 달랐던 것이다.

"나라가 정한 교육을 받은 모든 국민이 글을 읽고, 계산할 수 있어요. 전 고아원에 이런 공부를 도입해서 모두가 글을 읽고 간단한 계산 정도는 할 수 있도록 하고 싶어요."

"그건 무엇을 위해서지?"

일부러 모두에게 글자를 가르치는 의미를 모르겠다. 의아해하는 내게 마인은 지극히 당연하단 듯이 말했다.

"글자를 읽는 사람이 늘지 않으면, 책을 읽을 사람도 늘지 않잖아요. 책을 읽을 사람이 적으면 글을 쓸 사람도 적겠죠? 제가 저곳에서도 책을 즐기려면 우선 책을 읽는 사람을 늘려야 해요."

평소의 상황이었다면 대체 어떤 속내가 있는지, 무슨 짓을 꾸미는지 의심했겠지만, 마인과 의식을 동조하고 있는 지금은 진심으로 책을 읽는 것밖에 생각하지 않는다는 것을 이해했다. 어떤 의미로는 안심했지만, 한편으로는 머리가 지끈거렸다. 이렇게 마인의 기억을 본 덕분에 페르디난드가 가진 몇 가지 의문이 해소되었다.

"……그대가 비정상적으로 글자를 배우는 속도가 빠르다 했더니, 배움에 익숙했던 거로군."

"익숙? 그러게요. 자각하지는 않았지만, 공부에 익숙했나 봐요. 그리고 전 책이 몹시 읽고 싶었기 때문에 진심으로 글자를 배우고 싶었거든요."

페르디난드는 시야에 들어오는 풍경을 가능한 한 구석구석 보았다. 똑같은 옷을 입고, 수업을 받는 모습이 매우 질서정연했다. 건물은 크고 아름다웠으며 어디에도 더러운 곳이 없었다.

"마인, 상당히 아름답게 지어진 건물이구나."

"음, 새로 지은 지 얼마 안 돼서 그래요. 하지만 이 학교의 훌륭한 점은 이 근방의 학교 중에서 책 보유량이 가장 많은 학교 도서실이랍니다. 제 지망 이유이기도 하죠."

그와 동시에 또다시 도서실로 풍경이 바뀌었다. 마인이 열정적으로 설명한 학교 도서실이리라. 낡은 책이 많은지 조금 먼지 냄새 같은 독특한 냄새가 풍겼다. 마인은 그 냄새를 기분 좋게 맡으며 황홀해 했다. 페르디난드는 이제 책 냄새를 그만 맡았으면 했다.

"마인, 도서실은 그만 됐다. 밖으로 나가."

다음 풍경은 평온한 정원으로 바뀌었다. 자갈 사이사이에 핀 잔디, 나무들과 잘 정리된 화단이 늘어서 있었다.

"이곳은 귀족 마을인가?"

"음, 엄밀히 말하면 다른데요, 비슷하긴 해요. 환경으로 따지자면 일본은 귀족 마을에 가깝겠네요. 꼭 마술구 같은 도구도 엄청 많으니까요."

마술이 없는 세계에서 다른 법칙으로 움직이는 마술구 같은 물건에 흥미가 생긴 그가 물었다.

"호오? 어떤 물건인가?"

"어디 보자. 예를 들면 교통수단."

마인이 고개를 들어 하얀 물체를 가리켰다. 그것은 소음을 내며 하늘 위를 날았다. 마인이 고개를 옆으로 돌리자, 금속 덩어리가 굉장한 속도로 스쳐지나갔다.

"뭐지, 저건? 저렇게 커다란 물건을 빠른 속도로 움직이려면 마력량도 상당히⋯⋯."

"그러니까 마력으로 움직이는 마술구와는 다른 법칙으로 움직인다니까요. 오히려 마력으로 돌이 변신하며 움직이는 쪽이 이해가 안 가요."

듣고 보니 마술구에 관한 지식이 없는 마인에게는 마석이 형태를 바꾸어 움직이는 현상이 이상하게 보일지도 모른다. 기사단과 행동했을 때 사소한 것 하나하나에 놀라워했다.

"그 밖에 또 어떤 마술구가 있지?"

"음, '전자제품'은 집에 많겠지?"

마인의 중얼거림과 동시에 그는 어느 건물 안에 서 있었다. 창문에는 얇은 레이스가 걸려 있다. 저렇게 섬세한 레이스를 아낌없이 커튼으로 쓰다니 상당한 상급 귀족임이 틀림없다. 창문으로 부드러운 햇빛이 들어와 밝은 방이 전등을 켜서 더욱 환했다. 가죽 의자가 있고, 정면에는 검은 사각형의 두꺼운 합판이 낮은 선반 위에 진열되어 있었다.

'뭐지?'

갑자기 두근두근하고 마인의 심장 박동이 빨라지며 크게 들렸다. 식은땀이 등골을 타고 흐르고, 핏기가 싹 가셨다. 마인의 마음이 긴장과 불안과 공포로 휩싸여갔다. 그런데도 마음 깊은 곳에서 솟아올라오는 기쁨과 그리움이 뒤섞인 기대감. 마인의 모든 감정이 흘러들어와 페르디난드는 현기증이 날 것 같았다.

"왜 그러는가, 마인? 무슨 일이 있는가?"

"……여기, 우리 집 '거실'이에요. 너무 그리워서…… 가슴이 아파."

자기 가슴을 누르며 말하는 마인의 목소리가 살짝 쉬어있었다. 당장에라도 울 것 같은 감정이 전해져왔다. 지금까지 마인의 생각이 책에만 집중되어 있어 그만 흘려들었지만, 한 번 죽고 정신을 차려보니 마인이 되었다고 했었다. 그렇다면 생전의 집에 가지는 감정이 클지도 모른다. 하지만 언제까지고 마인에게 휘둘리며 감상에 젖어있을 수는 없었다. 의식 전환을 위해 페르디난드는 헛기침을 한 번 하고 마인에게 질문했다.

"저 선반에 있는 잡다한 장식은 대체 무엇인가?"

"……엄마가 만든 '주부 아트'에요. 호기심이 왕성한 반면, 금방 질려 해서 작품을 하나둘 만들면 금방 다른 걸 하고 싶어 하세요. 그렇게 계속 돌진한 결과가 이거예요. 호기심만 있고 실력이 형편없거든요……."

헐뜯는 듯한 말투를 내뱉으면서도 너무나도 사랑스러운 물건을 만지는 듯 손가락을 뻗었다.

"이건 레이스로 뜬 '**코스터**'이고, 이게 머리 장식. 지금 길베르타 상회에서 이 머리 장식을 상품화했어요. 제가 쓰는 화려한 비녀 장식도 원래는 이런 방식으로 만들어져 있답니다."

기사단의 요청이 있었을 때, 가까이에서 본 마인의 비녀를 떠올렸다. 완성도의 차이는 있지만, 확실히 비슷했다.

"이건 '**신문지**'를 얇게 돌돌 말아서 엮은 바구니랑 가방이네요. 나무껍질로 엮은 가방을 만들 때 참고했어요. 평소에 쓰는 가방도 이것과 똑같은 방식으로 만들었죠. 중간에 엄마가 질린 바람에 제가 마무리 지었지만요."

마인이 가방을 가리키며 입술을 삐죽였다.

"좀 센스 없는 인형 옷이랑 봉제인형들. 이 하얗고 동그란 건 '**눈사람**'이 될 예정이었던 '**인형 머리**'. 완성을 눈앞에 둔 '**십자수**' 그림과 '**패치워크 식**' 태피스트리……."

볼품없는 바구니 안에 완성되지 못해 마구 넣어둔 물건들을 하나하나 꺼내며 그것을 만들던 추억을 떠올렸다. 그때마다 풍경이 휙휙 바뀌었다. 장소와 시간이 바뀜에 따라 검은 머리 여성이 "이제 포기하련다."라고 말하거나, 나머지를 부탁한다며 건네거나, "자, 가자."하고 손을 잡아끄는 모습이 떠올랐다가 이내 사라졌다.

'이 검은 머리 여성이 마인의, 전생의 어머니로구나.'

"이 그림도 그래요."

그렇게 말하며 마인은 방을 나와 좁은 통로를 걸어갔다. 마인의 손가락이 어떤 네모난 물체를 누른 순간, 갑자기 주변이 환해졌다.

"뭐지!?"

"아, '**전등**'이에요. 서점에서 보셨잖아요."

마인이 위를 쳐다보며 가리켰다. 조금 전에 본 물건보다 훨씬 조그마한 작은 빛이 보였다. 저 네모난 물체에 마력 같은 것을 집어넣었으리라. 환해진 통로의 벽에는 몇몇 그림들이 걸려 있었다. '실력이 형편없다'던 마인의 말이 납득이 되는 그림들이었다.

"통일성이 전혀 없죠? '수채화'에 '유화'에, 그림이 이상한 건 다 재료가 나빠서라고 하더니 '일본화'. 역시 간단한 '색연필'로 그려야겠다더니 그것도 실패. 글자면 괜찮겠지 하더니 '서예'. 나의 신부수업 예행을 위해서라며 '다도'에 '꽃꽂이' 교실까지 절 끌고 다녔어요. 결국, 엄마가 먼저 질려서, 교실은 그만 나가게 됐지만요."

마인은 웃으면서 눈가를 닦았다. 형용할 수 없는 그리움과 사랑스러움이 가슴에 가득 차오르는 느낌이 들었다. 그것은 가족과 인연이 먼 페르디난드가 모르는 감정이었다.

"절약생활, 자연파생활이라며 뭐든지 수작업을 고집하던 시기도 있었어요. 뭐든 시작만 하면 몰두해버리는 엄마에게 맞춰주기 질색하던 때도 있었지만…… 엄마에게 휘둘린 경험 덕분에 제가 마인으로서 살아갈 수 있었던 거예요."

린샴과 비누를 만든 것도, 아교, 잉크, 그림 도구 종류를 자기 손으로 만든 것도 그 시절이었다고 한다. 그런 이야기를 하는 사이 마인의 눈에는 뜨거운 것이 차올랐고, 시야가 일그러졌다.

"죄송해요, 신관장님. 너무 오랜만이라……."

마인은 눈가를 누르며 작은 방으로 뛰어들어갔다. 부드럽고 폭신한 감촉이 느껴지는 천을 손에 들고, 금속관이 박힌 하얀 도자기 앞에 섰다. 그대로 마인은 망설임 없이 금속관 위쪽에 달린 둥근 물건을 끽끽소리 나게 비틀었다.

"무슨!? 물!?"

갑자기 금속관에서 물이 나왔다. 마인은 얼굴을 씻고, 조금 전의 푹신하고 부드러운 천으로 닦았다. 아무래도 이 부드러운 천이 수건과 똑같은 용도로 쓰이는 모양이다.

'이건 정말 기분 좋군. 가지고 갈 순 없는 건가.'

"마인, 이건 무엇을 하는 곳인가?"

"이곳은 '세면대'고 저기가 욕실이요. 저 기다랗고 구부러진 게 '샤워기'에요."

마인이 그렇게 말한 순간, 이번엔 달콤한 향이 감도는 뜨끈한 물속이었다. 욕조에 가득 채워진 유백색의 뜨끈한 물속에 잠긴 나체가 희미하게 보였다.

"와! 욕조다! '입욕제' 냄새도 너무 좋아. 이 '복숭아' 냄새, 제일 좋아했어요."

페르디난드의 심정도 모르고, 마인은 황홀해 하며 달콤한 향기가 나는 따뜻한 물을 양손으로 퍼 올렸다.

"이 바보 녀석, 부끄러운 줄도 모르고! 여성으로서, 숙녀로서 부끄러움과 수치심은 대체 어디에 갖다 뒀느냐!?"

의식을 동조하고 있는 탓에 스스로 눈을 돌릴 수도 없는 페르디난드가 소리쳤다. 하지만 마인은 즐겁게 그 물로 얼굴을 씻으며 "괜찮아요. 전혀 신경 안 써요."라며 고개를 저었다.

"수치심 따위 마인으로 살기 시작하고 사흘 만에 버렸어요. 그러니 신관장님도 신경 쓰지 마세요. 어린애니까 전혀 부끄럽지 않아요."

마인으로 살기 시작한 사흘 간, 아직 아버지라고 받아들이지 못한 남성이 자신에게 옷을 갈아입혔다고 했다. 수치심에 울고 싫어해도 소용없자, 그 상황을 받아들일 수밖에 없다고 포기했을 때 여성의 수치심을 모두 버렸다고 했다.

"아버지와 나는 다르지 않으냐!"

"그 당시의 저한테도 아직 아빠가 아니었어요. 신관장님도 솔직히 이런 꼬맹이의 알몸을 봐도 아무렇지도 않으시잖아요? 문제없어요."

페르디난드가 마인의 알몸을 아무렇게 생각하지 않는 것과, 마인이 알몸을 드러내도 아무렇지 않은 건 전혀 다른 문제다. 경계심만 없을 줄 알았더니, 수치심까지 없을 줄이야.

"나는 지금 그대의 바닥 같은 수치심에 위기감을 느낀다!"

"자라면 또 생기겠죠. 분명."

마인은 욕조에서 나와 콧노래를 부르며 머리를 씻기 시작했다. 이것 역시 향이 강한 거품이 머리를 감쌌다.

"아아, 이 푹신한 거품! 최고! 기분 좋다!"

형용할 수 없는 감동과 만족감에 몸을 떨며 샤워기라 불렸던 관에 손을 뻗었다. 그리고 한쪽 팔로 금속 막대기를 움직이자 마치 호우처럼 물이 쏟아져 나왔다.

"으앗!?"

"이걸로 거품을 씻어내려야 해서요."

마인은 샤워기를 써서 머리에 묻은 거품을 씻기 시작했다. 목욕할 때 시종이 없어 이상했지만, 시종이 없어도 씻을 수 있는 구조인 듯하다.

"여기서 아무리 깨끗이 씻어봤자 꿈속이니 현실과는 아무런 관계가 없다."

"제 만족감은 아주 달라요. 으흐흥~"

마인은 머리를 다 감고, 이번엔 꿀처럼 달콤한 향기가 나는 비누로 몸을 씻었다. 그 거품과 향기, 부드러운 감촉으로 보아 왕후 귀족보다 좋은 물건을 쓰는 것 같다.

전신을 씻고, 따뜻한 물속에 느긋하게 몸을 담근 마인의 마음속은 황홀한 만족감으로 가득했다.

"마인, 매우 만족한 듯하니 이제 다른 걸 보여주지 않겠는가?"

그 순간, 조금 전에 얼굴을 씻었던 하얀 도자기 앞에 서 있었다. 그러자 마인이 선반에서 뭔가 기묘한 물체를 꺼냈다. 파랗고 매끈매끈한 소재지만, 금속과는 종류가 다르다. 대체 무슨 소재인지 감이 안 잡혔다. 마인이 손가락을 움직이자, 그것이 갑자기 위이이이이이잉, 하고 요란한 소음을 내기 시작했다. 동시에 피부가 탈 것 같은 뜨거운 열기가 불어왔다.

"뭔가, 이것은!?"

"머리를 말리는 도구예요."

비싼 거울이 욕실에도, 이곳에도 있다. 마인은 예상보다 훨씬 고위 귀족의 딸이었던 모양이다.

"신관장님, 이것이 '고무줄'이라고, 이렇게 머리를 묶을 때 쓰는 거예요."

어느샌가 드라이기라는 시끄러운 물건을 정리한 마인은 손끝으로 고무줄을 쭉쭉 늘었다가 당겼다가 했다.

"신관장님, 이렇게 쭉쭉 늘어나는 재료로 뭔가 짐작 가는 거 없어요?"

"……주변에는 없다만, 구미모카 껍질의 감촉이 비슷했던 기억은 있다."

"멀리는 없나요!? 어디에 있나요? 운송료는 얼마나 드나요?"

사고방식이 상인이다. 마인이 새로운 상품을 발명하는 과정을 본 페르디난드는 가볍게 한숨을 쉬었다. 이런 전혀 다른 세계에서 당연하게 존재하는 물건을 재현하려고 고군분투하며 새 상품으로 개발하고 있는 게 틀림없다. 재료 찾기에도 고생이 눈에 훤했다.

"안타깝지만, 상당히 멀리 떨어진 곳에 있는 구미모카라는 마목(魔木)을 쓰러뜨려야만 한다. 종류와 벌목 방식도 다르지만, 토론베 같은 마력을 가진 나무다."

마인은 "토론베라니." 하고 낙담하며, 밤하늘 색 같은 부드러운 긴 머리를 뒤로 간단하게 묶었다. 머리를 묶을 땐 비녀를 쓴다고 생각했던 페르디난드는 마인이 고무줄이란 물건을 쓰자 위화감이 일었다.

"비녀는 쓰지 않는가?"

"아~ 비녀는 고육지책이에요. 이곳에서는 '전통 의상'을 입을 때가 아니면 비녀 따위 쓰지 않아요. 음, 성인식이 가장 화려한가?"

마인이 기억을 더듬자, 눈이 흩날리는 추운 날씨 한가운데로 풍경이 바뀌었다. 형형색색의 아름답고 낯선 옷을 입은 젊은이들이 여럿 있었다. 성인식이라고 했으니 귀족원의 졸업식 같은 행사라고 짐작했다. 소매가 바닥에 닿을 정도로 길고 아름다운 의상을 몸에 두른 것으로 보아 귀족 집단이 틀림없다.

"의식용 의상의 자수에 쓴 무늬도, 이 의상에서 종종 쓰이는 '유수문'이에요."

"아아, 그래. 그러고 보니 조금 비슷하군."

마인의 비녀보다 훨씬 화려한 머리 장식을 꽂은 여성의 빨간 의상에는 마인의 의식용 의상에 사용했던 물결과 꽃을 그린 무늬가 보였다.

"마인, 저것은 자수인가?"

"음, '후리소데'의 일부분이면 몰라도 전체적으로 자수가 들어간 옷은 얼마 없어요. '유젠조메(友禅染)'같은 기법은 천에 직접 그림을 그리거든요."

"천에 직접? 어떻게 그리나?"

천에 그리면 염료가 번져버리지는 않는 것일까.

"……귀족 마을에도 없어요?"

"실의 색깔을 바꿔서 짜거나, 자수를 넣기도 하지만, 저렇게 그림을 그리는 방법은 모른다."

우후훗, 하고 웃은 마인의 마음속은 금세 돈을 굴릴 궁리로 가득 찼다.

"그렇군. 이곳의 지식이 그대의 가치란 말이군."

"제가 만든 물건들의 원점은 다 엄마한테 물려받은 거지만요."

마인이 키득거리며 좁은 통로를 나와 다른 문을 열었다. 그곳은 본 적도 없는 물건들로 가득한 기묘한 방이었다.

"이곳은 '키친', 음, 주방이에요. 여기서 음식을 하고, 저기서 먹어요. 이건 말이죠, '가스버너'예요. 이렇게만 하면 불이 켜진답니다. 편리하죠?"

마인이 기묘한 무늬가 들어간 네모난 물건을 누르자 팟 하고 소리를 내며 불이 붙었다. 파란 불꽃이 흔들거렸다. 이쪽 세계의 불은 파란색인 모양이다. 무엇보다 마인의 손이 떨어져도 불이 꺼지지 않는 것이 신기했다. 마술로 불을 붙일 순 있어도, 불꽃을 유지하려면 장작이나 대량의 마력이 필요하다. 장작도 없이 불이 붙는 장면에 눈이 휘둥그레지자, 마인은 다시 한번 똑같은 곳을 눌렀다. 그러자 아무것도 없었다는 듯이 불이 꺼졌다.

"……마인, 이 커다랗고 하얀 상자는 뭐지?"

"이건 '냉장고'예요. 음식이 상하지 않도록 차게 보관하기 위해 채워 넣는 물건이에요."

마인이 문을 벌컥 열자, 서늘한 냉기가 감돌았다. 안에는 가지각색의 처음 보는 물건들이 들어있었지만, 똑같은 쓰임새를 가진 것을 알고 있는 페르디난드는 작은 규모에 놀라긴 했지만, 가스버너만큼 놀라진 않았다.

"아아, 빙실이군."

"네? '냉장고'가 있어요?"

"이제 알았느냐? 신전에는 이 방보다 큰 빙실이 있다. 프랑은 이용하고 있을 텐데."

"손님이 오면 우유 종류가 저도 모르게 많아져서 이상하다 싶었는데, '냉장고'가 있었구나."

몰랐다며 마인은 눈에 띄게 풀이 죽었다. "알았으면 요리의 폭이 더 넓어졌을 텐데."하고 중얼거렸다. 고아원 원장실의 메뉴를 프랑에게 들었을 땐 잘 모르는 것들뿐이었지만, 종류는 제법 다양했던 기억이 난다. 더 늘릴 계획인 걸까.

"……그대의 주방에서는 상당히 다양한 요리를 낸다고 들었다만, 그것도 이곳의 요리인가?"

"맞아요. 이곳의 '양식'을 비슷하게 재현한 건데…… 아, 지금이라면 맛있게 먹을 수 있을지도!? 어떡하지? 배가 고파오는 것 같아."

마인의 흥분도가 급상승하고, 주변을 두리번거리기 시작했다. 뭔가를 떠올린 것인지 갑자기 풍경이 바뀌었다. 같은 방이지만, 서 있는 장소와 방향이 바뀌고, 등 뒤에서 달그락거리는 소리가 들렸다.

"배가 고프면 얼른 먹어야지, 안 그럼 엄마가 못 치우잖아."

갑자기 등 뒤에서 여성의 목소리가 들렸다. 마인의 심장이 쿵 하고 뛰고, 몸은 돌처럼 굳었다. 혼내는 듯한 말투가 왠지 부드럽게 느껴지는 건 마인의 감정과 크게 관여된 사람인 걸까. 떨리는 손을 꼭 쥔 마인이 빙글 몸을 돌렸다. 조금 전부터 마인의 기억 속에서 몇 번이고 얼굴을 보이던 흑발 여성이 그릇을 테이블 위에 놓아갔다.

"……엄마."

"오늘은 네가 좋아하는 거 만들었으니까 식기 전에 먹어."

마인은 작게 끄덕이고, 네 명이 앉을 수 있게 준비된 테이블로 향했다. 조금 전 이 방을 안내해줄 때까지 아무것도 없었는데, 마인의 기억이 재현한 것이리라. 그곳에는 식사가 차려진 식탁이 있었다. 마인에게는 본 것만으로도 눈이 글썽일 정도로 기쁘고 그리운 물건인 듯하지만, 대체 차려진 이것들이 무엇인지 페르디난드는 전혀 모르겠다. 검은색을 띤 것, 갈색을 띤 것들이 차려진 그것들은 그렇게 맛있어 보이지 않았다.

"마인, 이것은 음식인가?"

"네. 제가 먹고 싶었던 음식들이에요. 따끈따끈한 하얀 '쌀밥', '두부'랑 '미역'과 '파'를 듬뿍 넣은 '된장국', '방어 양념구이'랑 엄마표 '감자조림', '톳무침'. 그리고 엄마가 만든 '절임'이에요."

복받쳐 오르는 향수를 삼키듯 숨을 힘껏 들이마신 마인은 눈물을 글썽이며 가만히 양손을 맞대며 눈을 감고는 가볍게 고개를 숙였다.

"잘 먹겠습니다."

오직 그 짧은 단어 속에 가슴을 저려오는 행복과 감사함이 담겨 있었다. 빨갛게 물든 두 막대기를 자유자재로 움직이며 한 입 넣은 순간, 마인의 눈에서 눈물이 흘렀다.

"응, 엄마의 손맛이야……."

마인은 천천히 여러 번 씹으며 처음부터 끝까지 꼼꼼히 맛을 느꼈다. 혀에서 전체적으로 서서히 퍼져 가는 부드러운 맛이었다. 페르디난드 자신은 먹어본 적이 없는데도 맛있고, 그립게 느껴지는 엄마의 맛이었다. 가슴속에 기쁘고도 슬픈 매우 복잡한 향수라는 감정이 차지했다.

"맛있어, 엄마."

"어머, 웬일이래니. 갖고 싶은 책이라도 있어?"

마인이 칭찬하자, 눈앞에서 마찬가지로 식사하던 여성이 눈을 동그랗게 뜨더니, 쿡쿡 웃기 시작했다. 자신의 취미 활동에 마인을 끌어들였을 때도 보였던, 딸을 지켜보는 애정에 넘치는 눈빛이었다.

"책은 엄청 갖고 싶은데, 그건 아니야. ……정말, 맛있어."

마인은 하나도 남김없이 싹 비웠다. 그리고 먹기 전과 똑같이 손을 맞대고 "잘 먹었습니다."하고 고개를 숙였다. 그리고 아직 먹고 있는 엄마를 가만히 바라보았다.

"엄마, 미안."

고개를 든 어머니에게 마인은 닭똥 같은 눈물을 뚝뚝 흘리며, 깊게 고개 숙였다.

"……먼저 가버리는 불효를 저질러서 미안해요. 죽고 나서야 부모의 애정을 깨달은 바보 같은 딸이라 미안해요. 아주 소중하게 내가 하고 싶은 것만 시키며 길러 주었는데, 은혜도 갚지 못한 채 죽어버려서, 미안해요."

마인의 마음속에 있는 후회와 반성과 그리움과 가족을 향한 애정이 모조리 흘러들어왔다. 이 이상 복잡하게 얽힌 감정을 참지 못하고, 페르디난드는 동조를 끊었다.

페르디난드는 마인의 몸 위를 덮고 있던 몸을 일으켜 마인에게서 떼었다. 바닥에 무릎을 꿇은 채로 머리를 크게 흔들었다.

"……기분이 최악이야."

마인에게 지나치게 동조했다. 자신까지 덩달아 울었다. 동조를 끊었으니, 마인도 곧 눈을 뜰 터이다. 페르디난드는 즉각 소매로 눈을 닦았다. 바로 옆에서 눈을 감은 채 잠든 마인의 눈가에도 눈물이 한 가닥 흘러내리는 것이 보였다.

긴 속눈썹이 움찔거리며 마인이 천천히 눈을 떴다. 몇 번인가 눈을 깜빡인 뒤, 천천히 고개를 돌려 페르디난드를 보더니 배시시 웃었다.

"아, 신관장님. 안녕하세요."

잠에서 깬 마인이 아직 흘러나오는 눈물을 소매로 닦으면서 느릿하게 몸을 일으켰다. 긴 의자에 앉은 마인과 바닥에 무릎을 꿇은 페르디난드의 시선이 같은 위치가 되었다. 마인은 아직 글썽이며 흔들리는 금색 눈동자를 얇게 뜨며 굉장히 기쁜 미소를 지었다.

"신관장님, 기억을 보여주셔서 고맙습니다. ……저 이곳에서 사는 동안 점점 기억이 가물가물해졌었어요."

마술구의 힘으로 깊게 파묻힌 기억을 선명하게 들추어냈지만, 인간의 기억이란 세월과 매일매일의 생활에 묻혀가는 것이다. 마인의 기억이 가물가물한 건 당연한 셈이다.

"……엄마의 밥을 맛있게 먹게 될 줄은 생각도 못 했고, 아무리 꿈속이었다지만, 제대로 사과를 할 수 있었어요. 저 지금, 정말 기뻐요."

마인이 솔직하게 바라보며 감사해도 페르디난드는 금방 말을 잇지 못했다. 무엇을 어떻게 말해야 할지 모르겠다. 그의 마음속에는 아직도 마인의 복잡한 감정이 자리 잡고 있었고, 어떻게 말해야 자신의 것이 아닌 감정이 진정될지 몰랐다.

"저, 혹시 저랑 의식을 동조한 탓에 신관장님께 제 감정이 전부 전해져 버렸나요?"

"그렇게 되는 것이 당연하니 어쩔 수 없지."

그가 가볍게 한숨을 내쉬자 마인이 슥 몸을 일으켰다.

"신관장님, 제가 꼬~옥 해드릴게요."

"뭐? 대체 무슨 말인가? 꼭 이라니?"

"이렇게요. 꼬~옥."

무슨 짓을 할지 몰라 조금 긴장하는 그의 목에 마인이 팔을 뻗어 꽉 껴안았다.

"제가 이런 꿈을 꾸고 기분이 엉망일 때 투리가 꼬~옥 해 주면 진정이 돼요. 저에겐 루츠와 가족이 있지만, 신관장님은 이렇게 해 주는 사람이 없잖아요?"

예상치 못한 사태에 굳어버린 페르디난드의 귓가에서 마인 특유의 조금 자신 있어 하는 목소리가 울렸다. "쓸데없는 참견이다." 하고 떼어내면 그만이지만, 그럴 기분도 들지 않았다. 거침없이 치는 감정의 물결에 피곤했다.

최악의 기분은 마인도 마찬가지이리라. 그에게 달라붙은 마인의 호

흡이 점차 안정되어가는 것이 느껴졌다. 어느 정도 진정되었는지 하아, 하고 숨을 내쉰 마인이 목을 감은 팔의 힘을 조금 풀었다.

"신관장님, 이거 또 써주세요. 저 책도 읽고, '**일식**'도 먹고 싶어요."

"단호히 거절한다. 그대와 동조하는 건 이제 신물 난다."

이번에야말로 마인을 떨어뜨리고 페르디난드는 이마의 마술구를 벗었다. 이런 감정에 휘둘리는 동조를 몇 번이고 할 생각은 추호도 없다. 몸에서 떨어진 마인은 충격을 받은 듯이 눈을 크게 뜨며 "동조해주겠다고 약속해주실 때까지 안 돌려줄 거예요."하고 머리를 감싸 안고 웅크렸다.

'자, 이 바보 녀석을 영주님께 뭐라 설명해야 하나.'

범죄나 악행 따위 꾸밀 가능성은 절대 없지만, 책밖에 모르는 책벌레. 그리고 위기감과 수치심과 이곳의 상식도 전혀 없어, 한눈팔면 무슨 짓을 할지 모르는 귀찮은 존재. 하지만 영주를 능가할 만한 방대한 마력과, 우리가 모르는 이질적인 높은 문화를 가진 세계의 지식을 가지며, 그 가치는 어마어마하다. 지금까지 벤노가 해 왔듯 잘 이용하면 에렌페스트에 막대한 이익을 가져올 존재가 될 것이다. 최소한 타 영지에 빼앗기지 않도록 감시와 통제할 인물이 필요하다.

"흠, 포섭은 필수군. 먹이로는 책인가."

"네? 동조해주신다고요?"

어디를 어떻게 들어야 그런 결론이 나는지 알 수가 없다. 눈을 반짝이며 소매를 꼭 잡은 능청스러운 마인의 얼굴을 냉정하게 내려다보며, 페르디난드는 즉시 마술구를 빼앗았다.

청색 견습무녀의 시종

"로지나, 그렇게 감정이 얼굴에 드러나서는 안 돼요. 아름답게 여유를 담아 미소 지어야죠. 감정이란 예술로 승화하는 것입니다. 슬플 땐 악기를 연주하고, 아름다운 것을 보았을 땐 그림을 그리고, 마음이 동요할 땐 시를 쓰지요."

마음은 그러는 동안에 잠잠해져 간답니다, 하고 크리스티네 님이 미소 지으며 말씀하셨습니다. 크리스티네 님은 그녀를 싫어하는 아버지의 정실이 해치지 못하게 피난 목적으로 신전에서 지내시는 청색 견습무녀이십니다.

제가 두 점 종이 울린 뒤에 천천히 기상하고, 옷차림을 갖춘 뒤에 깨우러 가도 항상 늦게 주무시는 크리스티네 님은 좀처럼 일어나지 않으십니다.

"로지나, 오늘은 뭐가 좋을까요?"

여전히 꿈나라인 주인을 내려다보면서 곤란한 듯 미소 짓는 빌마의 시선을 신호로 다른 시종들이 몇 가지 곡명을 냅니다. 그중에서 나는 크리스티네 님께서 흥겨워하실 만한 곡을 골라 악기를 연주합니다. 페슈필일 때도 있고, 피리일 때도 있습니다. 어느 악기를 고를지도 그날의 기분에 따릅니다. 한 곡이 끝나갈 때쯤 되면 크리스티네 님이 잠에서 깨어나 웃으며 다음 곡을 선곡하시는 것이 일상이었습니다. 주인이 원하는 대로 곡을 연주하는 동안 시종인 회색 무녀들이 크리스티네 님께 옷을 갈아입힙니다.

세 점 종에는 가정교사가 파견되어 오거나, 귀족 마을의 저택으로 떠나시기도 해서 친가에서 나온 시종들과 함께 하십니다. 크리스티네 님이 바쁘신 시간대에는 우리끼리 크리스티네 님의 방을 정리하거나, 부족한 화구를 회색 신관들을 시켜 보충하거나, 회색 신관들로부터 편지나 크리스티네 님의 서명이 필요한 서류를 받아오기도 합니다.

　점심을 사이에 두고 공부와 잡무 시간을 끝내면 이른 목욕을 하십니다. 회색 신관 시종들에게 따뜻한 물을 길게 하여 느긋한 목욕 시간을 보내십니다. 그리고 저녁을 마치면 그 뒤엔 "크리스티네 님께서는 이미 취침 준비에 들어가셨습니다."라는 한 마디로 쉽게 방문객들을 거절할 수 있습니다.

　취침 준비가 끝나고부터가 크리스티네 님이 가장 즐기는 시간입니다. 시를 짓거나, 그림을 그리거나, 곡을 연주하거나, 크리스티네 님이 졸리실 때까지 모두와 즐거운 시간을 보냅니다.

　"공부는 가정교사가 올 때와 친가에 갔을 때만 해도 충분해요. 신전에서는 즐겁게 지내야죠. 잡무는 회색 신관들에게 맡겨두면 된답니다. 그 일을 하라고 그들이 있는 거니까요."

　방의 잡무는 회색 신관이, 신전의 잡무는 청색 신관이 하고, 청색 무녀와 그 시종은 아름다운 예술에 빠져 날마다 즐겁게 보내는 것이 일이라며 노래 부르듯이 말씀하셨습니다.

　"아름다운 것만 보고, 들으면서 감성을 갈고닦아야 해요. 자, 보세요. 이거 정말 예쁘죠?"

　크리스티네 님은 그렇게 말씀하시며 항상 귀족 마을에서 진귀한 물건이나 새로운 작품을 가지고 돌아오셨습니다. 방에는 다양한 악보가 있고, 그림을 그리는 화구나 종이가 넘쳐났으며, 마술구라는 귀족만이 가질 수 있는 신비한 도구가 몇 개나 있었습니다.

　'그것이 청색 견습무녀의 생활인데, 어째서 마인 님은 이해해주시지 않으실까?'

새로이 청색 견습무녀가 되신 마인 님은 반듯한 얼굴에 표정이 요래조래 잘 바뀌어서 귀엽지만, 행동에 품위가 없고, 세련되지 않으십니다. 예법도 잘 모르시고, 말투도 어색하고, 독서는 좋아하시지만 예술의 이해가 부족하여 크리스티네 님과는 비교도 되지 않습니다.

　그래서 마인 님께 교양을 가르치기 위해 크리스티네 님의 생활을 자세히 아는 내가 신관장님의 명령으로 시종이 되었습니다. 그런데도 교육 담당인 제가 왜 하찮은 허드렛일을 해야 하고, 페슈필을 연주했다고 불평을 들어야 하는 걸까요.

　"로지나, 내일까지 생각해 주세요. 고아원에 돌아갈지, 아니면 크리스티네 님 때와 다른 환경을 받아들일지. 나로서는 당신이 원하는 크리스티네 님처럼 될 수 없습니다."

　마인 님의 말씀을 전 금방 이해할 수 없었습니다. 하지만 내일까지라고 기한을 두셨으니 마인 님께서는 정말 저를 고아원에 돌려보내실 생각이시겠지요.

　크리스티네 님의 말씀처럼 마음의 동요가 드러나지 않도록 우아하게, 그래도 평소보다 약간 빠른 걸음으로 고아원으로 가서 빌마의 방에 노크했습니다.

　"어서 들어와요."

　내가 들어가자 방에서 얇은 판자에 카루타 그림을 그리고 있던 빌마가 돌아보았습니다. 저를 받아주는 변함없이 상냥한 빌마의 미소를 본 순간, 참을 수 없어져 눈물이 왈칵 흘러나오기 시작했습니다.

　빌마가 작업하던 손을 멈추고 의자를 침대 쪽으로 돌렸습니다. 저는 마주 보는 침대에 앉아 마인 님의 시종들이 얼마나 못된 사람들인지 호소했습니다. 손톱만큼의 교양도 없고, 예술을 이해하지도 못하고, 페슈필 소리를 시끄럽다고 표현하는 델리아, 델리아의 편을 들며 난폭한 발언을 한 길, 그리고 회색 신관이면서 회색 무녀에게 업무를 지시하는 프랑.

"난 청색 견습무녀의 시종으로서 당연한 생활을 보냈을 뿐인데, 지금까지 청색 견습무녀를 모셔본 적도 없는 그들은 내 생활을 이해하려고도 하질 않아요. 마인 님을 조금이라도 청색 견습무녀다우려면 곡을 연주하고, 시의 아름다움을 겨루고, 아름다움을 담기 위해 그림을 그리던 그 무렵처럼 생활을 보낼 수 있도록 해야 하는데……."

신관장님의 서무 업무는 예전엔 청색 신관들이 하던 일이었으니 딱히 마인 님께서 할 일이 아닙니다. 그리고 고아원은 빌마가, 공방이나 평민촌과 관련된 일은 길과 길베르타 상회에 맡겨버리면 그만입니다. 마인 님은 도서실과 책보다도 청색 견습무녀답게 예술을 사랑하는 생활을 보내셔야 하는데, 전혀 알아 주시지 않는 겁니다.

"예술이 얼마나 아름다운지 이해하고, 즐기는 것이 인생의 기쁨이라고 크리스티네 님께서 말씀하셨잖아요. 빌마라면 이해하죠?"

내가 묻자, 빌마는 곤란한 아이를 보듯 측은한 표정을 지었습니다.

"예술에 젖은 생활은 물론 기쁘긴 하지만, 그 나이 때 아이들에게는 밤늦은 시간에 악기 소리가 시끄럽겠죠. 만약 고아원 아이들이 그렇게 연주했다면, 저라도 곤란할 거예요."

설마 빌마가 제 의견을 부정할 줄 꿈에도 몰랐던 저는 충격에 눈이 휘둥그레졌습니다. 의문을 안은 제게 빌마는 손으로 점잖게 볼을 감쌉니다.

"크리스티네 님이 계실 땐 아침이 매우 늦었지만, 고아원과 마찬가지로 마인 님도 아침이 빠르시잖아요?"

기상 시간입니다, 하고 놀랄 정도로 이른 아침부터 방문을 두드리는 델리아를 떠올리고, 전 눈을 내리떴습니다. 이른 아침부터 돌아다니는 건 우아하지 않습니다. 하지만 그들은 '이 시간이 신전의 기상 시간'이라며 양보하지 않았습니다.

"프랑은 뭐라고 하던가요? 원래 신관장님의 시종이었고, 아직 어린아이들과 달리 공정하게 판단해주지 않나요?"

"마인 님께서 프랑을 신뢰하고 의지하시는 건 알겠지만, 프랑은 청색 견습무녀와 그 시종에 관해서는 아무것도 몰라요. 회색 신관이면서 제 지시에 움직여주지 않는답니다. 육체노동도 해 주지 않으면서 제게 이것저것 명령하는 곤란한 분이에요."

신관 시종이 무녀 시종에게 명령하다니 말도 안 됩니다. 신관은 잡무를 하고, 무녀는 주인께 예술을 바치는 것이 일이니까요. 그런데 빌마는 놀란 듯 눈을 깜빡였습니다.

"프랑이 로지나에게 명령하는 건 당연하잖아요? 프랑은 마인 님의 수석 시종이고, 로지나는 신입 수습생이에요."

"하지만 전 페슈필을……."

반론하려는 제 말을 가로막듯이 빌마가 천천히 고개를 저었습니다.

"로지나, 마인 님과 크리스티네 님은 달라요. 로지나가 원하는 똑같은 생활을 받아들이실 리가 없어요."

"……빌마가 마인 님과 똑같은 말을 하다니."

믿을 수 없다며 제가 중얼거리자, 빌마가 살짝 한숨을 쉬었습니다.

"마인 님께서 달리 뭐라 말씀하셨나요?"

"밤늦게 연주하면 민폐니 일곱 점 종이 울리면 그만하라고 하셨고, 연주에 손이 중요한 건 이해하겠으니 허드렛일을 하기가 싫으면 서류의 대필을 해달라고 하셨고, 그리고 방과 공방이나 고아원의 장부 계산 등을 해서 프랑의 부담을 덜어줬으면 좋겠다고 하셨어요."

시종이 되면 글자와 계산을 배우게 되므로 저 역시 전혀 못 하지는 않습니다. 하지만 허드렛일은 회색 신관의 일이고, 크리스티네 님의 무녀 시종은 누구의 글자가 예쁜지 겨루거나, 시 짓기는 할 수 있어도, 실무적인 대필 경험은 없습니다. 전 계산을 잘 못 하니 거의 전력이 되지 않습니다. 정말 예술에만 특화한 시종인 겁니다.

"프랑의 부담을 줄이고 싶다면 시종을 늘리시면 될 것을⋯⋯."

"마인 님은 크리스티네 님과 달리 평민이에요. 시종을 열 명 이상이나 들일 재력이 없으시겠죠. 아직 세례식도 마치지 않은 아이들에게 배부르게 먹고 싶으면 스스로 벌라고 말씀하시는 분이신 걸요."

빌마의 말에 전 매우 큰 충격을 받았습니다. 청색 견습무녀가 시종을 늘릴 재력이 없다는 말이 금방 이해되지 않았습니다. 갖고 싶은 물건은 원하기만 하면 가질 수 있는 것이 청색 무녀가 아닌가요?

"평민이라도 마인 님은 청색 무녀이시잖아요. 그럴 리가⋯⋯."

"신전에 있는 청색 신관들도 시종은 다섯 명 정도잖아요? 크리스티네 님이 특별하셨던 거예요."

친가에서 파견된 시종이 둘, 예술을 즐기기 위한 회색 무녀가 여섯, 허드렛일이나 실무를 하는 회색 신관이 넷, 요리사와 조수가 있었고, 몇 명의 가정교사를 거느리던 크리스티네 님을 기준으로 생각해서는 안 된다는 빌마의 말에 전 깜짝 놀랐습니다. 평민인 마인 님은 크리스티네 님과 다릅니다. 하지만 사고방식이나 지금까지 받아온 교육이 다를 뿐이라고 생각했었습니다. 청색 견습무녀니 크리스티네 님처럼 될 수 있도록 생활을 이끌어 주는 것이 제 역할이라고 생각했던 겁니다. 재력의 차이는 고려해본 적도 없었습니다.

저를 밝은 갈색 눈동자로 가만히 바라보던 빌마가 살짝 한숨을 쉬었습니다.

"저기, 로지나. 당신은 마인 님의 시종이 맞지 않은 것 아닐까요?"

"마인 님께서 내일까지 생각하라고 말씀하셨어요. 고아원에 돌아갈지, 크리스티네 님 때와 다른 환경을 받아들일지, 원하는 쪽을 선택하라고."

"그렇군요. 그럼 나머진 이제 로지나의 문제네요. 제가 보기에 마인 님께서 최대한 양보하셨다고 생각해요. 입으로는 진심으로 모시겠다고 하면서 정작 모셔야 할 주인에게 양보하게 해놓고, 또 불만이 있다면 로지나는 크리스티네 님의 시종 말고는 어렵겠네요. 주변에 민폐를 끼치기 전에 고아원에 돌아오는 편이 좋아요."

빌마의 말이 가슴 깊이 박혔습니다. 크리스티네 님의 시종이었던 빌마에게 이렇게까지 매정한 말을 듣게 될 줄은 몰랐습니다.

"빌마는…… 회색 신관의 일을 무녀한테 시키다니, 잘못되었다고 생각 안 해요?"

"네. 크리스티네 님의 방 이외에는 당연한걸요. 만약 로지나가 마인 님이 아닌 다른 청색 신관의 시종이었다면, 악기가 없었을지도 몰라요. 꽃을 바치게 했을지도 몰라요. 그래도 불만을 말할 거예요?"

청색 신관의 앞에서 "악기가 없는 곳은 싫다."라든지 "꽃을 바치는 일은 교양 있는 무녀가 할 일이 아니다"라는 회색 견습무녀의 주장이 통할 리가 없습니다. 불평해도 받아들여지지 않으니 아마 불평을 입에 담지도 않았겠지요.

'섬기는 주인이 필요로 하는 능력을 키우기 위해 각각의 시종에게

다른 교육을 받게 하는 줄 알았는데. 상대가 청색 신관이라면 불평하지 않고 맞출 노력을 했을 텐데.'

흘러내리는 눈물을 무시하고 살짝 눈을 감았습니다.

전 제가 크리스티네 님과 보냈던 시간을 되돌리기 위해 모셔야할 주인이신 마인 님을 변화시키려고 했습니다. 제 머릿속의 청색 견습무녀로 바꾸겠다는 생각만 하고, 정작 자신을 바꾸겠다는 생각은 전혀 하지 않았습니다.

크리스티네 님의 시종에게 필요했던 능력과 마인 님의 시종에게 필요한 능력은 다릅니다. 그런 당연한 것조차 눈치채지 못할 정도로 전 어리석었던 것입니다. 아마 청색 견습무녀를 모셔도, 아무리 원해도 그 시절로는 돌아갈 수 없음을 인정하고 싶지 않았겠지요.

눈을 감은 채 저는 크리스티네 님과 보냈던 시간을 떠올렸습니다. 페슈필 소리. 함께 연주하던 곡. 방 안에 울리는 가벼운 웃음소리와 예술에 흠뻑 젖으며 지내던 우아한 시간. 분명 제 인생에서 가장 행복하고 충실한 시간이었습니다.

그리고 크리스티네 님의 귀가와 함께 고아원으로 돌아와 불만을 품으며 지내던 시간을 떠올렸습니다. 악기도 없고, 식사량도 적고, 허드렛일로 거칠어져 가는 손을 보면 슬펐습니다. 음악도 없고, 악기를 연주할 수도 없었던 저는 매일 판자 위에서 손가락을 놀리며 페슈필 소리를 머릿속에 그리며 보냈습니다. 그 무렵의 저는 청색 견습무녀의 시종으로 돌아가고 싶다고 줄곧 빌어왔습니다.

'마인 님의 시종으로서 실무를 익힐지, 페슈필도 없는 고아원으로 돌아갈지.'

다시 페슈필을 켜게 된 감동을 떠올리면 대답은 쉽게 나왔습니다.

전 마인 님의 방에서 다시 페슈필을 켜게 된 그때, 껴안은 악기의 무게감에 한숨을 내쉬고, 단단한 현의 감촉에 미소가 지어지고, '띠링' 하고 울리는 소리에 눈물이 터질 것 같을 정도로 기뻤습니다. 음악이 있는 생활을 포기하는 것에 비하면 실무를 익히는 건 아무것도 아닙니다.

"빌마, 전 조금이라도 음악과의 연결고리를 끊고 싶지 않아요. 그러니 마인 님의 곁에 돌아가겠어요. 그리고 실무를 익히겠어요."

"마인 님은 노력하면 인정해주실 거예요. 처음 고아원에서 포상을 주셨던 때처럼…… 전 상담밖에 해줄 수 없지만, 힘내요."

그리하여 저는 마인 님의 시종으로서 싫어하는 계산에 도전했고, 실무 공부도 시작했습니다. 크리스티네 님의 시종이 아닌 마인 님의 시종이 되기 위해.

그리고 처음 알게 된 것이지만, 마인 님께서는 실무 능력이 매우 뛰어납니다. 어린데도 저보다 계산능력이 훨씬 높으셔서 오히려 마인 님이 프랑의 업무에 도움이 되실 것 같습니다. 마인 님이 도와주시면 실무도 어떻게 될 것 같지만, 마인 님은 제사나 청색 견습무녀로서 교양을 몸에 익히셔야 합니다. 마인 님께 시간을 만들어드리려면 제가 노력해야 한다고 프랑이 그러더군요.

"로지나, 이쪽을 빌마에게 건네주고 오세요."

"알겠습니다."

표정을 숨기거나 읽지 못하는 마인 님과 달리, 프랑의 눈에는 다소 제 표정에서 생각이 보이는 모양입니다. 문서 작업 중에 녹초가 될 때쯤이면 저를 고아원이나 공방에 심부름을 보내거나, 마인 님께 신화를 들려드릴 시간을 줍니다.

펜과 잉크를 정리하고 저는 고아원으로 향했습니다. 마인 님의 시종으로서 변하겠다고 결심한 이후로 고아원에 처음 갑니다. 제 생각을 바꾸기 위해 조언해준 빌마에게 고맙다는 말을 전해야만 합니다.

"빌마 있나요?"

문 근처에 있던 리지에게 묻자 "아이들한테 밥 먹이고 있어."하고 리지가 식당의 안쪽을 가리킵니다. 음식은 마인 님 같은 청색이 먹고, 시종이 먹은 다음에 고아원으로 내려옵니다. 그중에서도 성인, 세례를 마친 아이, 세례 전인 아이 순서로 음식이 내려오므로 어린아이들이 가장 마지막에 먹게 됩니다. 전 한참 전에 점심을 끝냈지만, 아이들은 이제야 점심을 먹나 봅니다. 안쪽 테이블에 여섯 아이와 빌마의 모습이 보였습니다.

"다들 식사 받았죠? 그럼 신의 은총에 기도와 감사를 드리고 먹읍시다. 몇천 만의 생명을 저희의 양식으로 내려주시는 높고 정정한 천공을 지배하는 최고신, 넓고 막막한 대지를 지배하는 다섯 기둥의 대신, 신들의 마음에 감사와 기도를 올리며 이 식사를 받겠습니다."

빌마에 이어 어린아이들이 다 같이 합창하고, 일제히 점심을 먹기 시작했습니다. 배가 고팠는지 일심불란 하게 먹습니다. 빌마는 먼저 먹었는지, 식사 예절을 가르치거나, 아이들이 흘린 찌꺼기를 정리할 뿐이지만, 여섯 명의 아이들을 한꺼번에 보기 힘들어 보입니다.

"오늘 밥도 맛있어요. 특히 수프가 맛있어요."

"오늘은 채소 크기가 똑같은 걸 보니 리지가 당번이었네?"

"이 수프는 마인 님께서 조리법을 가르쳐 주셨어요. 그리고 모두가 숲에서 따온 식재료와 모두가 종이를 만들어 판 돈으로 사 온 재료로 만든 거랍니다."

"빌마는 맨날 그 말만 해. 그 뒤엔 이거지? 마인 님께 감사하세요."

예전에는 지하에 갇혀 살던 아이들이 식당에서 즐겁게 밥을 먹는 이 광경은 마인 님께서 만드신 겁니다. 신의 은총이 많은 날도, 적은 날도, 테이블 위에 항상 수프가 놓이게 된 것도 마인 님 덕분입니다. 크리스티네 님은 고아원을 거들떠보지도 않으셨고, 지하에 살던 아이들을 보면 "아름답지 않은 건 보기도 싫어요." 하고 불쾌하게 인상을 찡그리실 뿐, 구해주려고 생각하지도, 실행에 옮기지도 않으셨겠죠.

자신을 바꾸게 되면서 전 마인 님의 좋은 점을 깨닫게 되었습니다. 평민촌과의 연결고리도, 공방 운영도, 고아원의 환경개선도 예술의 방해물이라고 생각했지만, 고아원에 있었던 제가 그런 마인 님의 행동에 구제받은 것입니다.

"어머, 로지나. 그 뒤로 어떻게 됐나요?"

밥 먹는 아이들을 돌보던 빌마가 저를 발견하고 이쪽으로 다가왔습니다. 전 프랑에게 맡은 목패를 건네며 미소 지었습니다.

"이렇게 싫어하는 계산도 하고 있답니다. ……그리고 마인 님이 제 동작과 말투를 칭찬해주시면서 노력해서 닮고 싶다고 말씀하셨어요. 빌마가 뭔가 조언을 드린 거죠?"

"난 신전의 견습무녀 중에 세례식 직전까지 크리스티네 님과 긴 시간을 보낸 로지나가 가장 참고가 될 거라고 알려드렸을 뿐이에요."

솔직하게 가르침을 청할 수 있는 점도 마인 님의 장점입니다. 전 아직도 프랑에게 가르쳐 달라고 부탁하기 망설여지니까요.

"저기, 빌마. 저 이렇게 익숙지 않은 일을 노력하는 제 모습도 나쁘지 않다고 생각하게 됐어요. 그리고 원장실에서 작은 즐거움도 찾았답니다."

"어머, 어떤 즐거움을 찾았나요?"

"마인 님께서 평민이라서 그럴까요? 크리스티네 님도 모르시는 노래와 곡을 알고 있으세요."

머리를 흔들며 박자를 타면서 처음 듣는 음악을 부르는 모습이 가끔 눈에 띄었습니다. 콧노래나 소리가 작아서 잘 들리지는 않았습니다. 하지만 자연스럽게 제 귀에 들려오는 음률을 무심코 목패에 옮겨써서 프랑이 어이없어한 적도 있었습니다.

"그리고 델리아도 조금 페슈필에 관심을 가지게 됐는지, 가끔 제가 연주하는 모습을 가만히 지켜보기도 해요."

일곱 점 종이 울리기 전까지가 제게 허락된 연주 시간입니다. 취침 전인 그 느긋한 시간을 델리아와 보내게 되었습니다. '첩이 목표'라는 델리아의 방향성은 조금 마음에 들지 않았지만, "방향성은 제쳐두고, 자신을 갈고닦으려는 델리아의 노력은 대단하다."라던 마인 님의 말씀이 이해가 갈 정도로 델리아는 노력파입니다.

"그렇군요. 잘 지내는 것 같아 다행이에요. 싫어하는 일도 노력하는 로지나의 자세는 정말 아름다워요. 크리스티네 님이라면 분명 그림으로 남기셨겠지요."

빌마가 쿡쿡 웃었습니다. 싫어하는 일을 노력하는 제 모습은 크리스티네 님의 그림으로는 남지 못하지만, 마인 님의 자료 속에는 남아 있습니다.

"빌마에게 큰 걱정을 끼쳤어요. 전 이제 괜찮아요."

신전 요리사 수습생

오늘은 고아원 모두가 돼지고기 가공 작업에 갔고, 우리는 겨울 동안 도와줄 모니카와 니콜라라는 회색 견습무녀에게 요리를 가르치게 되었다. 숱 많은 주황색에 가까운 붉은 머리를 두 갈래로 나누어 땋은 니콜라는 맛있는 요리를 정말 좋아하여 작업 중에도 줄곧 싱글싱글하는 귀여운 아이다. 다른 한 사람인 모니카는 심녹색 머리를 뒤로 잘끈 묶은 과묵하고 성실한 아이다. 푸고 씨가 오지 못하는 겨울 동안 도와줄 중요한 조수이므로 꼼꼼히 일을 가르치고 있지만, 두 사람 다 솔직하며 습득이 빨랐다.

푸고 씨와 새로 들어온 요리사 토드 씨, 그리고 니콜라와 모니카와 함께 점심을 먹는데, 니콜라가 내게 질문했다.

"엘라는 왜 신전 요리사가 되려고 생각했나요?"

니콜라의 질문에 내 사정을 잘 아는 푸고는 시선을 피했고, 토드 씨는 흥미롭다는 듯이 몸을 내밀었다. 그런 모습을 본 모니카가 살짝 고개를 숙였다.

"평민촌에서 신전은 매우 기피하는 곳이지요? 숲에 갈 때 거리를 지나가면 싫어도 느껴져요. 그런데도 엘라는 신전에 와주고 있잖아요. 그리고 싫은 내색도 하지 않고, 우리에게 요리를 가르쳐줬어요. 왜 그런지 이상하게 생각되어서요."

그런 말을 들은 나는 신전에 오는 계기가 되었던 벤노 씨와의 만남을 떠올렸다.

'우와, 엄청난 부자다.'

작은 아빠의 부탁으로 음식점 협회까지 세금 납부 연장을 신청하러 온 나는 협회 안에서 가장 좋은 자리에 앉은 사람에게 시선을 빼앗겼다. 이런 음식점 협회에서 볼 일이 전혀 없을 만큼 값비싼 옷을 두른 사람이었다. 그런 부자가 대체 무슨 용무가 있는지 나는 부자와 협회 직원의 대화에 주목하며 귀를 기울였다

"푸고의 조수가 될 만한 녀석은 찾았나?"

"음······. 푸고 혼자서는 어렵겠지만, 조수 찾기가 여간 힘든 게 아니라서요. 벤노 씨."

그 대화를 추측하건대, 벤노 씨라는 부자가 요리사 조수를 구하러 음식점 협회에 추천을 의뢰하러 온 모양이다. 내 가슴이 두근두근 뛰었다. 몸속의 피가 부글부글 끓어오르는 감각에 주먹을 불끈 쥐었다.

'이거 설마, 설마 요리의 신 쿠웨칼라의 인도인가!?'

"그러니까 엘라, 이쪽도 그렇게 기다려줄 수가 없다니까······ 듣고 있어?"

지금까지 나와 대화하던 협회 직원의 목소리에 정신을 차리고 돌아본 나는 벤노 씨라는 사람 쪽을 가리키며 조그맣게 물었다.

"있죠, 혹시 저 부자가 여자 요리사를 찾고 있어요!?"

"응? ······아아, 벤노 씨 말이구나. 길베르타 상회가 새롭게 세우는 음식점에서 일할 요리사를 찾는다는데, 그냥 요리사가 아니라 신전에서 귀족의 요리를 수행할 요리사를 구한대."

"······신전에서?"

마을 사람들에게 신전은 적극적으로 얽히고 싶은 장소가 아니었다. 섣불리 귀족에게 찍히면 무슨 짓을 당할지 모르기 때문이다. 신전에는 고아원이 있는데, 그곳에 들어가면 귀족의 노예처럼 혹사당하고, 살해당해도 아무 말 할 수 없는 처지가 된다는 소문이 돌았다. 그리고 여자아이는 귀족의 노리개가 된다고 들은 적이 있다.

'……그치만 그게 접대부랑 뭐가 다르지?'

나는 현재 야간 주점을 경영하는 작은 아빠의 가게에서 요리사 수습생을 하고 있다. 겉치레는 가게 요리를 돕는다는 요리 수습생이지만, 성인이 되면 접대부도 하게 된다. 작은 아빠의 딸인 사촌 언니 레아는 성인이 되자마자 접대부로 가게에서 일하게 되었다. 그러니 나역시 마찬가지다. 가게에 오는 남자들에게 사근사근하게 웃음을 날리며, 말을 걸고, 때로는 돈을 받아 방으로 불려가게 될 것이다. 아무리싫어도 가업에서 도망치기는 어렵다. 귀족 저택의 요리사 조수로 발탁되든지, 성인이 되기 전까지 독립 자금을 모아 내 가게를 열든지, 둘 중 하나다. 귀족의 요리사로 발탁되어 지금은 상업 길드장의 저택에서 요리장을 맡는 일제가 나의 목표다.

'신전에서 귀족 요리의 수행이라면 귀족의 요리를 배울 수 있다는말이잖아?'

"저기 나으리. 신전의 요리사라면 접대도 해요?"

내가 말을 걸자, 벤노 씨가 적갈색 눈을 깜박였다. 하지만 금방 놀란 표정을 감추고 뜯어보듯 나를 쳐다보았다.

"……접대는 필요 없다. 견습무녀의 접대는 잘 교육받은 시종이 한다. 그보다 청색 견습무녀의 전속 요리사이므로 그런 업무는 필요 없으며, 평민 요리사와 얘기하는 것도 싫어하신다."

접대하지 않아도 되고, 귀족 아가씨의 전속 요리사 수습생이 된다면, 이보다 더 좋은 조건이 없다.

"아직 수습생이지만 절 고용해주실래요? 실력엔 조금 자신 있어요."

씩 웃으며 팔을 두드리자, 벤노 씨가 나를 가리키며 협회 직원에게 눈을 돌렸다.

"얘는 어때?"

"엘라는 기본적인 요리는 전부 할 수 있어요. 바로 귀족의 전속이 되기엔 좀 실력이 부족하지만, 푸고의 조수로 키울 생각이라면 좋지요. 귀족의 요리사가 목표이니 의욕과 근성도 있는 아입니다."

"흠……."

벤노 씨는 나를 지그시 쳐다보며 고민하기 시작했다. 그때 나와 대화를 나눴던 협회 직원이 당황하며 "잠깐 기다려 주십시오, 벤노 씨." 하고 말을 걸었다.

"신전에 가게 되면 남자면 몰라도, 여자는 혼인 얘기도 없어지지 않습니까. 엘라도 생각 없이 함부로 뱉으면 안 돼. 깊이 생각해!"

생각이 없다는 말에 나는 볼을 부풀렸다. 깊게 생각한 끝에 내린 결론이다. 비록 가업이라도 접대부가 아닌 다른 길을 찾고 싶었다.

"어차피 성인이 되면 숙부네 가게에서 요리 외에 접대도 할 게 뻔한 걸요. 솔직히 신전과 크게 다르지 않아요. 그리고 청색 견습무녀라면 귀족 아가씨죠? 전 귀족의 요리사가 되어 지금 가게에서 나오고 싶어요. 그러기 위해서라면 신전 정도야 끄떡없어요."

벤노 씨의 적갈색 눈을 지그시 쳐다보며 나는 내 결의를 말했다. 벤노 씨는 만족스럽게 끄덕였다.

"……좋다. 채용하마."

"작은아빠는 엄청 싫은 표정을 보이며 반대했지만, 엄마는 해 보라며 등을 밀어줬거든. 아빠가 죽고 엄마도 접대하며 일할 수밖에 없었으니, 엘라가 다른 길을 발견했다면 가라고 말해줬어……."

"접대부라는 건 신전으로 치면 꽃을 바치는 일이네요. 저희도 청색 신관에게 찍히면 거절할 수 없거든요. 다른 길을 선택하고 싶은 엘라의 마음을 이해해요."

"이렇게 요리를 도우면서 조금이라도 마인 님께 내 얼굴과 이름이 기억된다면, 마인 님의 시종으로 들어갈 수 있지 않을까 하는 기대도 있어요."

마을의 소문대로 고아원의 회색 무녀에게도 접대 같은 업무가 있는 듯하다. 그런 꽃을 바치는 일에서 도망쳐 자신의 환경을 조금이라도 바꾸기 위해 노력하는 니콜라와 모니카의 말에 동료의식이 싹텄다.

"'엄마' 씨가 상냥한 분이라 다행이네요."

니콜라와 모니카가 기쁜 듯 말하며 끄덕이는 것을 보고 "엄마 씨가 누구야?"하고 터져 나오려는 웃음을 억지로 참았다. 모두에게 당연한 가족관계를 어떻게 설명해야 좋을지 모르겠다. 나는 살짝 미소 지으며 두 사람의 말을 흘러 넘기고 이야기를 이었다.

"나는 미성년자니까 엄마의 허락이 없으면 다른 가게로 옮길 수 없어. 그래서 엄마와 함께 음식점 협회에서 길베르타 상회와 계약하러 갔는데 그때 푸고 씨와 처음 만났어."

니콜라와 모니카의 시선이 푸고 씨에게 돌아가자, 푸고 씨가 작게 웃었다.

"신전에서 일할 동료가 엘라 같은 어린 여자애일 줄은 생각도 못 했거든. 정말 놀랐어."

"난 처음 만났을 때 짓궂은 사람이 아닌 것 같아서 얼마나 안심했다고요."

나의 동료이며 선생님이기도 한 푸고 씨는 밤색 머리에 갈색 눈동자로 보기에도 사람 좋아 보이는 인상이다. "이런 겉모습 때문에 항상 좋은 사람으로 끝나!"하고 애인이 생기지 않는다며 한탄하는 푸고 씨를 보고 니콜라와 모니카는 이상하다는 듯이 눈을 깜빡였다.

"좋은 사람이란 말은 칭찬 아닌가요? 뭔가 안 좋은 점이라도 있나요?"

나는 웃어넘기며 푸고 씨에게 시선을 돌렸다. 널찍한 어깨에 튼실한 팔을 가진 푸고는 무거운 짐을 자주 옮기는 요리사다운 체격을 가졌고, 손에는 식칼을 쥐면서 생긴 군살이 박혀 있다.

첫 만남에서 악수하자며 내민 푸고 씨의 손에 자신과 똑같은 자리에 생긴 군살이 보였다. 동시에 푸고 씨 역시 내 손을 보고 있다는 것을 깨달았다. 내가 씩 웃자, 푸고 씨도 입꼬리를 올리며 "나쁘지 않은 손이네. 일단 합격이야."하고 말했다.

'그 표정은 꽤 멋있었는데. 그리고 일하는 중에도.'

일하는 푸고 씨는 사람 좋은 분위기보다 진지함과 엄격함이 표정에 드러났다. 일 잘하는 남성 특유의 멋있는 모습이었다. 애인이 생기지 않는 건 직장에 여자가 없었기 때문이리라.

"난 접대에서 도망치고 싶어서 길베르타 상회와 계약을 하고, 신전에서 요리사를 하게 됐지만, 신전은 정말 깜짝 놀랄 일의 연속이었어. 그쵸, 푸고 씨?"

"아아, 그래. 지금은 제법 익숙해졌는데, 처음엔 정말 놀랐지. 마을과는 너무 달랐어."

푸고 씨뿐만 아니라, 토드 씨도 크게 끄덕였다.

"나는 지금도 놀라워. 귀족님과 만날지도 모른다고 생각하면 식은 땀도 나고, 손이 떨려서 요리를 못 하겠어."

"토드 씨는 이제 슬슬 익숙해져야 할 것 같은데요?"

신전의 요리사 수습생 생활은 지금까지와는 확연히 달랐다. 설마 요리 실력보다 먼저 손 씻기, 단정함, 청결을 요구할 줄은 몰랐다. 처음 고아원 원장실에 들어가기 전에 "옷차림을 가다듬어 주십시오." 라는 말을 듣고 푸고 씨와 휘둥그레져서 서로 얼굴을 마주 봤을 정도였다.

"청결은 철저하게 지켜 주십시오. 위생에 관해서는 마인 님께서 출자하신 이탈리안 레스토랑에서도 지속적으로 체크할 테니 지금부터 익숙해지십시오. 이대로는 마인 님께 소개할 수 없을 뿐더러, 일을 시킬 수도 없습니다."

"푸고, 엘라. 너희들이 모실 마인 님의 수석 시종인 프랑이다. 그의 말을 따르도록. 프랑, 나는 거실에서 기다리고 있겠다. 둘에게 신전의 상식을 가르치거라."

벤노 씨는 그렇게 말하곤 프랑에게 우리를 맡기고 먼저 방으로 들어갔다. 아무래도 이탈리아 레스토랑에서 일하게 되어도 마인 님과의 관계는 계속 이어지는 모양이다. 마음을 잡고, 청결히 할 수밖에.

프랑은 우리를 우물가로 안내했다. 옷차림을 세세하게 확인한 후, 얼굴과 손을 씻는 방법까지 우리에게 몇 번이나 주의를 주었다. 사치스럽게 비누로 꼭 이렇게까지 해야 하냐는 말이 무심코 튀어나올 뻔할 정도로 꼼꼼하게 씻게 했다. 어제 "귀족이신 청색 견습무녀를 만나니 꼭 목욕하고 오도록."이라는 말을 벤노에게 듣고 씻고 왔었다. 그런데도 프랑은 우리의 머리 상태에 불만스러운 표정을 지었다. 씻지 않았으면 큰일 날 뻔했다.

"신전에 오는 전날 밤이나 아침에는 반드시 목욕하십시오."

"네? 그 말은 매일 하라는 말인가요?"

'거짓말이지?' 라는 푸고 씨의 중얼거림이 들렸다. 나도 동감했다. 여름철은 물을 길어 나르기만 하면 되지만, 겨울은 물을 끓이지 않으면 도저히 목욕할 처지가 아니었다. 표정이 굳어진 우리와 달리, 프랑은 당연한 표정으로 끄덕였다.

"청결하지 않은 자가 식재료와 도구를 만지는 걸 마인 님께서 아주 싫어하십니다. 청색 신관과 무녀들이 계신 곳으로 들어온 이상, 업무 전 청결은 필수입니다. 이것은 시종과 전속 요리사뿐만 아니라, 고아원에 사는 회색 신관과 무녀도 마찬가지입니다."

'그 말은 즉, 프랑은 매일 목욕한다는 말이네. 이게 신전의 상식이라고? 우와.'

우리가 제대로 씻었는지 확인한 후, 프랑은 한 번 끄덕이고 고용주인 마인 님에게 소개하기 전, 벤노 씨가 기다리는 거실로 우리를 안내했다. 그리고 마인 님의 방이 있는 2층으로 주인을 부르러 올라갔다.

프랑의 모습을 보면서 우리는 벤노 씨에게 슬쩍 다가갔다.

"저기, 벤노 씨. 신전에서는 빨래랑 목욕이 필수래요. 출근 전날에는 옷을 빨고 목욕을 하라고 프랑이 그러는데요. 이걸 매일 하는 건 힘들어요."

내 주장에 벤노 씨의 눈이 휘둥그레졌다. 푸고 씨도 나를 도와주었다.

"엘라의 말이 맞아요. 저녁에 빨아도 아침에 마를지 어떨지도 모르고. 아무리 생각해도 업무용으로 받은 이 옷 한 벌로는 부족해요."

평민촌의 평범한 식당에서 일했던 푸고 씨도 결코 부자가 아니다.

나와 마찬가지로 신전에서 일하기에 부끄럽지 않은 작업복을 몇 벌이나 가지고 있지는 않나 보다. 같은 처지이니 푸고에게 친근감을 느끼며, 집에 따로 가정부가 없는 우리 상황에선 매일 빨래하는 일이 매우 힘들다는 사실을 벤노에게 호소했다.

"그러고 보니 루츠도 그런 말을 했었지. ……알겠다. 신전에서 입을 옷을 몇 벌 싸게 팔도록 하마."

"잘 됐다. 고맙습니다."

"아, 그만 입을 닫아, 엘라. 마인 님께서 오셔."

푸고 씨에게 주의에 입을 닫고 계단을 올려다보니 느긋하게 움직이는 청색 견습무녀의 옷을 입은 어린 여자아이가 보였다. 저 사람이 마인 님인가 보다.

'와! 진짜 귀족 아가씨야!'

처음 본 마인 님은 매우 귀여운 여자아이였다. 밤하늘 같은 머리카락은 윤기가 흘러 나처럼 삐죽삐죽 뻗은 머리가 한 가닥도 없을 정도로 쭉 곧았으며, 눈도, 코도, 입도, 전부가 조금의 흠도 없이 조목조목하고 뚜렷한 이목구비를 하고 있었다.

"마인 님, 이쪽은 저희 상점의 요리사인 푸고. 그리고 푸고의 조수를 맡은 수습생 엘라입니다. 푸고, 이곳에서 귀족의 조리법을 교육받게 될 것이다. 잘 배우도록."

벤노 씨의 정중한 말투와 태도로 보아 마인 님이 중요한 인물이라는 사실이 엿보였다. 프랑은 "그럼 바로 주방을 안내하겠습니다."하고 겨우 주방으로 데리고 가주었다.

'굉장해!'

넓고, 설비도 갖추어져 있는 주방이었다. 그곳엔 마을에서 빵 공방이 아니면 볼 수 없는 커다란 오븐이 있었다. 오븐을 쓰는 방법을 익혀야지만 새로운 식당에서 일할 수 있다. 기합이 들어갔다.

주방에 준비된 어떤 물건이든 깨끗하게 관리되어 있어 작은아빠의 가게와는 천지 차이였다. 푸고 씨도 흥분해있었다. 마을에서는 이런 주방을 보지 못했다. 역시 귀족님과 평민은 전혀 달랐다. 내가 지금 전혀 다른 세상에 서 있다는 것을 느꼈다. 이제 이 주방에 걸맞은 일을 해야 한다.

"가장 먼저 외웠으면 하는 것은 위생관리입니다. 조리도구나 식기를 깨끗하고 청결하게 유지할 것. 주방도 지금 상태를 유지하며 빈틈없이 청소할 것."

목패를 든 프랑이 교육 담당, 마인 님의 말을 전하는 담당이다. 프랑은 고아 출신인 회색 신관이지만, 목패에 적힌 글자를 읽고, 말투와 태도도 깜짝 놀랄 만큼 정중했다. 마을에서 소문으로 들은 고아의 모습이라 생각할 수 없을 정도로 교육을 잘 받은 사람임이 한눈에 보였다.

그리고 프랑의 설명대로 만들기 시작한 귀족님의 요리는 믿을 수 없는 일들의 연속이었다. 작업 중간마다 몇 번이고 손을 씻으라고 지적했고, 준비도 많고 순서도 번거로웠다.

"수프는 이대로 끓여주세요. 삶은 국물은 버리면 안 됩니다."

"이대로 끓이라고요?"

채소 삶은 국물로 수프를 만들라는 말에 당황했다. 작은 먼지나 흙이 들어가기도 하고, 착한 아이를 얻을 수 없게 된다거나, 아이를 낳지 못하게 된다는 옛날 말이 있는데, 정말 괜찮은 걸까. 벤노 씨에게 시선을 돌리자, 벤노가 가볍게 끄덕였다. 프랑의 지시에 따라 요리하라던 벤노의 말을 떠올리고, 떨떠름한 기분을 참으며 만들어갔다.

하지만 작은 접시에 담아 맛을 본 수프는 이제껏 먹어본 적 없는 맛이었다. 표현할 수 없는 채소 특유의 향과 단맛이 약간의 소금으로 더욱 두드러졌고, 몸속에 스며들 것 같은 부드러운 맛이 입속 가득히 퍼져나갔다. 눈이 번쩍거리며 눈앞의 문이 활짝 열린 것처럼 밝아진 느낌이 들었다. 내 앞에 새로운 세계가 펼쳐짐을 느끼고 기쁜 나머지, 마인 님이 계신데도 흥분을 참을 수가 없었다.

"정말 귀족님들이 먹는 수프는 놀라웠어. 조리법은 좀 기분 나쁘지만, 맛은 굉장했지. 처음 먹었을 때 정말 놀랐거든."

"응? 원장실에서 만드는 수프는 귀족들이 먹는 수프가 아니에요."

모니카가 이상한 듯이 그렇게 말하면서 니콜라를 보았고, 니콜라도 고개를 끄덕였다.

"고아원에는 모든 청색 신관이 남긴 음식이 신의 은총으로 내려오는데, 그렇게 맛이 진하고 맛있는 건 원장실에서 만든 수프뿐이에요."

생각지도 못한 말에 나와 푸고와 토드는 서로의 얼굴을 바라보았다. 귀족님의 요리라서 독특한 줄 알았다. 설마하니 마인 님의 레시피가 독특했다는 말인가.

"마인 님만의 레시피? 그 수프만? 그 외에도? ……그렇단 말은 처음에 고용계약을 맺을 때 이곳에서 알게 된 요리를 벤노 씨나 마인 님의 허가 없이 다른 곳에서 만들어서는 안 된다는 조항이 엄청 큰 의미가 있겠는데?"

"으아, 싫어. 난 그런 귀족님의 비밀 따위 알고 싶지 않았어."

귀족님과 연결되어 있다는 점만으로 매우 불온한 분위기가 풍기는 커다란 비밀을 듣고 덜덜 부들부들 떨기 시작한 토드와 반대로 푸고는 도전적인 표정을 지었다.

"흠. 다른 귀족님들도 모르는 레시피라. 재밌지 않아?"

덩달아 나도 허리에 손을 대고 그렇게 크지 않은 가슴을 내밀었다.

"푸고 씨, 의욕적인 건 좋은데요, 마인 님의 레시피를 더 알게 될 사람은 저에요."

의아한 표정을 짓는 푸고 씨에게 나는 도전적으로 웃어 보였다.

"난 겨울 동안에 계속 이곳에서 머물면서 요리를 만들잖아요. 분명 새로운 레시피도 나올 거예요. 우리 힘내자, 니콜라, 모니카. 두 사람은 마인 님의 시종이 되기 위해. 나는 푸고 씨에게 이기기 위해."

"네!"

시원시원하게 대답한 니콜라와 모니카와 함께 웃음 후, 나는 푸고 씨에게 시선을 돌렸다.

"아, 봄이 되면 푸고 씨한테도 가르쳐 줄게요. 새로운 레시피."

분한 듯 신음을 내는 푸고 씨를 두고 모두가 웃었다.

'겨울 동안 요리를 많이 만들고, 새로운 레시피를 외워서 푸고 씨를 따라잡을 테야!'

겨울 준비를 시작한 가을 끝 무렵. 나는 새로운 목표를 가지고 분발했다. 그때는 아직 내가 왜 푸고 씨를 목표를 삼고 따라잡고 싶다고 느꼈는지, 그 이유를 눈치채지 못했다.

후기

오랜만입니다, 카즈키 미야입니다.

이번 「책벌레의 하극상~사서가 되기 위해서라면 수단을 가리지 않겠어~제2부 신전의 견습무녀Ⅱ」를 읽어 주셔서 감사합니다.

엄마가 임신하고, 새로운 여동생, 혹은 남동생을 위해 마인은 의욕적으로 그림책 제작에 착수했습니다. 화가를 확보하려 했더니, 교양을 가르치는 시종이 붙고, 청색 견습무녀라는 입장 때문에 하고 싶은 일이나 참견을 하지 못하는 등, 이제까지처럼 자유롭게 움직일 수 없습니다.

그래도 겨우 그림책 한 권을 완성했습니다. 줄곧 도와준 루츠와 투리와 함께 마인의 시작점이었던 집에서.

파피루스 유사품을 만드느라 쩔쩔매고, 점토판을 반죽하던 제1부부터 생각하면 아주 긴 여정이었지만, 이것으로 끝이 아닙니다. 이번엔 인쇄라는 새로운 도전이 시작됩니다. 마인의 꿈은 자신이 다 읽지도 못할 정도로 많은 책을 가지는 것이니까요.

그리고 청색 견습무녀 마인은 지금까지 생활에서는 전혀 경험하지 못한 귀족의 세계를 경험하게 됩니다. 말을 전하는 하얀 새, 거대 마목을 퇴치하는 기사단, 황폐해진 땅을 치료하는 의식, 그리고 기억을 엿보는 마술구.

마인에 동조하여 꿈의 세계를 경험한 페르디난드는 책밖에 보이지 않는 기억에 지긋지긋해 하면서도 일단은 마인이 해가 없는 존재라고 판단해 주었습니다. 하지만 그 어마어마한 마력량 때문에 마인은 귀족의 표적이 되고 맙니다.

이번 단편은 요청 문의 중에서 로지나와 엘라의 이야기를 썼습니다. 예술 무녀인 크리스티네를 모셨던 로지나의 생활과 마인을 모시기로 한 속마음. 그리고 지금까지 써온 장인과 다른, 주점의 요리사 수습생이었던 엘라가 신전에 출입하게 된 이유. 재미있게 읽어 주셨으면 좋겠습니다.

조금이라도 장수를 줄이고자 상당히 노력했습니다만, 이번 권도 역시 두꺼워졌습니다. TO북스 여러분, 정말 신세 많이 졌습니다.

그리고 이번에는 의식용 의상을 입은 마인이 표지를 장식했습니다. 판타지스러운 물건들이 단숨에 늘었고, 멋있는 지팡이와 갑옷 디자인을 보고 흥분했습니다. 시이나 유우님, 감사합니다.

마지막으로 이 책을 읽어 주신 여러분께 최상급의 감사를 말씀을 전합니다.

다음 권은 봄에 출판될 예정입니다. 그때 또 만납시다.

2015년 11월 카즈키 미야

책벌레의 하극상 [2부] 신전의 견습무녀 II

초판 1쇄 발행   2017년 5월 31일
초판 3쇄 발행   2020년 3월 15일

저자 카즈키 미야

발행인 원종우
발행처 (주)이미지프레임

주소 (13814) 경기도 과천시 뒷골1로 6, 3층
영업부 02-3667-2653   **편집부** 02-3667-2654   **팩스** 02-3667-2655
메일 edit01@imageframe.kr   **웹** vnovel.kr

ISBN 978-89-6052-015-8 02830

피도 눈물도 없는 용자 3

글 | 박제후 그림 | GAMBE

글 : 박제후 / 그림 : GAMBE
가격 : 10,000원

 +035

글 : 통구스카 / 그림 : 노뉴
가격 : 10,000원